本书为国家社会科学基金一般项目：20世纪西方自传理论的话语模式研究（编号：13BZW018）和江苏高校优势学科建设工程二期项目（编号：苏政办发〔2014〕37号）之阶段性成果。

传记诗学

王成军◎著

新华出版社

图书在版编目（CIP）数据

传记诗学 / 王成军著 . —北京：新华出版社，
2016.12
ISBN 978-7-5166-2991-8

Ⅰ.①传…　Ⅱ.①王…　Ⅲ.①传记文学—文学理论
Ⅳ.① I055

中国版本图书馆 CIP 数据核字（2016）第 285171 号

传记诗学

作　　者：王成军

责任编辑：徐文贤
封面设计：人文在线

出版发行：新华出版社
地　　址：北京石景山区京原路 8 号　　　　邮　　编：100040
网　　址：http://www.xinhuapub.com
经　　销：新华书店
购书热线：010-63077122　　　　中国新闻书店购书热线：010-63072012

照　　排：北京人文在线文化艺术有限公司
印　　刷：北京市媛明印刷厂
成品尺寸：170mm×240mm　 1/16
印　　张：17　　　　　　　　　　　字　　数：314 千字
版　　次：2017 年 3 月第一版　　　　印　　次：2017 年 3 月北京第一次印刷
书　　号：ISBN 978-7-5166-2991-8
定　　价：52.00 元

目　录

导论　中国传记诗学的构建

中国的传记文学，可谓源远流长，但长期以来却仍处于有史无论的局面。这丝毫也不奇怪，因为传记文学这个文类不但在中国被忽视，即便是西方，其研究也大大落后于写作。卡尔·范·道伦在《作为文学形式的传记》一书中悲观地说：传记这块领地，批评几乎毫无涉足。不过这是 20 世纪初百年前的孤独情形了。西方学术界自从 20 世纪 70 年代以后，对传记文学的理论关注空前火爆，尤其是对自传的理论兴趣，已经成为当下西方学术界的显学之一。詹姆斯·M·考科斯在《自传和美国》一文中指出"自传和忏悔写作在现代西方学术界，和以往相比，越来越受到文学批评的重视，这不仅仅是说批评已经在其他文类长期消耗尽了自己的热量，更是因为文学的整个观念在变化。"（The Virginia Quarterly Review，470）这里的变化是指随着非虚构文学印数在出版市场远超小说等虚构作品后，传记文类的文本价值激起了理论研究者的兴趣，甚至可以说，传记作为一种普遍的文化人类学现象，正在吸引着越来越多的哲学家、美学家、人种学家、社会学家乃至弗洛伊德以来的精神分析学家的目光。法国学者让·伊夫·塔迪埃在《20 世纪的文学批评》专著中，在第九章"诗学"里对传记进行了论述，并且把传记文学与小说一视同仁为散文体诗学。他说"传记是一个非常古老的体裁，如今也特别走运，两千年来，尽管传记体裁受到了严厉的批评，它仍然超越攻击它的所有哲学和文学理论而顽强地生存下来。"甚至连解构主义重镇之一的保罗·德曼对传记理论也发表了重要论述。但令人遗憾的是，整个西方学术界却踏上了解构主义的列车，动辄提出"自传死亡了"或"传记为幻象"的解构观点，传记诗学几乎成了小说美学的代名词。

同样令人遗憾的是，中国的传记文学研究，特别是传记文学的理论研究仍然处于草创阶段。众所周知，在 20 世纪，梁启超、胡适、朱东润对传记文学极为重视，分别在清华大学、北京大学、复旦大学开设过传记文学课程，但是他们的传记理论缺乏体系，烙上了那个时代学术研究的印痕。如梁启超的文史不分，胡适的忽而不见中国早期史传文学叙事的巨大成就，偏偏说：中国最为缺乏的是传记文学。这里既违反了中国传记发展的史实，更是对中国传记诗学的建构留下了不好的影响。杨振声在《传记文学的歧途》一文中对"总认为中国的传记不成，西洋的传记总是很好的吧"的说法，有过批评："认为西洋的传记总是好的，也如有些西洋人认为中国人画的山水画总是好的，一样的'并不尽然'"。他却仍然固步于历史与文学的二分樊篱中不能自拔，把英国新传记推崇文学性的叙事模式，判定为：传记文学的歧途。（原载《世界文艺季刊》1946年11月第一卷第4期）

中国是一个对叙述尤其是对真实发生过的人物事件的叙述，即传记文学叙述，极端重视的国家。二十四史之史传的存在，是西方国家望尘莫及的。如此推崇史官文化且给予史传叙事极高荣誉的也只有我们中国。日本学者吉川幸次郎不无羡慕地说："在西方，作者人生观、世界观的表达，通过新奇的事件进行架空的'创作'；在中国，则始终要求事件是实在的经验，人物是实在的人物，这反映了在文质彬彬之中讲求踏实的中国文化的倾向。"这种不愿架空，希望在"行事之深切著明"（孔子语）的人物里寄托理想的文化，确实是我们中国所独有。

那么在世界文学叙事这个大舞台中，我们曾经过分地高估了西方文学中架空的小说叙事的虚构美学，缺少对中国叙事的客观评价，尤其是不无忽略了对传记文学叙事这一中国叙事经验的总结与发明。正是从这个意义上来说，我们要建构中西传记诗学，发出富有建设意义的中国学术之声。

本专著填补了国内传记文学理论研究的一个空白。主要内容包括两大部分：第一编：理论建构，分十三章集中探讨了中西传记诗学的诸多理论问题。第二编：文本阐释，用十三章对中外传记经典作品进行了文本细读，并且对中外著名传记作家进行了美学剖析。

在传记叙事中，本专著主张伦理学的"正义独立于善的康德说"，即不对自传事实作目的论的解释，一个事实也许隐瞒比坦白更有利于传主或其亲属的生活，给他们带来所谓的"善"。但是这是违反传记文本真实性原则的错误观念，因此，我在这里郑重提出"事实正义"理论，以给步履维艰的自传叙事提供理论支持。当我提出的"事实正义"理论由自传中的自我叙述和叙述他者扩展到整个传记文学叙事的时候，其理论的实践意义更是毋庸置疑的。

从时间与自传记忆的关系来看，本专著认为：自传文本的真实性，必然是一种叙述人用满足当下自我意识的方式来"认同"自我的构建性。因此，自传的真实性是一种有选择的真实。它是自传叙述人对自我真实的解读。换句话说，在真不真实的层面上讨论自传的真实性没有多少理论意义和实践价值。自传的真实性或许就存在于其文本中有多少"真实"。

保罗·德曼的《卢梭〈忏悔录〉论》打破了自传是最富有真实性的文本的神话。卢梭所标榜的只有自传作者最知自己的内心的理论让人产生了怀疑，卢梭曾批评蒙田让人看到自己的可爱的缺点，暴露自己可爱的缺点。现在在保罗·德曼的解剖刀下，卢梭也成为假装诚实的人里面之榜上题名者。这一结论对我们中国传记诗学界的启发是非常大的。人们再也不能笼统地称自传为最真实的文本了。我们中国学者从郁达夫、谢冰莹迄今，一直存在着对卢梭式自传"坦率真实"文风的过分褒扬，对自传文本特别是卢梭式文本的真实性，存有迷信，这直接导致对整个自传文本真实性的过分强调，从而影响了中国自传文本的建构。从另一方面来讲，以保罗·德曼为代表的西方学者，在发现自传文本与小说相通的文本特征时，又存有隐形偏爱，把自传文本独有的特征统统归入小说虚构。这是一种需批判的虚无主义，但是，保罗·德曼针对卢梭的《忏悔录》而发起的对自传的挑战，是颇值得研究的传记诗学课题。

拉康镜像理论认为，自我映现在"镜子"中，但镜子决不会将自我本质反映在那里，同理，自传文本像镜子一样，映现了"我"的真相了吗？作为镜像，我们看到的自画像，如卢梭的《忏悔录》，萨特的《词语》，纪德的《假如种子不死》，虽然是自我的命运的一部分，但那只是被伪装了的自我的形象。自传中的"我"也是"他者"。自传叙述中的"我"，在结构自己本身之际认同的不是自己而是"他者"，如萨特是根据"他者"眼中的"存在主义者让·保罗·萨特"来进行童年叙事的。从跨文化背景剖析，自我在自传中可理解为是叙事的产物，它随着自传叙述者的政治、身份、文化、时代、心态、性取向的变化而变化。

罗兰·巴特是一位自白欲望不亚于卢梭等前贤的作家，但他的唯一一部可称为自传的《罗兰·巴特论罗兰·巴特》却未能在自传领域得到公认。究其原因，这是巴特"解构主义文学观"所致。本专著认为：解构应纳入建构的文学理念之中，特别是对于自传文本来说，自传文本应坚持其不容忽视的非解构性诗学因素：自传意义、自传叙事、自传真实。否则自传作家必将像罗兰·巴特一样坠入自己设置的降魔之瓶中。

本专著认为：以沈从文为代表的"趣味化传记叙事"，是中国现代传记文学，特别是 20 世纪 30 年代中国现代传记文学叙事的共同特征。也就是说"趣味化传记叙事"是中国现代作家的传记叙事审美趋向和文本特征。甚至我们可以说，被丁玲反感否定的沈从文式"趣味化传记叙事"，正是中国现代传记文学"现代性"属性中最为明显的特色之一。因为，"趣味化传记叙事"的平视角叙事方法，既不把传主当作神（仰视）也不把自己视为帝王（俯视），这样则解决了传记作家与传主之间存在的叙事矛盾，更有利于展示传主那有血有肉的复杂人生。传记诗学理应在理论上为沈从文式"趣味化传记叙事"正名，以促进当代中国传记文学创作的繁荣与理论研究的深入。

本专著认为，传记片是一种建立在观者与编导相互认知与理解基础上的艺术类别，是一种编导与观者必须自我伦理约束以达成某种契约的"信用"体裁。对编导来说要坚守和实行真实叙述传主性格和人格的纪实契约，拍出富有美学价值的传记片。对传主及其亲属来说，要赋予编导叙事正义的权力，不要用"隐私权"来干涉编导的"叙事权"，更不能从为传主隐晦的角度横加阻挠电影的拍摄与播放。对观者来说，要具备欣赏传记艺术片最基本的接受美学素养，了解和认同传记片的叙事特征，善意地批评与呵护在现实政治与传统文化两难伦理困境中突围的中国传记影片。

事实上，中国既是传记叙事的传统大国，更应该是传记诗学的建构强国。让我们共同期待中国传记诗学，面朝大海，走向世界！

第一编　理论研究

第一章　传记文学考释

传记文学是一门古老而又年轻的文类。说它古老，早在 2000 多年前，以司马迁《史记》为代表的史传文学，已形成了中国传记文学第一座高峰；说它年轻，直到 20 世纪初，在梁启超、胡适的倡导和实践下，"传记才开始在中国成为一种独立的文学形式"。^①而且时至今日，"传记文学"这一文体名称，居然还难以确立。有人甚至说，根本不存在"传记文学"这一文体名称，是翻译错误所致。我们认为，只有文体名称确定了，传记文学创作才有轨迹，才能在特定的艺术规范下驰骋笔墨。关于艺术地记载某人实际人生的生平事迹的非虚构的文体名称，是标之为"传"？"传记"？抑或"传记文学"？其内涵外延如何把握？这三者是不同名称表示同一概念，还是同中有异？为什么同一作品有时称"传记文学"，有时叫"传记"，而真正书名则往往署为《××传》呢？诸如此类的问题不解决，必将导致传记文学创作的暗哑与理论批评的偏颇。为此，本文拟对"传""传记""传记文学"略作考释，并阐述自己的观点，以教正于方家。

一、传

"传"字起源颇早，但其本意不是表示文体意义。许慎《说文解字》释为："传，遽也。"即传车驿马名，《尔雅·释言》："驲，遽。"传、遽可以互训：传者，如今之马。"传"字的本义是指传车驿车。这是它的含义之一。如《左传·成公五年》："晋侯以传召伯宗。"《汉书·文帝本纪》："横惧，乘传诣洛阳。""传"字的另一含义是：解释经义的文字或著作。《尔雅》郭璞注："传，传也，博识经意，传示后人也。"《文心雕龙·总术》："常道曰经，述经曰传。"《公羊传·定公元年》："主人习其读而问其传。注：'传谓训诂。'"刘知几《史通·六家》说得更明白："孔子既著《春秋》，而丘明受经作传，盖传者，转也，转受经旨，以授后人。"如《春秋左传》《春秋公羊传》之"传"皆为释经文字。又《汉书·艺文志》说："丘明恐弟子各安其意，以失其真，故论本事而作传，明夫子不以言说经也。""传"字的第

---

① 参见《新大英百科全书》"传记文学"条目。转引自《传记文学》创刊号，文化艺术出版社，1984 年版，第 191 页。

三个含义是：古书或记载之意。例如《文心雕龙·史传》："旧史所无，我书则传。"《孟子·梁惠王下》："曰：'于传有之。'"《荀子·王制》："传曰：'君者，舟也；庶人者，水也。水则载舟，水则覆舟。'"另外，"传"字还有符信的含义。如《韩非子·说林上》："鸱夷子皮负传而纵。"《汉书·文帝纪》："除关无用传。"以上传字的四种含义，尽管或多或少可以引申到记载人物事迹以传于后世（刘知几《史通·六家》："传者，传也，所以传示来世。"）上来，但是，它们并不真正表示文体含义。

那么，"传"字作为表示记载一人生平始终的文体名称，最早是何时出现的呢？刘勰《文心雕龙·史传》说："及史迁各传，人始区分。详而易览，述者宗焉。"赵翼《廿二史札记》说："其专记一人为传者，则自迁始。"章学诚《文史通义·传记》说："盖包举一生而为之传，史汉列传体也。"汪荣祖说："传之义多矣。左氏传述经旨，贤人之书也，无与一人之始终。纪一人始终，肇自史迁。"[①] 我们认为，记一人之始终的传字含义，还应上溯，至迟不晚于战国时期。《世本》中就已经有"传"体。《世本》是一部记载黄帝以来至春秋时列国诸侯的世系、姓氏、居邑、制作等的古书。《汉书·艺文志》载有十五篇。后该书残缺。但从雷氏校辑的《世本》来看，此书上确实有：传、别录、图、谱、注、记等。司马迁曾使用过《世本》中的材料。《史记·魏世家·索隐》："传曰：'孺子痤，是魏驹之子'。"即出自《世本》。班固《汉书·司马迁传》说："司马迁据《左氏》《国语》，采《世本》《战国策》，述《楚汉春秋》……"另外《穆天子传》也是面世于该时期，表明当时已经出现比较完整的"传体"之书。当然，《穆天子传》之"传"字是原书名呢，还是后来另加上的？有争议。《晋书·束皙传》说："大凡七十五篇，七篇简书折坏，不识名题。"孔颖达疏《春秋左传正义后序》引东晋王隐《晋书·束皙传》，却说："大凡七十五卷，其六十八卷皆有名题，其七卷折简碎杂，不可名题。"这里"不识"与"不可"，差之毫厘，失之千里。但我们认为，即使该书名是荀勖定的，也表明他是着眼于传主周穆王，具有了相当成熟的传体意识。总之，中国古代汉语往往单音字独立表示词义。"传"字逐渐演变为记载一人生平始终的文体名称，沿用至今。中国传奇小说受古典传记影响较大，也多标为《××传》，如《李娃传》等。

在英语中，没有与中国"传"字相吻合的单词，而只有"biography"，译为"传记"。例如《毛泽东传》，特里尔写为"Mao: a biography"；或者用"life"代替，或者直书其名。例如 *Life of Mendel*（《蒙代尔传》）、*The life of Samuel Johnson*

---

① ［美］汪荣祖：《史传通说》，中华书局，1992年版，第96页。

（《约翰逊传》）、Goethe（《歌德传》）。但是，英语中"传奇"（fiction）与"传记"（biography）是两个不同的单词，比中国的"传"字区分得清楚。

二、传记

"传记"一词，在现代汉语里含义是明确的。《辞海》："传记，专指记述个人事迹的文字。"但是在中国古代却是比较含混的一个词。郑樵《通志·校雠略》曾说："古今编书所不能分者五：一曰传记，二曰杂家，三曰小说，四曰杂史，五曰故事。"考"传记"一词，我们发现，它在西汉时期已出现，但它的含义不是文体名称而恰与"传"字"转授经旨"之意相同。举例如下：《史记·三代世表》张夫子问褚先生曰："诗言契、后稷者皆无父而生。今按诸传记，咸言有父，父皆黄帝子也。得无与诗谬乎？"《离骚序》："故博采经书，传记、本文，以为之解。"《楚辞章句序》："其时周室衰微，战国并争，道德凌迟，谲诈萌生，于是杨、墨、邹、孟、孙、韩之徒，各以所知著造传记，或以述古，或以明世。"《汉书·刘歆传》："歆受诏与父向领校秘书，讲六艺传记。"那么，"传记"一词，表示记载一人生平始终文体之含义源于何时？章学诚《文史通义·传记》认为："传记之书，其流已久，盖与六艺先后杂出。古人文无定体，经史亦无分科，《春秋》三家之传，各记所闻，依经起义，虽谓之记可也。经礼二戴之记，各传其说，附经而行，虽谓之传可也。""盖皆依经起义，其实各自为书，与后世笺注自不同也，后世专门学衰，集体日盛，叙人述事，各有散篇，亦取传记为名，附于古人传记专家之义尔。"章氏的观点有值得注意之处。第一，他指出"传记"文本是从"依经起义，各自为书"演变而来。《左传》即是一部独立的史传文学著作。第二，他看到了"传"与"记"可以互训的特点。但他没有明确指出"传记"一词最早表示文体意义源于何时。

我们认为，至迟在南朝时"传记"一词已经有叙述人物事迹之史料的含义。《宋书·裴构之传》载："奉命作《三国志注》，即鸠集传记，增广异文。"刘勰《文心雕龙·总术》说："颜延年以为笔之为体，言之文也；经典则言而非笔，传记则笔而非文。"到了隋唐宋时期，"传记"一词的文体意义已经渐为明晰。《隋书·经籍志》开始设有"杂传"之目并记有《会稽后贤传记》一卷，钟离岫撰。《宋史·艺文志》都设有"传记类"书目，特别是明清时期传记的文体意义更为明确。茅坤《史记钞》卷首《读史记法》说："读太史公传记，如与其人从游而深交之者，须痛自理会，方能识得真景。""文景间，亦每年仅录所下明诏，与系时事之大者而已，朝廷之大政大议，特条见于将相名臣传记中，不取详次如《秦纪》，窃谓太史公未定之书也。"章学诚于《文史通义》中专设"传记"一章，并在《黠陋》篇中论述道：

> 传记之文，古人自成一家之书，不以入集；后人散著入集，文章之变也。……史学废而文集入传记，若唐、宋以还，韩、柳志铭，欧、曾序述皆是也。负史才者，不得自当史任以尽其能事，亦当搜罗闻见，核其是非，自著一书，以附传记之专家。

显然，章氏是把"传记"看作为一门独立的文体了。尽管古代"艺文志"中是把"传记"分为"传"与"记"来排列，如《四库全书总目》说："叙一人之始末者为传之属，叙一事之始末者为记之属。"但事实上，"传记"一词表示记载一人生平始终的文体名称已经确立，而且其外延颇广。诸凡年谱、大事记、资料汇编、墓志、传记小说等皆在其范畴之内。换句话说，"传记"一词，是一个属概念，其本身能够包括文学与史学两个范畴的作品，并非仅限于历史范畴。《晏子春秋》是一部记载齐国贤相晏子生平事迹的散文名作，称之为传记小说。《四库全书总目》不仅将此书归入传记类目，而且"冠传记之首，以见滥觞所自焉"。今天，"传记"这一名称，仍然通行且成为"记述个人事迹的文字或文章、文体"的专有名词。近代人张孝若为其父张季直作传，《南通张季直先生传记》，现代人蔡尚思也把以蔡元培为传主的著作称为《蔡元培学术思想传记》，今人董传章著有《董必武传记》一书。另外，诸多大辞典皆以"传记"命名，如《辛亥以来人物传记》《世界名人传记鉴赏辞典》等。

在西方，"biography"（传记）一词被用来描述一类特殊作品的特征是 17 世纪的事。1662 年，英国学者富勒出版了《英国伟人史》，他在该专著中首次使用"biography"一词。到了 1683 年，另一位作家达尔顿在给《希腊罗马名人传》的英译本作序言时给予传记（biography）定义为："特定人物的生平史。"这里，"bio"表示生命，"graph"表示"书写"。从这一词的派生词来看：[1] biographies 是名词，可译为传记主人公；[2] biographer 也是名词，译为传记家；[3] biographical 是形容词，表示有关某人一生的、传记的、传记体；autobiography 是名词，译为自传，它们均与"书写个人的生命"这一含义关联。显然，"biography"一词和汉语"传记"是内涵、外延极为吻合，特别是作为文体名称，中外是一致的，即"biography"也是一个属概念。《朗曼现代英语辞典》释"biography"为"[1] a written audient of person's life（一个人的生活记录）[2] biographical writing as a literary genre（作为文学类型之一的传记）"。

三、传记文学

"传记文学"一词，几乎为略识文墨者尽晓，但是它却是最为晚出的名称。考察中国古代典籍从未出现"传记文学"一词。在中国较早使用"传记文学"名称者是胡适博士。《藏晖室札记》卷七第一条就是"传记文学"，时间为 1914 年 9 月 23 日：

> 昨与人谈东西文体之异，至传记一门，而其差异不可掩。余以为吾国之传记，唯以传其人之人格（character）。而西方之传记，则不独传此人格已也，又传此人格进化之历史（The development of a character）。

当然，胡适不是在中国提出"传记文学"名称最早的人，该日记中的"传记文学"条目是编者后加上的，但自此以后，倡导"传记文学"写作几乎为胡适迁的"癖好"。1953 年 1 月 12 日，他又以"传记文学"为题，在台湾省师范大学进行了讲演："今天我想讲讲中国最缺乏的一类文学——传记文学"。

郁达夫也是较早使用"传记文学"名称的现代作家。他曾撰写两篇传记文学理论文章《什么是传记文学》《传记文学》。他说：

> 传记文学，本来是历史文学之一枝……经过了二千余年，中国的传记，非但没有新样的出现，并且还范围日狭，终于变成了千篇一律，歌功颂德，死气沉沉的照例文字；所以我们现在要求有一种新的解放的传记文学出现，来代替这刻板的旧式的行传之类。[①]

茅盾曾发表过《传记文学》短论，朱东润则堪称现代传记文学大师，撰写了《中国传记文学之进展》《传记文学与人格》《传记文学之前途》等论文，并被国务院学位委员会批准招收"传记文学"方向博士生。中国台湾省于 1962 年创办《传记文学》杂志，内地也于 1984 年创办《传记文学》期刊。中国作家协会已吸收了"传记文学作家"百余名。中国比较文学学会"中外传记文学研究会"已经举办十四届年会。然而，现在问题出来了，朱文华先生针对当前理论学术界对"真实记录人的生活"文体名称的混乱情况（传记、传记文学、传、人物传记、传记体散文等）提出：应取消"传记文学"名称，而统称"传记作品"。他的主要论据

---

① 郁达夫：《什么是传记文学》，《郁达夫文论集》，浙江文艺出版社，1985 年版，第 638 页。

是："鉴于传记（biography）和传记文学（biographical literature）两词表述的是同一概念，为了不至于使人望文生义"。[1]"传记"和"传记文学"是同一概念吗？从上文所摘引的胡适文章来分析，尽管胡适总题为"传记文学"，然而论述中则多用"传记"来替代"传记文学"，郁达夫也是如此。但是我们认为"传记"与"传记文学"不是同一关系，而是属种关系，"传记"是记录真实人物生活文体的总名称，"传记文学"则是其中的一种，从逻辑上讲，当然可以称"传记文学"作品为"传记"，正像小说可称为文学一样。

其实，英语的"biography"（传记）一词，就可以涵盖文史两个范畴的词汇。《新大英百科全书》说：

> 传记这种文类在长期发展过程中，出现了各种相异的形式。因此很难有一个定义能囊括所有重要传记体例，所以我们将它广泛定义为"真实生活的记录"，以适用于各种不同的类别。

从这个意义上讲，我们认为《中国大百科全书·中国文学卷》"传记文学"条对"传记"与"传记文学"的阐释是准确的：记载人物经历的作品称传记，其中文学性较强的作品即是传记文学。考查西方传记史我们会发现，西方似乎并无 biographical literature（传记文学）这种拼写法。诸多著名英文辞典仅收有"biography"条目；一些众所周知的传记文学理论著述也是用"biography"名称，如哈罗德·尼科尔森的《英国传记文学的发展》，莫洛亚的《传记文学综论》，英文分别为 The Development of English Biography、Aspects of Biography。有的学者为了更加强调传记文学的文体特性，也只是书写为"传记的艺术"，如弗吉尼亚·伍尔夫的论文 'The Art of Biography'、D. A. 斯托弗的 The Art of Biography in Eighteenth Century England。或者拼为"文学传记"，如利昂·伊德尔著 Literary Biography。独有《新大英百科全书》拼写"biographical literature"，但是在英语中"literature"一词并不仅仅表示"文学"的含义，而还含有文体、印刷品等多种词义。如果把"biographical literature"译为"传记文学"，则显然与《新大英百科全书》的正文内容相矛盾。例如根据资料研究写成的传记第一种为"参考汇编"。作者举例说"许多国家出了多卷本的传记字典，如英国的《国家传记字典》和美国的《美国传记字典》；综合性的百科全书，广泛收录了世界名人的生平资料、分类的汇编，如美国的《历届大法官生平》"。以上作品属于资料性的汇编且颇为简略，怎么能

---

① 朱文华：《传记通论》，复旦大学出版社，1993 年版，第 3—6 页。

为"传记文学"呢？因此，"biographical literature"正确译法应为"传记"，以与中国汉语中的"传记"相统一。皆为表示"真实地记录人的生活史"的文体总名称。现在出现一个耐人寻味的问题：即西方语言中不存在"传记文学"这一拼法，那么，由胡适嚆矢，已被当代学者认可的"传记文学"这一文体名称，是否应像有的论者所云取消之，而统称为"传记作品"呢？我们的回答是否定的，正是为了避免传记类作品互相混杂的弊端，以确保"艺术地记载某人实际人生的生平事迹"的"传记文学"的独立性，还是以"传记文学"命名为好。这也许是胡适博士之所以把"biographical literature"译为"传记文学"的旨意之所在。因为，中国2000多年来的传记作品，可谓汗牛充栋，而堪称优秀的传记文学之作却寥若晨星。特别是长期以来，中国的传记文学受史学的拘囿，"史汉以后，绝少创新"，文体难以独立，严重制约着传记文学的大发展。何况，我们研究某一文体名称，在从古代，从西方，找出它的源流的同时，还需要以创作实际为参照系。不能仅仅因为某名称古代典籍中不曾载录，西方语言里表意歧义，而武断地否定某一文体名称的存在。《史记》中的诸多优秀之作，作为"传记文学"的创作范式，早已经是不证之论。谁能说《项羽本纪》不是"传记文学"？在今天，当传记文学成为当代文坛的新热点，且已经成为21世纪学术显学之际，"传记文学"的文体名称理应确立。

但是，真要给"传记文学"下一个定义且能在内涵、外延方面均达到满意，绝非易事。《中国大百科全书·中国文学卷·传记文学》条目从三个方面来概括传记文学的特征：

> ［1］以历史或现实生活中的人物为描写对象，所写的主要人物和事件必须符合史实，不允许虚构。［2］所写的人物生平经历必须具有相当的完整性。［3］它必须写出鲜明的人物形象，较生动的情节和语言，具有一定的艺术感染力。

但没有下一个准确的定义。朱东润说："传记文学是史实，同时也是文学。因为是史，所以必须注意到史料的运用；因为是文学，所以必须注意人物形象的塑造。"[①]我们认为，传记文学既然是文学的门类，它所叙写的历史就不可能是百分之百的史实，必然注入传记作家的情感、哲思以及自己的人生况味。钱钟书先生更认为：

---

① 朱东润：《陆游传·序言》，上海古籍出版社，1960年版，第1页。

　　史家追叙真人实事，每须遥体人情，悬想事势，设身局中，潜必腔内，忖之度之，以揣以摩，庶几入情合理。盖与小说、院本之臆造人物、虚构境地，不尽同而可相通。①

　　因此，传记文学不妨定义为：艺术地叙写真实人物生命旅程的文学形式。以示其与诸多传记作品的区别。当然本文不可能详论"传记文学"的本质属性到底是什么。而是通过对"传""传记""传记文学"的考释，得出我们对"传记文学"文体名称的看法。结论如下：（一）"传"字是中国传记文学的起始名称。由于古汉语单音词可以单独表意，传记文学可以标之为"××传"，至今仍通行。（二）"传记"名称，是个种概念。"传记文学"也可称为"传记"，如"传记文学家"往往简称"传记作家"。（三）"传记文学"是一个具有中国特色的文体名称，专指"艺术地叙写真实人物生命旅程的文学样式"。综上所述，对于传记文学这一文类，我们既要重视它的中外传记文学遗产，探本究源，明体辨形。但另一方面，也要正视传记文学的现实，它已成为一门较为成熟的文体；应当在文学的大家族中占有一席之地，而不能仅仅因为古代和西方文学实践中概念的不确定性，而忽视否定传记文学的文体存在价值。

---

　　① 钱钟书：《管锥编》，中华书局，1986 年版，第 166 页。

第二章　事实正义论：传记文学的叙事伦理

一

正义作为一种价值观念滥觞于伦理学，何怀宏说：正义在某种意义上是正当的一个子范畴，"正当与善这两个概念可以说是伦理学的两个基本概念，它们之间的关系也就成为伦理学的一个主要问题，西方伦理思想史上目的论与义务论两大流派的分野就与此有关。目的论认为善是独立于正当的，是更优先的，是我们据以判断事物正当与否的根本标准（一种目的性标准）；正当则依赖于善，是最大限度增加善或符合善的东西，而依对善的解释不同，就有各种各样的目的论，如功利主义、快乐主义、自我实现论等等。义务论则与目的论相反，认为正当是独立于善的，是更优先的，康德就是义务论的一个突出代表。"① 在传记文学叙事中，我主张伦理学的"正义独立于善的康德说"，即不对传记事实作目的论的解释，一个事实也许隐瞒比坦白更有利于传主或其亲属的生活，给他们带来所谓的"善"。但是这是违反传记文本真实性原则的错误观念，因此，我在这里郑重提出"事实正义论"，以给步履维艰的传记文学叙事提供理论支持。让我们从卢梭说起。

卢梭的《忏悔录》是自传，作为叙事者的卢梭有权利叙述那个叫让·雅克·卢梭的生活与心理事实吗？回答是肯定的！卢梭不但有叙述事实的权利而且传记文学理论还赋予他必须叙述事实的"正义"。换句话说，卢梭的《忏悔录》之所以如此闻名，不能不说是因其对自我生活的事实坦白。请看他的宣告："这是世界上绝无仅有、也许永远不会再有的一幅完全依照本来面目和全部事实描绘出来的人像。""我要把一个人的真实面目赤裸裸地揭露在世人面前。这个人就是我。……不管末日审判的号角什么时候吹响，我都敢拿着这本书走到至高无上的审判者面前，果敢地大声说：请看！这就是我所做过的，这就是我所想过的，我当时就是那样的人。不论善和恶，我都同样坦率地写了出来。我既没有隐瞒丝毫坏事，也没有增添任何好事；假如在某些地方作了一些无关紧要的修饰，那也只是用来填补我记性不好而留下的空白。其中可能把自己以为是真的东西当真的说了，但绝没有把明知是假的硬说成真的。当时我是什么样的人，我就写成什么样的人：当时我是卑鄙

---

① ［美］约翰·罗尔斯：《正义论》译者前言（何怀宏），中国社会科学出版社，1988年版，第10页。

龌龊的，就写我的卑鄙龌龊；当时我是善良忠厚、道德高尚的，就写我的善良忠厚和道德高尚。"①

于是，我们在卢梭的《忏悔录》中读到了一个又一个令人吃惊的生活事实：被朗拜尔西埃小姐处罚时的受虐的快感；性暴露癖；诬陷可怜的马丽永偷丝带；与华伦夫人的半乱伦关系；与克鲁卜飞尔包养的妓女的粗鄙的享乐；把五个孩子统统送进了育婴堂；与狄德罗、格里姆、埃皮奈夫人的相知与交恶；等等。卢梭对自我生活事实的坦率叙述，真是前无古人，后有来者，特别是对中国读者来说，这简直是"呈现出了惊人的真实"。②也就是说，人们对卢梭在其自传中的事实叙述是持肯定态度的，真率与否，几乎成为检验一部自传是否成功的唯一标准。甚至，尽管卢梭已经努力如此，仍然还有许多西方批评家从绝对真实的高度，来苛责卢梭还没有达到自传叙事的最高真实。莫洛亚在承认卢梭"提供了一种供认不讳的光辉先例"的同时，批评卢梭暴露的不够："他这样痛心地低头认罪，是因为他知道读者会原谅他。相反地他对抛弃他所有的孩子却一笔带过，好像那是一件小事似的。"③说到卢梭抛弃自己的孩子之事，卢梭的叙述应该说不亚于"马丽永事件"的叙述："因此我的第三个孩子又跟头两个一样，被送到育婴堂去了，后来的两个仍然作了同样的处理：我一共有过五个孩子。这种处理，当时在我看来是太好、太合理、太合法了，而我之所以没有公开地夸耀自己，完全是为着顾全母亲的面子。但是，凡是知道我们俩之间的关系的人，我都告诉了，我告诉过狄德罗，告诉过格里姆，后来我又告诉过埃皮奈夫人，再往后，我还告诉过卢森堡夫人。而我在告诉他们的时候，都是毫不勉强、坦白直率的，并不是出于无奈。我若想瞒过大家也是很容易的，因为古安小姐为人笃实，嘴很紧，我完全信得过她。在我的朋友之中，我唯一因利害关系而告知实情的是蒂埃里医生，我那可怜的'姨妈'有一次难产，他曾来为她诊治。总之，我对我的行为不保守任何秘密，不但因为我从来就不知道有什么事要瞒过我的朋友，也因为实际上我对这件事看不出一点不对的地方。权衡全部利害得失，我觉得我为我的孩子们选择了最好的前途，或者说，我所认为的最好的前途。我过去恨不得，现在还是恨不得自己小时候也受到和他们一样的教养。"④

显然，莫洛亚在这里之所以抓住卢梭不放，正是因为卢梭受羞耻心的影响，

---

① ［法］卢梭：《忏悔录》（第一部），黎星译，人民文学出版社，1980年版，第3—4页。

② 卢梭著《忏悔录》译本序（柳鸣九），人民文学出版社，1980年版，第14页。

③ 莫洛亚为1949年法国勃达斯版的《忏悔录》写的序言，文见卢梭：《忏悔录》（第二部）附录，范希衡译，人民文学出版社，1980年版，第826页。

④ 卢梭：《忏悔录》（第二部），范希衡译，人民文学出版社，1982年版，第439—442页。

他表面上是在忏悔，骨子里却在为自己遗弃五个孩子的不道德行为辩护。"卢梭在人类思想存在的缺点所允许的限度里说出了真话——他的真话。"① 也就是说莫洛亚不但不指责卢梭说出了自己五个孩子的被送进育婴堂之隐私，反而认为他叙述得不全面、不真诚，并没有达到自传叙事的最高真实。茨威格在剖析自传写作中存在着的"伪自白"和"玫瑰下的忏悔"等现象时，他发现卢梭"这个引人注目的开创者，在各方面都冲破了条条框框的人"却存在"勇敢的轻信"，因为他的自白中还有着更多的不真实的地方。所以，茨威格希望自传叙事能够克服卢梭的轻信"在越来越精细的分解和更大胆的分析中"去"揭示出每一种情感和思想的神经与血脉。司汤达，黑贝尔，克尔凯郭尔，托尔斯泰，埃米尔，还有更勇敢的汉斯·耶格尔通过他们的自我描述发现了自我科学出乎意料的领域"。② 这样，对自传作家来说，理论批评家已经为他们建立了"事实正义论"的批评原则：任何自传叙述者，无论你是卢梭还是司汤达都可以而且必须说出自己的真话，不能有丝毫的隐瞒与讳饰。在自传叙事中叙述者对那个叫卢梭与司汤达、黑贝尔、克尔凯郭尔、托尔斯泰、埃米尔的人的故事有着叙事的"正当"，说出的事实越多，作为自传叙述者就越获得了"正义"。因为事实是自传文本的最高追求，坦白事实是自传叙事的最高叙事伦理。托尔斯泰在他的《忏悔录》中对那个叫列夫·托尔斯泰的人进行了无情的揭露："回想起这些年的生活，我不能不感到恐怖、厌恶和痛心。我在战争中杀死过人，找过人决斗想送掉他的命，我打牌输了不少钱，挥霍农民的劳动成果，还惩办过他们。我生活腐化，对爱情不忠；我撒谎骗人，偷鸡摸狗，通奸，酗酒，斗殴，杀人……凡是犯法的事我都干过，而干了这些事我反而得到赞扬，我的同龄的人至今一直把我看成是正人君子。就这样我生活了十年。"③ 但是由于自传的"事实正义"叙事原则的存在，叙述者托尔斯泰不但没受到"起诉"反而获得了令批评家与读者赞美的"事实正义"。可见，在自传叙事中凡是涉及传主的生活与心理，哪怕是像托尔斯泰那样对"传主"托尔斯泰的人格进行了无情"谩骂"，这都是符合自传的"事实正义"的，因而富有叙事伦理的正当与"善"。

那么，按此逻辑推理，自传叙述者显然对其他人物也享有叙述事实的正义，只要是确实发生过的事实，作为卢梭、托尔斯泰或司汤达在他们的自传里就有着叙述他们的事实的叙述权，恰恰没有为他者隐讳的隐瞒权。从另一个角度来说，

---

① 莫洛亚为1949年法国勃达斯版的《忏悔录》写的序言，文见卢梭著《忏悔录》（第二部）附录，范希衡译，人民文学出版社，1980年版，第835页。

② ［奥地利］茨威格：《自画像》，袁克秀译，西苑出版社，1998年版，第193页。

③ ［俄］托尔斯泰：《托尔斯泰散文选》，刘季星译，百花文艺出版社，2003年版，第48—49页。

作为被叙述者的华伦夫人、埃皮奈夫人或狄德罗，可以从真实与否方面，对卢梭的叙事进行纠正或反驳，但从"事实正义"的叙事原则出发，华伦夫人或埃皮奈夫人不能也不应该用"隐私权"来干涉卢梭的叙述权。在这个意义上，我们主张自传叙述者的叙述权要大于被叙述者的隐私权，因为在叙述权与隐私权之上高悬着"事实正义"的利剑。罗尔斯说得好："作为公平的正义以一种可能是大家一起做出的最一般的选择开始，亦即选择一种正义观的首要原则，这些原则支配着对制度的所有随后的批评和改造。然后，在选择了一种正义观之后，我们就可推测他们要决定一部宪法和建立一个立法机关来制定法律等，所有这些都须符合于最初同意的正义原则。"① 写出事实，就是我们在自传叙事中的首要正义原则，任何其他的叙事方法及约定，都必须符合"事实正义"这一最初同意的原则。

二

然而，自传写作的生态事实并非如此。杨国政在《从自传到自撰》一文中举例说："卢梭的《忏悔录》发表后，他昔日的朋友们首先做出了最激烈的反应，狄德罗在《论克劳迪乌斯和尼禄的统治》中指责卢梭在自传中漫天诽谤，是出于一种流芳百世的骄傲和狂热的心理，说他的自白只是一种伎俩，目的在于让人相信他对别人的污蔑。另一个自认为被《忏悔录》损害了名誉的埃皮奈夫人也曾发表过《反忏悔录》（其实是一部小说，题为《蒙布里扬的故事》），公开了她的书信和日记，对卢梭进行驳斥。后来的乔治·桑也指责卢梭在自我忏悔、公开他与华伦夫人的带有乱伦色彩和三角关系的恋情的同时，也玷污了一个对他有知遇和救命之恩的女人。"② 卢梭在《忏悔录》中是否对狄德罗进行了漫天诽谤是一回事，卢梭能否有权叙述他所知道和了解的狄德罗则是另一回事。从"事实正义"的原则出发，卢梭当然不能对狄德罗进行诽谤，（假若诽谤构成犯罪，狄德罗甚至可以起诉，但是所依据的法律不是"隐私权"，只能是"诬陷罪"。）同样，从"事实正义"原则出发，狄德罗也无权干涉卢梭的叙述权利。换句话说，面对曾经发生过的真实的"狄德罗故事"，假设叙述者是狄德罗，不是卢梭，不也同样需要让事实说话吗？所以，这里的问题关键点是叙述者是否诚信和"不虚美、不隐恶"。卢梭在《忏悔录》中对埃皮奈夫人有着大段描写，其中写到埃皮奈夫人与弗兰格耶之间"有不正常关系"：

---

① ［美］约翰·罗尔斯：《正义论》，何怀宏等译，中国社会科学出版社，1988 年版，第 13 页。
② 杨国政：《从自传到自撰》，载《世界文学》2004 年第 4 期，第 302—303 页。

"弗兰格耶先生对我很好，因而使得她对我也有些友好。他坦白地告诉我说他和她有关系，这种关系，如果不是它已经成了公开的秘密，连埃皮奈先生也都知道了，我在这里本来是不会说的。弗兰格耶先生甚至还对我说了关于这位夫人的一些很离奇的隐私。这些隐私，她自己从来也没有对我说过，也从来不以为我会知道，因为我没有、并且这一辈子也不会对她或对任何人说起的。这种双方对我的信任使得我的处境非常尴尬，特别是在弗兰格耶夫人面前，因为她深知我的为人，虽然知道我跟她的情敌有来往，对我还是很信任。我极力安慰这个可怜的女人，她的丈夫显然是辜负了她对他的爱情的。这三个人说什么，我都不给串通，十分忠实地保守着他们的秘密，三人中不论哪一个也不能从我口里套出另两个人的秘密来，同时我对那两个女人中不论哪一个也不隐瞒我和对方的交谊。险恶的关系中，我就是这样做得既得体又殷勤，但又始终是既正直又坚定，所以我把他们对我的友谊、尊敬和信任，一直维持到底。"① 在这里，显然，卢梭并没有主观上要损害埃皮奈夫人的所谓名誉，如果，卢梭在杜撰埃皮奈夫人与弗兰格耶的"有关系"，埃皮奈夫人既有权写《反忏悔录》，甚至因名誉受损而起诉卢梭，但是如果"有关系"是事实，那么从"事实正义"原则出发来叙述的卢梭，完全可以不考虑埃皮奈夫人的所谓"隐私权"。阿尔贝·杜鲁瓦说得好："史实所必不可缺的准确性使涉入个人隐私成为合法行为。""与新闻一样，历史也有其权利。雷蒙·兰东写道：'一旦历史学家以正直的方式，而无恶意的或害人的意愿完成他的使命时，必须允许他在需要的时候尽可能地能够进入他所研究的人物的私生活领域，以求对历史事件做出解释。'身体情况、情爱生活、不幸隐私、正当与非正当的财富、私人通信……都是传记作家的原材料的组成部分。真实性和彻底性与廉耻心是不兼容的。为了经受时光的考验，一个出色的传记作家一定是一个窥视者和侵入隐私领域者。"② 换个角度说，如果埃皮奈夫人写出了她的《忏悔录》，她就必须（如果是事实）写到她与弗兰格耶的"有关系"，否则埃皮奈夫人就是在隐瞒，而使她的自传失去本身的价值。这样，在"事实正义"原则下，所谓被叙述者要求的隐私保护问题，其实成了伪命题，更成为隐瞒真实的遁词。因为，事实就是事实，即使不说出，还是事实，无所谓隐私与否。但在隐私权的保护伞下，埃皮奈夫人在她的叙事中能说她与弗兰格耶的"有关系"，而卢梭在《忏悔录》中的叙述，则成为侵犯隐私权的证据。结果，隐私变成了隐瞒的同义词。从这个意义来说，乔治·桑对卢梭的指责，是最违反"事实正义"原则和破坏了自传写作中叙述者与

---

① ［法］卢梭：《忏悔录》（第二部），范希衡译，人民文学出版社，1982 年版，第 462 页。
② ［法］阿尔贝·杜鲁瓦：《虚伪者的狂欢节》，逸尘等译，时事出版社，1998 年版，第 144 页。

被叙述者以及读者三者之间的契约关系的。在《忏悔录》中卢梭是公开了他与华伦夫人的关系，但是这是对事实的叙述，作为叙述者卢梭，他有叙述事实的正义，而且内心里从来没有要"玷污"他称之为"妈妈"的人。事实上，在卢梭的笔下，一个有血有肉、美丽特殊的"爱玛"女性形象展现在了读者面前。

法国著名自传专家菲力浦·勒热讷十分推崇自传写作中的"卢梭式"坦诚，然而怎样在自传中实现其坦诚计划呢？他困惑重重："人们马上遇到两个问题。是应当克服性方面的禁忌呢还是应当尊重它？在19世纪，自传契约只是对卢梭的大胆描写的抗议，是有良好教养的人士之间的一种合乎规律的契约。到了20世纪，各种观点莫衷一是。而且，人们在忏悔时，是否有权使周围的人名誉受损呢？答案是否定的。由此出现了作者声称的保留和省略，甚至像米歇尔·莱里斯这样的以最高度的坦诚为目标的人也不例外。与此相关的是，作者出于谨慎而把某些名字做了改动，或把作品推迟出版。"[1]菲力浦·勒热讷的困惑源自于其传记理论上的偏狭，他把"忏悔"与"名誉受损"简单地画了等号，接受了自传写作的现实（卢梭、司汤达都立遗嘱死后出版自传）。事实上，在这里，只要把"事实正义"也纳入自传契约：即叙述者有权叙述任何有关自我与他者的任何事实，那么自传写作无疑会进入一个良性循环的阶段。

三

当我们这里提出的"事实正义"理论，由自传中的自我叙述和叙述他者扩展到整个传记文学叙事的时候，其理论的实践意义更是毋庸置疑的。众所周知，传记创作本来是极为自由的，传记作家只要不断地收集史料，辨析真伪，极少受到指责，但是当传记所涉及的传主为生者或其时代不远，传主亲属犹在，麻烦就接踵而至。"历史、回忆录、传记……在这些领域，时间的作用是决定性。披露的私生活事件越是久远，当事者就越不容易发火。让·德尼·布雷坦告诫道：'历史家们，千万不要去碰尚且在世的人们的私生活！'法律监视着我们的爱情、我们的痛苦、我们的罪孽、我们的病痛、我们的怪癖、我们的住宅、我们形象，以及所有我们称之为个人隐私的一切……死者如果有遗产的话，他就并没有完全死亡。"[2]鲍斯威尔的《约翰逊传》如今被称誉为西方最伟大的传记文学之一，然而该传记刚出版时却受到批评。其中与传主有20年交情的诗人波里克指责鲍斯威尔"违反了

---

① ［法］菲力浦·勒热讷：《自传契约》，杨国政译，三联书店，2001年版，第80页。
② ［法］阿尔贝·杜鲁瓦：《虚伪者的狂欢节》，逸尘等译，时事出版社，1998年版，第145页。

国内的主要法律原则，未经他者许可，在该传记中发表了无保留的通信和无防御的谈话。"①认为鲍斯威尔的叙述伤了他的自尊心，从此与鲍斯威尔断交。事实上，鲍斯威尔只不过是把一个他亲身经历并记录下来的谈话复述了出来。而这一次所谓的波里克与约翰逊的"争吵"，是一次老朋友间善意的斗嘴，此情节栩栩如生地展现了约翰逊的性情脾气。遗憾的是，波里克不理睬鲍斯威尔是小事，因为鲍斯威尔也有他的观点："我十分不解地想知道谁如此自负到想象我会找麻烦来发表他们的谈话。因为我记录的是约翰逊的才情和智慧。"②关键是波里克居然从法规和理论的高度来打压鲍斯威尔的传记叙事：鲍斯威尔"违反了国内的主要法律原则，未经他者许可，在该传记中发表了无保留的通信和无防御的谈话"。这段话，如果没有我们提出的"事实正义"的原则前提，那么无疑是受到当下的法律保护的，而这一似乎合理的理论对传记文学的副作用，将是灾难性的。无独有偶，弗劳德与卡莱尔的关系颇类似鲍斯威尔与约翰逊的情况。而且弗劳德也为卡莱尔写了一部名传，但是，"《卡莱儿传》出版后，引起了英国批评界延续数年之久的对弗劳德的围攻，其激烈程度是少见的，弗劳德引用信件说明的卡莱尔夫妇之间的关系，实际上是卡莱尔的许多亲友都知道的，但人们还是攻击弗劳德是个背信弃义的不忠实朋友，指责他侵犯了别人的隐私。"③此例足可证明在传记叙事中隐私权之荒谬。似想如果卡莱尔或卡莱尔夫人写自传，当他们写到他们夫妇间性的不调和与婚姻的不和谐，那是最自然的，没有人会指责他们说是侵犯了隐私，怎么同样的一个事实，到了弗劳德笔下就变成了对卡莱尔隐私的侵犯了呢？何况，卡莱尔的事他的许多亲友都知道过了，作为全面记录卡莱尔生命旅程的传记就不能叙述？也就是说由于缺少"事实正义"传记理论的支持，其结果是要么人们不敢涉足生者传记创作，传记文学遂有死人文学之称；要么隐瞒事实、讳饰情节，传记文学又有歌德文学之贬。由此可见，我们提出的"事实正义"理论对于改变传记文学的创作壁垒，有着实际的理论指导价值。

　　当然，自传（传记）作家在享有"事实正义"的叙述权的时候，他必须坚守纪实传真这一传记文学的叙事伦理。纪实传真，是自传（传记）文学作家追求的最高的叙事伦理。但同时，自传（传记）作家还必须明晓"真实"的几个层面。其一，本真或自在事实。这是在一定的时空里已经发生的事实。如项羽的"鸿门

---

　　① Sisman, Adam. *Boswell's Presumptuous Task*: *The Making of The Life of Dr. Johnson*. New York: Farrar, Straus&Giroux, 2000. P265.

　　② Sisman, Adam. *Boswell's Presumptuous Task*: *The Making of The Life of Dr. Johnson*. New York: Farrar, Straus&Giroux, 2000. P265. p266.

　　③ 杨正润：《传记文学史纲》，江苏教育出版社，1994年版，第343页。

宴"和恺撒与埃及艳后"不得不说的故事"。有人怀疑，所有的历史都是叙述的历史，是一种话语。那么你怎知道历史上有个项羽或恺撒？我觉得这是一种历史虚无主义理念在作怪。美国"世贸大厦"事件的存在，容不得任何人怀疑，因为有电视录像、幸存者自述、图片等作证。而且 2000 年以后，即使这些史料皆丢失了，我们也不能武断地说不存在"美国世贸大厦事件"吧？同理，我们不能因为史料的缺乏而说没有发生过"鸿门宴"，所以我是承认本真或自在事实存在的。其二，纪实或传记文学的"真"。我认为，传记文学的"真"，是一种"纪实"，传记作家力图到达"本真"或自在真实，但是作为一位艺术家又必须深知自己无论怎样"实录""客观"，都是在用"话语"叙述一个"故事"，在给本真确定一个"意义"，用卡西尔的话来说就是给这个本真赋予"诗"的符号。① 因此，传记文学的"真"是一种对事实的叙述，这样作为叙述，它就不可能是本真的纯粹复现，而是深深烙上传记叙述者主体个性的"修辞"。而修辞立其诚，这就要求叙述者在叙述"他者"事实时，应据事直书，减少主观铨评。例如"世贸大厦事件"从不同的角度不同的阶层来看，或为悲剧，或为滑稽剧，或为正剧。海灯·怀特指出："没有任何随意记录下来的历史本身可以形成一个故事；对于一个历史学家来说，历史事件只是故事的因素。事件通过压制和贬低一些因素，以及抬高和重视别的因素，通过个性塑造、主题的重复、声音和观点的变化、可供选择的描写策略等等——总而言之，通过所有我们一般在小说或戏剧中的情节编织的技巧——才变成了故事"。② 但需说明的是，是该事件本身就有此种"含义"，它与小说的"情节编织技巧"不同。传记文学只能是向着某一真实人物和某一真实事件去"以文运事"，小说则是向着所有人物（可以是雨果笔下的拿破仑，也可以是"嘴在山西"的阿 Q）和所有事件来"削高补底都由我"的"以文生事"。其三，传记小说的真实或哲学的"真"。所谓传记小说的"真"，事实上已经逾越了传记文学的范畴。因为作家尽管书写的是真人或真事，但是在叙事中，作家更多的是追求性格的真实。换句话说，作家从人物性格出发，既可以把刘备身上的事，放在张飞身上；也喜欢替人物想象出一个人物真实生活中可能发生的事。如海明威与父亲的决斗。这种"依傍性格身份，假之喉舌"的叙事，就是追求一种哲学上的真实。这里的"真实"与小说是相通的了。但由此也可看出，小说也不是可以随意虚构的，它也是对生活真实的叙述。不过它更忠实于人性，作家在叙事上不对某一事实"承诺"而已。那么自传（传记）文学作家在创作时则要在叙事伦理上进行一次"道德承诺"：

① ［德］恩斯特·卡西尔：《人论》，甘阳译，上海译文出版社，1985 版，第 66 页。

② 张京媛：《新历史主义与文学批评》，北京大学出版社，1993 年版，第 163 页。

我写的尽管不可能百分之百的本真，但我言必有据，绝不歪曲事实。只有当自传（传记）文学作家"承诺"这样纪实，遵循这样的叙事伦理，我们的"事实正义论"才有可能由理论变成现实。

第三章　论时间和自传

　　自传，是关于某一真实个体自我存在的时间话题；时间 [①] 是一种存在于自我事件中的叙述。由于人是理解时间的先验条件，这样，我们至少会涉及时间和自传之间以下三种关系：一、时间和自传记忆；二、时间和自传叙事；三、时间和自传意义。

一

　　自传由于是回顾自我真实人生经历的时间艺术，所以时间与记忆是无法分开地交织在一起了。美国著名记忆学专家丹尼尔·夏克特指出："我们的自传，亦即我们对自己生命历程的回顾，正产生于时间和记忆之间相互作用的动力过程。如果我们不考察记忆随着时间的流逝会发生什么变化，以及我们如何将往事的经验残余转变成我们关于自己是谁的传记，那么我们就无法理解记忆力之脆弱。" [②] 夏克特教授研究的重点在透过自传时间与记忆的关系来回答记忆之脆弱问题。我们研究时间与自传是为了解答自传是如何通过记忆来构建自我的。随着时间的延长，自传作家用记忆写出的自传是一种真实的文本吗？以及它在多大程度上展现了自我原貌？

　　卢梭的《忏悔录》是在记忆基础上完成的自传名篇。卢梭说："本书的第一部是完全凭记忆写成的，其中一定有很多错误。第二部还是不得不凭记忆去写，其中很可能错误更多。" [③] 卢梭发现，他的记忆力专使他"回想过去的乐事"，这是写第一部时的情况。在写第二部时，"今天的我的记忆力和脑力衰退了，几乎不能做任何工作了。"然而，记忆本身是值得完全相信的吗？因为随着时间的流逝，记忆首先会出现遗忘问题。美国认知心理学家玛丽戈尔德·林顿通过对她自己的记忆进行研究发现，时间间隔愈长，记忆的影响愈模糊。夏克特指出："虽然遗忘具有适

---

　　① 我们这里的"时间"不是亚里士多德的"物理时间"，参见《物理学》，而是奥古斯丁的"心理时间"，参见其《忏悔录》。

　　② ［美］丹尼尔·夏克特：《找寻逝去的自我——大脑、心灵和往事的记忆》，高申春译，吉林人民出版社，1998 年版，第 66 页。

　　③ ［法］卢梭：《忏悔录》第二部，人民文学出版社，1982 年版，第 344—346 页。

应特征，但时间仍是记忆的一个劲敌：随着编码与提取之间时间间搁的延长，我们会对被编码的经验发生遗忘，其中有些遗忘快，有些遗忘慢。"① 自传回忆研究领域内的先驱人物马丁·康威和大卫·鲁宾为此划分了三种不同的自传知识：最高层是各人生阶段的回忆，中层是以天、周、月为计量单位的一般事件的回忆，最低层是对特殊事件的回忆。他们研究发现；人们回首往事时，这三个层次通常都是相互交错的。记忆所贮存的，并不是与我们对往事所产生的回忆经验——对应的单一的表征或记忆形象。相反，回忆所产生的记忆经验，是通过将自传知识三个不同水平上的各信息片段加以组合而构建出来的②。这样这种文学特性的记忆就会发生某种回忆中的歪曲，是否由此可以看出自传是一种虚假的记忆呢？夏克特说："事实上，我们有很好的理由相信，我们对往事经历的回忆在基本轮廓上是准确的。"夏克特举了一个他自己的例子。他有个弟弟叫凯思。很小的时候，他们全家看过一场足球赛，结果新英格队输了，凯思痛哭了一场，但凯思全忘了，那时，他们家养了一只狗，夏克特想不起，可凯思全记得。夏克特说之所以会如此，"反映了我们当初对它们编码程度的不同，"③ 这时的编码事实证明会出现一定程度的记忆歪曲或记忆屏蔽，以及对记忆的选择。但我们并不能由此类推出自传是一种虚假。卢梭的《忏悔录》在基本事实上都是真实的，尽管卢梭自称其"记忆专使我回想过去的乐事，从而对我的想象力起着一种平衡的作用"事实上，卢梭在第二部中所叙写内容多属创伤记忆，反而准确性较高。问题在于，当自传叙述人在通过记忆对过去信息进行重新编码之时，往往产生记忆歪曲。结果，叙述出来的事件会受到自传叙述人"当下"情感、心理、文化的影响而导致某种变形，这一点需特别指出。也就是说，同一事件会由于不同时间不同空间的记忆而发生变化。卢梭后来在《漫步遐想录》第四篇中承认他写作《忏悔录》时："爱对一生中幸福的时刻加以铺叙。有时又以亲切的怀念作为装饰来予以美化。对已经遗忘的事，我是根据我觉得它们应该是那个样子或者它们可能真就是那个样子来叙述的。"这也就是莫洛亚所说的记忆不仅疏忽遗忘，它还对事实加以理想化，骤变一过，他回首顾望，将一切合理化。④ 时间的流逝导致记忆的变形甚或遗忘，这是自传写作中的不

---

① ［美］丹尼尔·夏克特：《找寻逝去的自我——大脑、心灵和往事的记忆》，高申春译，吉林人民出版社，1998 年版，第 72 页。

② ［美］丹尼尔·夏克特：《找寻逝去的自我——大脑、心灵和往事的记忆》，高申春译，吉林人民出版社，1998 年版，第 60 页。

③ ［美］丹尼尔·夏克特：《找寻逝去的自我——大脑、心灵和往事的记忆》，高申春译，吉林人民出版社，1998 年版，第 85 页。

④ 莫洛亚：《论自传》，载《传记文学》1987 年第 3 期，文化艺术出版社，第 155—156 页。

争之事实。一个自传叙述者太过于相信自己的记忆力而不参之"史料",其自传的可信度是值得怀疑的。这里,自然会推论出自传文本是否真实的问题。我们认为,从时间与自传记忆的关系来看,传记文本的真实性,必然是一种叙述人用满足当下自我意识的方式来"认同"自我的构建性。即茨威格指出的自传是一种"制作"而不是复述。① 布郎说得好:"人的自我在其认知功能中并不是一面透明的镜子,可以把现实原则直接传达给本我;它具有一种更为主动积极的歪曲变形作用,而这正是由于它无力接受当前的人生现实所造成的。"② 因此,自传的真实性是一种有选择的真实。它是自传叙述人对自我真实的解读。换句话说,在真不真实的层面上讨论自传的真实性没有多少理论意义和实践价值。自传的真实性或许就存在于其文本中有多少"真实"。我们想,法国自传研究专家菲力浦·勒热讷提出的,自传是自传叙述者与读者间订立的"契约"的观点,是一种比较合理的解释。歌德之所以把他的自传定名为《诗与真》,也正是反映了时间与自传记忆的这种关系,卡西尔指出:"符号的记忆乃是一种过程,靠着这个过程人不仅重复他以往的经验而且重建这种经验。"但是,这种记忆并不意味着自传的不真实,卡西尔论述道:"想象成了真实的记忆的一个必要因素。这就是歌德把他的自传题名为《诗与真》的道理所在。他的意思并不是说他在关于他的生活的故事中已经插进了想象和虚构的成分。歌德想发现和描述的乃是关于他的生活的真,但是这种真只有靠着给予他生活中的各种孤立而分散的事实以一个诗的,亦即符号的形态才有可能被发现。"③ 20世纪三大传记大师之一的茨威格也表述了类似的看法,让我们引述他的一段话,作为本节的结束,"记忆本身就已经主动练习了所有的创作功能,就是这些:选出基本的,加强和淡化,有组织地编排。借助记忆这种创造性的想象力,每个描述者也就不由自主地在事实上成了他生活的创造者:我们新世界最明智的人,歌德,清楚这一点,他自传的题目,《诗与真》这个勇敢的标题适用于每一种自我表白。"④

二

弗雷泽说,人只是表面上看来是一种理性的动物,实际上,他是有死亡意识

---

① [奥地利]茨威格:《自画像》,袁克秀译,西苑出版社,1998年版,第10页。

② [美]诺尔曼·布朗:《生与死的对抗》,冯川等译,贵州人民出版社,1994版,第175页。

③ [德]恩斯特·卡西尔:《人论》,甘阳译,上海译文出版社,1985年版,第66页。

④ [奥地利]茨威格:《自画像》,袁克秀译,西苑出版社,1998年版,第10页。

从而有时间意识的生物。① 自传叙述的始源即是人区别于动物的这种时间意识。但是人类的时间意识只有通过心理感悟才能存在，这就是自传叙述的重要之所在。换句话说，人能够在叙述中获得他失去的时间，普鲁斯特研究专家罗杰尔·沙图克指出，普鲁斯特就是"要使我们看见时间"。普鲁斯特自己称他的《追忆逝水年华》为：复得的时间"我领会到一种艺术作品是恢复失去的时间的唯一手段。我明白，一篇文学作品的全部素材都在我过去的生活中。"②《富兰克林自传》的叙述者富兰克林，回顾自己由印刷工成为如今生活富足，在这世界上赢得了小小的名望的人时，常想把生活从头到尾再过一回。尽管时间永逝不复回，但是富兰克林发现：他有可能将一生重演一遍，那就是通过自传叙述。他说："既然重演一生是不可期望的，那么最接近于重演一生的做法似乎就是回忆了，为了使回忆尽可能地存留久远，就需要用笔墨将它记载下来。"③ 这里，富兰克林正是由个体的必然死亡，意识到时间永逝，并进而试图用自传通过回忆将人生重新叙述一遍。结果《富兰克林自传》成为世界自传史上的名篇之一。因而它体现了时间与自传叙述的特殊关系。利科说："让我们记住，一生是这一生寻求叙述的历史，了解自己是能讲述有关自己本人的既可理解又可接受的历史。"④

在自传中，自传叙述人之所以不停地回顾自己的一生，从时间上讲，这是自传者向死亡而生，透过对时间的追问以求使此生时间变长。"此在追问时间之'多少'时事先就使时间变长了，而在向消逝的先行中的不断返回是决不会变得无聊的。"⑤ 海德格尔用"此在"来表明人是以时间与存在的关系为特征的，事实上，此在是充满烦的时间意识的自我。这样，"只有当此在拥有未来时，他才是他本己的曾在。曾在以某种确定方式产生于未来中。"⑥ 海德格尔的这种时间观，是对普遍认为的从过去到当前再到未来均匀流逝的时间的颠倒。对自传的叙述模式影响深远。普鲁斯特的《追忆逝水年华》即其然。德国学者比梅尔有一段精辟论述："对生命终结的思索，对死的预见推动着他的创作。他在自己的创作中，一方面为生命的终结作预备。一方面又保持着他的曾在，重复他的曾在。因此，他的作品具有一种奇特的结构：从死出发来描写生的历程，作为对曾在的回复。因此，在时间的假

---

① *The Voice of Time*, *introduction*, The university of Massachusetts Press, 1981.
② 伍蠡甫:《现代西方文论选》，上海译文出版社，1983 年版，第 127 页。
③ ［美］富兰克林著:《富兰克林自传》，孔祥林译，江苏文艺出版社，1998 版，第 2 页。
④ ［法］蒙甘:《从文本到行动——保尔·利科传》，刘自强译，北京大学出版社，1999 年版，第 108 页。
⑤ ［德］海德格尔:《海德格尔选集》，上海三联书店，1996 年版，第 21 页。
⑥ ［德］海德格尔:《海德格尔选集》，上海三联书店，1996 年版，第 21 页。

面舞会上，对临死的体验就伴随着童年记忆中花园的钟声——它预告着斯万的来临和被拒绝后的吻别。未来、曾在和现在融为一体。这种时间的统一体就是它的主人公。作品一开始就把我们带向作品的末尾，而末尾又使我们回复开始——这种对开始的领会和记忆的回复并不仅仅是为了保持曾在；因为对曾在的描述也就是对时间的描述。"[①]这就是说，一个自传作家不能满足于按编年体的结构，逐年逐月地叙述自己的生活，而应该像普鲁斯特那样，叙述中充满着时间。因为：自传创作多为一生的终结性思索，是在一种死亡意识的心理推动下进行创作的。[②]我们认为，优秀的自传文学理应坚持这一文学创作的立场，自传叙述者在时间三维中：过去、现在、未来，应突出三者的相互渗透特性。从未来关联过去，从现在关联未来。"我们更多的是生活在对未来的疑惑和恐惧、悬念和希望之中，而不是生活在回想中或我们的当下经验之中。"所以，有论者说："《追忆逝水年华》是一部关于时间的寓言。"（蒙甘语）也正因为如此，自传叙事不是对自我一生时间的机械叙述，而是对时间的重新梳理与定型，叙事使不成形、不一致的时间成为一致。这样，时间在自传叙事中方能达到时间美学的高度。夏多布里昂的《墓外回忆录》与普鲁斯特的《追忆逝水年华》有着异曲同工之妙。写作自传《墓外回忆录》时的夏多布里昂比任何时候都更体验到时光的流逝。于是复活历史，唤醒那曾在的世界，寻找主宰他一生的统一性，是夏多布里昂自传追求的最高目标。用夏多布里昂的话来说："我挣扎着反抗时间……在时间这个世纪的巨大吞噬者的手中，在使我随它处于空间团团转的时间手中，我感到自己停止不动了。我会怎样？我们的岁月和回忆伸展成规则的、平行的一层层，分别处在我们一生的不同深度，被相继在我们身上掠过的时间的波涛所摒弃。"[③]一只斑鸫的啁啾打断夏多布里昂的思考时，这种神奇的声音立刻让岁月消失了，"这种神奇的声音立时使父亲的产业重新出现在我眼前。我忘却了我刚目睹的灾难。突然被带到往昔，我又见到那些田野，我过去在那里常常听到斑鸫的鸣声。"结果这种情感渗入了叙述者全身：由于这只斑鸫，岁月消失了，"我"在整体中重现，而且由于时刻的模糊作用，灵活地包括永恒。法国学者皮埃尔·布吕奈尔等指出："这种对往昔的重新征服，就像抓住了虚无：时间的轨迹，它们无情地衡量出发点的距离和越过多少路程。""历史给夏多布里昂提供了类比的机会，回忆本身就是这种机会。某些篇章在一个全景中汇聚

---

① ［德］比梅尔：《海德格尔》，刘鑫、刘英译，商务印书馆，1996 年版，第 57 页。

② 自传史上的名作多为老年时撰作，但也有年轻时所作，不过名作较少，这里折射出鲜明的时间意识。

③ ［法］皮埃尔·布吕奈尔等：《19 世纪法国文学史》，郑克鲁等译，上海人民出版社，1997 年版，第 65—67 页。

了空间和时间的作用。"① 由此可见，时间对自传叙述的影响是深远的。

从叙述的视角来看，叙述离不开对过去、现在、将来的时间叙述，按照以上的分析，我们可以推理出：真正的具有诗学价值的自传应在时序、速度、频率、语式等方面达到虚构叙事学的高度。我们这里借用法国著名叙述学专家热拉尔·热奈特的几个名称。以恢复自传叙事的"诗学尊严"。② 热奈特是西方鲜见的尊重纪实叙事学的专家。热奈特说得好："叙述学应该涵盖各种叙事文，包括虚构性叙事文或非虚构性叙事文，显然，直至今日，叙述学的两个分支几乎都把注意力集中在虚构叙事一家的风姿和内容身上"，这是一种典型的"隐形偏爱"。让我们举出时序为例。热奈特指出："谁也不能阻止纪实叙事在使用补叙或预叙方法。""虚构叙事与纪实叙事在使用时序错乱以及表示这些错乱的方式方面没有太大的区别。"③ 卢梭的《忏悔录》体现了热奈特所论述的特征。在第二部开始，他说："我马上就要展示的是一幅多么不同的图景啊，命运在前三十年间一直有利于我们的自然倾向，到了后三十年就时刻加以拂逆了；人们将会看到……"这是自传叙事文的独特价值所在，因为自传使用"第一人称叙事"，具有明显的回顾特点，"第一人称叙事文，由于其明确的回顾特点，比其他任何一类叙事文都更适合于预述。叙述者可以影射未来，尤其可以影射目前的状况。"④ 卢梭写作时正是在利用这一预述来影射他的迫害者的。

人们普遍认为，在自传作品中，叙述主体与写作主体，叙述者和作者，叙述主人公与隐指作者是"混同的"。"只有像卢梭《忏悔录》这样自传性非常强，叙述者主人公与隐指作者身份合一，而他们的价值观又完全一致的叙述作品，主体的分化才几乎消失。"⑤ 这里赵毅衡先生用"几乎"二字，表明他有"存疑"，而我们则存疑甚多，特别是从时间来看自传叙事，我们会发现自传中的叙述者与主人公及作者不能简单地混同合一。《词语》的作者是存在主义作家让·保尔·萨特（1905—1980）。《词语》的主人公是与《词语》结下不解之缘的少年萨特，《词语》的叙述者既不是有存在主义哲学思想的作家萨特，也不是只有 12 岁的读书少年，而是一个"隐含作者"，因此，如果我们真正能从恢复纪实叙事学的"诗学尊严"的高度来分析自传叙述，人们不得不承认《词语》中的"隐含作者"的主体是分

---

① ［法］皮埃尔·布吕奈尔等：《19 世纪法国文学史》，郑克鲁等译，上海人民出版社，1997 年版，第 65—67 页。

② ［法］热拉尔·热奈特：《热奈特论文集》，史忠义译，百花文艺出版社，2001 年版，第 127 页。

③ ［法］热拉尔·热奈特：《热奈特论文集》，史忠义译，百花文艺出版社，2001 年版，第 133 页。

④ 张寅德编选：《叙述学研究》，中国社会科学出版社，1989 年版，第 211 页。

⑤ 赵毅衡：《当说者被说的时候——比较叙述学导论》，中国人民大学出版社，1998 年版，第 28 页。

化的。事实上，从弗洛伊德"自我"的三个层次来看，自传作者多用"超我"担任叙述人。因为"超我"是一种"超道德的"人（弗洛伊德语），中国的自传叙述者多采用这一"超我"视角，这是因为中国文化是一种耻感文化。但需指出的是，西方的所谓卢梭式"自我暴露式"自传叙述人，恰恰是隐含了卢梭式"本我"目的。霍尔奈说："品格非常高尚的人的超我，还可以通过攻击被认为是不道德的人来为本我得到满足。带着道德义愤的面具出现的残酷也不是什么新鲜事。"① 茨威格曾以让·雅克·卢梭为例说"隐藏到表白之后，恰恰在坦白中隐瞒，是自我表现中自我欺骗最巧妙、最迷惑人的花招"。②《忏悔录》中的叙述主人公是不能与真人作者让·雅克·卢梭等同的。所以，自传叙述中叙述者与主人公及真实作者也同样不是身份合一的。

三

回顾过去，立足现在，构想未来是人类停不住的追求。希腊戴尔菲神庙的名言："认识你自己"启示了一代又一代哲人。柏拉图说："做你的事和认识你自己。"蒙田说："世界上最重要的事情就是认识自我。"克尔凯郭尔说："人的本性是激情，在激情中，人理解他人，也理解自己。"卡西尔甚至称"认识自我"乃是哲学探索的最高目标。他说："人被宣称为应当是不断探究他自身的存在物——一个在他生存的每时每刻都必须查问和审视他的生存状况的存在物。人类生活的真正价值，恰恰就存在于这种审视中，存在于这种对人类生活的批判态度中。"③ 同理，一部自传若想成为一部真正有价值的自传，也是应奉认识自我为自传的最高追求。这是自传文本的时间性所决定的。人生易老，"一切皆变，无物常往。"（毕达哥拉斯语）奥古斯丁在向上帝认罪、忏悔的同时，他通过对时间的追问，来认识他自己，"时间究竟是什么？没人问我，我倒清楚，有人问我，我想说明，便茫然不解了。"④ "我们讲述真实的往事，并非从记忆中取出已经过去的事实，而是根据事实的印象而构成言语，这些印象仿佛是事实在消逝中通过感觉而遗留在我们心中的踪迹。譬如我的童年已不存在，属于不存在的过去时间；而童年的影像，在我讲述之时，浮现于我现在的回忆中，因为还存在我记忆之中。"⑤ 在《忏悔录》中，奥

---

① ［美］卡伦霍尔奈：《精神分析新法》，雷春林译，上海文艺出版社，1999 年版，第 58 页。
② ［奥地利］茨威格：《自画像》，袁克秀译，西苑出版社，1998 年版，第 10 页。
③ ［德］恩斯特·卡西尔：《人论》，甘阳译，上海译文出版社，1985 年版，第 66 页。
④ ［古罗马］奥古斯丁：《忏悔录》，周士良译，商务印书馆，1994 年版，第 242 页。
⑤ ［古罗马］奥古斯丁：《忏悔录》，周士良译，商务印书馆，1994 年版，第 242 页。

古斯丁讲述了他在未皈依基督之前的种种人性生活，甚至肉欲、偷盗等情节。但是，他为什么要讲述他的生活呢？难道仅仅是以叙述出他的生平过程为最高目的吗？海登·怀特通过对大量历史叙述的分析，他发现，历史叙事在记录事件时，往往对事件进行编码，对事件发生的时间顺序进行变形，"目的是要揭示事件的真实"或"潜在"意义。①事实正是如此，自传的真正诗学目的是通过对自我生平经历的叙述，以得出"我是谁"和"谁是我"的意义来。卡西尔就认为奥古斯丁的《忏悔录》是一部人类的宗教剧，奥古斯丁对他自己生活事件的叙述是不重要的。关键是："在奥古斯丁书中的每一行文字都不仅有一个历史的含义而且还有着一个隐含着的象征意义"，那就是"只有在基督教信仰的符号语言中，奥古斯丁才有可能理解或表达他自己的生活"。②如果一位自传作者对时间有着深刻的理解，那么他对自传意义的把握就较为敏锐。我们认为，自传是一种对日常状态时间的超越，因为在日常状态下"并不包含任何对自我的反思"。海德格尔说："在日常状态中，没有人是他自己。他是什么以及他如何是——这都是无人；没有人，但又是所有的人相互在一起。所有的人都不是他自己。这种"无人"——日常状态中的我们本身是靠此"无人"生活的——就是"常人"（das "man"）常人说，常人听，常人为……而存在，常人繁忙。"③萨特的《词语》之所以超出诸多自传的水平之上，并不是因为萨特以他的生花妙笔，栩栩如生地叙写出了他的童年，而恰恰是它的自传意义。法国学者洛朗·加涅宾就指出了这一特点："萨特自传体式的自述并不是完完全全按时间先后或事件来叙述的。这部作品对他的童年做了紧凑的、精辟的并且十分深刻的分析。弄明白这部作品的含意和它的普遍意义比从中挖掘一些轶事或发现一些故事或回忆更加重要。"④萨特写《词语》的目的，就是要"证实自己存在的合理性"，他在书中用存在主义哲学家现在之"我"来阐述他的童年。"描述了一种奇特的经历：一个艰辛地达到无神论边缘的孩子，尽管不信仰能解释我们每种行为的上帝，仍然不愿失去自身存在和生活的理由。"⑤国内学者柳鸣九在为《词语》中译本所作的序言"严酷无情的自我精神分析"一文中对此也有一段论述："事实上是，他在这本书里集中了全部精力去追述他文字的因缘，而与这一特殊对象的因缘就决定了他以后整个一辈子的道路、职业与所作所为，决定了他何以成为世人后来所认知的作家让·保罗·萨特，也就是说，他在追述与解释他作

---

①　张京媛主编：《新历史主义与文学批评》，北京大学出版社，1993年版，第191页。

②　［德］恩斯特·卡西尔：《人论》，甘阳译，上海译文出版社，1985年版，第67页。

③　［德］海德格尔：《海德格尔选集》，上海三联书店，1996年版，第14页。

④　［法］洛朗·加涅宾：《认识萨特》，顾嘉琛译，三联书店，第24页。

⑤　［法］洛朗·加涅宾：《认识萨特》，顾嘉琛译，三联书店，第24页。

为一个写作者的存在的最初那些根由，从这个意义上来说，他在这本书里所做的，就是解剖他后来发展成为一个大作家、大哲人的最初的那个雏形。"①

　　心理学已经揭示出这一现象，不思考过去，即不能反思现在，也不能展望未来，"若一个人失去了对全部往事的情节记忆，那么他的人生就会变得贫瘠乏味，就像凄凉萧瑟的西伯利亚荒野一样"，夏克特曾举了一个吉恩的例子来说明这一现状。吉恩于1981年因在一次摩托车事故中导致严重脑伤而患退行性失忆证，结果，他不能回忆起生活中任何时间的任何特殊事件。对吉恩来说"他的心灵空白一片，他的生活一无所有，他没有一个朋友，只是寂静地和父母一起生活在家里。而且更令人吃惊的是：正和他的过去已完全丧失一样，他也从来不思考未来。他不会去对生活做出任何计划，他对未来也没有任何指望。"②这个例子有助于说明：过去，现在，未来是一个不能分割的整体，一个没有时间意识的人则是一个没有未来的人。同理自传叙述者之所以叙述他或她的过去，也正是想在过去的生活中去觅取他或她现在，以至未来或永恒的生活的意义。

　　总而言之，时间在自传叙述中有着极为重要的作用，应当引起自传作家和有自传倾向的小说家的重视。另外，我们在这里之所以探究时间与自传的关系，还有一个重要原因：那就是构建中国传记诗学。长期以来，特别是20世纪，学界把更多的精力投放到虚构叙述的研究之中，恰恰忽略了富有民族传统的纪实叙述的现代转化。中国的历史叙述曾得到黑格尔的赞美，在一个历史叙述如此发达宏富，曾产生了司马迁《史记》、司马光的《资治通鉴》的中国，研究者时至今日仍在高扬虚构叙事的大旗，对纪实叙事则缺少诗学思考。这是一种屈服于西方文化霸权并且割裂与中国传统文化联系的内在学理缺陷，该到我们清理这一不重视纪实叙述理论和实践的"隐形偏爱"并构建中国民族传统的传记诗学的时候了。

---

　　① 参见柳鸣九为萨特《词语》中译本所作序言"严酷无情的自我精神分析"，［法］萨特：《词语》，漓江出版社，1996年版。

　　② ［美］丹尼尔·夏克特：《找寻逝去的自我——大脑、心灵和往事的记忆》，高申春译，吉林人民出版社，1998年版，第156—157页。

第四章　论中西自传之"我"

一、"自在之我"

在自传产生之前，有没有"自在之我"？初听起来好像这是论者在假设一个逻辑推理，并企图诱导读者走进一个自设的怪圈。这不是明摆的事实吗？当然存在"自在之我"。例如：卢梭《忏悔录》写作和出版之前，是先有一个叫做让·雅克·卢梭的人，他1712年生于日内瓦一个钟表匠的家庭。7岁时，他在父亲的鼓励下读遍了诸多古希腊、古罗马文学中的名人传记。他认为普鲁塔克的英雄传记是塑造人的自由精神的最佳手段。10岁时，他被送到朗莫西埃牧师那里，两年内就学会了拉丁文。13岁至15岁时，他在一个暴虐的镂刻师的店铺当学徒，经历很多磨难。两年后他终于弃职离乡，开始了长期颠沛流离的生活。华伦夫人既是他流浪生活的第一个幸福的港湾，也是他过于丰富而略嫌病态的情爱生活中所钟情的第一个女性。在华伦夫人那儿，卢梭度过了近10年浪漫而稳定的生活。1742年，他离开华伦夫人来到巴黎，进入文学界。1749年，他的应征文章《论科学与艺术》获奖。这虽使他一举成名，却也逐渐显示出他同其他启蒙主义者在思想立场上的分歧和差异。其后，他渐渐地与百科派决裂了。在法国蒙莫朗西森林附近度过的几年是他文艺创作生涯中硕果累累的阶段，他的四大名篇《新爱洛绮丝》《民约论》《爱弥儿》《忏悔录》中的三篇问世于此时。因《爱弥儿》同时激怒了当局和百科全书派，卢梭避难逃至瑞士等地，最后回到法国仍不得安宁。他晚年时在巴黎离群索居，《忏悔录》一书于此时完稿。1778年，卢梭在一个侯爵的庄园里孤独地死去。但法国大革命后，他的遗体却于1794年被以隆重的仪式移葬于巴黎先贤祠。也就是说，即使卢梭不写《忏悔录》，那个"自在之我"，也是存在的。李清照如果没有记叙自我生平的《金石录后序》问世，后世读者当然无法真切了解她与丈夫之间交织着的"悲苦和情爱"，[①] 可那个叫做李易安的女词人的"自在之我"是肯定存在过的。这有其他文献可证。但问题是，假如自传叙述者，在历史上没有像卢梭那样闻名或无其他史料来旁证其存在过的话，那么，"自在之我"的存在与否的问题就浮出了水面而不仅仅是一个逻辑的推理了。沈复的《浮生六记》，被

---

① ［美］斯蒂芬·欧文：《追忆》，郑学勤译，上海古籍出版社，1990年版，第121页。

杨引传得之于"冷摊"。林语堂感慨道：要不是这书得偶然保存，我们今日还不知有这样一个女人生在世上，饱尝过闺房之乐与坎坷之愁。[①] 显然，如果没有沈复的自传存在，陈芸的"自在之我"的存在与否，是颇值得怀疑的。更何况，有关沈复的所谓"闺房记乐""闲情记趣"等，完全是由沈复在自说自话，已无旁证。诸多论者就是将此自传当作小说来研究的。由此看来，"自在之我"仍然是个容不得忽略的问题。

那么，解决这个问题的最佳学术路径是什么？我认为这里首先在叙述者与读者间必须达成一个契约：即我们必须承认自传文类是一个契约文类。"自传契约"是法国著名自传研究专家菲力浦·勒热讷提出的概念。他指出：自传就是一个人以真实为承诺所写的关于自己的传记。自传是一种建立在作者与读者相互信任基础上的体裁，如果可以这样说的话，是一种"信用"体裁。自传作者在文本伊始便努力用辩白、解释、先决条件、意图声明来与读者建立一种"自传契约"。菲力浦·勒热讷解释说，18世纪以来的欧洲小说，大量使用书信体和日记体。如果我们只停留在文本的内在分析上，那么自传和自传体小说几乎无法区分。[②]

我们的观点是明确的，最基本的历史常识告诉我们，"自在之我"像天上的太阳一样，即使它晚上不出来或被云遮雾罩，却始终是存在的。这里的关键问题是，自传文类尽管是叙述者本人对这一"自在之我"的追忆与记录，但是"自在之我"事实上又迥然独立于自传中出现在文字中的"我"之外。同样，"自在之我"也不能说是自传中的"我"的父本与母本，只能说它是与自传中的"我"有着千丝万缕联系，却又绝非完全等同于自传中的"我"的另一个"本源之我"。

二、"叙述之我"

自传的客观生态证明：所有的自传之"我"，必须也只能是当"自传"出现时，他或她才出现。也就是说，尽管在《诗与真》出现之前或之后，歌德作为"自在之我"是客观存在的。但是，这个"我"事实上与《诗与真》中的"我"是不能完全等同的。[③] 前者是"自在之我"而后者是"叙述之我"。自传之"我"，与叙述同生死。自传话语中的"我"，是一种自我言谈之"我"。它是与叙述同时产生的。如果没有自传，自我则无处投胎或转世。在保罗·利科看来，一个生命在他没有被解释的时

---

① 林语堂：《浮生六记·译者序》，外语教学与研究出版社，1999年版，第17页。
② ［法］菲力浦·勒热讷：《自传契约》，杨国政译，三联书店，2001版，219页。
③ ［德］歌德：《歌德自传——诗与真》，人民出版社，1983年版。

候是没有生物学现象的，尽管不能说这个生命不存在，但利科却把生命本身和人类经验称为"前叙述性质"，是叙述方使这些存在过的生命潜质成形。因而保罗·利科断定没有独立的、自我本位的自我，只有叙述之"我"。[1]利科从叙事哲学的高度，敏锐地把握住了叙事在自我塑形中的作用。他特别强调自传之"我"因叙述而生的独立性。这里，利科是想表明，叙述中的"我"与"自在之我"（前叙述性质），有着不同的修辞目的。一旦"我"在叙述中出现。它就与自在之"我"有了区别。哪怕是叙述者对"自在之我"如照相般的叙述，也是不同的（下文会有论述）。这里最为关键的是，自传叙述中的"我"是有"意义"的"我"。泰勒说"使我现在的行为有意义，就要求叙述性地理解我的生活，我成为什么的含义只能在故事中才能提供"。[2]沈复的《浮生六记》给我们提供了"叙述性地理解我的生活"的一个完美典型。沈复的"自在之我"如何？我们目前并没有太多的史料来说明。但从俞平伯辑录的年表来看，可以肯定地说，在其生活的时代，他至少会因为他的"另类"行为，而得"不孝""悖伦"的骂名。特别是他与陈芸的夫妇生活，给"前叙述状态"中的沈复带来的是无尽的伤悲：父子不睦、婆媳不和、兄弟阋墙、骨肉分离。但是，在《浮生六记》中，当沈复在"叙述"那个叫做沈三白的"余"时，沈复不但让自己失败的生活有了"意义"，而且重新确定了分裂自我的不同的身份政治：闺房记出了"乐"，闲情有了"趣"，快乐在浪游中穿行，坎坷是痛并快乐着。[3]美国学者斯蒂芬·欧文敏锐地指出：沈复是在"写"成某种叙述文字，并含蓄地告诉读者："那时事实就是如此"。这里沈复是在细心地有选择地忘却某些事情。以便把回忆的断片构建为事情应该如此的模样。"这一对恋人总是在他们的生活里谱写出一则则纯真美妙的趣事，为他们自己组织自己的小空间，建设假山和幻象——至少在他根据回忆为我们写下的故事里有这样的假山和幻象"。不过，在每一则这样的趣事中，每一个这样的幻象里，都存在一种危险，人工雕琢的痕迹会漏出尾巴来，别人会看出这都是沈复在人为加工他的自我。"沈复是按照事情应当怎样来讲述他和芸的生活故事的，然而他讲述时的口气好像是事情事实就是这样。这是回忆录，它是一件想要掩盖自己是艺术品的艺术品。然而，到处都可以看到用油灰抹住的结合部和裂缝：由省略而造成的断沟以及由欲望浇铸而成的看不见的外皮。"[4]

---

① Ricoeur, Paul, *Time and Narrative*, trans. Kathleen McLaughlin and David Pellauer, 3vols（original French version，1983–5；Chicago：University of Chicago Press，1984–8）p229.

② ［加拿大］泰勒：《自我的根源：现代认同的形成》，韩震等译，译林出版社，2001 年版，第71 页。

③ 王成军：《事如春梦记有痕——沈复与〈浮生六记〉》，中华书局，2002 年版，第 11 页。

④ ［美］斯蒂芬·欧文：《追忆》，郑学勤译，上海古籍出版社，1990 年版，第 121 页。

请特别注意的是，这里的沈复之"我"是叙述中的沈复之"我"，尽管他的基本事实指向那个"自在之我"，但却不能与之画等号。同时，这种叙述之我，也不能像斯蒂芬·欧文所说的那样"是一种艺术冲动"，而与所谓的"虚构"称兄道弟。这个"余"就是重新对"自在之我"进行叙述以确立自传作者是什么的"叙述之我"。邦唯尼斯特说出过这样一句值得纪念的短语："自我"是他或她说出的"自我"。① 在这个意义上，诚如邦唯尼斯特所云，"自传之我"是一种"叙述之我"。我们认同此论。无独有偶，西方自画像历史上有一幅著名的绘画《宫女们》，耐人寻味的是，画家迪埃戈·委拉斯贵兹不但将自己画进了画面，而且，在画面中将自我重新进行了描绘：宫廷画家的谄媚本质被自我描画成了尊贵；明明是争取骑士团落选却在自己的脖子上画上了十字勋章。由此可证明，介入绘画语言中的自我，同自传中的自我一样，都是一种"我"叙述出的"自我"。"所以，画家在处理自画像时，便自我'异质化'地，同时居处'主体／客体'（我／非我），'主体／另一个主体'（我／另一个我）的位置。然而，我们必须注意，画家对'分裂'的知觉（认知分裂感）也正是他能够处理自画像的关键——无法同时兼领主／客位置，画家根本无从下笔；当然，在建立主客关系的同时，画家的主体性将强力介入画面，侵略被画客体的客观性。所以，完美的自画像是一种主／客交感的过程与结果。即使画家的技巧和理性足以将画面处理得十分逼肖（真实），画家统御画面的情形势不可免——或者，我们可以说：画家介入画面，影响'写实'的概率远大于普通肖像画。同样地，自传作者也必须以当下的主体对应一个过去的自我。这个过去在变成'回忆'的当儿，便形成某种'欲望'（drive）元素，在身体内留下轨迹，成为后来'欲望'的信道。于是，创作主体（们）便必须经历（比绘制自画像画家）更多层次的分裂：面对时间→进入记忆→沿着过去的欲望轨迹走来→胶合当下诸多自我→撰写自传。于是，我们可以说自传汇聚着极端复杂的心理机制。其中'陈仓暗度'的内在冲突，远甚于任何文类。"② 也正因为自传之"我"是一种"叙述之我"，这样对其文类的判断价值，就可以由史学上升到诗学层面。我想尽管这样理解自传愈发显明了自传文类的内在冲突，但是同时这也从理论的高度肯定了自传文类本身所内含的美学价值。自传不再是也不应该是保罗·德曼所认定的是一个"声名狼藉和自我放纵"的文类了。③

---

① 贺淑玮：《自传主体的分裂特质》，世纪中国网 http://www.cc.org.cn/newcc/
② 贺淑玮：《自传主体的分裂特质》，世纪中国网 http://www.cc.org.cn/newcc/
③ ［美］保罗·德曼：《解构之图》，李自修等译，中国社会科学出版社，1998年版，第190页。

三、"他者之我"

奥古斯丁在《忏悔录》中追问自己："我的天主，我究竟是什么？我的本性究竟是怎样？真是一个变化多端、形形色色、浩无涯际的生命！"。[①] 蒙田说："世界上最重要的事情就是认识自我。"[②] 在《第一哲学沉思集》中，笛卡儿说道："现在我要闭上眼睛，堵上耳朵，脱离开我的一切感官，我甚至要把一切物体性的东西的影像都从我的思维里排除出去，或者至少（因为那是不可能的）我要把它们看作是假的；这样一来，由于我仅仅和我自己打交道，仅仅考虑我的内部，我要试着一点点地进一步认识我自己，对自己进一步亲热起来。我是一个在思维的东西，这就是说，我是一个在怀疑、在肯定、在否定，知道的很少，不知道的很多，在恨、在爱、在愿意、在不愿意，也在想象、在感觉的东西。因为，就像我刚才说过的那样，即使我所感觉和想象的东西也许绝不是在我以外、在它们自己以内的，然而我确实知道我称之为感觉和想象的这种思维方式，就其仅仅是思维方式来说，一定是存在和出现在我心里的。"[③] 但是就是这个眼前的"我"，既没有因为奥古斯丁的"追问"达到蒙田的"认识"，也没有因为笛卡儿的"我思"而就明明白白的"故我在"和"当笛卡儿说（Rene Descartes）'我思故我在'——他便将主体与外在（社会）分隔，以主体为逻辑上的先验角色，不但主体内、外并不互动，即连潜意识中的欲流系统、社会的象征系统也受到忽略。如此一来，主体便占据上帝的位置发声，维持一贯与单一的霸权——传统的自传作者和读者都如此定位自传主体。也因此，作者／读者的诠释偏执在所难免，严重局促了自传阅读的广大空间"。[④] 事实上，真正的后果是更严重地局促了对自传之"我"的丰富内涵的把握深度。

我们认为，"我"是可以化身为某个不确定的、可能的他人的，也就是说，我是"他者"是自传之"我"的又一本质含义之一。尤其需要强调的是，这个"我"是自我分裂的主体。"自传主体性的呈现更是耐人寻味。最显而易见的，就是自传主体的分裂特质——时间／空间上分裂为过去和现在；写作时，分裂为主体和客体——如果心理学者的说法可信——那么，人的主体性会因分裂而生；分裂，正好铸造了一个'自传主体性'。如此，我们可以大胆假设，自传中看似单一的主体

---

① ［古罗马］奥古斯丁：《忏悔录》，周士良译，商务印书馆，1994 年版，第 201 页。
② ［法］蒙田：《我不想树立雕像》，梁宗岱等译，光明日报出版社，1996 年版，第 240 页。
③ ［法］笛卡儿：《第一哲学沉思集》，庞景仁译，商务印书馆，1996 年版。
④ 贺淑玮：《自传主体的分裂特质》，世纪中国网 http://www.cc.org.cn/newcc/

性，必然是由不同分裂主体组合而成。"① 贺淑玮的假设是有事实依据的。在《多余的话》中，"政治领袖"就是瞿秋白自身的"他者"，瞿秋白为他的"自我"成为"他者"而痛苦。瞿秋白是不能以自己本身来度过自己一生的人类悲剧的典型。但是这里有一个吊诡：唯有富有自我反思意识的人才知道自己是在演戏，并且会不断地在自我与他人角色间进进出出，并为此而痛苦和分裂。这样一旦条件成熟（有时间和外力督促）。② 这一痛苦之人，很可能执笔对自我进行叙述，来为自我确定身份和释放内心的矛盾与痛苦。因此我认为这种自我分裂的主体意识也可以说是自传起源的因素之一。瞿秋白在明知绝命之前，仍在说所谓的"多余的话"，其实他就是在寻回迷失的"自我"。瞿秋白这样说"我"：但是我想，如果叫我做一个"戏子"——舞台上的演员，倒很会有些成绩，因为十几年我一直觉得自己一直在扮演一定的角色。扮着大学教授，扮着政治家，也会真正忘记自己而完全成为"剧中人"。虽然，这对于我很痛苦，得每天盼望着散会，盼望同我谈政治的朋友走开，让我卸下戏装，还我本来面目——躺在床上去，极疲乏地念着："回'家'去罢，回'家'去罢！"这的确是很苦的——然而在舞台上的时候，大致总还扮得不差，像煞有介事的。不过，扮演舞台上的角色究竟不是"自己的生活"，精力消耗在这里，甚至完全用尽，始终是后悔也来不及的事情。等到精力衰惫的时侯，对于政治的舞台，实在是十分厌倦了。③

其实瞿秋白没有明白这样一个事实，自我从来就不是完全的自足的自我，自我本身就是由"他者"加"我"混合组成的综合体。"人（既包括内在的也包括外在的）的存在乃是一种深刻的交流。是交流的手段……是赞同他者、通过他者、支撑自我的手段。人没有内在的自主领域；他全部而且总是处于边界；他在他者的眼中或是通过他者的眼睛来检视自我……我无法离开他者，没有他者，我不成之为我，我必须在他者那里发现自我，在我身上（在相互反省和感知中）发现他者。证成不能是自我证成；承认也不能是自我承认。我从他者那里得到我的名字，这名称为他者而存（自我命名乃是从事篡位的行为）。对自我之爱也同样不可能。"④ 尽管瞿秋白不断地叫喊"回家"，但是他也为自己的"舞台表演"而沾沾自喜。换句话说，如果瞿秋白没有遇到其他政治家的"进逼"，他就会为自己的这个"他者"形象而迷醉。这样，政治领域会多了一个政治家，自传文学界却少了一本经典自

① 贺淑玮：《自传主体的分裂特质》世纪中国网，http://www.cc.org.cn/newcc/

② 卡萨诺瓦的自传完成于历经繁华过后的失落期；卢梭的《忏悔录》诱因于出版家的督促。

③ 瞿秋白：《瞿秋白自传·多余的话》，江苏文艺出版，1996年版，第184—185页。

④ 柯西莫·真列："自我·他者·虚己"，转引自《跨文化对话》（7），上海文化出版社，2001年版，第73页。

传。学者单世联说得好：文人可以从政，文学也可以是政治。关键是从政的是什么样的文人，像瞿这样的文人就玩不起来。为什么玩不起来？进一步的追究是：更关键的是文人从的是什么的政？瞿接受了马克思主义阶级斗争的理论。在共产革命的具体实践中，阶级斗争首先被理解为革命与反革命的斗争，对此，瞿没有疑义，实际上他在这方面并不手软。但他接受的马克思主义基本理论中没有交代，中国的阶级斗争也落实为革命党内部的争斗，其频繁和酷虐，非坚毅冷血者不能忍受。从江西苏区的肃反到"文革"，哪一次不是死亡枕藉？"不怕国民党进攻，就怕共产党整风"，几乎是革命者的共识，连贺龙元帅都说："我在战场上，在敌人面前，历来是勇敢的，对敌斗争是坚决的。可是，在革命队伍里，对自己人，我几乎是软弱的。"共产党有一套完整的义理系统和组织体制来宰制、威慑、驯化各式各样的人物，任你是绿林好汉、贩夫走卒，还是浪漫文人、世家子弟，最终都必然是顺昌逆亡，成为党的驯服工具。中国革命主要不是马克思主义化的社会运动，因此仅仅接受马克思主义信仰还不足以理解中国革命；中国革命政治不是议会政治、而首先是一个武装集团的夺权残杀。这是瞿的理论和个性中不具备这资质和机能。因此当共产国际、李立三、王明等对他进行无情打击时，与"上面"的特殊关系、近乎愚昧的信仰、受虐般的顽强、出众的狡诈等可以使人在内部整肃中夺命而出的条件和手段瞿都不具有，那就只能举手缴械，梦断申江，命断汀州。《多余的话》中一再悲叹的"历史的误会"的真义，是误把作为理论形态的马克思主义与作为暴力行为的中国革命实践等同起来。[①]

我认为，米德的"主我和客我"理论对于我们理解自传中的"他者之我"提供了一个重要的理论支点。米德认为：个体只有在与他的社会群体的其他成员的关系中才拥有一个自我。自我，作为可成为它自身的对象的自我，本质上是一种社会结构。一个产生于社会经验之外的自我是无法想象的。就像儿童在游戏中扮演他人，在竞赛中扮演参与共同活动的他人角色一样。这个自我已经泛化了角色扮演的态度，或者说，采取了"泛化的他人"的态度。人在本质上是扮演角色的动物。个体在调整他自己的行动的过程中'扮演了他人的角色'。作为社会的自我，他通过语言过程使自己采取他人的态度，在这个意义上我成了他人。所有的他人态度组织起来并被一个人的自我所接受，便构成了作为自我的一个方面的"客我"，与之相对应的方面则是"主我"。"'主我'是有机体对他人态度的反应；'客我'是有机体自己采取的有组织的一组他人态度。他人的态度构成了有组织的

---

① 单世联：从"第一燕到'多余人'——重读瞿秋白：《多余的话》"。http://www.culstudies.com。2004-2-5 18：17：18。

'客我'，然后有机体作为一个'主我'对之做出反应。"[1] 米德还发现，个体必须成为他自身的一个对象，否则他就不是反思意义上的自我。而且他认定一个复杂的和分裂的自我恰恰是一个人的正常的人格。其结果是产生了两个互相分离的"客我"和"主我"。萨特的自传《词语》中的"我"即是有着"主我"与"客我"的分裂人格。该自传所写是萨特的童年故事。但是萨特却让他的自我分成了他人眼中的"存在主义者客我"与自己眼中的厌恶文字的"主我"两个分裂的"我"。

四、"镜像之我"

拉康在《"我"之功能形成的镜子阶段》这篇著名的论文中指出："镜像阶段"通常是发生在婴儿六个月到十八个月之间的一段经历，当婴儿在镜子中第一次看到自己的影像时，他就会顽皮地体验着镜像的虚拟运动与被反射的环境的关系，以及这个虚拟的情结与它复制的现实的关系。也就是说，"镜像阶段"通过格式塔的心理机制对主体进行"塑型"。注重塑型的力量来自于"他者的欲望"。拉康引入索绪尔的语言学是在说明这样一个论点：如果把凝视着镜中的自己的婴儿看成"能指"，那么婴儿镜中的镜像就是"所指"，而婴儿所看到的镜像在某种程度上就是他自己的"意义"，但是，拉康所谓的那种把能指和所指扣住的结合至今还没有出现过，两者的黏合点始终是虚假的，因为所指始终处于一种漂离、滑动的状态。结果是一个能指蕴含着另一个能指，另一个又蕴含着再下一个，以此类推直至无穷，镜子里的'隐喻'世界已经让位给语言中的'换喻'世界了。"镜像阶段"的镜前的自我与镜中的形象实际上是不一样的，一个是自在之"我"，一个是虚幻的自我。也就是说主体与他自己的自我或想象之间有一条永远也不能通达的鸿沟。这种只能无限趋向而无法真正到达的鸿沟暗示着个体将不仅仅在婴儿时期遭遇主体性建构的问题，而且其一生都在不停地遭遇"镜像"而无法获得"自我"的真正认同。用方汉文的话来说"儿童照镜子时旁边有伴随的大人，儿童从镜中看到自身与他人不同，在确立自我的同时，也就确立了他人。他人，一方面与自我对立，带来心理上的压力、焦虑和敌对意识。在某种意义上，他人代表了人类和社会。自我迫于他人的压力，不得不对内和对外发动攻击，以维持自身的平衡。于是有了对内的宣泄和对外的侵略，扩而展之到社会范围，才有战争和争端。另一方面，自我又与他人认同。儿童知道了他曾经被打过，他看到别的儿童跌倒，他自己就哭了起来。同样，由于与他人认同，儿童生活在一种由于慷慨的虚饰而

---

①　［美］乔治·H·米德：《心灵自我与社会》，赵月瑟译，上海译文出版社，2005年版，第155页。

产生的反应光谱之中。儿童感受到自己是人类的一员，他必须与他们友好相处，服从社会给予他的命令。尽管这种关系是虚幻的，但它约束指导自我，使自我与他人认同。特别是在敌对性联系中，例如奴隶与暴君、演员与观众、牺牲品与勾引者之间，促成一种互相承认和认同的关系。"① 简而言之，"镜像阶段就是通过我认同处在我之外部的镜中形象，把我自身构成一个具有整体性的肯定的形象的过程。"② 拉康是在突出人不能在自己的内部发现自己，也就是只有在他者中才能发现自我。从这个意义上讲，"镜像之我"与"他者之我"是有着大致同一的含义。但事实上还有区别的。

　　埃梅案例是拉康这一理论的最好说明。张一兵有一段精妙的分析：拉康认为，这个案例中的埃梅并不是在简单地攻击他人，而是一种"自虐"。妄想狂的症结是不断将身外成功的他人形象，镜像式地内化为自己的理想心像，内化为另一个（other）完美和谐的"我"。对这个自己之外的理想形象，埃梅痴迷地沉浸其中，甚至义无反顾地成为这个心像"伪我"的奴隶，而这个主体之外的另一个心像，正是主体自身存在的真正本体。此时的拉康已经渐渐发觉，那个真正充任人之主人的角色的异在的本体，实质上是某种特定的外部引力。这种外部引力利用社会地位、名望和金钱交织成的网络，制造出种种"我"不在其位却应该居有的空位。现实中这种空位常常被一些"另一个"成功人士占有，妄想狂患者往往将他们视为自己的理想自我和内在心像，正是这种理想化的张力，支撑着"我"的存在。由此拉康发现关于"自我"的观念即使在正常人心里也可能是一个妄想。可是，倘若现实中主体身心一败涂地，恰与作为"另一个"理想自我的成功人士形成强烈的反差，主体便可能通过真实的精神分裂将幻想直接实现为现实，埃梅刺杀那个在社会现实中成功了的女人，其心理动机也是试图杀死另一个作为虚假心像的自己。"在镜像理论里，拉康证伪了弗洛伊德式的自我主体建构逻辑，他以婴儿在统一镜像中误认自我的伪心像为开端，提出自我的异化本体论，即在虚假的镜像之"我"中，真实主体在基始性上即是空缺的，自我主体不过是一个以误认的叠加建立起来的想象中的伪自我。"③ 这里需要说明的是，自传叙述者肯定在叙述中有着明确的自我理想化倾向，甚至会将自身应该成为的"他人"形象镜像式地内化为自己的理想心像乃至于用"伪我"来加以叙述。但是自传叙述者绝对不是精神

① 方汉文：http://mind.studa.com/2004/1-7

② ［日］铃村和成：《巴特——文本的愉悦》，戚印平、黄卫东译，河北教育出版社，2001年版，第94页。

③ 张一兵：http://www.culstudies.com. 2004-4-20 16：17：36

分裂的妄想狂，他或她是能够分辨出自我与镜像"他者"的本质不同的。我们只能认定"自传之我"是纠合了"他者"眼光且在所指中形成了意义的自我。但是，这并不意味着这个我就是"伪自我"，因为它是"我"与他者的结合体。最为关键的是，人类与动物的根本不同在于，猴子在镜子面前是分不清自我与镜子中之"我"的区别的，而自传作者明明白白他自己笔下的"自我"是另一个"我"，是自我的身体的影像，并且清楚镜子里（自传中）的他或她与镜子之外的"我"只能是相似而不会是同一的。叶紫自传多达五六种，之所以如此，正是因为叙述者对那个叫叶紫的"我"产生镜像，他无法在一次自传叙述中获得自我的身份，这表明叶紫笔下的"我"是一个永远难以穷尽的不确定的生命。拉康镜像理论对自传理论的最大贡献即在于此，它证明了自传是一种永远无法达到"自在之我"的叙述文类，或者说它证伪了自传是最真实的叙事文类的神话。当然，拉康的"镜像之我"过分地强调自我在基始性上即是虚构的观点，则与自传的写作事实不相符合。如果我们承认笛卡儿"在"的前提，然后来反观自传中"我"的镜像特征，那么拉康的"我不思故我在"对自传文类来说，就不是一个致命伤。这正像画家创作自画像。

众所周知，有关自我的主体身份问题，从奥古斯丁开始就是文学的焦点。"但是，20世纪作品的实质和形式是清楚的，我们面临认识论的和文学的分裂，并把它植根于历史之中。像罗兰·巴特坚持的那样，他的书是不同于早期的"忏悔录"……因为我们今天已有不同的关于"作者"的知识。因为我们"今天探讨分离的主题，用比昨天的'简单矛盾'更复杂的方法。"①

这里便涉及"自我死亡"的问题。在后现代话语中"死亡"成了受宠幸的"王妃"。什么"作者死了""小说死了"。其实他们都根植于"解构"理论，我们承认罗兰·巴特在认识论上的进步，他的自传文本是不同于奥古斯丁和卢梭甚至纪德的自传的，因为他发现了自我的"分裂"，但是，无论如何罗兰·巴特的自传文本绝对不是"自我死亡"的典型范例。罗兰·巴特的"自传之我"，更多的是体现在"叙述之我"和"镜像之我"中，而且作为自传叙述者罗兰·巴特与卢梭的最大不同是：他只不过比卢梭们有着"认识论"上的区别。即到了罗兰·巴特这里，由蒙田和卢梭等建构的自传真诚伦理发生了变化，可是从自传发生学的角度来看，"自传之我"却并没因认识论的不同而改变自己和发生死亡。换句话说，卢梭的《忏悔录》中的"我"与巴特的《罗兰·巴特论罗兰·巴特》的"我"同样都

① Paul Jay, *Being In The Text –Self-Representation from Wordsworth to Roland Barthes*, Cornell University Press, 1984, p178–179.

是"叙述之我"与"镜像之我"。即使卢梭强调他的"上帝面前的真实",事实上,他的"自传之我",仍然永远隶属于无法达到"自在之我"的叙述、他者和镜像之"我"范畴;同理,尽管巴特说他的自传是那只手在写,可是那"自在之我",仍像磁铁一样指向那"激动、不安、郁闷、惊恐"[①]和存在着的罗兰·巴特的躯体。

总之,中外自传发展史告诉我们,自传之"我",看起来简单,实则复杂多变,特别是进入 20 世纪后,随着诸多新自传文本的出现。这个"我"字确实是一个"横看成岭侧成峰"的值得探讨的诗学课题。本论文指出,自传之"我"至少可从四个方面进行诠释:"自在之我""叙述之我""他者之我""镜像之我"。论文承认和支持中西文学理论界有关自我的理论分析,但对"自我死亡说"的后现代观念,进行了学术批判。

---

① [法]罗兰·巴特:《罗兰·巴特自述》,怀宇译,百花文艺出版社,2002 年版,第 27 页。

第五章　在忏悔中隐瞒？

——论西方自传的"坦白"叙事

坦白或说坦率，是西方自传迥异于中国自传的独特的文本特征。之所以如此，是由于中西文化有着相对的不同，中国儒家文化倡隐讳反实录，① 西方忏悔文化则推崇坦白。福科说得好，西方人变成了忏悔的动物，忏悔在西方近代早期已经成为西方文化的重要部分："忏悔把它的影响广为传播，在司法、医学、教育、家庭关系和爱情关系等等几乎整个日常生活和庄严仪式中扮演了重要角色。人们忏悔他们的过失、原罪、思想和欲望，他们的疾病和烦恼……人们高兴地或痛苦地向自己承认那些不可告人的事情，那些人们著书撰文所谈论的事情。"②

说到西方自传中的"坦白"叙事，对卢梭等西方自传有直接影响的奥古斯丁的《忏悔录》是其嚆矢者。奥古斯丁的《忏悔录》创作于397年前后，全书共十三卷，卷一至卷九，主要记述了他32岁前的生命史；从自传发展史的角度看，这第一部分最为重要。奥古斯丁在皈依基督教前，信奉摩尼教，过着有"罪"的人的生活，他在褓褓中"还不会说话，就眼光狠狠盯着一同吃奶的孩子"，③ 他偷窃邻居的梨子，与一位妇女生有男孩，已经与少女订婚却同时另交新欢，即使已经成为教士，"对女人还是辗转反侧，不能忘情。"④ 但是由于忏悔文体是叙述者在向上帝承认自己的"罪"，假如忏悔者无罪可述，那就无法见证神的伟大与宽恕，因而，忏悔者在叙述自我的罪过时，不但没有了羞耻感，反而获得了"叙述正义"，所以奥古斯丁说："我愿回忆我过去的污秽和我灵魂的纵情肉欲，并非因为我流连以往，而是为了爱你，我的天主。"⑤ 这是奥古斯丁开创的西方自传文本的坦白叙事的源头：你不曾"原罪"在身，拿什么向上帝忏悔？奥古斯丁对他的"窃梨事件"之所以反复忏悔和"原罪式"夸张，实际上是充盈着叙述者的话语的"叙述正当"

---

① 与西方传记文化相对的是，如果说西方文化在忏悔中隐瞒，中国传记文化则在实录里隐讳。孔子的"子为父隐"即如此，异曲而同工。《论语·子路》："吾党之直异于是，父为子隐，子为父隐，直在其中矣。"

② ［德］麦魁尔：《福科》，韩阳红译，昆仑出版社，1999年版，第149页。

③ ［古罗马］奥古斯丁：《忏悔录》，周士良译，商务印书馆，1994年版，第10页。

④ ［古罗马］奥古斯丁：《忏悔录》，周士良译，商务印书馆，1994年版，第138页。

⑤ ［古罗马］奥古斯丁：《忏悔录》，周士良译，商务印书馆，1994年版，第25页。

与自我欣赏，忏悔本身看似在否定和压抑自我的自然生命冲动，实际上叙述者在内心深处已经自然生成了一种叙事伦理上的"事实正义"的平衡机制。所以他们不但不担心说出他们的"罪"，而且乐于说出。莫洛亚说到了卢梭才"把一切都说出来为荣"，[①] 其实从奥古斯丁开始就早已如此了，并成为忏悔文体本身和整个西方自传的叙述修辞之一。例如奥古斯丁曾挖掘出他婴儿时的"妒忌"：还不会说话，就面若死灰，眼光狠狠盯着一同吃奶的孩子。奥古斯丁说："可见婴儿的纯洁不过是肢体的稚弱，而不是本心的无辜"。[②] 事实上，这种乐于到童年记忆中寻找"原罪"的叙事几乎成为西方自传固定的叙述模式了。

　　卢梭的《忏悔录》让我们且留到下面再举例说明，斯丹达尔在其自传开篇坦然叙述道："我童年的第一个回忆是咬过比松·杜加朗夫人的面颊或是额头，她是我表姐……我现在还清楚地记得她的模样：一个 25 岁的女子，体态丰腴，浓妆艳抹，很可能就是那脂粉的红色刺激了我。当时我坐在草地中间，就是当时博纳门的平坡处，她的面颊正与我的头并列。'亲亲我，亨利，'她对我说。我不肯，她便发脾气，于是我张口便咬，那情景我还记得，当时我立刻被狠狠教训了一顿，而且后来家里人还不断向我提及此事。"[③] 纪德在《假如种子不死》中让叙述者"我"在回顾起生命的原初时，第一个闯入纪德意象的恰是他的"同性恋"："我还记得一张相当大的桌子，大概就是餐厅的餐桌吧，所铺的桌布垂得很低。我常常与门房的儿子钻到底下去；门房的儿子是个年龄与我相仿的孩子，有时来找我。我们把玩具摇得蛮响。那些玩具是为了装样子带到桌子底下的。实际上我们另有玩法：一个贴近另一个，而不是一个与另一个。我们的所作所为，后来我才知道叫做'不良习惯'。这种不良习惯，我们两个是谁教给谁的？是谁头一个养成的？我说不清。不过应该承认，这种不良习惯小孩子有时是能够再创造的。我吗，既无法说是什么人教我的，也无法说自己是怎样发现那快乐的，而是我的记忆力回溯多远，那快乐就已经存在了多久。我深知，讲述这件事以及后来发生的事，对我自己会有所伤害，我预感到有人会利用这些来诽谤我。但是，我的叙述唯有真实才站得住脚。权当我写这些是一种忏悔吧。人当童年，心灵应该完全透明，充满情爱，纯洁无瑕。可是，记忆中我童年时代的心灵却阴暗、丑恶、忧郁。"然后又记忆起了与斯丹达尔类似的"咬人"的情节："快去亲亲你堂姐。"一进客厅，母

　　① 莫洛亚为 1949 年法国勃达斯版的《忏悔录》写的序言，文见卢梭：《忏悔录》（第二部）附录，范希衡译，人民文学出版社，1980 年版，第 824 页。

　　② ［古罗马］奥古斯丁：《忏悔录》，周士良译，商务印书馆，1994 年版，第 10 页。

　　③ ［法］斯丹达尔：《斯丹达尔自传》，周光怡译，江苏文艺出版社，1998 年版，第 25 页。

亲就对我说（我当时只有四岁，也许五岁）。我走过去。佛罗堂姐弯下腰，把我拉到她身前，这样她的肩膀就裸露了。看到如此娇艳的肌肤，我顿时头晕目眩，不去亲堂姐伸给我的面颊，却被她美丽动人的肩膀迷住，照准上面狠狠啃了一口。"①法国新小说大师萨罗特则是回忆自己的叛逆性格："我要煎破它。"②即便在画家达利笔下，他也是以有童年"原罪"为荣。"我五岁了。……我刚认识了一个比我小的男孩。……我们经过一座正在建造的桥，桥栏杆还没修好。我张望了一下，确信没人注视我们，突然一下把这个男孩推到虚空中，他从四米高的地方跌在岩石上。""我六岁了。……我看见我三岁的小妹妹在地上爬，我停了下来，略微犹疑了一下，在那种疯狂的快乐（它刚使我做出野蛮的举动）的摆布下，我朝她头上狠狠地踢了一脚，就又奔跑起来。"③甚至那本举世闻名的励志之书，海伦·凯勒的《生活的故事》中也有如下叙事："那时，我有一个洋娃娃，爱得要命，后来我把它取名叫'兰希'。它是我溺爱和脾气发作时的牺牲品，浑身被磨破得一塌糊涂。我有能说话的、能叫喊的洋娃娃，也有能眨眼睛的洋娃娃，但是没有一个像可怜的兰希那样被我疼爱。有一个给兰希睡觉的摇篮，我常常摇它睡觉，一摇就是一个多小时。这洋娃娃和摇篮我都视为珍宝，不让别人动一动。然而有一次，我却发现妹妹舒舒服服地睡在这摇篮里。那时，我正嫉妒她夺走了母爱，又怎么能够容忍她睡在我心爱的"南希"的摇篮里呢？我不禁勃然大怒，愤然冲过去，用力把摇篮推翻。要不是母亲及时赶来接住，妹妹恐怕会摔死的。这时我已又盲又聋，处于双重孤独之中，当然不能领略亲热的语言和怜爱的行为以及伙伴之间所产生的感情。后来，我懂事之后，享受到了人类的幸福，米珠丽和我之间变得心心相印，手拉着手到处游逛，尽管她看不懂我的手语，我也听不见她咿咿呀呀的童音。"④

　　也就是说，坦白作为西方自传修辞之一，是自传作家与读者间定下的"自传契约"，任何自传作家无论如何都不愿说出自己在隐瞒真实。蒙田在"告读者"中强调表明自己的自传是"坦白书"："这是部坦白书，读者，它开端便预告你，我在这里并没有拟定什么目的，除了叙述自己的家常琐事。我既没有想到对于你的贡献，也没有想到自己的荣誉。我的力量够不上这样的企图。我只想把它留作我亲朋的慰藉：使他们失去了我之后（这是不久就要成为事实的），可以在这里找到

---

① ［法］纪德：《纪德文集》（传记卷），罗国林、陈占元译，花城出版社，2002 年版，第 1—2 页。

② ［法］娜塔莉·萨罗特：《童年》，桂裕芳译，外国文学出版社，1986 年版，第 1 页。

③ ［西班牙］达利：《达利自传》，欧阳英译，上海人民美术出版社，1997 年版，第 12 页。

④ ［美］海伦·凯勒：《海伦·凯勒生活的故事》，朱原译，中国盲文出版社，2002 年版，第 11—12 页。

我的性格和脾气的痕迹，因而更恳挚更亲切地怀念我。如果我希求世界的赞赏，我就会用心修饰自己，仔细打扮了才和世界相见。我要人们在这里看见我的平凡、纯朴和天然的生活，无拘束亦无造作，因为我所描画的就是我自己。我的弱点和本相，在公共礼法所容许的范围内，都在这里面尽情披露。"①

卢梭在《忏悔录》中则更是前无古人地宣称："这是世界上绝无仅有、也许永远不会再有的一幅完全依照本来面目和全部事实描绘出来的人像。""我要把一个人的真实面目赤裸裸地揭露在世人面前。这个人就是我。……不管末日审判的号角什么时候吹响，我都敢拿着这本书走到至高无上的审判者面前，果敢地大声说：请看！这就是我所做过的，这就是我所想过的，我当时就是那样的人。不论善和恶，我都同样坦率地写了出来。我既没有隐瞒丝毫坏事，也没有增添任何好事；假如在某些地方作了一些无关紧要的修饰，那也只是用来填补我记性不好而留下的空白。其中可能把自己以为是真的东西当真的说了，但绝没有把明知是假的硬说成真的。当时我是什么样的人，我就写成什么样的人：当时我是卑鄙龌龊的，就写我的卑鄙龌龊；当时我是善良忠厚、道德高尚的，就写我的善良忠厚和道德高尚。万能的上帝啊！我的内心完全暴露出来了，和你亲自看到的完全一样，请你把那无数的众生叫到我跟前来！让他们听听我的忏悔，让他们为我的种种堕落而叹息，让他们为我的种种恶行而羞愧。然后，让他们每一个人在您的宝座前面，同样真诚地披露自己的心灵，看看有谁敢于对您说：'我比这个人好！'"②

现在问题出来了，恰恰是自信自己的忏悔绝对坦白的卢梭，为了标榜自己的叙事才是真正的坦白，他拿起了锋利的解剖刀刺向了蒙田的自画像，却忽略了这把解剖刀是双刃的。卢梭说："除了他本人外，没有人能写出一个人的一生。这种写法要求写出内心的事物，而真实的生活只有他本人才知道。然而在写的过程中他却把它掩饰起来，他以写他的一生为名而实际上在为自己辩解，他把自己写成他愿意给人看到的那样，就是一点也不像他本人的实际情况。最诚实的人所做的，充其量不过是他们所说的话还是真的，但是他们保留不说的部分就是在说谎。他们的沉默不语竟会这样改变了他们假意要供认的事，以至于当他们说出一部分真事时也等于什么都没有说。我让蒙田在这些假装诚实的人里面高居首位，他们是在说真话时骗人。蒙田让人看到自己的缺点，但他只暴露一些可爱的缺点。决没有一个人是没有可耻之事的。蒙田把自己描绘得很像自己，但仅仅是个侧面。谁

---

① ［法］蒙田：《我不想树立雕像》，梁宗岱、黄建华译，光明日报出版社，1996年版，第240页。

② 莫洛亚为1949年法国勃达斯版的《忏悔录》写的序言，文见卢梭：《忏悔录》（第二部）附录，范希衡译，人民文学出版社，1980年版，第822—835页。

知道他脸上的刀伤，或者他向我们挡起来那一边的那只受伤的眼睛会不会完全改变了他的容貌？"① 卢梭的剖析太深入和绝对了，以致于连他自己的《忏悔录》都无处可逃。他在分析蒙田的自传时有四点值得注意。一是说蒙田以写自己的一生为名而实际上在为自己辩解；二是自传叙述时坦率中的保留就是在说谎；三是没有说出来的话会改变他们假意供认的事；四是因此用说真话来骗人就是坦白叙事的真相。这里尚且不说卢梭对蒙田自传的评论是否属实，但是卢梭对自传文本的——特别是那些标榜坦白叙事的自传文本——敏锐分析，恰恰启发和肯定了后世西方学者对卢梭《忏悔录》本身的怀疑和认定。传记大师莫洛亚在引用卢梭的上面论述后，立刻反问道：这最初的草稿提出了两个问题：卢梭自己是不是也是一个假装坦率的人？换句话说绝对的坦率是可能的吗？莫洛亚发现尽管卢梭"承认自己过早地染上手淫的恶习，承认他在女人身边感到的胆怯来自一种可能产生类似阳痿状况的过度的敏感，承认他和华伦夫人的那种半乱伦性质的爱情，尤其是承认他那奇特形式的暴露癖"，但是"这里要提请大家注意的是这种坦率的目的是要引出卢梭在性的方面的态度和表现而已，而这方面的坦率恰恰又是某种形式的暴露癖。写自己乐意去做的事。这就使他的放纵行为有了成千上万的观众，自己也因而感到分外快乐。在这一题材方面所表现的恬不知耻使那些和他是难兄难弟、共染恶习和一丘之貉的读者同他建立起亲密的关系。一个一心想在这方面下功夫的作者撒起谎来，总是有过之而无不及的。"于是莫洛亚从《忏悔录》中卢梭对抛弃自己五个孩子的事却一笔带过的叙述背后，断定：卢梭"他自己难道不属于那种假装坦率的人"的行列？"这种人也暴露缺点，但只暴露一些可爱的缺点罢了。"这样，莫洛亚只承认卢梭自传的坦白叙事是卢梭自以为是的"坦率"，是卢梭自己所标榜的真话，也是卢梭在人类思想存在的缺点所许可的限度里说出了的真话——"他的真话。"②

　　试看一节：让·雅克这一辈子也不曾有一时一刻是一个无情的、无心肠的人，一个失掉天性的父亲。我可能是做错了，却不可能有这样硬的心肠。如果我要陈述理由的话，那就说来话长。既然这些理由曾经能诱惑我，它们也就能诱惑很多别的人，我不愿意让将来可能读到我这本书的青年人再去让自己受到同样错误的蒙蔽。我只想说明一点，那就是我的错误在于当我因为无力抚养我的几个孩子而

---

　　① ［法］卢梭著《忏悔录》（第二部）附录，范希衡译，人民文学出版社，1980年版，第814—815页。

　　② 莫洛亚为1949年法国勃达斯版的《忏悔录》写的序言，文见卢梭：《忏悔录》（第二部）附录，范希衡译，人民文学出版社，1980年版，第822—835页。

把他们交出去由国家教育的时候，当我准备让他们成为工人、农民而不让他们变成冒险家和财富追求者的时候，我还以为是做了一个公民和慈父所应做的事，我把我自己看成是柏拉图共和国的一分子了。从那时起，我内心的悔恨曾不止一次地告诉我过去是想错了；但是，我的理智却从没有给予我同样的警告，我还时常感谢上苍保佑了他们，使他们由于这样的处理而免于遭到他们父亲的命运，也免于遭到我万一被迫遗弃他们时便会威胁他们的那种命运。如果我把他们撇给了埃皮奈夫人或卢森堡夫人——他们后来或出于友谊，或出于慷慨，或出于其他动机，都曾表示愿意抚养他们，他们会不会就幸福些呢？至少，会不会被抚养成为正派人呢？我不得而知，但是我可以断定，人家会使他们怨恨他们的父母，也许还会出卖他们的父母：这就万万不如让他们根本不知道自己的父母是谁为好。因此我的第三个孩子又跟头两个一样，被送到育婴堂去了，后来的两个仍然作了同样的处理：我一共有过五个孩子。这种处理，当时在我看来是太好、太合理、太合法了，而我之所以没有公开地夸耀自己，完全是为着顾全母亲的面子。但是，凡是知道我们俩之间的关系的人，我都告诉了，我告诉过狄德罗，告诉过格里姆，后来我又告诉过埃皮奈夫人，再往后，我还告诉过卢森堡夫人。而我在告诉他们的时候，都是毫不勉强、坦白直率的，并不是出于无奈。我若想瞒过大家也是很容易的，因为古安小姐为人笃实，嘴很紧，我完全信得过她。在我的朋友之中，我唯一因利害关系而告知实情的是蒂埃里医生，我那可怜的"姨妈"有一次难产，他曾来为她诊治。总之，我对我的行为不保守任何秘密，不但因为我从来就不知道有什么事要瞒过我的朋友，也因为实际上我对这件事看不出一点不对的地方。权衡全部利害得失，我觉得我为我的孩子们选择了最好的前途，或者说，我所认为的最好的前途。我过去恨不得，现在还是恨不得自己小时候也受到和他们一样的教养。①

这里，不需要论者絮语了，卢梭的在忏悔中隐瞒或坦白中撒谎的叙事目的昭然若揭。结果，卢梭指出的蒙田坦白自传的几个特征：自辩、坦率时说谎、用真话骗人，都在卢梭的《忏悔录》中出现了。由此看来，一向被中国学者推崇备至的卢梭式的"忏悔""坦白"要大大地打上问号了？是的，瓦莱里在《文艺杂谈》中不仅对自传中的"坦白叙事"重重地提出了疑问，而且断然推论出谁自白谁就是在撒谎的结论！请看他下面具体的表述："我们正是要在这个真实上做文章，怎么能不选择其最好的方面呢？怎么能不强调、修饰、装点，不努力做得比原型更清晰、更有力、更令人不安、更亲密和更突然呢？在文学上，真实是不可设想的。

---

① ［法］卢梭：《忏悔录》（第一部），黎星译，人民文学出版社，1980 年版，第 441—442 页。

有时因为简单，有时因为怪异，有时因为过于精确，有时因为疏忽，有时因为承认一些多多少少不太体面的事情，但这些事情总是经过选择的，——而且是尽可能精心的选择，——总是如此，用种种方法，无论帕斯卡、狄德罗、卢梭还是贝尔，无论他们想我们暴露的是一个什么形象，道德败坏者、厚颜无耻者、道德说教者还是放荡不羁者，这个形象不可避免地根据心理戏剧的所有规则进行了照明、美化和粉饰。我们很清楚只有当一个人想制造某种效果时才会暴露自己。"一个在广场上脱去衣服的圣人就明白这个道理。一切违背常规的东西也是违背自然的，隐含着努力、努力的意识、意图，也就是做作。一个女人脱光衣服，就如同她要进入舞台。所以有两种篡改的方式：一种通过美化的功夫；另一种则靠制造真实。后一种情形透露出的期望也许最为迫切。它还标志着某种绝望，因为通过纯文学的手段已经不能激起公众的兴趣了。色情与真实从来就相距不远。此外，那些忏悔录、回忆录或者日记的作者都抱有挑衅的希望，但他们毫无例外地都上了这种希望的当；而我们，则上了这些受骗者的当。人们想暴露的从来不是原样的自己；人们很清楚，一个真实的人关于他自己是怎样一个人并没有什么好告诉我们的。于是，人们写的是某个别的人的自白，这个人更引人注目、更纯粹、更邪恶、更生动、更敏感，甚至比可能的自我更加自我，因为自我有不同程度。谁自白，谁就在撒谎，并且在逃避真正的真实，这个真实是不存在的，或者说不成形的，而且一般说来是难以辨认的。然而吐露心里话总是梦想着光荣、轰动、谅解和宣传。"[1]

瓦莱里在这里有一个明确的观点：自传叙事有两种篡改的方式：一种通过美化的功夫；另一种则靠制造真实。卢梭就是属于透过制造事实来篡改的自传叙述者之一。这样瓦莱里就把众所周知的坦率真实的卢梭自传的坦白叙事拖入了"篡改"的叙事修辞系列。瓦莱里的观点真是新人耳目，如果说在自传叙事中美化自我是一种"篡改"，那么坦白事实怎么也变成了对自我真实的巧妙"隐瞒"了？为此茨威格更有一段精妙的剖析。众所周知，托尔斯泰在他的《忏悔录》中对自我的无情谴责至今都会令当下中西自传作者震惊汗颜："回想起这些年的生活，我不能不感到恐怖、厌恶和痛心。我在战争中杀死过人，找过人决斗想送掉他的命，我打牌输了不少钱，挥霍农民的劳动成果，还惩办过他们。我生活腐化，对爱情不忠；我撒谎骗人，偷鸡摸狗，通奸，酗酒，斗殴，杀人……凡是犯法的事我都干过，而干了这些事我反而得到赞扬，我的同龄的人至今一直把我看成是正人君子。就这样我生活了十年。"[2] 然而，托尔斯泰却对自己轻视陀思妥耶夫斯基的艺术天赋之事

①　[法] 瓦莱里：《文艺杂谈》，段映虹译，百花文艺出版社，2002 年版，第 133—134 页。

②　[俄] 托尔斯泰：《托尔斯泰散文选》，刘季星译，百花文艺出版社，2003 年版，第 48—49 页。

实只字不提。众所周知，他一生中无心与陀思妥耶夫斯基相见，甚至说出过"一个病人不可能写出健康的小说"这样文人相轻的话。相比之下，陀思妥耶夫斯基倒显得谦虚诚实。他不但认为《安娜·卡列尼娜》是世界文学中的翘楚，而且公开承认托尔斯泰的才华在己之上。可见托尔斯泰还有"心胸狭隘"之症候，但他却不愿在其《忏悔录》中提及。茨威格敏锐地指出"托尔斯泰在他的忏悔中宁可谴责自己是滥交者、杀人犯、小偷、通奸者，却没有一行字承认自己的狭隘，他一生都低估了陀思妥耶夫斯基，他伟大的竞争者，并且不能宽容地对待他。"茨威格的分析真是鞭辟入里，直达自传叙述者的隐秘内心。为什么托尔斯泰会如此叙事呢？茨威格认为这是人类的"羞耻心"在作祟。"因为羞耻的本质秘密在于，人们更愿意也更容易暴露自己身上最令人恐惧和反感的地方，也不会表现出可能会使他显得可笑的哪怕是最微不足道的特征：对嘲讽的畏惧总是每种自传中最危险的诱惑。"于是在具体分析托尔斯泰的自传叙事后，茨威格发现自传作家若在自我忏悔中过分的"对他所谓的'卑劣'和罪孽做强行的谴责"，反而可能成为"对真实的一种歪曲"，① 最后，茨威格明确宣布："就像蛇最爱待在岩石和石块底下，最危险的谎言也最爱盘踞在伟大庄严、看似勇敢的表白的阴影之下；在每种自传中人们可要恰恰在那些地方，当叙述者最大胆、最令人吃惊地袒露自己，严厉批评自己的时候，最谨慎地留心，是不是正是这种激烈的忏悔方式试图在它喧闹的捶胸顿足后掩盖一种还要更秘密的坦白：在自我供认中有一种夸大其词，它几乎总是暗示着一种隐秘的缺点……隐藏到表白之后，恰恰在坦白中隐瞒，是自我表现中自我欺骗最巧妙、最迷惑人的花招。"② 莫洛亚指出，《忏悔录》的作者卢梭自信自己是诚实的，但事实上"在所有人身上，都有假装的一面，我们不仅为别人演一个角色，而且也为自己演一个角色。为保证能这样继续下去，我们需要这种虚假"。进而莫洛亚引证吉斯多夫的话说："讲自己过去历史的作者很相信自己的记忆，但记忆就像演员和决疑者一样，已经有所选择。作者对某些他有着深刻印象的插曲极其关注，但同时却忽略了，而且也根本没有想到过他那很多很多正常情况下的事。乔治·吉斯多夫在《发现自我》一书里戳穿了这种手法，他说：'忏悔从来没有把一切都说出来过，也许是因为现实是如此的复杂和纷繁，如此的没有终结，以至于没有任何描述能重建一个真实的极其逼真的形象……'"③

---

① ［奥地利］茨威格：《自画像》，袁克秀译，西苑出版社，1998年版，第193页。

② ［奥地利］茨威格：《自画像》，袁克秀译，西苑出版社，1998年版，第8—9页。

③ ［法］卢梭著《忏悔录》（第二部）附录，范希衡译，人民文学出版社，1980年版，第826—827页。

　　我想拉康的"镜像"理论可以进一步说明西方自传于坦白中隐瞒的叙事本质。事实上，卢梭《忏悔录》中的"自我"就是典型的"镜像自我"。拉康透过对帕品姐妹案件的分析，他特别注意到了镜像如何成为自我形象的问题。日本学者福原泰平对此阐释说："虽说如此，但镜子决不会将'我'的本质映在那里。倒不如说如果我具有本质，那么镜子就会将它遮蔽在镜子中，不使其显现，在左右逆转的影像中，送还一个'我'的虚构的形象。也就是说，作为镜像，我所得到的我的自画像，虽然是决定作为主体我的命运的东西，但那只是被伪装了的自我形象。结果，被镜像迷住以后，我被这个虚构的自画像欺骗终生。拉康说，在这里，我与自我形象的无休止的纠葛的种子溜了进来。"[1] 卢梭的《忏悔录》鲜明地展示了"镜像"特征。"转义的语言（自传的镜像语言），的确类同于肉体，而后者又与外衣相似，这是灵魂的面纱，正如外衣是遮蔽肉体的屏蔽一样。"[2] 所以保罗·德曼断言："但是，即使在《忏悔录》第二章的每一次叙述里面，卢梭也没有使自己仅仅局限于讲述'真正'发生的事情，虽然他不无骄傲地让人们注意其充分的自我谴责，而且这种谴责的坦荡我们也从未怀疑过。'我的忏悔是十分坦率的，谁也不会认为我是在粉饰我的可怕罪行'。"[3]

　　但问题是，难道说，只有像与俄狄浦斯相对的提瑞西阿斯失去视觉，打碎只映照自己喜爱的自身形象的镜子，才是自传写作的最高诗学和智慧？换句话说，难道只有像罗兰·巴特那样在隐瞒中才能真正地坦白自我？

　　我认为，西方学者关于"忏悔从来没有把一切都说出来过"的观点至少让我们对自传文本有了如下两个清醒认识：一是人的记忆功能决定了自传的变构本质。二是想完全忠实于事实的自传理想，从来就不可能实现。或者说，自传从其诞生那刻起由于受记忆和羞耻心的影响，它就是一种"失去原貌"和只能接近原貌的文类。众所周知，自传是离不开记忆的，而记忆的不可靠性及其变构性早已经是不争之事实。记忆学家丹尼尔·夏克特说得好："有选择地对某些记忆进行自我思考或向别人讲述，构成了对这些记忆的回忆活动。""心理学家已逐步认识到，我们关于往事经历所保存的复杂的个人知识是被编织起来的，以形成我们的生活史和个人传奇。这就是我们的自我传记，它为我们在过去和未来之间提供了一种叙

---

　　[1]　［日］福原泰平：《拉康——镜像阶段》，王小峰、李濯凡译，河北教育出版社，2002年版，第39页。

　　[2]　De Man Paul, *The Rhetoric of Romanticism*, Columbia University Press. 1984. p80.

　　[3]　De Man Paul, *Allegories of Redding : Figural Language in Rousseau, Nietzsche, Rilke, and Proust*, New haven and London Yale University Press. 1979. p279–280.

述的连续性。"①

茨威格对自传艺术给予了崇高的评价，甚至宣言文学艺术没有死亡，"它只是改变了方向"。而这个艺术的方向是：人类进行虚构的塑造力必定要变弱，那么"内心的无限，灵魂的宇宙向艺术开启了更为取之不尽的领域：对灵魂的发现，对自我的认识将成为我们越来越智慧的人类将来更大胆的设解。"但他对该文本的特征又保持着绝对的清醒。他指出："事实上，要求一个人在他的自我描述中绝对真实，就像是尘世间的绝对公正、自由和完善那样荒唐。最热切的决心；最坚定的信念，想忠于事实，从一开始就已经是不可能的了，因为无可否认的事实是，我们根本就不具有可以信赖的真理器官，在我们开始描述自己之前就已经被记忆骗取了真实的生活经历的情形。""羞耻，它是每种真实自传永久的对手，因为它要谄媚地引诱我们，不是按我们真实的样子去表现，而是按我们希望自己被看到的样子。它要用所有的诡计和伎俩诱使很愿忠实于自我的艺术家掩藏他的隐私，掩盖他的危险性，隐藏他的秘密；它本能地让创造的手删去或虚假地美化有损形象的小事（然而却是心理学意义上最本质的）。②

总之，以前我们一味地纠缠于所谓的真实与虚构的文论误区。把西方所谓卢梭式坦白自传叙事捧得太高，反而影响了对自传文本的深入分析。在忏悔中隐瞒或坦白中遮蔽其实正是自传叙事的本质特征之一。西方论者的观点尽管有着这样那样的诸多不完备处，但对我们建构中国自传诗学还是颇有理论的指导价值的。

---

① ［美］丹尼尔·夏克特：《找寻逝去的自我：大脑、心灵和往事的记忆》，吉林人民出版社，1998 年版，第 110 页。

② ［奥地利］茨威格：《自画像》，袁克秀译，西苑出版社，1998 年版，第 7—9 页。

第六章　自传文本的解构和建构
——保罗·德曼的《卢梭〈忏悔录〉论》

卢梭在中国学界可以说是家喻户晓了，特别是他的自传《忏悔录》更是影响巨大。罗曼·罗兰说："他发现了真正的'我'。他永远不厌其烦地观察他自己。直到他那时代，还没有一个人能做到同样的高度，只有蒙田是例外，卢梭甚至指责他在公众面前装腔作势，现在再这么大胆地表现自己时，他把自己剥得精光并把他那时代成千上万人所被迫忍受的一切都暴露了出来。"[①]

《忏悔录》以真实、坦率之文本特色著称于中国学界。谢冰莹的《女兵自传》深受卢梭影响，她以《忏悔录》为参照系并自信地说："我站在纯客观的地位，来描写《女兵自传》的主人翁所遭遇到的一切不幸的命运。在这里，没有故意的雕琢、粉饰，更没有丝毫的虚伪夸张，只是像卢梭的《忏悔录》一般忠实地把自己的遭遇和反映在各种不同时代，不同环境里的人物和事件叙述出来，任凭读者去欣赏，去批评。"[②]从中可以看出，卢梭的《忏悔录》是作为典范的自传文本，而被中国学界接受的。郁达夫的《达夫自传》、郭沫若的《沫若自传》、瞿秋白的《多余的话》都从《忏悔录》中汲取过诸多精华。郁达夫在公开自己的私生活方面直追《忏悔录》，因而被称为"中国的卢梭"。时至今日，卢梭在中国仍然被称为：法国自传第一人。[③]然而一个令中国当代学者迷惑的事实是，国外诸多大师级的学者对卢梭《忏悔录》的理解却极为不同。美国著名文艺理论家保罗·德曼就是其中之一。保罗·德曼有两篇极为重要的论文涉及自传。一是《失去原貌的自传》、二是《辩解——论〈忏悔录〉》，其中第二篇是专论卢梭《忏悔录》文本的。[④]毋庸置疑，作为解构主义理论重镇的保罗·德曼，在指出卢梭《忏悔录》的辩解特征的同时，也在解构自传文本。对于保罗·德曼的论点我们是可以存疑的，因为，他最后得出了《忏悔录》文本（自传）与小说没有任何区别的看法。但是，保罗·德曼的

---

① ［法］罗曼·罗兰：《卢梭的生平和著作》，王子野译，三联书店，1993 版，第 31 页。

② 谢冰莹：《女兵自传》，四川文艺出版社，1985 年版，第 9 页。

③ 杨国政：《卢梭的自传观》，载《国处文学》，2001 年 3 期。

④ 文中所引用的保罗·德曼观点皆出自［美］保罗·德曼：《解构之图》，李自修等译，中国社会科学出版社，1998 年版。不再一一注明。

论述也不容忽视，他提出的诸多自传诗学问题值得研究和深思。

保罗·德曼之所以把卢梭放在他的解构主义实验室里进行无情地解剖，是因为他要彻底颠覆号称真实且以坦率文风名世的卢梭式《忏悔录》及其自传文本。保罗·德曼在《辩解——论〈忏悔录〉》一文中使出了浑身解数来认定卢梭《忏悔录》的"辩解"特征，而不是人们所公认的"忏悔"特征。他特别指出的是众所周知的《忏悔录》中"卢梭诬赖玛丽永偷丝带事件"。

为了便于分析，笔者略引几节《忏悔录》原文如下："可是偏偏这条小丝带把我迷住了，我便把它偷了过来。我还没把这件东西藏好，就很快被人发觉了。有人问我是从哪里拿的，我立即慌了神，结结巴巴说不出话来，最后我红着脸说是玛丽永给我的……人们把她叫来了，大家蜂拥而至，聚集在一起，罗克伯爵也在那里。她来以后，有人就拿出丝带来给她看，我厚颜无耻地硬说是她偷的；她愣了，一言不发，向我看了一眼，这一眼，就连魔鬼也得投降，可是我那残酷的心仍在顽抗。最后，她断然否认了，一点没有发火。她责备我，劝我扪心自问一下，不要诬赖一个从来没有坑害过我的纯洁的姑娘。但是我仍然极端无耻地一口咬定是她，并且当着她的面说丝带子是她给我的。可怜的姑娘哭起来了，只是对我说："唉！卢梭呀，我原以为你是个好人，你害得我好苦啊，我可不会像你这样。"两人对质的情况就是如此。她继续以同样的朴实和坚定态度来为自己辩护，但是没有骂我一句。她是这样的冷静温和，我的话却是那样的斩钉截铁，相形之下，她显然处于不利地位。简直不能设想，一方面是这样恶魔般的大胆，另一方面是那样天使般的温柔。谁黑谁白，当时似乎无法判明。但是大家的揣测是有利于我的。当时由于纷乱，没有时间进行深入了解，罗克伯爵就把我们两个人都辞退了，辞退时只说：罪人的良心一定会替无罪者复仇的。他的预言没有落空，它没有一天不在我身上应验。"①

卢梭的这段"诬赖玛丽永偷丝带"的叙述，是十分坦率的吗？他是把他自己的真实面目赤裸裸地揭露在世人面前了吗？应该承认，在极其缺乏真实自我记忆和坦白叙述自我的中国自传界，人们被卢梭的坦率惊呆了，柳鸣九在《忏悔录》序言中说："《忏悔录》的坦率和真诚达到了令人想象不到的程度，这使它成了文学史上的一部奇书。"②但保罗·德曼却在卢梭的忏悔语言张力中发现了卢梭的不诚实和整个《忏悔录》的自辩特征。保罗·德曼说："然而，即使在《忏悔录》第二章的每一次叙述里面，卢梭也没有使自己仅仅局限于陈述'真正'发生的事

---

① ［法］卢梭：《忏悔录》（第一部），黎星译，人民文学出版社，1980年版，第100—101页。

② ［法］卢梭：《忏悔录》（第一部），黎星译，人民文学出版社，1980年版，第14页。

情，虽然他不无骄傲地让人们注意其充分的自我谴责，而且这种谴责的坦荡我们也未怀疑过。'我的忏悔是十分坦率的，谁也不会认为我是在粉饰我的可怕罪行（第86）'。然而，说出这一切并不能足敷应用，忏悔仍然是不够的，还必须进行辩解：'如果我不能同时揭示出我内心的意向，甚至因为怕给自己辩解而不说当时的一些实情，那就达不到我撰写这部书的目的了'"。保罗·德曼接着指出："值得注意的是，这也是以真理的名义做出的，而且，初看上去，在忏悔和辩解之间不应该存在任何冲突。然而，语言却揭示了害怕为自己辩解这一说法的张力。"由于卢梭的忏悔文本出现如此裂痕，所以保罗·德曼认为，卢梭的忏悔不是实际公正领域的一种补偿，"而仅只是一种言语上的言说"。例如，卢梭往往过分强调他的道德意向，他告诉读者，当他每每想起对玛丽永所犯的罪行，他就痛苦不安。"我可以说，稍微摆脱这种良心上重负的要求，大大促使我决心撰写这部《忏悔录》。"①但同时，卢梭也在把行动和意向区分开来。这种"由真实事件和内心情感之间的区别所生发出来的错误信仰的广泛可能性，大量贯穿于卢梭著述的始终"，并形成了"卢梭模式"。卢梭曾把他的五个孩子遗弃，但他却用写作时的内心情感混淆遗弃孩子的伦理事实。更为严重的是，卢梭看到了他的"坦荡"口吻的话语霸权，并以此为出发点，愈发满足于他的这种"自我暴露""并以说出这一切为荣"。②保罗·德曼说："的确，作为暴露欲望的结构，而不是作为占有欲望的结构，可像该书中那样，能够说明作为辩解的羞耻所起的作用，何以比贪婪、性欲或爱恋远更有效。许诺是预期的叙述，而辩解却姗姗来迟，而且总是出现于犯罪之后。犯罪既然是暴露，那么，辩解就在于以隐瞒的伪装重述这种暴露。辩解是一种诡计，允许以隐瞒的名义进行暴露。这和海德格尔后期的存在凭借隐瞒来揭示自身的理论不无相同之处。或者换一种方式说，用以辩解的羞耻允许压抑起到揭示的作用，这样就使得愉悦和罪孽可以相互替代。罪孽之所以得到宽恕，是因为它为揭示其压抑的愉悦留下了余地。而结果则是，压抑事实上成了一种辩解，成了其他行动中的一种言语行动。为此，保罗·德曼区分了两种忏悔形式：一为揭示出真理的忏悔形式；一为以辩解为旨归的忏悔形式。而辩解性忏悔的证据变成了言语上的证据。这样卢梭的目的就不在于陈述而在自辩，结果，对于他对玛丽永的伤害，卢梭用以下的话为自己作了总结："我大胆地说，如果这种罪行可以弥补的话，那么，我在晚年所受的那么多的不幸和我40年来在最困难的情况下始终保持着的诚

---

① ［法］卢梭：《忏悔录》（第一部），黎星译，人民文学出版社，1980年版，第102页。

② 参见莫洛亚为一九四九年法莫洛亚、为1949年法国勃达斯版的《忏悔录》写的序言，文见卢梭：《忏悔录》（第二部）附录，范希衡译，人民文学出版社，1980年版，第822—835页。

实和正直，就是对它的弥补。再说，可怜的玛丽永在世间有了这么多替她报仇的人，无论我把她害得多么苦，我对死后的惩罚也不怎么害怕。关于这件事我要说的话只此而已。请允许我以后永远不谈了。"① 卢梭正是借助这种言语上的自责达到了自辩目的。

保罗·德曼还发现，卢梭通过隐喻的方式以达到其自辩的目的，由于替代是隐喻的本质，于是卢梭叙述的"丝带"其实正是卢梭欲望的替代"卢梭把这种欲望认同为自己对玛丽永的欲望：'我正是想把这条丝带送给她'（第86页），也即想'占有'她。在卢梭所提出的解读方式这一点上，这种转义的本来意义是显而易见的，即丝带'代表着'卢梭对玛丽永的欲望，或者毋宁说，它代表着卢梭和玛丽永之间欲望的自由流转。"结果，这就给人的感觉，卢梭对玛丽永的"忏悔"因为存有了动机、原因和欲望，所以偷窃行为变得可以宽恕和理解了。保罗·德曼认为，卢梭的这种行为，严重地消弭了自传文本的严肃性。这样，保罗·德曼首先解构了卢梭式"忏悔录"的真实性。也就是中国人奉为坦率、真实的卢梭恰恰在《忏悔录》中掺杂诸多"虚构"。"但在《忏悔录》中，虚构之所以有害，是因为没有按照其本来的面目理解，是因为其虚构性陈述，正如它产生前此描述的羞耻—欲望—压抑体系，也同时跌进并陷入于因果、意指和替代网络。"由卢梭的《忏悔录》所具有的这一自辩特征，保罗·德曼联想到了整个自传文本，于是他在《失去原貌的自传》论文中就公开宣称了他的自传观：由于自传总是淡入邻近的或者无法协调一致的文类，那么，小说和自传之间的区分，似乎就不是非此即彼的两极，而是无法确定的了。因而，自传就不是一种文类或者一种方式，而是解读或理解的一种修辞格。自传掩盖了心灵对于原来面貌的丧失，其本身就是造成这一结果的原因。他还是举卢梭的《忏悔录》为例来说明："例如卢梭《忏悔录》的叙述者，就似乎是由卢梭的姓氏和签名所界定的。这一界定方式与卢梭自己信誓旦旦地说明的情况相比，更为广泛普遍。然而，是否能言之凿凿地说，自传依赖于意指（reference），正如一幅照片依赖于其主体，或者一幅（现实主义）绘画依赖于其模特一样呢？"

法国著名自传诗学家菲力普·勒热讷曾以自传契约来归属自传文本。"一旦把印有作者名字的书名页也算在文本之内，我们就有了一个一般的文本标准，即（作者／叙事者／人物）名字的同一。自传契约就是在文本内部对这种同一的肯定，它最终代表的是封面上的作者的名字。自传契约的形式不拘一格，但所有的形式

---

① ［法］卢梭：《忏悔录》（第一部），黎星译，人民文学出版社，1980年版，第108页。

都显示出遵守它的签名的意愿。"① 然而，保罗·德曼认为这种"自传契约"是无法保证的。"勒热讷交互使用了'专有名词'和'签名'既点明了问题的混乱，又点明了问题的复杂。"试想，若自传仅凭作者与读者间的契约关系，那么，谁又能证明卢梭所说皆为真话？特别是当当事人已不在人世的情况下。所以保罗·德曼最后得出结论：自传话语的主要修辞法就是虚构。雅克·德里达评论这段话时说："保罗·德曼提醒我们，拟人化始终是一个虚构的声音，但我认为它事先就萦绕着任何所谓的真实的和在场的声音，此拟人化迁就于虚构，但是这是出于对他的爱，是以他的名义，以他的毫无修饰的名字，为着纪念他而迁就于虚构的。"②

　　但问题是，自传文本与虚构小说难道真是无任何差别的文本吗？显然，雅克·德里达是赞同保罗·德曼的这一自传观的。有人说，保罗·德曼之所以得出以上论点，这是他解构主义理论思维惯性使然，因为，他就是要颠覆和混淆一切文类。我们认为这样分析过于简单，因为，尽管卢梭自称自己是做了一件"世界上绝无仅有，也许永远也不会再有"的描绘自我全部事实的工作。但其《忏悔录》文本是存有许多裂痕的。莫洛亚并不属于什么解构学派，而且他还是传记应为历史与文学相结合的倡导者。但在 1949 年法国勃达斯版《忏悔录》序言中，莫洛亚也说出了以下的话："卢梭承认自己偷盗，诬陷别人（如可怜的玛丽永和丝带的事）以及对华伦夫人的忘恩负义。"然而"他这样痛心地低头认罪，是因为他知道读者会原谅他。相反地他对抛弃他所有的孩子却一笔带过，好像那是一件小事似的。大家会想，他自己难道不属于那种'假装诚实的人'的行列？这种人也暴露缺点，但只暴露一些可爱的缺点罢了。"因此，莫洛亚对卢梭的忏悔的真诚性是持怀疑态度的。他甚至断定："事实上一种忏悔只能是一本小说，"不过莫洛亚并没有解构自传文本，而是认为卢梭说出了"在人类思想存在的缺点所允许的限度里说出了真话——他的真话"。我认为，保罗·德曼对卢梭及其《忏悔录》的解构正有利于我们认清自传的内部因素，从而在更合理的层次上建构自传文本。

　　保罗·德曼的《卢梭〈忏悔录〉论》打破了自传是最富有真实性的文本的神话。卢梭所标榜的只有自传作者最知自己的内心的理论让人产生了怀疑，卢梭曾批评蒙田让人只看到自己的可爱的缺点，也只暴露自己可爱的缺点。现在在保罗·德曼的解剖刀下，卢梭也成为假装诚实的人里面之上榜人物。这一结论对我们中国的传记诗学界的启发是非常大的。人们再也不能笼统地称自传为最真实的文

---

① ［法］菲力浦·勒热讷：《自传契约》，杨国政译，三联书店，2001 版，219 页。

② ［法］雅克·德里达：《多义的记忆——为保罗·德曼而作》，蒋梓骅译，中央编译出版社，1999 年版，第 37 页。

本了。这是因为，自传作者多在晚年撰写自传。这其中，随着时间的流逝，记忆的错误编码会直接导致对事实的误判。卢梭自己也承认这一事实："本书的第一部是完全凭记忆写成的，其中一定有很多错误。第二部还是不得不凭记忆去写，其中很可能错误更多。"何况卢梭的记忆力："专使我回想过去的乐事，从而对我的想象力起着一种平衡的作用。"①记忆学专家指出：对过去的记忆，并不总是十分准确的。他人的暗示会导致产生虚假记忆。丹尼尔·夏克特说："当我们向一个年幼儿童提供各种误导性的或虚假性的暗示时，他就无法对真实发生过的事件准确地回忆。"②另外，卢梭在《忏悔录》中多次强调，尽管有些事实被他漏掉了，但是他的《忏悔录》写的是心灵的历史，不需要其他的记录，"我的感情驱使我做出来的，我也不会记错，而我们要写出的，主要也就是这些。"卢梭的这种记忆，属于情绪记忆，是一种有选择的记忆。丹尼尔·夏克特指出："有选择地对某些记忆进行自我思考或向别人讲述，构成了对这些记忆的回忆活动。这种回忆活动虽然有助于巩固长时记忆影像，但是，如果我们反复回忆的是不准确的信息，那么，即使我们对由这种信息所构成的记忆坚信不疑，它也会使我们在不知不觉中形成对过去的错误信念。"③因此，客观地说：以卢梭为代表的忏悔式自传，更加强调对某种事件的选择记忆。如卢梭对玛丽永事件就曾反复叙述多次。在《忏悔录》叙述过后，他又在《第四梦想》中重述了整个事件的过程。这样看来，卢梭不但对他生活中的事件进行了回忆，重新编了码，加入了他自己的意指和欲望，而且他的这种意指和欲望又隶属于当下叙述时的时间范畴。因此，我们认为，自传的真实，不是绝对的真实，而是有选择的叙述真实。自传是叙述人（现在的"我"）通过记忆和有意无意地遗忘对自我人生镜像（多重的"我"）的不断（纠葛着叙述时的情感、欲望与身份政治）重新塑型与叙述。这样来看，对自传的诗学研究，完全可以跳过该文本是否真实这一问题，而是把重点放在叙述者为什么记忆此事实和遗忘彼事实的叙事动因。如果我们太一味地强调自传的真实问题，是没有多少理论与实践意义的，因为自传的真实性就存在于其文本中说出了多少真实。换一个角度来看，保罗·德曼指出的自传与小说一样也是一种"解读或理解人生的修辞格"的论点，对自传文本与小说文本来说，不但不是坏事反而是能够双赢的理论新创。

---

① ［法］卢梭：《忏悔录》（第二部）附录，范希衡译，人民文学出版社，1980年版，第344页。

② ［美］丹尼尔·夏克特：《找寻逝去的自我：大脑、心灵和往事的记忆》，吉林人民出版社，1998年版，第131页。

③ ［美］丹尼尔·夏克特：《找寻逝去的自我：大脑、心灵和往事的记忆》，吉林人民出版社，1998年版，第131页。

　　这主要取决于我们对小说本质属性是什么的理解。[①] 因为同作为文学，自传与小说都应追求最高的审美理想。这就是鲁迅先生说《史记》既是"史家之绝唱"，又是"无韵之离骚"的目的之所在。当代英国小说家朱利安·米切尔关于自传的一段议论值得我们思考："我们读自传就和读小说一样都是在想象中进入他人的生活，探索世界和我们。我们轻易相信自传的真实性的幻象，这是自传有别于小说之处。但这真实性只是幻象而已，我们应该像怀疑小说家那样怀疑自传作家——因为他的记忆和常人一样，也会失误，因为我们能看到所谓的事实在我们眼皮底下如何为了美学的效果而被组织起来，经过选择、渲染和修饰。……可靠性无非是一个使我们暂时不加疑问的一个把戏。自传实际上和小说一样，是一种玩弄幻象与现实的艺术形式。"[②] 说自传与小说一样都是一种叙述现实的艺术形式，这是米切尔的精论之处。但是，他没有弄明白自传与小说的最本质相同之处，两者都是对事实的"变构"，只不过前者是忠实于某一人（《忏悔录》中的卢梭），后者是忠实于某类人（托尔斯泰笔下的安娜·卡列尼娜）。当然他也无心再进一步分析自传与小说在叙事诗学上的重叠与统一。如果说自传是"以文运事"，小说是"因文生事"。其实在对事实的叙述上，两者都必须据实而构，或者说小说也必须顺着人性去叙

---

　　① 我认为，纪实才是小说叙事的本质属性，因为用当下的"不是事实就是虚构"的概念难以阐释叙述的本质，尤其是在历史叙述成熟后才真正兴起的小说叙事的美学价值。我认为，引入纪实叙事概念能比较准确地描摹出包括历史文本与小说文本的叙事本质。也就是说叙述者无论是叙述"实际发生的事实"，还是叙述"可能发生的事实"，叙述者的出发点是相同的，即力图叙述出事件的真实本质。在叙述的过程中，叙述实际发生者，是本着忠实于某一具体事实的目标的（true to a fact），但是正像怀特以及尼采等早就揭示历史文本的叙事实质那样，在中国则以《左传》和司马迁的史传叙事做了见证。这里的对事件的叙述，又是只能是叙述者对"已有事实"的接近而永远无法达到。那么这种叙述在事实上就与叙述可有之事的叙述发生了重叠。叙述可能发生者是本着忠实于某些具体事实的目标的（true to facts），尽管人名叫做安娜卡列尼娜或潘金莲，户籍本上，查无此人。但是叙述者落笔以后，托尔斯泰与兰陵笑笑生也不能信口开河，他们必须从人物的时代、环境、性格、心态等出发，就像叙述真人一样来塑造他们。也就是说在叙述的旅程中，尽管两者从不同的"关口"入关，但在入关以后，却同行在纪实的迎宾大道上。只不过对于前者，相对来说限制较多，至少那些标明为《希腊罗马衰亡史》或《项羽本纪》者，而后者则不但可以"削高补低都由我"，甚至为了展示人性的真实，可以写出事实上不存在的天堂和地狱。但是无论是弥尔顿的天堂还是蒲松龄的狐媚花妖，叙述者只能、也必然是对人类经验的纪实和人性的展示。我认为如果我们能确立一切叙述皆是纪实的命题，那就可以理直气壮地说，在叙事时无论是纪实有之事，还是可有之事，两者都在纪实叙述，是没有区别的。我们这样说，既确立了纪实性是文学叙述的本质之一，更在于否定了长期以来占据文学理论界的"虚构"这一伪命题。同时在恢复叙述的纪实特征时，又扬弃了机械的历史真实观。文见王成军：纪实是小说的本质属性，《上海师范大学学报》2005 年第一期。

　　② 陆建德：《现代主义之后：写实与实验》，中国社会科学出版社，1997 年版，第 12 页。

述，即使是"削高补低都由我"的叙述，① 也必须忠实于人性。从这个意义上讲，小说家也要像史家一样，"每须遥体人情，悬想事势，设身局中，潜心腔内，忖之度之，以揣以摩，庶几入情合理。"② 这也就是说，同作为文学家族中的一员，自传与小说一样，有着相同的美学追求。指出它们之间在叙事上的无区别，不但没有混淆自传与小说文本的界限，反而提升了自传文本的美学价值。因此，保罗·德曼的卢梭《忏悔录》论在解构《忏悔录》文本的同时，事实上也在建构自传文本，或者说卢梭的《忏悔录》文本是对整个自传文本的丰富与变异，关键是论者是否能够承认纪实是小说叙事的本质属性而非虚构。我们中国学者从郁达夫、谢冰莹迄今，一直存在着对卢梭式自传"坦率真实"叙事修辞的过分褒扬，对自传文本特别是卢梭式文本的真实性，存有迷信，这直接导致对整个自传文本真实性的过分强调和神话，从而影响了中国自传文本的建构。从另一方面来讲，以保罗·德曼为代表的西方学者，在发现自传文本与小说相通的文本特征时，又过分强调小说的"幻象"特征，以为小说是纯粹对生活的幻象叙述而非是对人性心理真实的纪实。而且，内心深处也还积淀着自传必须是也只能是"真实家族"的血统论和隐形偏爱。结果是，一方面把自传赶出了家园，另一方面却让其迷失在小说这个"完美叙事文，或任意叙事文的典范"之中，③ 把自传文本独有的特征统统归入了小说叙事。有人说，这是一种需批判的虚无主义，但是，我认为，如果我们否定小说是"虚幻"和"文学不属于真实的世界，而属于虚构的世界"④ 的现代理论，并且承认自传是叙述人（现在的"我"）通过记忆和有意无意地遗忘对自我人生镜像（多重的"我"）的不断（纠葛着叙述时的情感、欲望与身份政治）重新塑型与叙述。那么说自传与小说等同，就不但不是对自传的否定，而是对长期以来多被文学史家忽略的自传文类的诗学肯定。从这个意义上，我们应该感谢保罗·德曼针对卢梭的《忏悔录》而发起的对自传的挑战。

---

① 金圣叹：《金圣叹全集·读第五才子书法》，江苏古籍出版社，1985 年版，第 18 页。

② ［美］汪荣祖：《史传通说》，中华书局，1989 年版，第 53 页。

③ ［法］热拉尔·热奈特：《热奈特论文集》，史忠义译，百花文艺出版社，2001 年版，第 127 页。

④ 伯纳德·派里斯说："当我开始讨论文学人物的心理时，我立刻碰到了我的同伴评论家对这一程序的大量阻力。现代理论认为，文学不属于真实的世界，而属于虚构的世界，在真实世界中，人们拥有内在的动机，而在虚构世界中，他们所代表或所做的一切都是一个更大结构的一部分，这种结构的逻辑完全由艺术考虑来决定，这种观点已经成为现代理论中的一个教义。"［美］伯纳德·派里斯：《想象的人》，王光林等译，上海文艺出版社，2000 年版，第 8 页。

第七章　文本·文化·文学：论自传文学

　　自传文学是文学家族中渊源早且颇富独特艺术价值的品类之一。在中国，远在2000多年前的汉代就已出现了，刘知几《史通·序传第三十二》说："盖作者自序，其流出于中古乎？按屈原《离骚经》，其首章上陈氏族，下述祖考，先述厥生，次显名字。自叙发迹，实基于此，降及司马相如，始以自叙为传。"在西方，被奉为正式自传之始的奥古斯丁的《忏悔录》也成书于5世纪左右。特别是进入21世纪以来，自传文学随着人类的自我意识的空前发展而繁兴，中西文学界皆形成了相应的"自传文学热"。① 甚至自传文学作品已成为作家获取文学大奖的最主要载体之一。例如萨特主要因自传《词语》被授予诺贝尔文学奖，更使自传文学声誉鹊起。

　　面对中外当代自传文学的热潮，欣喜之余，我们不得不承认，中国的自传文学作品还远未臻完美，这里原因固然众多，但是长期以来，中国自传文学的理论匮乏，是其中的一个重要原因。

文本

　　自传文学（autobiography），从字面上看是自己（auto）书写（graph）自己真实的生平（bio），似乎最合适不过了。历史学家爱德华·吉本在《吉本自传》中自信地说："我必须意识到，任何人都不如我本人有资格描述自己的思想和行动。"② 然而，尽管自传作家有着揭橥自我内心隐秘的优长，可事实上正是由于是作家自述之故，人们对其文本的真实性产生了怀疑，莫洛亚为此从六个方面论述了促使自传文学的叙述不准确甚至谬误的因素。首先是我们对于事实的遗忘，"当我们试图撰写自己的生活史，我们多数会发现，其中的绝大部分我们已遗忘殆尽。"使事实改变的第二个因素，是由于审美原因而产生的有意忽略："记忆力是一个伟大的

　　① 在中国20世纪20、30年代曾形成以郁达夫为代表的自传热潮；在西方，特别是20世纪80年代的法国也曾有以新小说作家杜拉斯为代表的自传写作热。

　　② 参见《新大英百科全书》"传记文学"条目。转引自《传记文学》创刊号，文化艺术出版社，1984年版，第191页。

艺术家。对每一个男子和女子来说，记忆力使他或她，在回忆一生时，创造了艺术作品和不可信的记录。"第三个因素是自然的潜意识的压抑导致自传作者的改变事实。第四个因素则是由羞耻感所引起的，"几乎没有男子有勇气说出他们性生活的事实真相。"同时，记忆不仅疏忽遗忘，它还对事实加以理想化："骤变已过，他回首顾望，将一切合理化，从而自言自语道：'我是一个社会主义者。'"在自传中还有一个缺少诚实的原因，那就是，当我们描述往事时，希望保护那些已成为我们朋友的人。莫洛亚的论述可谓切中肯綮。但是，莫洛亚在指出自传文学的真实性须认真研究的同时，不无存在否定"自传文学文本价值"的倾向，如对中国读者所喜爱的卢梭的《忏悔录》，莫洛亚在行文中多次予以否定："我们看到，卢梭夸大了他的智拙和智力上的迟钝这一方面。"① 他还在为勃达斯版的《忏悔录》所写序言中断言："事实上一种忏悔只能是一本小说。卢梭的《忏悔录》是骗子无赖冒险小说里最好的一部。"也正是由于自传文学奉行这么一种有意无意之中的"忽略和更改"的写作原则，或者说存在这么一种现象，在西方有些论者包括一些自传作者甚至完全否定自传文学的文本特征。小说家格雷厄姆·格林说："自传只是徒有虚名的生平"，并用"徒有虚名的生平"作为他自传的书名。

我们认为，自传文学绝不是徒有虚名的文类，而是有着独特文本特征的文学形式。至少我们可以从三个方面对此做出界定：自传文学是一个真实的人以他（她）自己的生活为媒介写成的回忆性散文；自传文学是以"话语"语言（discourse）而非"历史"语言为主体来叙述自我生平的文本；自传文学属非虚构文学，不能等同于"fiction"（小说）。

自传文学是一个真实的人以他自己的生活为媒体写成的回忆性散文。这是自传文学文本的第一要素，舍此，则不能称为自传文学。歌德在 59 岁时，回忆了他从小迄至 26 岁以前的事，取名为《诗与真》；吉本在他的《罗马帝国衰亡史》获得成功的时候，写了一部《吉本回忆录》；李清照睹物思人，写下了《金石录后序》。歌德、吉本、李清照皆是历史上确有此人，他们分别以自己的生活为媒介，回忆了自己的生平。我们称此类作品为自传文学，但是，如果历史上确有此人，却不是传主亲自撰写，不是我们讨论的自传文学，如英国作家罗伯特·格雷夫斯替罗马皇帝写了一部轰动世界的自传《我，克劳迪亚斯》，尽管文学价值与历史价值并重，但这只是小说（fiction）。

所谓自传文学是以"话语"语言而非历史语言为主体来叙述自我生平的文本，有两层含义，一是自传文学在追求真实的同时，使用的是叙述者介入的"话语叙

---

① ［法］莫洛亚：《论自传》，载《传记文学》1987 年第 3 期，第 156 页。

述"（discourse narration）；二是叙述者的书写的（graph）主观性起着举足轻重的作用。

什么是"话语叙述"？法国语言学家邦维尼斯特在《普通语言学问题》中指出：历史叙述排除所有自传语言形式（"autobiographical" linguistic form）。[①]史学家不说你、我和现在，因为史学家不用"话语形式"，只能使用第三人称。"话语叙述"则一定假设了说话者和听者，而且说话者企图影响听者，是有我的（personal）。自传文学是属于"话语叙述"范畴，因为自传文学的最显著表征之一即是用"我"的口吻来叙述生平。例如："大家都盯着我，面面相觑地一句话也说不出来。我一辈子也没有见过有人惊奇到这种程度。但是，叫我最得意的是布莱耶小姐的脸上显然露出了满意的神情。这位十分傲慢的少女又向我看了一眼，这一次至少要和第一次一样可贵。"（卢梭《忏悔录》）"还有一个更大的印象，是我一生都记得的便是罗丹亭。我最初走进这亭子，注视着这个伟大艺术家的作品，心中着实惊奇不止。"（《邓肯女士自传》）。

以上的自传作者皆使用的是企图影响听者的"话语叙述"，这就决定了自传文本的区别于历史叙述的主观性。而这种主观性在自传的形成中起着举足轻重的作用。

众所周知，自传大多成书于作家的晚年，但是作家在说及他童年的生活时，不但栩栩如生，而且往往用现在的"我"去复制过去的"我"。萨特的自传《词语》一书中的叙述者"我"仅有十多岁，但是却似乎具有存在主义哲学的雏形。这里，其实是自传作家萨特的主观性的折射。"萨特实际上叙述的并不是一个几岁儿童当时所实际具有的思维，不是萨特作为儿童的当时的'本我'，而是萨特已成为了一个存在主义哲学家时的'超我'。"[②]毋庸置疑，自传文学的叙述者的书写的主观性这一现象，使得自传文学文本形成了一种与生活本身不无偏差的特点，斯蒂芬·欧文在分析中国自传名作《浮生六记》时说得更为明白："在我们的回忆中，背景是模糊不清的，出现的是某种形式，故事、意义、同价值有关的独特的问题等，都集中在这种形式里。回忆是来自过去的断裂的碎片；它闯入正在发展中的现实里，要求我们对它加以注意：我们'沉湎于其中'。沈复只需要回想到'盆景'，周围环境中所有丰富的细节以及对他个人所具有的意义，就全涌现在他心头了：

---

① Emile Benveniste：*Problem in General*，Coral Cables：University of Miami press，1971，pp. 206-209.

② 文见柳鸣九为萨特《词语》中译本所作序言"严酷无情的自我精神分析"，漓江出版社，1990年版。

所有这些都能凝聚到一个形象，一个名字和某一时刻里。不过，我们在这里读到的不是回忆，而是'回忆录'。为了写出回忆录来，他必须把凝聚成的回忆铺陈开来：他必须把它"写成某种叙述文字，某种描写，某种反思的诠释"。①其实这就是歌德所说的"半诗半史"的文本特征，②是自传作家对过去的"我"的追忆，但这与虚构文本具有质的区别。

我们指出自传文学是一种"话语叙述"文本，并不意味着自传文学就是"fiction"。这里自传文学中的"我"尽管是当下的"我"对过去的"我"的重新组合，但是它们仍然是沿着忠实于"自我"的轨迹运行的（true to a life），而不是只源于生活的小说（true to life）。

总之，自传文学就是一种带有很强主观性的话语叙述文本，自传作家写作时的"graph"（书写）行为是"当下"的我对过去的"我"的构建，其中，不排除作家对过去的"我"的艺术变异，但这并不意味着自传文学的虚构意义。因为自传作家力图追忆的仍然是"真我"（true to a life）。也正是在这一点上，自传文学由于彰扬自传作家的主体性，使其文本的文学价值得到文坛的首肯。让我们引证卡西尔《人论》的一段话作为本章的小结："符号的记忆只是一种过程，靠着这个过程人不仅重复他已往的经验而且重建这种经验。想象成了真实的记忆的一个必要因素。这就是歌德把他的自传题名为《诗与真》的道理之所在。他的意思并不是说，他在关于他的生活中已经插进想象的或虚构的成分。歌德想发现和描述的只是关于他的生活的真，但是这种真只有靠着给予他生活的各种孤立而分散的事实以一个诗的，亦即符号的形态才有可能被发现。"

文化

如果说以真人实事为载体的传记文学必然受到诸多文化因素的影响，那么，对自传文学这一传记分类中的特殊形式来说，它与文化的渊源更是根深蒂固。从某种意义上说，中西自传文学的差异，主要是一种文化的差异。我们把这种文化差异标之为"隐讳文化"与"忏悔文化"的差异。

儒家文化初看起来是颇彰扬书法不隐的"实录"精神的，孔子曾经盛赞晋太史董狐敢于直笔："董狐，古之良史也，书法不隐。"（《左传宣公二年传》）然而，推本究源后我们会发现，儒家文化教育中的所谓"直笔"并不是坦白真诚地叙写

① ［美］斯蒂芬·欧文：《追忆》，郑学勤译，上海古籍出版社，1990年版，第121页。
② ［德］歌德：《歌德自传·自序》，刘思慕译，人民文学出版社，1983年版，第4页。

出生活的原生态，而是必须遵循"为圣者、贤者、长者讳"的创作原则，换句话说，在儒家创始者孔子的哲学里，直笔即是曲笔。《论语·子路篇》中说：叶公语孔子曰："吾党有直躬者，其父攘羊，而子证之。"孔子曰："吾党之直异于是，父为子隐，子为父隐，直在其中。"这里，孔子所说的"直在其中"正反映了儒家文化的隐讳实质。令人遗憾的是，在这种"曲笔即直笔"的传记创作中，自传作家的隐讳、掩饰不但不被批评，反而取得了它的文化合理性。刘知几《史通·曲笔第二十五》说："肇有人论，是称家国。父父、子子、君君、臣臣，亲疏既辨，等差有别。盖子为父隐，直在其中，《论语》之顺也。略外别内，掩恶扬善，《春秋》之义也。自兹已降，率由旧章。史氏有事涉君亲，必言多隐讳。虽直道不足，而名教存焉。"

正是由于这种"隐晦文化观"潜移默化的影响，中国 2000 余年的传记文学发展史上，最为缺失的传记就是那些堪称直笔的作品。让我们以司马相如为例略作说明。司马相如在自己的短短的真实生命旅程中，演出了一曲轰轰烈烈的才子佳人爱情剧。难能可贵的是，司马相如不但做出了与"礼法"不符的行为，并且创作了追忆其一生的自传《自述》来。从理论上说，"相如窃文君"一段无疑应是该《自述》的重头戏，因为这一段"隐秘"生活唯有作家本人最了解。然而从中国这一传记文化的"隐讳"性视角极易理解的是，司马相如的《自述》到了唐代就失传了。因为《自述》是与儒家传统的隐讳文化相矛盾的，所以甚遭正统文化的排斥。就是颇彰扬史家三长的刘知几在《史通·曲笔第二十五》也曾说过这样的话："相如《自述》乃记其客游临邛，窃妻卓氏，以《春秋》所讳，持为美谈。虽事或非虚，而理无可取，载之于传，不其愧乎！"钱钟书指出："相如文既失传，不知此事如何载笔，窃意或以一二语括该之，不同《史记》之渲染点缀。人生百为，有行之坦然悍然，而言之则色赧赧然而口吶吶然者。既有名位则于未达时之无藉无赖，更隐讳多端。"[①] 所以，我们始终认为，中国人的真实人生是极为丰富多彩的，但之所以自传文学的佳作出现的较少，恰恰是被"隐讳"的传记文化遮蔽了。

在西方，自传文学也深受文化的制约，其隐讳之风曾经很盛，特别是中世纪在古典作家身上，体面较真实更为作家所重。莫里哀和拉罗什富科都把他们的自白美化了，伏尔泰也不作自我表白。即便到了 21 世纪也仍然存在，以至于为了写出真实的自我，自传作家不得不设想是从坟墓中向世人说话。马克·吐温就是一位典型代表："我决定从坟墓中而不是亲口向世人说话，是有充分理由的：我可以无拘无束地说话。一个人写一本有关他平生私有生活的书——一本他活着的时候给人所看的书——总是不敢真正直言不讳地说话，尽管他千般努力，临了还得失败。"①

　　但是，与中国自传文学深受"隐讳文化"的拘囿相反，在西方自传文学发展史上却有一个极利于自传文学创作繁荣的"忏悔文化"传统。甚至可以说，西方真正的自传文学恰恰嚆矢"忏悔文化"之中。在西方语言中，"忏悔"（Confessions）已经成为自传文学的代称。这是渊源于奥古斯丁的自传《忏悔录》。这部自传本来旨在承认神的伟大，叙述一生所蒙天主的恩泽，并发出对天主的歌颂，但是由于奥古斯丁在自传中流露的情感：坦率、真挚，在书中他面对上帝而"忏悔"，对自己的偷盗行为及肉欲的描写极其诚实。人们也就逐渐省略了"Confessions"的"承认神的伟大"的含义，而注重了奥古斯丁《忏悔录》一书所表现的在上帝面前承认自己"罪过"的含义。其实，在古典拉丁文中，"Confessions"一词的本意，就是"承认，认罪"。因此，我们可以称西方传记文学是渊源于"忏悔文化"中的。也就是说，与儒家文化中提倡"隐讳"相反，"忏悔文化"中，无论自传作家出于何目的写自传，自娱也罢（《吉本自传》），润笔也罢（《夏多布里昂回忆录》），②自我张扬也罢（卢梭《忏悔录》），他必须在"上帝"面前说真话，承认有罪，写出自己的七情六欲和血肉人生。吉本说："这篇个人生活的叙事文章，必须以真实作为它的唯一可以推许的特点，这就是严肃一点的历史书所应具有的首要品质：赤裸裸的，不怕出丑的真实。"③正是在这种"忏悔文化"影响下，西方自传文学史上出现了相当数量的佳作，而这些佳作尽管风格各异，却都无不具备坦率无隐，叙说出自己的优缺点的"忏悔"特征，赢得了世人的瞩目。坦率诚实，无情地解剖自我，成为西方自传文学的主调。直至当代，这一"忏悔文化"传统仍被继承且不断发展着，形成了西方传记文学鲜明的文化特征。

文学

　　自传作为一种文类能否成为文学家族中的一员，并不是没有争议的，这里至少有两个因素使人们对自传的文学性产生怀疑：

　　一是自传的作者往往是非文学类型，尽管中外自传文学史上，不乏像歌德、郭沫若那样的文学家作者，但是从自传文学的文本特殊性来看，更多的在自传领域驰骋笔墨并获得文名的是教皇、将军、金匠、影星乃至聋哑人等。西方第一部

---

①　［美］马克·吐温：《马克·吐温自传》，江苏人民出版社，1981年版，第1页。
②　夏多布里昂晚年经济拮据，将此书以25万法郎卖给出版商。
③　［美］吉本：《吉本自传》，戴子钦译，三联书店，2002年版，第1页。

标准的正式自传是教皇庇护二世所写，文艺复兴时期的自传代表的作者分别是：医生吉罗尼莫·卡尔达诺、金匠本韦努托·切利尼。邓肯的《邓肯女士自传》充溢着"我的自传会成为一本划时代的传记"的文学自信；达利的《达利自传》具有丝毫不逊于超现实主义小说的文学品味。

二是由于自传的种类实在繁杂，造成了自传文本的难以归类。司马迁的《太史公自序》尽管"上述祖考，下及已身"，但是他更多的是叙述了自己述作《史记》的旨归，对自我形象的塑造不鲜明生动。阿兰的《我的思想史》说是一部自传，却对他的童年和私生活一笔带过。更有甚者，有的自传作品里面叙事与议论交织，回忆同科学研究相融。因而，长期以来，"在更具传统性的文学里，它常常作为几乎永久的事业，被确定在小说、叙事作品和编年史的边缘。""它们远未构成一种确定的样式，更多的是证实了文学样式的分裂。"① 然而，正是由于自传文学的不稳定性，我们认为从文学的视角来确立它的几个要素是颇有理论价值的。

首先，自传文学是一种叙述（narrative），这是它的文学性表征之一。回忆过去，叙述自我人生的故事是自传作家的追求。凡是优秀的自传文学佳构，无不具有这一特征。本韦努托·切利尼的自传着重叙述了他的意大利历险记；本杰明·富兰克林自传是："用开诚布公的语言写成的一个多才多艺、精力旺盛的美国人成功的故事。"② 用故事的叙述来营造自传文学的结构是极为重要的，这是自传作为文学的首要因素，因此，对诸多不注重叙述的自传，我们有理由将它们排除在外。当然，彰扬自传文本的故事叙述，曾被中外诸多"新派作家"或多或少地予以否定。但耐人寻味的是，恰恰是新小说派作家反而写出了重视"叙述"的作品来。在法国以抽象文学的使者身份出现的罗伯·格里耶，出版了用传统手法写成的《重现的镜子》；曾在《天堂》中以不标点、无段落令读者难以卒读的"新新小说派"人物索莱尔，在《自传：一个玩世者的画像》中则"创造一种能使读者一下子就明白的写作手法"，叙写了自己家庭的兴衰史。杜拉斯在《情人》一书中，改掉了她往常作品晦涩难懂之处，而是给读者展示了一位15岁的白人少女与一位华侨富翁的儿子之间的情爱故事，也正是凭借《情人》一书，使得早有文名的杜拉斯获得了龚古尔大奖。

当然，由于自传文学的回忆这一心理特征的制约，叙事的不完整性及跳跃性是在所难免的，叙事的角度及方法也因作者的不同而不同。但是"叙事性"，作为

---

① ［法］贝尔沙尼等：《法国现代文学史》，孙恒等译，湖南人民出版社，1987年版，第177页。

② 《大英百科全书·传记文学·正式自传》条目。转引自《传记文学》创刊号，文化艺术出版社，1984年版，第187页。

自传文学的文学表征之一是不容否定的。这里需要说明的是，有人认为由于自传包含这种叙述的有意安排，因而它创造性的虚构形象这一唯一的事实，重新把自传引入了虚构。事实上，这种看法是混淆了自传与小说的文本特征，在"文本"一节里，我们已经指出了自传文学不是"小说"（fiction）。从叙事的角度来看，我国清代的金圣叹早对此进行了精辟的论述："《史记》是以文运事，《水浒》是因文生事，以文运事，是先有事生成如此如此，却要算计出一篇文字来，虽是史公高才，也毕竟是吃苦事。因文生事却不然，只是顺着笔性去，削高补低都由我。"[①]

其次，自我形象的塑造和自析是自传文学的文学表征之二。

自传文学作为文学的一种，其自我形象的塑造是十分重要的，特别是传统意义上的自传，多注重对"自我形象"的塑造。夏多布里昂的《墓外回忆录》曾被称为一首巨大的诗。全书共分四个部分，写他的童年、军旅、文学和政治生涯，其中他极为生动地描绘了自我形象：精力充沛又十分狂妄；浪漫潇洒也自私无情。郭沫若的《沫若自传》在展开描绘中国现代历史的画卷的同时，对自我的性格形象也作了传神的表现，那就是一个充满叛逆性格的诗人最终成为民主战士的形象演变史。

现代意义上的自传由自我形象的塑造进一步发展成为自我形象的解析。这是更高文学层面上的形象塑造。自传作家已经不满足于简单生动的"童年趣事"般的纪实，而欲在对自我形象的分析中，把握住自我的真实性格及形象。萨特是以存在主义大师的身份享誉世界文坛的，但是他的最受读者欢迎的作品不是什么"恶心"，而是"回到文学方面的做法"的自传文学《词语》。这部自传作品堪称自我形象自析的典范。柳鸣九先生对此有一段论述：事实上是，他在这本书里几乎集中了全部精力去追述他与文字的因缘，而与这一特殊对象的因缘就决定了他以后整个一辈子的道路、职业与所作所为，决定了他何以成为世人后来所知的作家让·保罗·萨特，也就是说，他在追述与解释他作为一个写作者的存在的最初那些根由，从这个意义上来说，他在这所做的，就是解剖他后来发展为一个大作家大哲人的最初的那个雏形……在这本书里，显出'光光的一个人'的不同凡响的卓越人格。主要由于这本书，萨特被授予诺贝尔文学奖的荣誉。[②]也正是在作家冷静、无情、细腻的自析中作家的自我形象得以充分展示。试看一节："我不曾'选择'我的志趣：是别人把它强加给我的。实际上，什么也没有发生，全是一个老太太随意抛出的几句空话和查理的谋算造成的。但是，只要是我相信就行了。大人们在

---

① 金圣叹：《金圣叹全集·读第五才子书法》，江苏古籍出版社，1985年版，第18页。

② ［法］萨特：《我的自传——文字的诱惑》，张放译，漓江出版社，1990年版，第5—23页。

我心中有崇高地位，他们用手指出我的星宿；我看不见自己的星宿，只看见他们的手指，我相信他们，他们也自以为是相信我的。

他们教我知道了那些死去的伟人的存在：拿破仑、地米斯托克利、菲利浦·奥古斯特，他们当中还有一个未来的伟人：让·保罗·萨特。我对此毫不怀疑，即使可以怀疑大人们。这最后的一个伟人，我真想能面对面地见到他。他张大了嘴，扭着身体，试图产生自我满足的感觉，是一个没有进入激情的女人，她的痉挛动作先是呼唤极度兴奋状态，后来便取代了这种状态。人们是否会说她是在模拟动作或是有些过分用心呢？"①

再次，坦率的文风是自传文本文学性表征之三。

尽管限于篇幅，此论不宜深论，但是我们认为，自传文学欲在文学苑圃竞相开放，必须长久保持这一文风。这里的坦率指一种文化人格心态，是打上中西文化的印迹的，但是诸多优秀的自传文学佳作，无不具备坦率流畅的风格，因为自传文学是以真实为美的独特文类。卢梭的《忏悔录》堪称这种坦率文风的典范。杜拉斯的《情人》的文学魅力也得益于这种坦率的文风。她自己把这种坦率的文风称为"流动的文体"："流动的文体就是不管遇到任何事物，都不加以区别，不加选择地带着它们向前流的河流。"正是这种坦率的文风，使《情人》一书富有独特的文学风格。也许，坦率的格调，会随着作家语言风格的不同而变化，但是坦率这一总体文风是自传作家所不能忽视的。

---

① ［法］萨特：《我的自传——文字的诱惑》，张放译，漓江出版社，1990 年版，第 177 页。

第八章　论传记电影叙事中的"契约伦理"

一

当陈凯歌因《无极》而隐忍三年，有意在贺岁的关键时刻推出传记片《梅兰芳》的时候，其内心对他的理想读者（观众）无疑是充满着诸多希冀的，然而，尽管票房是可观的，尽管观众是基本认同的，尤其是像尹鸿等电影评论家也对《梅兰芳》给予了"回归经典叙事"的高度评价：《梅兰芳》究竟用什么"说服"了观众？《梅兰芳》究竟给大片带来了什么变化？其实，最根本的变化，就是从往常"拼盘""配方"式的"商业歧途"，回归到诚实地塑造人物、叙述故事、表达真善美主流情感的"经典叙事"的"正途"。[①] 但是事实证明，在今年这个春天有些冷的日子里，著名电影艺术家陈凯歌似乎也有着梅博士般的"孤单"：他的"座儿们"的理解与误解都让他有些迷惘，尤其是柏林电影节的铩羽而归。是的，尹鸿的"回归经典叙事"的评价，根本就是对导演过《霸王别姬》"经典叙事"且好评如潮的陈凯歌的明赞暗讽；观众对《梅兰芳》没有全面反映梅兰芳一生传记事实的诟病，也会让陈凯歌"憋气"。我们认为，无论是陈凯歌导演还是众声喧哗的观众，都不无忽略了对传记电影这一独特艺术品类的理论把握和认知，换句话说，为了真正把握和认知传记电影的特征和促进中国当代传记电影的创作繁荣，探讨传记电影叙事中的"契约伦理"问题是十分必要的。

众所周知，自传文类是一种"契约"文类：自传就是一个人以真实为承诺所写的关于自己的传记。自传作者在文本伊始便努力用辩白、解释、先决条件、意图声明来与读者建立一种"自传契约"。否则的话，自传与诸多小说则难以区分彼此，菲力浦·勒热讷解释说，18 世纪以来的欧洲小说，大量使用书信体和日记体。如果我们只停留在文本的内在分析上，那么自传和自传体小说几乎无法区分。[②] 同理，传记电影和自传一样，也必须在编导、传主、观众三者间，建立一定的"契约"关系，否则把传记艺术片与艺术片混同，既是对传主的不尊重也是对观众的

---

① 尹鸿：回归经典叙事——再评电影《梅兰芳》，http://blog.sina.com.cn/s/blog_482580270100d45u.html

② ［法］菲力浦·勒热讷：《自传契约》，杨国政译，三联书店，2001 年版，第 219 页。

欺骗，更是对电影编导艺术的误导。因此，我们在"契约"的基础上，提倡从"伦理"的高度来规范"契约"，用"契约伦理"来把握和认知传记电影的相关理论问题。

编导们一旦决定用某一真实存在过的人（如孔子、毛泽东、梅兰芳、雷锋、莫扎特、辛德勒等），作为他们的拍摄对象，那么编导们也就与观众（传主及其亲属其实也应类属于观众范畴，详见下文分析）约定了必须真实反映传主一生的"契约"，至少主观上无论是编剧还是导演都不允许公开宣称尤其是宣扬他的虚构论。遗憾的是，著名导演胡玫在《孔子》开机仪式上却发表了严重违反传记电影纪实契约的糊涂言论：拍摄《孔子》的确是一个非常重大的挑战！借此机会我也要提醒各位两点：第一，电影是一种虚拟艺术，历史片并不是书写历史。我们在创作中必须发挥充分的艺术想象力和精心的选择与剪裁。第二，电影作品是艺术而不是学术。希望学术界对我们的创作给予必要的宽容，不要过于用学术性的，求真求全的眼光去期待我们的片子。两个小时的电影，信息容纳量毕竟是有限的，不可能包容一切。实际上，在我们的作品中，绝不可能塑造一个全面完整的孔子，也不可能只以两个小时反映孔子的全貌和一生，更不可能全面反映出那个波诡云谲的动荡时代，以至塑造出一个高大全的伟人。我们只能撷取虚拟历史想象中的一枝一叶。面对历史的苍茫大海，我们只能取一勺饮。①

我们之所以说胡玫的言论有错，是因为胡玫没有真正从传记电影的独特艺术特征出发来思考问题。她过分强调了电影的虚拟性、时间性、艺术性，可是胡玫恰恰忽略了孔子是世界闻名和万众景仰的真实人物。电影尽管不是学术，可是传记电影却要经得起学术的考量。电影难以全面书写历史，可是传记电影必须力图塑造出一个全面完整的孔子。也就是说，如果胡玫完全放弃《孔子》电影的传记性特征，放弃纪实性契约，一味地突显她的虚拟性、时间性、艺术性，"戏说"孔子与南子等女性的情感戏的话，我们对胡玫版的《孔子》真不敢有什么期待和奢望。遗憾的是，《孔子》电影并没有维护传记电影的纪实契约。特别值得指出的是，当下中国传记片的编导们似乎已经习惯了在传记片中加入虚构的情节和人物，目的是达到"好看"的戏剧效果。筹拍中的《黄炎培》就杜撰了传主的婚外恋且虚构史中人物。我们认为，这种公开违反传记片纪实契约的行为，颇类在牛奶中加入"三聚氰胺"，应该给予批判和反对！

---

① 胡玫："使《孔子》成为中国电影史上值得长久言说和记忆的作品"，载《中国社会科学院报》，2009年4月16日，第2版。

二

传记片电影的编导真是不幸，从编写剧本、物色演员到正式拍摄电影，直至电影播放公映，却总有传主的直系亲属、后裔宗亲乃至生前好友、战友和不相干的网友出来为传主"鸣不平"。雷锋生前战友关明江、惠连生、朱连胜等70人联名反对田亮出演《雷锋》主角，七成网易网友认为"田亮与雷锋不相似"，同时推举王宝强扮演雷锋。请注意，梅葆玖在《梅兰芳》拍摄的过程中，可不是一般的艺术顾问，他是以梅兰芳传主亲属的身份在"顾问"着整个《梅兰芳》的制作。是的，幸亏是由梅葆玖先生以梅兰芳儿子的身份在给陈凯歌"授权"，毕竟梅葆玖先生本身就是著名梅派传人，通晓导演艺术的规律和认同有血有肉的父亲更富有人性美。否则，因传主亲属反对而不得不停拍或停播的传记片中外皆有。即便如此，齐家后人已经对《梅兰芳》中的叙事颇为愤怒了：陈凯歌新片《梅兰芳》正在各大影城热映，虽然该片得到梅葆玖的认可，但却遭到齐如山家人的质疑。据《重庆晚报》报道，齐如山的曾外孙杨哲民发出帖子，质疑陈凯歌是在误导观众，认为电影中的邱如白是在毁坏齐如山："虽然电影里没用齐如山的原名，但大家一看就知道邱如白是齐如山的原型。看完电影后，我心里很不是滋味，怎么我的曾外祖父就成了一个有同性恋倾向、为艺术不要民族气节的人？"[①] 这说明当传记片所涉及的传主为生者或其时代不远，尤其是传主亲属在世时，来自他们的掣肘就会层出不穷："历史、回忆录、传记……在这些领域，时间的作用是决定性。披露的私生活事件越是久远，当事者就越不容易发火。让·德尼·布雷坦告诫道：'历史家们，千万不要去碰尚且在世的人们的私生活！'法律监视着我们的爱情、我们的痛苦、我们的罪孽、我们的病痛、我们的怪癖、我们的住宅、我们形象，以及所有我们称之为个人隐私的一切……死者如果有遗产的话，他就并没有完全死亡。"[②] 正在拍摄中的《黄炎培》一直遭到黄炎培之子黄方毅的反对，其反对内容主要有以下几点：

一、反对由张铁林扮演黄炎培，因为张铁林与黄炎培形不像，神更不像；而且张铁林的搞笑形象已在观众中固定，与黄炎培的一身正气格格不入；由张铁林饰演强烈爱国的黄炎培是对黄炎培的不尊敬甚至是讽刺。

二、污蔑了黄炎培的人格。为迎合低级趣味，该剧无中生有编造某位林姓

---

① 齐如山与梅兰芳断臂？http://bddsb.bandao.cn/data/20081217/html/34/content_5.html
② ［法］阿尔贝·杜鲁瓦：《虚伪者的狂欢节》，逸尘等译，时事出版社，1998年版，第145页。

女士与黄炎培有婚外暧昧关系。

三、黄炎培五十年吃素食，剧中却写黄炎培吃毛血旺。

四、剧中虚编庄某、尚某等人物在黄炎培身边几十年且参加重大事件，不妥。

五、该剧写黄炎培不仅人不像，事不像，而且话也不像，充满了津腔津味。

六、剧中的质量不高，甚至粗制滥造，没有真实准确地反映我父亲奋斗一生的历程，对我父亲在教育、经济，尤其是在与共产党关系中的几桩重大标志性事件的疏漏或偏差。黄方毅是全国政协委员，他代表黄炎培家人希望，《黄炎培》剧组能够遵守传记剧本创作"真实"和"家属认可"的原则。[①]

这里我们不禁要问：谁赋予了这些传主及其亲属的叙事干涉"权力"？难道说传记片叙事都要得到传主及其亲属的"授权"？我们认为，我们必须坚守传记叙事中的"事实正义论"，即任何传记片编导都显然对其传记人物享有叙述出事实真相的正义，这里的关键点在于是否符合纪实契约，如梅兰芳与孟小冬的情爱故事，陈凯歌作为电影导演就有着叙述梅兰芳与孟小冬生平事件的叙事权，却恰恰没有为梅兰芳隐讳的隐瞒权。当然从另一个角度来说，作为被叙述者的传主及其亲属，可以从真实与否等方面，对所叙之事进行纠正或反驳甚至对簿公堂，黄万毅等亲属完全有理由反对《黄炎培》剧本的失实之处。假如真是剧本在编造某位林姓女士与黄炎培有婚外暧昧关系，则应指出其虚构和反对，但从"事实正义"的叙事原则出发，传主及其亲属不能也不应该用"隐私权"来干涉传记编导的"叙述权"。从这个意义讲，我们主张传记片编导的叙述权要大于被叙述者的隐私权，因为在叙述权与隐私权之上高悬着"事实正义"的利剑。罗尔斯说得好："作为公平的正义以一种可能是大家一起做出的最一般的选择开始，亦即选择一种正义观的首要原则，这些原则支配着对制度的所有随后的批评和改造。然后，在选择了一种正义观之后，我们就可推测他们要决定一部宪法和建立一个立法机关来制定法律等，所有这些都须符合于最初同意的正义原则。"[②]我们主张，把传主生平事实搬上银幕，就是电影传记片叙事中的首要正义原则，任何其他的叙事方法及约定必须在此原则下实施，都必须符合"事实正义"这一最初同意的原则。

当然，我们必须承认中西传记片生长的文化生态不同，西方的"忏悔文化"

---

①　关于电视剧《黄炎培》，http://blog.sina.com.cn/s/blog_5ef9d8dc0100coyu.htm

②　[美]约翰·罗尔斯：《正义论》，何怀宏等译，中国社会科学出版社，1988年版，第13页。

注重坦白和人性化叙事，中国的"耻感文化"则倡导"子为父隐"的儒家伦理。《论语·子路》曰："吾党之直异于是，父为子隐，子为父隐，直在其中矣。"这就是说，中国文化彰显实录中的对血亲关系乃至所有名者、贤者的隐讳，西方文化则推崇坦白，哪怕是缺点，甚至像卢梭一样反而"以说出一切为荣"。因此，要打破制约传记片编导身上那无形的"纸枷锁"，我们必须和枷锁的直接制造者（传主及其亲属）签订相应的传记片"契约"：即赋予传记编导们该有的"叙事正义"权力，是传主及其亲属必须遵守的"契约伦理"。

三

对传记片编导来说，他们必须承诺和坚守纪实契约，对传主的亲属来说，要赋予传记片编导叙事正义的权力，同时，为了促进在现实政治与传统文化两难伦理困境中突围的中国传记影片的发展。我们还有必要建立包括传主亲属在内的传记片观者的"契约伦理"。也就是说，观众必须从接受美学的高度正确把握和宽容看待传记片的某些艺术特征，只有这样，才能有利于中国传记片的编导与制作。首先我们必须明晓：世界上根本不存在能够完全彻底真实复原传主一生的传记电影，只要导演力图忠实于他所理解的传主性格及其人格，我们观众就应该认同他们为了电影主题的需要而采取的叙事策略。电影的特殊性告诉我们，所谓关于传主一生的叙述永远只不过是片段叙事而已。史蒂文·斯皮尔伯格的伟大之作《辛德勒的名单》，至今让世界观众为之动容。然而，影片上映之后却陷入一场激烈的争论，令人不解的是，对电影批评最多的居然是奥斯威辛的幸存者们！他们指出影片有过于美化辛德勒之嫌，而有意忽略这段历史事件之前与之后的辛德勒的真相。众所周知，斯皮尔伯格的《辛德勒的名单》作为传记艺术片，并不只是在为辛德勒作生平传记，他还有着更高的人文主义关怀：透过一个非犹太裔的德国人对犹太人个体生命的拯救，借此呼唤人性的复归和讴歌同情心的伟大。如果我们过分强求斯皮尔伯格全面说出辛德勒的真相，其影片的美学价值将大打折扣。因为战前辛德勒曾为德国的军事反间谍组织工作过；战后的辛德勒企业破产、身无分文且开始酗酒，后因饮酒和吸烟过度而死。其次身为传记片观者还必须明白，尽管我们所观看的是《莫扎特》《梅兰芳》，这些人物显然不同于《海上钢琴师》中的1900、《霸王别姬》中的程蝶衣，但是从传记"艺术"片的特性出发，传记片编导无疑也必须运用"艺术"的手段来叙述故事、铺排情节，也就是说传记片的叙事本身深深烙上了编导的艺术个性与叙事修辞。在电影中出现的溥仪，即使我们承认他已经非常类似生活中的"溥仪"，可那也只能是导演贝托鲁奇笔下的"溥仪"。事实上，任何历史事件一旦成为叙述对象，并通过电影语言这一媒介来叙述就再也不可能还原其"本真"。长期以来，人们一提起历史，总是认为历史是科学，其叙述是绝对真实的。可是海登·怀特却发现：所有历史写作中都普遍存在诗学因素，即作为修辞而出现于散文话语中的一种因素。他指出："历史事件首先是真正发生过的，或是据信真正发生过的，但已不再可能被直接感知的事件。由于这种情况，为了将其作为思辨的对象来进行建构，它们必须被叙述，即用某种自然或技术语言来加以叙述。因此，后来对于事件所进行的分析或解释，无论这种分析或解释是思辨科学性的还是叙述性的，都总是对于预先已被叙述了的事件的分析和解释。"① 从这个意义上说，作为传记片观者就应该明白传记编导们为了自己的"艺术目的"必然会在叙事时适度"变化""虚化""美化"甚至"神化"他们的传主。这里的关键点在于，观众欣赏伦理要求我们观者没必要动辄如专家般来给传记片"较真"。毕竟我们欣赏的是胡玫眼中的孔子，而不是匡亚明笔下的孔子。换句话说，我们应该思考胡玫为什么这样叙事和她如此叙事的旨归安在，而不要求全责备地反对传记的拍摄。当然，作为编导则永远不能放弃用生活的真实和人性的真实来叙事的目标。至于如何把握传记片叙事的规约修辞及其策略，我们则在另文分析。

　　总之，传记片就是这样一种建立在观者与编导相互认知与理解基础上的艺术类别，是一种编导与观者必须自我伦理约束以达成某种契约的"信用"体裁。对编导来说要坚守和实行真实叙述传主性格和人格的纪实契约，拍出富有美学价值的传记片。对传主及其亲属来说，要赋予编导叙事正义的权力，不要用"隐私权"来干涉编导的"叙事权"，更不能从为传主隐晦的角度横加阻挠电影的拍摄与播放。对观者来说，要具备欣赏传记艺术片最基本的接受美学素养，了解和认同传记片的叙事特征，善意地批评与呵护在现实政治与传统文化两难伦理困境中突围的中国传记影片。《梅兰芳》是陈凯歌导演首次拍摄的传记艺术片，他公开坦言，传记片限制太多，他无法像《霸王别姬》那样随心所欲，《霸王别姬》需要放开的心态，对于《梅兰芳》，他一直都非常谨慎地处理每一个细节。但我们想对陈凯歌导演和其他准备拍摄传记片的编导们说的是：《霸王别姬》的艺术性再高，也替代不了以真人史实为基础的传记片《梅兰芳》的独特艺术魅力。正因为不能随心所欲，方显出编导们不同其他尤其是自我的编导艺术。所以，我们希望在编导、传主、观众间建立的传记片"契约伦理"理论指导下，陈凯歌、胡玫等导演能够实现他们把孔子、司马迁、谭嗣同、秋瑾甚至毛泽东搬上大银幕的电影宏愿，让中国的传记大片走向成熟与辉煌。

---

① 张京媛主编：《新历史主义与文学批评》，北京大学出版社，1993年版，第100页。

第九章　莫洛亚传记美学研究

莫洛亚是 20 世纪最负盛名的传记作家之一。他提出了诸多传记文学创作的理论，建构了当代的传记美学。本文从（一）传记文学是艺术；（二）传记文学与历史学；（三）传记文学的主体性；（四）传记文学的视角等四个方面，对莫洛亚的传记文学观进行解读，并针对存在于当前中国传记界的错误观念，提出了作者的观点。众所周知，"在文学圣殿里，莫洛亚的地位尚不明了。作为小说家，他在跟杰出的同行一争高下。他的历史作品也同样前途未卜。但是，作为一位传记作家，他是无与伦比的。"[1]这是莫洛亚的传记作家基廷给他下的断语。对于这一断语，莫洛亚可能不愿接受，他认为自己的小说成就与传记不相上下。[2]的确，评价集小说家、史学家和传记家于一身的莫洛亚，实属不易。但是，正是这种一专多能成就了莫洛亚，使他成为传记文学大家。他的传记作品史料翔实丰厚，叙述跌宕起伏，形象呼之欲出，被誉为世界传记文学中的经典。其中，《雪莱传》《拜伦传》《夏多布里昂传》《乔治·桑传》《雨果传》《大仲马传》《巴尔扎克传》已译成中文，在中国广为流传。然而，相对来说，国内学术界在探讨莫洛亚传记美学观方面，略嫌不够。因此，我们拟从四个方面对此问题作一阐述，以期有助于当代传记文学的创作和传记文学理论的建构。

传记文学是艺术

长期以来，传记文学由于与历史之间的先天的血缘关系，在中西文论史上往往被一些作者、学者和评论者看作"历史的一枝"。[3]在中国，传记长期依附于史书而存在。在西方，古希腊、罗马的大传记家普鲁塔克和苏埃尼斯等也大多被视为历史学家。因此，尽管中西传记文学发展史中涌现了诸多传记文学的名篇佳构，如中国的《史记》和西方的《希腊罗马名人传》等，但是传记文学是否真正属于

---

　① 　L. Clark Keating, *Encyclopedia of World Literature in 20th Century*, St. James Martin, 1999, p.231.

　② 　Andre Maurois, *the Selected Stories of Andre Maurois*, Washington Square Press, 1967, p.v

　③ 　参见《新大英百科全书》"传记文学"条目。转引自《传记文学》创刊号，文化艺术出版社，1984 年版，第 182 页。

艺术门类，却一直存在争论。有感于此，莫洛亚提出了"传记文学是艺术"的美学主张。1928 年，莫洛亚应邀前往剑桥大学，作有关传记文学的讲演。用莫洛亚自己的话说，他的主要目的是"表达我对传记家技艺的一些观点"。[①] 从用法文和英文出版的六次演讲的内容来看，莫洛亚的一些主要观点是很明晰的，其中"作为艺术作品的传记"一章可以说是他传记美学观的核心。首先，莫洛亚要回答的问题是，真实的人生是否具有美感？能不能成为一件艺术品？众所周知，一本小说、一首诗、一幅画之所以具有美感，是因为它们是想象的产物，审美距离能给观照者带来审美愉悦。可是，真实的人生就不同。当我们自己身陷其中时，我们很难对自己的灾难产生美感。对于我们周围的人，我们对他们又常常充满各种复杂的情感；自觉不自觉地为这些情感所左右，这就难免剥夺了审美所必需的那种"虚静"（détachement），然而，莫洛亚认为，"如果我们用艺术家的眼光来审视我们的人生，那么人生就肯定会给我们最强烈的美感。"[②] 实际上，肯定人生的美感，就等于确立了传记文学的再现客体的艺术合法性。莫洛亚还强调指出，"比起小说来，传记在美感方面大概有某种优越性"，因为"一切都好像发生在剧院里。当我们去看一出悲剧时，我们知道，恺撒将终于被布鲁图杀死，李尔王将发疯。但是剧情向这些预先知道的事情缓慢地发展，会赋予我们的激情一种庄严的诗意。这种诗意是永远存在的命运思想所赋予希腊悲剧的。所以，我们在阅读我们所熟悉的人物的生平历史时，就好像在熟悉的地方漫步，唤起了我们的回忆并补充这些回忆。"[③] 这里，莫洛亚敏锐地捕捉到了传记文学文本的独特的美感作用，即悲剧之美。此外，莫洛亚对传记的"诗性"别有一番见解。他认为，在诗中，节奏主要是由格式和韵律造成的；在音乐中，主旋律对节奏起到了关键作用；传记则利用不断重复的主题把节奏表达出来。在他看来，雪莱的一生充满"诗意"，因为雪莱的一生是一首交响乐。在这首交响乐中，水的主题占了主要地位。斯特雷奇之所以选择写作《维多利亚女王传》，是因为传主具有那种"奇特而微妙的诗意"。[④] 莫洛亚觉得，特别是全书最后几页的优美篇章，传记家写出了维多利亚女王在对往事的匆匆一览中心灵可以领略到的凄凉的诗意。这里，传记家斯特雷奇所表现出的艺术水准，完全可以与大音乐家和大诗人相媲美。可见，莫洛亚作为一位 20 世纪最富有传记文学创作经验的传记作家，无论对传记文学的再现对象，还是传记文

---

① André Maurois, *Mémoires*, *II*, editions de la Maison Francais, 1942, p.81.

② Maurois, *Aspects de la biographie*, Paris : Au Sans Pareil, 1928, p.43.

③ Maurois, *Aspects de la biographie*, Paris : Au Sans Pareil, 1928, p.48.

④ Maurois, *Aspects de la biographie*, Paris : Au Sans Pareil, 1928, p.56.

学本身的特质，都作了富有开拓性的阐释。这不但为传记文学文类的独立提供了有力的支持，而且也为未来的传记文学的发展指明了道路。

传记文学与历史学

传记文学与历史学一样，都同过去有关，都要"追溯过去、评价事实，选择原始材料"。[①] 因而，某些传记研究者提出了一种轻视传记文学艺术性而重视其技巧性的观点：从这种意义而论，传记与其说是艺术，倒不如说是一种技巧。任何人都有可以学会研究的技巧和考查证据的一般规则。相对来说，它需要较少的艺术上的那种奉献。[②] 对于这种较为普遍的观点，莫洛亚早有所感。他在强调传记是艺术作品的同时，也着重指出了传记文学与历史科学的区别，这是他的传记美学观的又一内容。莫洛亚从传记要突出人物的个性这个角度出发，指出了传记文学与历史著作的显著区别。他认为："特别要提的是，与政治家生平相联系的伟大历史事件虽然是历史处理的对象，但它们不应该成为传记的处理对象。如果传记作家描写拿破仑的生平，那么他的真正描写对象应该是拿破仑的精神和情感的发展史。历史只应该作为背景出现，而对它的表现程度只限于对理解这一发展有必要，而且传记作家必须按照皇帝眼中的历史来写。以奥斯特里茨一战为一个简单的例子。一部好的历史作品可以，而且也应该从各个方面来描写它，但在拿破仑的传记中，这场战斗应该是他头脑里思考的，眼睛里所看到的。"[③] 这里，莫洛亚抓住了传记文学在叙事视角上的独特性，以区别于一般的历史著述。历史学家要用全知的多视角来把握历史事件的各个侧面，而传记作家却必须戴上传主的眼镜来复调叙事。更有意义的是，莫洛亚在传记中给历史安置了恰当的位置。换言之，对传记作家来说，历史是为传记服务的，而绝不能相反。其结果，传记因有历史作背景而更有深度，历史因有传主在唱主角而更显生机。事实上，莫洛亚在强调传记与历史差异的同时，也同样重视它们的共性。他一方面强调传记文学有别于历史科学，但更呼唤两者的和谐统一。英国作家伍尔夫认为，传记"一方面是真实，一方面是个性。真实像磐石一般坚固，个性又像彩虹一样轻灵。传记的目的就是要把这两者结合得浑然一体，我们必须承认这是艰难的，而大多数传记作家都失败了，

---

① 参见《新大英百科全书》"传记文学"条目。转引自《传记文学》创刊号，文化艺术出版社，1984年版，第182页。

② 参见《新大英百科全书》"传记文学"条目。转引自《传记文学》创刊号，文化艺术出版社，1984年版，第182页。

③ Maurois，*Aspects de la biographie*，Paris：Au Sans Pareil，1928，p.60–61.

这也不足为奇"。① 莫洛亚在创作传记时早已意识到这一点，并在写作中无时不体现着这一原则。他的传主个性鲜明，他在展示传主人生旅程时，从未让历史背景去模糊传主的个性，而是真实地叙写出了传主内心的渴求、热情、理想，达到了叙述的艺术性与历史的科学性之间的和谐统一。关于这一点，马丁·萧费尔有过精辟的论述，他说："作为艺术作品的传记和作为科学著作的传记之间的综合是极其困难的，它们之间的综合只有通过创造性想象……而创造性想象的出发点就是真实感。莫洛亚所建立的最基本的原则是对真理的无畏的追求。不允许有丝毫对事实的编造，和它们时序的改变。艺术所参与的是对事实和逸事的选择，只有最有意味的才能被选择。"② 莫洛亚的这一美学主张和创作实践，对促进当代中国传记文学创作的繁荣，颇有现实意义。也就是说，史传合一，把传记当作历史来写，实乃中国史学的传统特征。这样，史传不分，藉传窥史的史学传统，必然导致中国传记文学出现重视传主外部生活的叙写，而忽视对传主个性描写的弊端。令人感到遗憾的是，在当代传记文坛中仍然有不少传记家没有充分领会传记与历史的文体区别，往往在撰写朱德传、赵丹传、曹禺传时，立志要写出一部军事史、电影史、话剧史，"其结果，就一直使传记只探究一个人在某些特殊职能中的行为，而不是对那个人提供全面的、生动的图像。"③ 可见，这一混淆传记文学与历史的传统已经给我们的传记文学创作带来了不良后果。对照西方传记文学发展史，中国传记界之所以缺少传记佳构，固然原因众多，但将传记文学等同于历史学，传记为史体所拘囿，则是不容忽视的一个重要原因。因此，借鉴莫洛亚有关传记文学与历史学的区别的有关美学主张，将有益于中国当代传记文学创作及理论的建构。

传记文学的主体性

传记文学是奉真实为其生命之根的，没有真实性，也就没有传记文学。但这并不是说，传记文学仅仅是对客体的纯模仿。事实上，传记作家主体的介入也至关重要。也就是说，传记文学既然被目为艺术的门类，那么传记作家的主体性则是保证传记作品能否成为优秀之作的重要因素。然而，这种传记文学所必需的主体意识，却被诸多传记作者所忽略。他们死抱住史料不放，甚至认为，应该让事

---

① Virginia Woolf, "The New Biography", NewYorkHeraldTribune, October30, 1927.

② Louis Martin-Chauffier, *A Library of Literary Criticism*: *Modern French Literature*, Frederik Ungar PublishingCo., 1977, p.111.

③ ［美］崔瑞德：《中国的传记写作》，载《史学史研究》，1985 年第 3 期，第 72 页。

实来说话，传记作家必须隐而不见，以便做到最大可能的客观。这种观念的存在无形中给传记的发展套上了枷锁，也使一些传记作者墨守成规，写不出有生命的作品来。对于这种现象，莫洛亚以"作为表现方式的传记"为题，较为全面地阐发了自己的观点。根据自己的传记创作的实践，莫洛亚认为，"从某种程度上来说，传记会成为隐蔽的自传。"①莫洛亚在这里表达了两层意思：一是传记作家在传记人物的选择方面，往往体现了某种主体性，即选择那些与传记家内心渴求相应的人物；二是借传记主人公的生平遭际来浇传记作家胸中之块垒。莫洛亚所选择的传记主人公，无论是英国的雪莱、拜伦、迪斯雷利，还是法国的夏多布里昂、乔治·桑、雨果，都属于浪漫派人物。莫洛亚为什么"偏爱"这些浪漫派人物呢？他回答道："这倒似乎不无道理。第一点是，我虽非浪漫派，却颇具浪漫情调。这两个词，这两种态度，字源上是近亲。第二点是，不管是浪漫情调抑或浪漫派，在我身上，都是强加克制，比较温和的。浪漫派人物的生活，纷繁喧腾，比起我们来感情更奔放，抒情气息更浓，正像瓦雷里所说，是对我辈平淡人生的一种补偿。"②这样，传记作家从选择传主之时起就充盈着主体情思，即在"实录"的笔法中移入了传记作家对传记主人公浪漫丰富人生的向往之情，并因而感动了更多的平凡普通的读者。正像法国文学研究专家罗新璋先生指出的那样："莫洛亚传记的内容，虽是据实而写，信而有据，但基调是浪漫色彩的，甚至可以说，莫洛亚传记的艺术魅力颇得之于作品的浪漫情调。他最好的传记，恰恰是浪漫情调较浓的几部。"③罗新璋先生的这一段论述，切中肯綮，值得当代传记作家们深思。此外，我们认为，莫洛亚主张传记文学主体性的第二层意思更值得我们批判地继承。莫洛亚尽管在 1938 年即成为法兰西院士，成为"四十名"不朽者之一，但是他内心深处的政治家理想却一直未能展现出来。所以，他在创作《迪斯雷利传》时，于传主身上寄托了自己的政治家欲望。也许，正是莫洛亚在传记创作时，主体情思得以抒发，因而他说："我写书，从没有比写这本书感到更大的乐趣的。"④而该传出版后也成为他十四部传记中最受读者欢迎的作品。我们认为，优秀的传记文学作品，在"不虚美，不隐恶"实录的前提下，应该而且必须寄托传记作家的主体情思。我们强调要借鉴莫洛亚的这一美学主张，事实上正是对中国传统文艺美学的复归。因为，司马迁早在 2000 多年前的《史记》人物传创作中已经在实践着这

---

① Maurois, *Aspects de la biographie*, Paris：Au Sans Pareil, 1928, p.111.

② Maurois, *OeuvresCompletes*, *TomeXVI*, Paris, Librairie Arthéme Fayard, p.vii.

③ 罗新璋编：《莫洛亚研究》，漓江出版社，1988 年版，第 6 页。

④ André Maurois, *Mémoires*, *II*, editions de la Maison Francais, 1942, p.41.

一"于叙事中寓论断""抒愤懑"的观点。遗憾的是，中国后世传记家们往往缺少传记家的主体性，导致了部分传记作品史料充实有余，而主体精神不足的弊端。明代作家袁中道在《雪斋集》中曾一针见血地指出：为什么"唐宋之史读不终篇，而已尤然作欠伸状"，而《史记》《汉书》若揭日月、令人爱不释手呢？这主要是："司马迁、班固，各以意见为史。后世鉴二史之弊，汰其意见，一一归之醇正。"结果，随着传记家主体性的消失，优秀的传记佳作也渐渐消弭。由此看来，莫洛亚主张传记文学要有主体性的观点，对促进当代传记文学创作的繁荣极有意义。

传记文学的叙事视角

传记文学在讲究叙事经营方面丝毫不逊于小说艺术。事实上，正如诸多国外批评家所说：在托尔斯泰《战争与和平》等讲究叙事经营的小说式微之后，传记文学文体正好填补了空白。莫洛亚从他的创作经验出发，总结了三种传记文学的叙事视角，即"或者以主人公的眼光看待一切，或者轮流采取每一个人物的观点，最后，或者选择小说家的立场，小说家是创造者，自己操纵行动"。[①] 在这三种叙述方法中，莫洛亚对第一种方法情有独钟。莫洛亚认为，选择第一种叙事视角即按照传记主人公的视角去叙事，这样便于展示人物的心理和表现主人公对事件和人的认识如何变化。"例如，在我看来，写拜伦传时，在拜伦认识雪莱以前描绘雪莱的肖像是不能容许的。传记中雪莱的肖像应尽可能与拜伦当时眼里雪莱的样子一致。"[②] 换言之，莫洛亚认为，在传记创作过程中，传记家应该隐藏在传主身后，以传主的眼光去发现人生。莫洛亚在谈到他写《巴尔扎克传》的体会时说得更为具体："我想让读者看到巴尔扎克的家庭，都尔城，旺多姆学堂，像巴尔扎克小时候看到的那样。之后，我又让大家跟他一起认识人生、女人、爱情、破产和当作家的贫困和荣耀。我要让读者时常感到自己就在巴尔扎克的文学作坊里，跟他一样充满回忆，当时头脑里如何天马行空，写出了《高老头》或《夏娃的女儿》。如果我写得成功，读者就能参与到一点巴尔扎克的生活和创作，那么，我就赢了。因为生活在伟人周围，了解伟人，崇拜伟人，是大有裨益的。"[③] 相反，莫洛亚对某种不自然的全知型叙述颇有看法。他举的一个例子是："狄更斯是本国最受欢迎

---

① Maurois, *Aspects de la biographie*, Paris：Au Sans Pareil, 1928, p.64.

② Maurois, *Aspects de la biographie*, Paris：Au Sans Pareil, 1928, p59.

③ André Maurois, *Memoirs*, The Bodley Head, 1970, p.368.

的小说家和英国给予世界的最伟大的幽默作家之一，生于 1812 年 2 月 7 日，星期五，波尔特西。"① 莫洛亚指出，这样的叙事既违背生活真实，又破坏了传统的美感。因为 1812 年 2 月 7 日只生了一个婴儿，并没有生下任何伟大的小说家，而且使传记具有小说的兴趣的正是对未来的期待。因此，莫洛亚主张，传记作家应该按照生活的发展规律去写，不追求壮丽辉煌，只关心如何把读者带进一种能使他理解日益成长的主人公的最初感情的境界。也正是因为传记家按照传主的眼光去叙事，按照时间发展去结构全传，那么，传记总会写到传主的生命结束，那就不可避免地遇到人生的悲剧。所以，莫洛亚还认为，传记文学是一种"抒情悲剧"。他引用王尔德的话说，要使人的一生变得美好，就必须以失败告终。拿破仑若没有流放到圣海仑岛去，那么他的一生就失去其全部悲剧情调了。按照这一美学思想指导，莫洛亚在《乔治·桑传》的结尾处，给我们展示了传记主人公的"抒情悲剧"，读来使人心境趋于旷达高远。能产生这种艺术感染力，不能不说得益于对传记叙事视角的选择。莫洛亚之所以从传主的视角来叙述，除了他自己提到的理由外，我们认为还有两点重要原因：一是他的传记的科学性原则，二是他所持有的真实观。从科学性出发，我们必须尊重已然的事实和既成的秩序。因此，为了获得一种科学的真实感，从传主的视角来叙述自己一生的先后发展，有其科学的必然性基础。众所周知，莫洛亚的座右铭是："真实，真实，一切在于真实。"莫洛亚传记中有一部科学家的传记——《费来明传》。当这位科学家的夫人要莫洛亚为她丈夫写传时，传记大师颇为踌躇。他不熟悉科学家的工作和生活，怎么能在传记中写出真实呢？于是，莫洛亚走进了巴斯德研究所的实验室，一待就是六个月，把费来明的实验从头至尾做了个遍。这难道不是在用传主的眼光来再审视一遍他的伟大发明吗？唯有如此，他才能进入传主的世界，捕捉到真实，然后再把这种真实传达给读者。

　　我们以上仅从传记文学的艺术本质、传记文学与历史学的区别、传记作家的主体性以及传记文学的叙事视角四个方面进行了阐释。为了促进当代传记文学的创作，加强传记诗学理论的建设，我们希望更多的专家和学者一起来挖掘莫洛亚传记美学这一宝藏。

---

① Maurois，*Aspects de la biographie*，Paris：Au Sans Pareil，1928，p57.

第十章 试论传记文学

以报告文学、传记文学、历史文学三种文学形态为主的纪实文学，凭其特有的社会学价值、独特的审美效果和众多的佳作，影响着亿万读者，展示着蓬勃的生命力。通览当今文坛，纪实文学涌现了一大批像徐迟、黄宗英、鲁光、石楠等优秀作家，出版了《哥德巴赫猜想》《小木屋》《中国姑娘》《张玉良传》等抢手之作，并且在社会学意义上支付了世人对现实的理想化要求、对伟大事业的仰慕、对新奇事物的渴望；在美学方面则满足了人民对崇高和真理的向往，以及对人类自己内心宫殿的认同与探索。不过，我国的纪实文学同当今世界范围的纪实文学高速独立发展的总趋势相比，似乎还略欠一筹。

若以三条曲线来模拟纪实文学的坐标系便会发现：报告文学无论在数量、审美价值及社会影响辐射力诸点，远远超出传记文学与历史文学，几乎可与国外报告文学比肩于同一条准线上。为什么同属一个类别的艺术，报告文学却遥遥领先，而后两者本早在2000年前就达到了相当高度（以《史记》为代表），如今却落伍了？针对这些课题，笔者着重对传记文学创作近况进行了研究。发现传记文学这一门古老而又年轻的艺术形式，近年来，在国内确实有了巨大发展。成绩也是值得肯定的。众多的传记文学著作的出版，见诸各报刊的传记文学的连载，根据传记文学改编的电影、电视剧等，为传记文学赢得了较高声誉。石楠的《画魂——张玉良传》、刘晓庆的《我的路》、廖静文的《徐悲鸿的一生——我的回忆》、徐刚的《艾青传》、铁竹伟的《霜重色愈浓》等，一时成为热门书，有的还被推荐为全国职工读书活动中的必读书目，成为对青少年进行爱国主义教育的好教材。

我们在充分肯定传记文学所取得的成绩的同时，也发现，它还存在着诸多不足：缺乏群体佳作，部分作品多出自一个模式，概念化、单一化，富有个性的作品不多，未真正出现纯以传记文学为艺术形式来反思人生的传记文学家。与同时代其他文学样式相比如报告文学，差距甚大，还未达到与国外传记文学对话之水平。其中原因是多方面的。针对目前国内传记文学创作的实际，笔者认为，欲繁荣当代传记文学，也许以下几点是不可或缺的因素。

一、概念的内涵、外延及名称

只有名称确定了，概念的内涵与外延明确了，传记文学创作才有轨迹，才能在特有的艺术规范内驰骋笔墨。关于记载一人生平始终的文体名称，应标之为"传记"。这是个属概念。传记文学是隶属于传记的一个种概念。无论传记、传记文学，单称时习惯上叫做"传"。因为"传"是该文体的起始名称。至于我国古代的"传记"二字，其本身就能够包括文学与史学范畴，并非仅限于历史范畴。《晏子春秋》是一部记载齐国贤相晏子生平事迹的散文名作，可称之为传记小说。《四库全书总目》不仅将此归入传记类目而且将此书作为传记始篇："冠传记之首，以见滥觞所自焉。"今天的"传记"二字与传统不同，它是个总名称，若按作家取舍材料时依客观到主观的顺序排列，传记可大致分为四类原料性传记、评论性传记（评传）、标准传记（传记文学狭义）、传记小说（传记文学广义）。前两者完全被史学独揽，客观性最大，言必有据，达信史之目的，属史学范畴。后两者可总称为"传记文学"，但传记小说只是广义上的传记文学，因它加入了小说的生动性、趣味性。标准传记（传记文学狭义），是介于史学与文学之间的形式。既有"不虚美，不隐恶"的历史真实性又有能写出"这一个"的文学性。司马迁的人物传多属此类。某种意义上说，该类是传记文学的正宗，目前理论界也多同意此种观点。[1]问题是，由于摆脱不了史学的重力吸引，加之对传记名称与分类的混淆，结果导致批评界在未区分具体类别之前就对作品施行盲目的鞭挞。以廖静文的《徐悲鸿的一生——我的回忆》为例，这是一部自叙性的传记文学，它着重于传主的爱情生活、气质和思想变化，即以写出人物的"这一个"为艺术主旨。作者作为传主的妻子，叙述颇细腻感人，这都是这种体裁的长处，却有人责备求全，说什么书中写悲鸿先生的伟大人格处不算太少，只是先生的艺术论、美术论写得不多。笔者认为，关于画家徐悲鸿的艺术论以及他对莫奈、毕萨罗、雷诺阿的看法，自有《徐悲鸿评传》来完成，实无指瑕的必要。这一点，罗曼·罗兰三大英雄传之一的《贝多芬传》的影响，足以证明。罗曼·罗兰另有一部专门研究贝多芬音乐的评传作品《贝多芬》。总之，概念不清，名称混淆，理论批评的偏颇，直接影响传记文学创作的繁荣，这是个有待研究而又不容忽视的课题。

---

[1] 林默涵：《关于传记文学》，见《传记文学》创刊号。文化艺术出版社，1984 年版，第4—5页。

二、冲破禁区多元化传人

"为圣者、贤者、长者讳"一向是中国传统的家法。传记文学是以真实地记载传主生平事迹为艺术主旨的，假若在作品中处处避讳，时时设防，势必将人不贴实地漫画化。更何况对于人的研究恰是中国哲学的欠缺。如儒家从人与道德、人与社会、人与政治的渠道来研究人，却往往忽略作为人性中的自然属性的存在。人这个万物之灵长，素有"司芬克斯之谜"名称。他（她）不是单一的，而是多元化的机体。正如马克思、恩格斯指出的那样"人来源于动物界这一事实已经决定人永远不能完全摆脱兽性"。[①]但是人与动物又有不同，"有意识的生命活动把人同动物的生命活动直接区别开来"（马克思语）。由此可看出，马克思主义经典作家将人性分为几个层次，人既是社会关系的总和，同时又具有动物属性而最主要的是具备思维能力的多元化的机体。那么将真人真事作为塑造对象的传记文学，理应无所隐晦地、多元化地写出传主的一生，这才是传记文学的美学追求。传统总想多从社会学的角度用二分模式来研究人，注重人的善而不去描绘多元化立体的人的生活。这种文化心理的积淀，导致一些传记文学作者在写到历史上的、特别是同时代的名人时，拘囿于社会学、伦理学的模式，留意更多的是传主的政治态度、道德为人，至于传主的缺点、病史、癖好、气质、爱情生活、亲朋师友等关系，虽亦叙述，往往浅尝辄止。一些能突出人物个性、揭示人物内心世界的细节被删去了。宁肯在禁区中匍匐，而不愿多元化传人。历史上不是有给同代人的父辈作传持之未平而遭掘墓鞭尸之辱的么？[②]这种为名人讳的创作思想是传记文学的一大障碍。因为多角度、多层次地传人，是以冲破禁区、消除顾忌为前提的。那么如何多元化？正像上文马克思、恩格斯指出的那样，写出人的多种属性，即使是领袖人物，亦应在叙述其政治生涯的同时，写出他的喜怒哀乐。唯此，人物才能活脱。冲破禁区，多元化传人不仅是传记文学自身繁荣的要求，它还是时代的需要、人民的呼声。

三、应当重视传记文学的文学性

提倡传记文学的文学性，是其体裁的自身需求。我们在"不虚美，不隐恶"

---

①　马克思、恩格斯：《反杜林论》，见《马克思、恩格斯选集》第3卷，第140页。

②　指《魏书》撰者魏收之事，见［唐］李白药：《北齐书·魏收传》，中华书局，1972年版，第485—495页。

的前提下，重视文学手法的运用，并不偏执。司马迁的传记文学风格，积淀着汉武帝时代崇尚文采的社会文化心理。在其作品中，典型化手法的运用，以琐事来显示人物特征，口语、夸张等使《史记》中的人物形象栩栩如生，具有极强的艺术感染力量。连一向对子长颇有微词的班固父子也不得不称之为"实录"。看来在"实录"基础上，运用文学描写手法正是传记文学自身的需求。而我们今天的时代，在现代心理学高度发展的共振氛围中，其对文采崇尚的社会心理，或许还高于司马迁时代吧。更何况，文学的现代化已将现代生活中的一些立体的价值观、伦理观内化到故事中，内化到人物的心理深层结构中。这便要求着传记文学描写手段的更新。近年来的传记文学创作虽有佳作，但当作品的真实性与艺术性发生矛盾时，部分作品仅仅满足于历史的真实，人物湮没于事件之中，忽视了人物形象、心理细节的描绘。特别是在描写手段的运用上、结构节奏的嬗度上，在随着新科学、新流派而更新的应变能力和吮吸兄弟艺术之长的冲动力诸方面，远远不如同是纪实文学之一的报告文学。近年来的传记文学还没有突破"全知全能叙事"（叙述人可以描述在同一时间里不同地方发生的事件）的窠臼，内心独白等内视角叙事不但不普遍，似还被人们称为传记文学之"大忌"。这显然是没有现代性叙事眼光的，因为今天的传记文学美学侧重点已经由叙述人物事件位移到展示人物性格上来了。只要本着"不虚美，不隐恶"的创作原则，文学描写无论在社会文化心理需求上、传记文学自身繁荣上抑或表现人物心理深层上，理应成为传记文学创作中不可或缺的一个因素。

四、加强对中外传记文学的比较研究

我们有着近2000年的传记文学历史和杰出的作家及成功的作品。若从司马迁开始直到胡适之、郭沫若，传记文学名家画廊里，真是群英荟萃、名家辈出。这是一份宝贵的文学遗产。加强对中国古典传记文学的研究、借鉴，对促进今天的传记文学创作是十分有益的。例如"冲破禁区"问题，传记文学鼻祖司马迁早在2000年前就以大量优秀人物传作出了回答。他在创作指导思想上并未像后代作传者那样为"圣者、尊者、贤者"讳，而是"是非颇谬于圣人""论大道则崇黄老而后六经"。正由于司马迁的思想中有民主因素，不固步于"圣人是非"之中，序游侠，进奸雄，述货殖，崇势利，才成就它"究天人之际，通古今之变，成一家之言"的宏愿。明代思想家李贽说得好："若必是非尽合于圣人，则圣人既已有是非矣，尚何待于吾也。夫按圣人以为是非，则所言者乃圣人之言也，非吾心之言也，此迁之史所以为继麟经而作，后有作者，终不可追也。"① 绝唱于天下的典范《史记》与李贽的议论，该令当今传记文学作者们三思。但是，光继承本民族传统经验稍嫌不够，为了使当今传记文学与世界范围的传记文学对话，有必要加强对国外传记文学的借鉴与研究。公允地说，中外传记文学是各有千秋的，作为同一种艺术形式，有其相似的因素，然而通过比较，不难发现它们的同中之异：第一，哲学传统不同，从哲学上比较，善，一直是中国哲学所探讨的问题，而且对于善的探讨往往不是得出本体论的系统论证，而是将人的言行纳入伦理的合乎至善的境界，强调个体人格与社会的和谐统一。体现在传记文学创作中，中国传记文学作者多将人性与社会伦理两者的和谐统一作为给传主立传的哲学立足点。而西方哲学则重视对认识论的研究，肯定人性的应有价值。体现在传记文学创作中，不是处处以善来约束，而是强调人与真的联系。凡是能展示人物性格的真素材，无论善否，皆从实叙写。结果其美学效果反而更高。如罗曼·罗兰对贝多芬丑陋肖像的描写，就更加衬出了贝多芬之英雄本色。第二，心理学的差异，虽不能武断地指责我国传记文学缺乏心理描写，至少与国外相比较，我国传记文学多从外部之"言、行"来暗示人物心理的方法是与之有差异的。上文说过，文学的现代性已将现代生活中的一些立体的价值观、伦理观内化到人物的心理深层结构中。这便要求人们在发扬传统的同时，适应文学的现代化，更新心理描写手法。这一点，国外传记文学走在了前面，我们可以凭之借鉴。例如，国外传记文学恰切地引进了现代心理学的新成果，为作家潜入传主心灵深处寻觅人物活动的动机、发现个性、捕捉灵感，提供了新的框架。第三，传记文学描写的视角与侧重点不同，由于受哲学影响，在文学描写的内在视角上，中国传记文学多在善、政治、伦理等大是大非上着墨，立图通过叱咤风云的社会经历来展示传主作为人的生活，班固之《苏武传》是这一类作品的代表作。从获一九八五年度奥斯卡八项大奖的传记《莫扎特》中我们可以看出，国外传记文学似乎相反（不是绝对），它是立图通过人的普通生活来展示传主的社会价值。另外，由于受司马迁《史记》与班固《汉书》的影响，中国传记文学的侧重点，不无偏重于历史资料上，而且传记文学中如何运用文学手法至今还是仍在争议的问题。这样，传记文学在中国，就没有显示出国外传记文学那样的发展态势和重要性。在国外，传记文学虽说也权舆于史书之中，但侧重点早已放在人的生活及人的个性上了。我们之所以彰扬纪实文学的社会价值及美学效果，探讨传记文学繁荣的因素，除了上述原因外，还有一个更

---

① 李贽：《藏书卷四十·儒臣传·司马谈·司马迁传后李生曰》，中华书局，1959 年版，第 118 页。

重要的想法，近年来，在通俗文学的热流中，潜刮着一股腐蚀青少年的色情传奇文学之风。为了祖国的未来，为了从艺术上与之相抗衡，我们瞩目传记文学春天的到来，更瞩目中国传记文学与世界传记文学对话之日的到来。

第十一章　中国传记文学的三大渊源

人们常说，中国诗文化极其发达。从《诗经》到唐诗、宋词、元曲。可谓源远流长。其实中国还是一个最早开始非虚构叙述的传记大国，只是由于20世纪初"五·四"文学革命后，文学史家们受西方文学观念的影响，更看重小说、戏剧等虚构文学的文体价值，把中国的传记文学排斥在文学史之外或纳入虚构小说行列中，使得中国文学史出现了令人遗憾的误读。日本学者指出："从汉代司马迁的《史记》开始的史传文学，以及作为史传文学另外一派的以蔡中郎为祖，以韩文公为续，后来众多作家写出的碑志传状为主的文学作品，实际上占有相当于西方文学中的小说地位。只是在西方，作者人生观、世界观的表达，通过新奇的事件进行架空的'创作'；在中国，则始终要求事件是实在的经验，人物是实在的人物，这反映了在文质彬彬之中讲求踏实的中国文化的倾向。"① 也就是说，中国的传记文学以及由此形成的传记文化，深深影响着中国文学的发展，不仅为散文的发展做出了贡献，也是中国古典小说的源头之一。那么，从中国传记文学发展史的角度看，中国传记文学的最直接渊源在哪里呢？

一

传记文学是中国文学中嚆矢最早的文体之一。"传记之书，其流已久，盖与六艺先后杂出。"② 但是，从先秦迄至两汉初期，在司马迁开始撰作《史记》之前，"传记文学"文本却并未真正确立，"传记"一词也并不表示记载一人生平始终的文体名称。它的含义往往表示"解释经义的文字或著述"。刘知几说得明白："孔子既著《春秋》，而丘明受经作传。盖传者，转也，转受经旨，以授后人。"③

"传记"作为一种文本，表示记载一人生平始终的含义是从西汉传记家司马迁开始的。司马迁在《史记》中首创"纪传体"文本，开中国传记文学之先河。刘

---

① ［日］吉川幸次郎：《纪实与虚构——文学革命与中国文学的未来》，《日本学者中国文学研究译丛》，吉林教育出版社，1990版，第226页。

② 章学诚：《文史通义》，上海古籍出版社，1993年版，第191页。

③ 刘知几：《史通》，贵州人民出版社，1985年版，第14页。

勰说："子长继志，甄序帝绩。比尧称典，则位杂中贤；法孔题经，则文非元圣；故取式吕览，通号曰纪，纪纲之号，亦宏称也。故本纪以述皇王，列传以总侯伯。"① 又说："观夫左氏缀事，附经间出，于文为约，而氏族难明。及史迁各传，人始区分，详而易览，述者宗焉。"② 刘知几说："夫纪传之兴，肇于《史》《汉》。盖纪者，编年也；传者，列事也。编年者，历帝王之岁月，犹《春秋》之经；列事者，录人臣之行状，犹《春秋》之传。《春秋》则传以解经。《史》《汉》则传以释经。寻兹例草创，始自子长。"赵翼说："其专记一人为一传者，则自迁始。"③ 章学诚说："盖包举一生而为之传，史汉列传体也。"也就是说，由司马迁首创的"列传"文本，深深影响了中国传记文学的创作，由他奠定的传记模式，真可谓"述者宗焉"，且"百代而下，史官不能易其法，学者不能舍其书"。④ 形成了中国传记文学的传统文本。这主要包含以下四种模式：

（一）史传体"纪传"模式

由司马迁首创的"纪传"体传记模式，后世史家尽管在形式上稍有变化，但在中国长达 2000 年的史传史书编撰中，纪传模式始终成为重要的形式特征。清代学者赵翼在《廿二史札记》卷一"各史例目异同"条说："司马迁参酌古今，发凡起例，创为全史。本纪以序帝王，世家以记侯国，十表以系时事，八书以详制度，列传以志人物。然后一代君臣政事，贤否得失，总汇于一编之中。自此例一定，历代作史者，遂不能出其范围，信史家之极则也。"⑤ 这种史传体"纪传"模式，为后代史传作者所仿效。由于表、志、书等体专业性强，难以附载更多的思想内涵，导致有的史书甚至只有"纪传"，而忽略表、志等形式，陈寿的《三国志》即是其代表。"纪传模式"正是适应了中国传统文化的等级制人际关系，以及"互见法"的运用，颇受后代"正史"传记作家欢迎。

（二）列传分类模式

"列传"是司马迁《史记》中的重要内容。其含义是"列传者，谓叙列人臣事迹，令可传于后世，故曰列传"。⑥ 司马迁创立"列传"体例的目的是"列事"与

---

① 刘勰：《文心雕龙》，人民文学出版社，1981 年版，第 170 页。
② 刘勰：《文心雕龙》，人民文学出版社，1981 年版，第 49 页。
③ 赵翼：《廿二史札记》，中国书店出版社，1987 年版，第 4 页。
④ 郑樵：《通志·总序》，中华书局，1987 年版，第 3 页。
⑤ 赵翼：《廿二史札记》，中国书店出版社，1987 年版，第 2 页。
⑥ 司马贞：《史记索隐》，司马迁：《史记》，中华书局，1959 年版，第 2121 页。

"释纪"。实际上"列传"又可分为三种形式：一是专传，即专为一个人所撰作的传记，如《史记·司马相如列传》《汉书·霍光传》等。二是合传，两人或几个人合为一传。或者传主生活时代相同，如《史记·廉颇蔺相如列传》，其实是廉颇、蔺相如、赵奢、李牧的合传。或者行事相关联，如老子、庄子、申不害、韩非四人合传，是因他们的学术思想有相通之处。三是类传，按人物性格身份合在一起。如《史记·刺客列传》序列曹沫、专诸、豫让、聂政、荆轲等五人。这种"列传"模式是中国传记文学最突出的文本特征，甚至中国古典小说也深受其影响，例如《水浒传》等。鲁迅说，《儒林外史》"虽云长篇，颇同短制"[①] 亦即就此文本特征而言的。

（三）"论赞式"叙述模式

由司马迁开创的纪传体，无论专传、合传、类传，皆有一个相对稳定的叙事模式。开篇先言姓氏籍贯："陈胜者，阳城人也，字涉。"正文叙其生平阅历，多从传主少时写起，用内寓传主一生人格的"小故事"（韩信胯下受辱，陈平均分社肉等）铺叙，然后叙及传主为官经历，功名著述，最后写到传主的死亡及其子孙情况，篇末必有一段"太史公曰"以发表传记家对传主的评论。这种"太史公曰"形式，《汉书》为"赞曰"，《后汉书》是先有"论"再加上"赞曰"，《三国志》则为"评曰"。尽管后世传记作品论赞名称略有变化，但这种"论赞式"叙述模式，几乎成为后世史传或杂体传记文学乃至唐传奇等古典小说的一种固定的范式。

（四）"序传式"自传模式

中国自传文学的文本源起于战国，形成于两汉。唐代刘知几《史通·序传》指出了这一自传渊源，"盖作者自叙，其流出于中古乎？案屈原《离骚经》，其首章上陈氏族，下列祖考；先述厥生，次显名字。自叙发迹，实基于此。降及司马相如，始以自叙为传。然其所叙者，但记自少及长，立身行事而已。逮于祖先所出，则蔑尔无闻。至马迁，又征三闾之故事，仿文园之近作，模楷二家，勒成一卷。于是扬雄遵其旧辙，班固酌其馀波，自叙之篇，实烦于代。虽属辞有异而兹体无异。"[②] 这里刘知几所称"自叙"即自传。汉代赋家司马相如始作"自传"，但由于种种原因司马相如的自传没有流传下来。司马迁"模楷二家"所作的"序传"体自传《太史公自序》，成为古代自传作者遵循的模式。至此以后，诸多文人学者多

---

① 鲁迅：《中国小说史略》，上海古籍出版社，1998 年版，第 158 页。
② 刘知几：《史通》，贵州人民出版社，1985 年版，第 336 页。

写有类似的"自传"。王充的《论衡·自纪》篇，刘知几的《史通·自叙》篇，皆渊源于此。

从文本上看，中国 2000 多年的传记文学写作史，基本上未曾越出以上四种范式。甚至，这种传记文本范式对中国古典小说的结构的影响也是深远的。

二

两汉时期出现的司马迁的《史记》与班固的《汉书》以其鲜明的美学风格，影响后世的中国传记文学创作，成为"撰述"与"记注"这两种传记艺术风格的美学渊源。

中国古典传记文学数量巨大，形式多样，在漫长的发展过程中，曾出现了诸多风格各异的佳构。有"文质辨洽""比之于迁、固"[①]的史传文学，如陈寿的《三国志》；有自叙平生"想方设法要脱离这个世界而钻进某个纯真美妙的小空间中"[②]的自传文学，如沈复的《浮生六记》；有"不用钩连而神气流注、章法浑成"[③]的散体传记，如韩愈的《张中丞传后叙》等。但是，从总体美学风格来看，中国传记文学主要呈现两种形态：一是"撰述"，二是"记注"，而这两种美学风格是由汉代司马迁与班固分别开山的。

何谓"撰述"或"记注"？章学诚说："易曰：'筮之德圆而神，卦之德方以智。'间尝窃取其义以概古今之载籍，撰述欲其圆而神，记注欲其方以智也。夫智以藏往，神以知来，记注欲往事之不忘，撰述欲来者之兴起，故记注藏往似智，而撰述知来拟神也。藏往欲其赅备无遗，故体有一定而其德为方；知来欲其抉择去取，故例不拘常而其德为圆。"[④]

章学诚之所以能得出古今载籍的"撰述""记注"之说，正是在参酌两汉时期两部最著名的史传文学著作后，在总结创作实践的过程中形成的传记美学观。在分析中，他明确地指出了中国传记文学史上这两种美学风格的著述，是渊源于两汉的。他说："《尚书》无成法而左氏有定例，以纬经也；左氏一变而为史迁之纪传，左氏依年月，而迁书分类例，以搜逸也；迁书一变而为班氏之断代，迁书通变化，而班氏守绳墨，以示包括也。就形貌而言，迁书远异左氏，而班史近同迁书，

---

① 刘勰：《文心雕龙》，人民文学出版社，1981 年，第 171 页。

② ［美］斯蒂芬·欧文：《追忆》，上海古籍出版社，1990 年版，第 111 页。

③ 姚鼐：《古文辞类纂》，中国书店，1986 年版，第 145 页。

④ 章学诚：《文史通义》，上海古籍出版社，1993 年版，第 16 页。

盖左氏体直，自为编年之祖，而马、班曲备，皆为纪传之祖也。就精微而言，则迁书之去左氏也近，而班史之去迁书也远。盖迁书体圆而神，多得《尚书》之遗，班氏体方以智，多得官礼之意也。"① 也就是说，中国传记文学的"撰述""记注"两种美学风格正是形成于两汉时期，并深深影响着后世传记文学的发展的。司马迁的《史记》以其"圆而神"的美学风格，彪炳千秋，绝唱天下，受到后世的称扬。鲁迅先生指出："恨为弄臣，寄心楮墨，感身世之戮辱，传畸人于千秋。虽背《春秋》之义，固不失为史家之绝唱、无韵之《离骚》矣。惟不拘于史法，不囿于字句，发于情，肆于心而为文……"② 班固的《汉书》也凭其"方以智"的美学风格，擅名千载，成为后世传记文学写作的不祧之宗。

众所周知，司马迁撰作《史记》遵奉求真考信为传记写作的最高原则。他曾躬身考察历史古迹，"适长沙，观屈原所自沈渊"；③"适丰沛，问其遗老，观故萧、曹、樊哙、滕公之家，及其素，异哉所闻"。④ 探访实录，以补尺书之阙。司马迁的传记文学以"不虚美，不隐恶"的美学特征，称扬于世，这已为历史学者所公认。即使在政治思想上与司马迁颇有分歧的班固也认为：《史记》"善序事理，辨而不华，质而不俚，其文直，其事赅，不虚美，不隐恶，故谓之实录。"⑤ 然而，司马迁的传记文学并未仅仅停留在"实录"的美学层次上。他还具有"踵事生华"的美学特征。也正是"纪实征信"与"踵事生华"两者的完美结合，使得《史记》传记文学上升到了艺术美的高度。求真与审美的辩证统一是传记文学之所以成为艺术的标志，黑格尔说："艺术的使命在于用感性的艺术形象去显现真实。"⑥ 司马迁的传记文学，在求真的同时，做到了用感性的艺术形象的形式去显现传主个体生命的张力与冲突、高贵与痛苦、希望与幻觉、活力与激情的真实。而为达到此审美目的，传记文学作家必须"踵事生华""合理想象"。事实上，这一美学风格对后世传记写作影响颇大，在《项羽本纪》中，他是这样叙写项羽被围垓下之英雄末路的：

> 项王军壁垓下，兵少食尽，汉军及诸侯兵围之数重。夜闻汉军四面皆楚歌，项王乃大惊曰："汉皆已得楚乎？是何楚人之多也！"项王则夜起，饮帐中。有

---

① 章学诚：《文史通义》，上海古籍出版社，1993 年版，第 17 页。
② 鲁迅：《鲁迅全集·汉文学史纲要》，人民文学出版社，1973 年版，第 581 页。
③ 司马迁：《史记·屈原贾生列传第二十四》，中华书局，1959 年版，第 2503 页。
④ 司马迁：《史记·樊郦滕灌列传第三十五》，中华书局，1959 年版，第 2673 页。
⑤ 班固：《汉书·司马迁传》，中华书局，1962 年版，第 2738 页。
⑥ 〔德〕黑格尔：《美学》，商务印书馆，1982 年版，第 68 页。

美人名虞，常幸从；骏马名骓，常骑之。于是项王乃悲歌慷慨，自为诗曰："力拔山兮气盖世，时不利兮骓不逝。骓不逝兮可奈何，虞兮虞兮奈若何！"歌数阕，美人和之。项王泣数行下，左右皆泣，莫能仰视。

这是《史记》的名篇名段之一，更是充满"踵事生华"的叙事魅力，力图用想象来填补史载材料之不足的一段。即使从现代西方史学的观点分析，司马迁的这种"笔补造化，代为传神"的创作方法也是值得继承和发扬的。卡西尔即认为，历史学家"像科学家一样受制于同样严格的规则。他必须用一切经验调查的方法，必须搜集一切可以得到的证据并且比较和批判他的一切原资料"，但是"最终的决定性的步骤总是一种创造性想象力的活动"，因为"他们并不缺乏诗人的精神"。①钱钟书先生说得好：

> 按周亮工《尺牍新钞》三集卷二释道盛《与某》："余独谓垓下是何等时，虞姬死而子弟散，匹马逃亡，身迷大泽，亦何暇更作歌诗！即有作，亦谁闻之而谁记之欤？吾谓此数语者，无论事之有无，应是太史公'笔补造化，代为传神'。语虽过当，而引李贺'笔补造成化'句，则颇窥'伟其事''详其迹'（《文心雕龙·史传》）之理。"②

在西方文论家的著述中，当论及悲剧艺术时，往往武断地论定"中国没有类似于古典意义的悲剧"。英国学者崔瑞德（Denis·C·Twitchett）即持这种观点。他在《中国的传记写作》中说："中国与西方在文学上的另一有意义的差别是，中国没有类似于古典意义的悲剧——这里用以表现个人与其环境的冲突的极端的艺术形式。它对传记产生过某些影响，因为悲剧和悲剧传统对西方的传记有过深刻而持久的影响，它还能使西方读者对传记个人本身的兴趣具体化，因为它提供了一种看待个人与其环境力量的相互关系的看法。另外，悲剧传统在很大程度上与西方读者对于传记写作所要求的形式，连续性和类型的高标准要求很合拍。这种倾向在欧洲传统的作家中几乎无人不有，而在中国则殊无迹响，因为在中国，不管是写作小说或撰述历史，彼此不相连属的写法或突出个别情节的写法对西方读者说来是感到最突兀的。"③事实果真如此吗？回答是否定的。如果崔瑞德等西方研

———————

① ［德］卡西尔：《人论》，上海译文出版社，1985年版，第159页。

② 钱钟书：《管锥编·史记会注考证》，中华书局，1979年版，第278页。

③ ［英］崔瑞德：《中国的传记写作》，载《史学史研究》，1985年第3期，第123页。

究传记的专家，把目光投向中国传记的美学渊源，他们就不可能再得出这一结论。事实上，传记的悲剧性是中国传记美学的重要范畴之一。众所周知，传记所叙述的是人类演变史，而在这历史舞台上上演的传主的人生故事则多为各种各样的悲剧。因为历史的前行，往往是血战的征程。黑格尔说恶是历史的动力。即便是在反抗"恶"时，也会产生恩格斯所说的"历史的必然要求和这个要求不可能实现之间的冲突"。① 司马迁的《史记》"上记轩辕，下至于兹"，几千年的时间跨度，其间上演了多少真实的人生悲剧？据统计，《史记》112篇人物传记中，悲剧人物多达120余个，其中自杀和被杀者就多达37个，其他类型的悲剧人物70余个。何况，司马迁本人即是一位直言罹祸，遭受宫刑之奇耻大辱的悲剧典型。刘鹗说："《离骚》为屈大夫之哭泣，《史记》为太史公之哭泣。"② 在《史记》中，无论是"力拔山兮气盖世"的英雄项羽，还是仰慕田横高节而集体自杀的五百义士，司马迁都给予了深切的同情，叙述出了他们的人格、道义、气质以及被毁灭的悲剧之美。由此看来，中国传记文学不仅有着古典悲剧美学的诸多特点，而且已成为中国传记的重要美学渊源，且影响着后世传记文学及小说的叙事。

三

中国的传记文学以其独特的文化品格彪炳于世界文化史林。从比较文化的视角分析，中国的传记文学不但渊源早，成就大（司马迁的《史记》比西方传记之父普鲁塔克的《名人传》早200多年），而且"这一大堆上下2000年的传记著作都有一个牢不可破的传统，即最强烈地显示了中国文学文化不同寻常的延续性"。③ 所谓"延续性"是指中国的传记写作不但极为宏富，而且作为一种传记文化意识——撰写传记以求"不朽"——已经深深扎根于中国的传记家心中，代不乏人且成为中国传记文学创作的文化渊源。

众所周知，中国传统文化极看重人生之"三不朽"。《左传·襄公二十四年》记载：

> 春，穆叔如晋。范宣子逆之，问焉，曰："古人有言曰：'死而不朽'何谓

---

① ［德］恩格斯：《马克思恩格斯全集》，人民出版社，1995年版，第380页。
② 刘鹗：《老残游记》，人民文学出版社，1989年版，第1页。
③ ［日］吉川幸次郎：《我的留学记·中国文学中的希望与绝望》，光明日报出版社，1999年版，第123页。

也？"……穆叔曰："以豹所闻，此之谓世禄，非不朽也。鲁有先生大夫曰臧文仲，既没，其言立。其是之谓乎！豹闻之：'太上有立德，其次有立功，其次有立言，虽久不废。'此之谓不朽。"

这里穆叔提出了"立言"是"三不朽"的内容之一，但还未能指出如何立言。孔子在周游列国、历遭失败之后，产生了"立言"以求不朽的意识。他说："我欲载之空言，不如见之行事之深切著明也。"到了司马迁创作《史记》之时，用传记立言以求不朽的传记文化意识终于真正确立。司马迁在《报任安书》中有一段表述："仆窃不逊，近自托于无能之辞，网罗天下放失旧闻，考之行事，稽其成败兴坏之理。上记轩辕，下至于兹，为十表，本纪十二，书八，世家三十，列传七十，凡百三十篇。亦欲以究天人之际，通古今之变，成一家之言。"这段话里有三层意思，一指全书内容；二指全书体例篇数；第三层意思是说，他写传记，是有意表达他的"一家之言"，不仅仅是为了写史而写史，而是"述往事、思来者"。梁启超指出："其著书最大目的，乃在发表司马氏'一家之言'。与荀况著《荀子》、董生著《春秋繁露》性质正同，不过其'一家之言'乃借史的形式以发表耳，故仅以近世史的观念读《史记》，非能知《史记》者也。"①从这个意义上讲，我们认为，日本学者吉川幸次郎的观点值得肯定，他指出中国文化崇尚"实在的经验"，这种文学的创始者，"不言而喻，是公元前一世纪汉武帝时代的史家司马迁"，但是，"司马迁并不是以朴素的记叙和本能来写作《史记》的，所谓'我欲载之空言'。可以说，司马迁记叙的许多'行事'也得益于'空言'，由于以'空言'的形式写成的而未能达到'深切著明'，也就是由于不够深切，不够明了，所以才利用'行事'，也就是用事实来表达到这个目的。从而，司马迁所作的伯夷传、伍子胥传、乐毅传之类的古代英雄传记，就不只是伯夷、伍子胥、乐毅个人的传记，而是推而广泛地指出人间现实中的伯夷式的、伍子胥式的和乐毅式的人物。也就是说，单数的伯夷、伍子胥和乐毅代表了复数的伯夷、伍子胥和乐毅的传记。这一倾向，在与司马迁自身的命运相联系的同时代人的传记中，则更为确切明显。总之，司马迁在《史记》中所写下的，毕竟有着对人间和世界的思索。"②事实上，这一传记文化意识，影响至今。当代传记文学的大行其道，即是明证。需指出的是，由于中国传记文化是以儒家文化为核心的，而儒家文化又可称之为隐讳文化，因而，

---

① 梁启超：《梁启超国学讲演录二种》，中国社会科学出版社，1997年版，第21页。
② ［日］吉川幸次郎：《我的留学记·中国文学中的希望与绝望》，光明日报出版社，1999年版，第123页。

传记文化渊源对后世中国传记文学的负面影响也不容忽视。这一点，在对中国自传文学渊源影响上，尤为明显。

儒家文化初看起来是颇彰扬书法不隐的"实录"精神的。孔子曾盛赞晋太史董狐敢于秉笔直书："董狐，古之良史也，书法不隐。"[①]然而，我们会发现，儒家文化中所谓"书法不隐"并不是坦白、真诚地叙写出生活的真实，而是必须遵循"为圣者、贤者、长者讳"的原则。换句话说，在儒家创始者孔子的文化哲学里，直笔即是曲笔。《论语·子路篇》中说："叶公语孔子曰：'吾党有下直躬者，其父攘羊，而子证之。'孔子曰：'吾党之直异于是，父为子隐，子为父隐，直在其中。'"这里，孔子所说的"直在其中"正反映了儒家文化的隐讳实质。令人遗憾的是，这种"曲笔即直笔"的文化现象作为一种传记文化，已经深深植根于自传文学创作之中。中国自传作品绝少像卢梭《忏悔录》那样的坦白真诚的内容，是众所周知的事实。甚至，自传作家的隐讳、掩饰不但不被批评，反而得到了传统文化的认可。刘知几说："肇有人伦，是称家国。父父、子子、君君、臣臣，亲疏既辨，等差有别。盖子为父隐，直在其中，《论语》之顺也。略外别内，掩恶扬善，《春秋》之义也。自兹已降，率由旧章。史氏有事涉君亲，必言多隐讳。虽直道不足，而名教存焉。"[②]正是由于这种隐讳文化观潜移默化的影响，中国2000余年的传记文学史上堪称优秀的自传文学佳构者甚少，使得中国传记文学留下了不应有的遗憾。

总之，以上我们剖析了中国传记文学的文本渊源、美学渊源、文化渊源，它们是中国传记文学的三大渊源。其特征至今仍深深影响着中国现、当代传记文学的创作与研究，这是中国文学研究中颇有当代意义的研究课题，值得我们深入地探讨。

---

① 左丘明：《左传》，岳麓书社，1988年版，第120页。

② 刘知几：《史通》，贵州人民出版社，1985年版，第258页。

第十二章　关于自传的诗学

西方自传的理论研究开始盛行并成为学术界显学之一的时间是 20 世纪 70 年代。"自传理论研究的增加扩展始自 70 年代。"[1] "自传和忏悔写作在现代西方学术界，和以往相比，越来越受到文学批评的重视。"詹姆斯 M·考科斯指出："这不仅仅是说批评已经在其他文类长期消耗尽了自己的热量，更是因为文学的整个观念在变化。"[2] 这里的变化是指随着自传写作、出版与阅读的持续升温，自传的文本价值激起了理论研究者的极大兴趣，为什么会在此时出现如此学术现象呢？台湾学者朱崇仪有一段精辟的阐释："（1）首先，自 1950 年后兴起的自传热，是呼应 20 世纪下半叶（主要是哲学界）对主体性的激辩的回应。对于'分裂的主体'的新认知，适可以应用于阅读自传，以提供新观点。（2）批评企业对传统主流文类如戏剧、诗、小说的拓展，到今日已有'枯竭'之势，因此有意另辟疆域，研究原本较不受人重视的文类。如今虽然'传统'自传研究（特指以欧尼为首的）锋芒渐减，但另一波受当前认同政治影响的自传研究潮又继之而起，只是批评焦点业已转向女性或少数族裔等等族群的自传。在强调理论之重要性的今天，这种由于理论典范的转移（paradigm shift），而引发的美学观点及判准的改变，或可以视之为将自传书写转化成为文学理论服役的一种方式。换言之，如今新的理论，由于发现了新的问题，往往可让原本被弃之如敝屣的文类咸鱼翻身；这都是因为人们对所谓文学的认知模式已然改变之故。"[3]

事实上自传作为一种普遍的文化人类学现象，正在吸引着越来越多的哲学家、美学家、人种学家、社会学家、精神分析学家、解构主义者、后殖民主义的目光。法国学者让·伊夫·塔迪埃在《20 世纪的文学批评》专著中，在第九章"诗学"里对自传进行了论述。把自传文学与小说一视同仁为散文体诗学。他说"菲力普·勒热讷的几部著作如《法国的自传作品》（科兰出版社，1971）、《'我'是他人》（瑟伊出版社，1980）、《自传条约》（瑟伊出版社，1975）等奠定了他在自

---

[1]　Nalbantian Suzanne. "*Aesthetic Autobiography −From Life to Art in Marcel Proust, James Joyce, Virginia Woolf and Anaisnin.*" The Macmillan Press LTD. 1994. p.27.

[2]　The Virginia Quarterly Review, spring 1971 p.252.

[3]　朱崇仪：《女性自传：透过性别来重读 / 重塑文类?》，载《中外文学》，第 26 卷·第 4 期·1997 年 9 月，第 133 页。

传诗学领域的地位；他是最好的、然而不是唯一的自传诗学专家之一。"①甚至连解构主义重镇之一的保罗·德曼和著名现象学哲学家保罗·利科都对自传发表了重要理论论述。

自传研究，首先必然面临一个绕不开的关口：自传的真实与虚构问题。歌德从写作实践的体会中把自传定性为"半诗半史的"体裁②。莫洛亚在剑桥演讲时说出了"叙述不准确或产生谬误"的自传的"六宗罪"：首先是我们对于事实的遗忘，"当我们试图撰写自己的生活史，我们多数会发现，其中的绝大部分我们已遗忘殆尽。"使事实改变的第二个因素，是由于审美原因而产生的有意忽略："记忆力是一个伟大的艺术家。对每一个男子和女子来说，记忆力使他或她，在回忆一生时，创造了艺术作品和不可信的记录。"第三个因素是自然的潜意识的压抑导致自传作者的改变事实。第四个因素则是由羞耻感所引起的，"几乎没有男子有勇气说出他们性生活的事实真相。"第五，记忆不仅疏忽遗忘，它还对事实加以理想化："骤变已过，他回首顾望，将一切合理化，从而自言自语道：'我是一个社会主义者'"。在自传中还有一个缺少诚实的原因，那就是，当我们描述往事时，希望保护那些已成为我们朋友的人。③莫洛亚的论述可谓切中肯綮。但是，莫洛亚在指出自传文学的真实性须认真研究的同时，不无存在否定自传文学真实文本价值的倾向。茨威格对自传艺术给予了崇高的评价，宣布自传是文学艺术的新方向：人类进行虚构的塑造力必定要变弱，那么"内心的无限，灵魂的宇宙向艺术开启了更为取之不尽的领域：对灵魂的发现，对自我的认识将成为我们越来越智慧的人类将来更大胆的设解。但他对自传文本的真实保持怀疑："事实上，要求一个人在他的自我描述中绝对真实，就像是尘世间的绝对公正、自由和完善那样荒唐。最热切的决心；最坚定的信念，想忠于事实，从一开始就已经是不可能的了，因为无可否认的事实是，我们根本就不具有可以信赖的真理器官，在我们开始描述自己之前就已经被记忆骗取了真实的生活经历的情形。""羞耻，它是每种真实自传永久的对手，因为它要谄媚地引诱我们，不是按我们真实的样子去表现，而是按我们希望自己被看到的样子。它要用所有的诡计和伎俩诱使很愿忠实于自我的艺术家掩藏他的隐私，掩盖他的危险性，隐藏他的秘密；它本能地让创造的手删去或虚假地

---

① ［法］让·伊夫·塔迪埃：《20世纪的文学批评》，史忠义译，百花文艺出版社，1998年版，第287—288页。

② "此外，特别是关于半诗半史的体裁要说的话，在一路叙述下去时总会有一些适当的机会谈出来吧。"歌德：《歌德自传——诗与真》（上），刘思慕译，第4页。

③ 莫洛亚：《论自传》，杨民译，《传记文学》，1997年第3期，第153—156页。

美化有损形象的小事（然而却是心理学意义上最本质的！）。"①

20世纪70年代以来，西方自传界纯粹探究自传的真实性问题的研究路径已经几乎被舍弃，许多批评家认为，对自传文类来说，探讨自传的真实性，没有多少实际意义，而文本、自我、身份的问题开始占优势。概而言之，对自传的理论研究可分为两大流派：一是把自传作为基于自我存在的本体论的概念的文类、流派进行研究的古典自传理论派；一为视自传为虚构文本的解构隐喻派。乔治·古斯多夫、菲力浦·勒热讷等属于前者。保罗·德曼、利科等属于后者。

古斯多夫的《自传的条件和界限》是西方研究自传的拓荒之作。他主张自传是文化的特殊种类，是"自我本质神义论的一种。""自传是一种牢固的已确定的文学形式"。②但是与勒热讷不同的是，古斯多夫认为相对于自传的人类学的功用和神学意义，它的文学和艺术的功用是次要的。古斯多夫的局限性在于他反对过多地在自传研究中运用"诗学"的方法。

勒热讷的自传研究弥补了这一缺陷。他在西方自传研究界之所以如此闻名是因为"提出了若干颇有启发意义的定义和概念。"③其中，尤以"自传"定义和"自传契约"最有影响。勒热讷是西方把自传定义为正式文类的最主要代表人物。他把自传定义为："一个真实的人以其自身的生活为素材用散文体写成的回顾性叙事，他强调的是他的个人生活，尤其是他的个性的历史。"④他的"自传契约"的提出则表明其在试图维持小说与自传之间的界线。勒热讷研究发现，如果只对文本进行内在分析，那么自传和小说就没有任何区别。因为小说也可以是第一人称叙事，18世纪的小说正是通过模仿私人文学回忆录、书信、日记的各种形式写成的。"但是，只要我们考虑到这种模仿不能发展到最后限度，即作者的名字，上述异议也就站不住脚了。人们总是可以煞有介事地转述、发表某人的自传，并努力让人相信确有其人，但只要这个某人不是作者，即该书的唯一责任者，那就不能妄下断言。"于是他提出了引起西方学术界广泛注意的"自传契约"的概念："自传中存在一方面是作者、另一方面是叙述者和主人公的同一。这就是说'我'代表作者。文本中没有任何东西可证明这一点。自传是一种建立在信任基础上的题

---

① ［奥地利］茨威格：《自画像》，袁克秀译，西苑出版社，1998年版，第1—13页。

② Gusdorf, Georges, "*Conditions and Limits of Autobiography*"（original French version 1956），trans.James Olney, in James Olney（ed.），Autobiography：Essays Theoretical and Critical（Princeton, N.J prenceton University Press, 1980）pp.28

③ ［法］让·伊夫·塔迪埃：《20世纪的文学批评》，史忠义译，百花文艺出版社，1998年版，第288页。

④ ［法］菲力浦·勒热讷：《自传契约》，杨国政译，三联书店，2001年版，第221页。

材，如果可以这样说的话，是一种'信用'体裁。因此，自传作者在文本伊始便努力用辩白、解释、先决条件、意图声明来建立一种'自传契约'。①当然，"自传契约"概念的提出既引起了学界广泛的重视，也招致了方方面面的攻击。法国著名叙述学家热拉尔·热奈特在《虚构叙事与纪实叙事》一文中多次引用勒热讷的论点，并肯定勒热讷"关于萨特《词语》一书的叙事顺序的发现。""菲力浦·勒热讷正确地指出了下述规律，即经典自传以作者＝叙述者＝人物为特点，而第三人称的特殊的自传形式则适用于作者＝人物≠叙述者的公式。"②针对勒热讷的"自传契约"，杜勃罗夫斯基创作了《儿子》，并提出"自我虚构"（autofiction）概念。"最真实的事件和事实的虚构，可以说是用一种冒险的语言来进行语言的冒险的自撰，他游离于不论是传统还是新式小说的指挥和句法之外。"他在信中对勒热讷说："我十分渴望填补你的分析所留下的那个'空白'，这一真正的渴望突然把你的批评理论和我正在写作的东西联系了起来。"③）为此，埃金有一段论述：然而，对勒热讷来说，自传所资参考的常规模式的自由是有限度的。他对杜勃罗夫斯基"自我虚构"概念的反映，预示了他对这复杂问题的态度。杜勃罗夫斯基要求勒热讷的"自传契约"成为可置换的解剖学，来证实他自己虚构叙事创造的《儿子》中的愿望，主角、叙述者、作者，应该都如此分享同一个名字。杜勃罗夫斯基坚持"所有叙述性的事实和行动都是从其生活中不断提炼的，时间地点也得以检验。小说发明的贡献是限制构成结构和虚假时空的环境。像方便袋一样服侍着记忆。从严格意义上讲，既不是自传也不是小说。杜勃罗夫斯基总结道："《儿子》在两者之间"。我想加上说，自传在严格意义上是更大的虚构创造，从文体理论看来，自传像杜勃罗夫斯基提出的，是一个两者间的实体。④）勒热讷还认为弗莱有关自传的理论值得分析。弗莱是希望建立一种严密的"体裁理论"的批评家，但同时也是一位取消自传文体独立性的神话－原型批评者。他认为"自传是另一种形式，它透过诸多不易察觉的过渡向小说位移。更多的自传是得到一种创作冲动，因此也是想象性冲动的激励。作家在他逝去生活中有意选取那些能够塑造自我的模式的事件和经验。这个模式可以是一类超越了作家本身、并且作家也有意无意中认同的形象。或者让他的性格与观点趋于一致。我们把这种重要的散文体故事形式

① ［法］菲力浦·勒热讷：《自传契约》，杨国政译，三联书店，2001 年版，第 14 页。

② ［法］热拉尔·热奈特著《热奈特论文集》，史忠义译，百花文艺出版社，2001 年版，第 128 页。

③ 杨国政：《从自传到自撰》，载《世界文学》2004 年第 4 期，第 297 页。

④ Eakin, Paul John, "Touching the World: reference in Autobiography", Princeton: Princeton university press. 1992.p25–26.

称为忏悔。"①勒热讷指出：弗莱的方法令人恼火也令人着迷，"在他的后面论述中，我们始终不知道'忏悔'词的使用究竟代表的是该体裁的哪一区别性特征：是自传契约，叙述者的话语，第一人称回顾性叙事，内聚集的使用，某一内容的选择（私生活或内心生活叙事），还是某种态度（塑造一个个性鲜明的典型）？"②

伊丽莎白·布鲁斯在保留自传批评的传统方面与勒热讷并无轩轾，她特别强调诚实和作者身份是自传的一个必要条件。在文本分析时，布鲁斯把自传体的《洛丽塔》与自传《说吧，记忆》并置，旨在证明自传在20世纪有了大的发展。布鲁斯是那些坚持自传作家掌握了共同的事件、客体和描写出某种关系的自传批评家，也就是说，布鲁斯强调作者身份和诚实是自传的一个必要条件，因为在自传写出之前"事件的客体形象和一个自在自治的自我早已存在。"③勒热讷对布鲁斯的观点极为欣赏："布鲁斯在许多方面与我关于'自传契约'的论述不谋而合，但是她的论述在理论方面提出了一些更加普遍性的命题，我认为这些命题很有见地。她的独创性在于把俄国形式主义者关于文学演变的原则与语言学关于非直陈行为的现代理论结合在了一起。布鲁斯的分析成功地把对某一体裁的发展的研究置于对文学的整体发展的研究之中。"④遗憾的是，乔纳森·劳斯博格指出：布鲁斯的强调"真实价值"的主张，却被诸多自传理论家舍弃，并毫不设防的把自传仅仅等同于虚构这一形式。⑤

施本格曼的自传观念与强调可资验证的外部世界的勒热讷和布鲁斯相似，但他不仅强调自传对生活的叙事，更强调自传的叙事意图，他认为：在自传叙事时，自我揭示比起简单的自我陈述应该假定其具有"优先权"。在《自传的形式》一书中施本格曼认为：自传是一种从历史到哲学最终直至诗学的不断演进的文学形式。⑥

值得注意的是，随着巴特的理论"作者死了"的提出和其自传文本《罗兰·巴特论罗兰·巴特》的出现，西方关于自传的理论与批评也有了重大转向。保罗·杰伊说："《罗兰·巴特论罗兰·巴特》是本按字母安排的断片书，它是寻求

---

① Northrop Frye, *Anatomy of Criticism*, Princeton：Princeton University Press，1957，p307.

② ［法］菲力浦·勒热讷：《自传契约》，杨国政译，三联书店，2001年版，第279页。

③ Nalbantian Suzanne. "*Aesthetic Autobiography –From Life to Art in Marcel Proust*，*James Joyce*，*Virginia Woolf and Anaisnin.*" The Macmillan Press LTD. 1994. p30.

④ ［法］菲力浦·勒热讷：《自传契约》，杨国政译，三联书店，2001年版，第281页。

⑤ Eakin，Paul John "*Touching the World：reference in Autobiography*"，Princeton：Princeton university press. 1992.P30.

⑥ Nalbantian Suzanne. "*Aesthetic Autobiography ——From Life to Art in Marcel Proust*，*James Joyce*，*Virginia Woolf and Anaisnin.*" The Macmillan Press LTD.1994.p30.

自我参考的反自传。它在探询一个巴特'抵抗'他自己思想的点。巴特说，'这是本小说人物在说话的书。'是最宽泛的自传定义的非小说，巴特的自传（帕斯卡的《思想录》是他的前驱）真正属于反文类。"① 在《时间与叙述》中，利科也认为包含自传在内的一切叙述最终都是当下叙事，在利科看来，一个生命在他没有被解释的时候是没有生物学现象的，尽管不能说这个生命不存在，但利科却把生命本身和人类经验称为"前叙述性质"，是叙述方使这些存在过的生命潜质成形。因而保罗·利科断定没有独立的、自我本位的自我，只有叙述的"自我"。②

　　也就是说，他们形成了一个共同的自传理念：不存在真实的作者，只有文本的自我，而且文本的自我是独立于任何历史和参考资料的。谁说自传作者有独立主权的话，那谁就是古典自传理论的后裔或迂腐的人。③ 其中，保罗·德曼是最具典型的代表人物之一。与罗兰·巴特一样，保罗·德曼更是从西方解构理论出发来探讨自传理论的。保罗·德曼有两篇直接探讨自传理论的文章，它们的题目分别是《自我毁容的自传》和《申辩（忏悔录）》。④ 面对自传文类，保罗·德曼的观点再鲜明不过了：第一，自传是难以分类、面目混乱的文体。它与小说间有着不断的调情和冲突，"于是，小说和自传之间的区分，似乎就不是非此即彼的两极，而是无法确定的了。"⑤ 第二，自传的本质不是认知而是转义，在自传中包括自我知识在内的一切认知基础是转义结构。"所以，自传的重要性不在于它揭示出可靠的知识——它没有做到这一点——而是以令人瞩目的方式说明，一切以转义替代所构成的文本体系，是不可能结束和整体化的（也即是不可能产生的），因为，正如自传作品借助其在主题上坚持主体、专名、记忆、生死和情欲，以及镜像的双重性，而公开宣扬自己的认知和转移的构成一样，他们同样地企盼着逃避这一体系的压制。撰写自传的作家，以及论述自传的作家都被一种需要困惑着。"⑥ "在墓志铭或自传话语里，占主导地位的修辞是拟人化，是对于坟墓之外的声音的虚构；因为，

　　① Jay, Paul. *"Being in the Text : Self-Representation from Wordsworth to Roland Barthes."* Ithaca : Cornell UP, 1984. p20.

　　② Ricoeur, Paul, Time and Narrative, trans. Kathleen McLaughlin and David Pellauer, 3vols（original French version, 1983–5; Chicago : University of Chicago Press, 1984–8）p229.

　　③ Nalbantian Suzanne. *"Aesthetic Autobiography –From Life to Art in Marcel Proust, James Joyce, Virginia Woolf and Anaisnin."* The Macmillan Press LTD. 1994. p33.

　　④ 保罗·德曼的这两篇文章原文为：《Autobiography As De-Facement》、《Excuses（Confessions）》。李自修把他们分别译为《失去原貌的自传》《辩解——论〈忏悔录〉》，译文是较正确的，但是从德曼对自传的整体观点来看，笔者认为把它们分别译成《自我毁容的自传》和《申辩（忏悔录）》更准确。

　　⑤ ［法］保罗·德曼：《解构之图》，李自修等译，中国社会科学出版社，1998 年版，第 192 页。

　　⑥ ［法］保罗·德曼：《解构之图》，李自修等译，中国社会科学出版社，1998 年版，第 193 页。

一块没有铭文的石头，必然会使太阳驻足于虚无之中。"① 第三，自传是解读或理解的一种修辞格。"因而自传就不是一种文类或者一种方式。"② 就像第一篇题目暗示的那样，自传的过程不是在自我塑形，而恰恰是毁灭自我容颜的过程。"自传对死亡的恢复（声音和名称的拟人化），正是精确度缺失的恢复。自传隐藏了心智的自我毁容，自传本身就是造成其结果的原因。"③ 第四，自传中内含着为自我辩解的欺骗性，卢梭的《忏悔录》就是完美范例之一。"辩解是一种诡计，允许以隐瞒的名义进行暴露。这和海德格尔后期的存在凭借隐瞒来揭示自身的理论不无相同之处。或者换一种方式说，用以辩解的羞耻允许压抑起到揭示的作用，这样就使得愉悦和罪孽可以相互替代。罪孽之所以得到宽恕，是因为它为揭示其压抑的愉悦留下了余地。而结果则是，压抑事实上成了一种辩解，成了其他行动中的一种言语行动。"④

保罗·德曼拒绝在自传中表现参照物形式的特权概念。相反，他想要的是文本产品的观念，我们总是对抗任何自传体作品，他争辩说，这不是系列历史事件而是叙述某些事件的努力。严格意义上的自传，绝非是历史的而是诗学的。保罗·德曼指出自传文类具有诗学功能当属洞见，但他显然对自传变成文类又心存疑惑"因为与悲剧史诗或抒情诗相比，自传总是以一种可能是同审美价值的里程碑庄重不相协调的征兆方式，而显得有些声名狼藉和自我放纵。"⑤

结果在解构主义者反复认定自传是"自我毁容"的文类的大合唱中，在后现代主义批评的"众声喧哗"里，有一个声音特别嘹亮：自传死亡了！阿哈伯·汉斯作为其代言人宣布了这一可怕的观点：自传是"一个不可能的和死亡的形式"⑥我们承认后现代理论"为文学分析开启了许多新的视界，自传研究也在受惠之列：多元主体并置、真实与想象共存，文类的份际松动，自传、传记、小说，渐渐汲取彼此的菁华、共通共融、合为一家。若非后现代精神瓦解了固有僵化的传统定义，自一九七〇年代便不断冒现的许多自传文本及自传理论研究，也无法风起云涌、叱咤至今。"⑦我们也感谢后现代理论给自传理论研究带来的生机与挑战"如

---

① ［法］保罗·德曼：《解构之图》，李自修等译，中国社会科学出版社，1998 年版，第 199 页。
② ［法］保罗·德曼：《解构之图》，李自修等译，中国社会科学出版社，1998 年版，第 193 页。
③ ［法］保罗·德曼：《解构之图》，李自修等译，中国社会科学出版社，1998 年版，第 272 页。
④ ［法］保罗·德曼：《解构之图》，李自修等译，中国社会科学出版社，1998 年版，第 191 页。
⑤ ［法］保罗·德曼：《解构之图》，李自修等译，中国社会科学出版社，1998 年版，第 190 页。
⑥ Hassan, Ihab *The Postmodern Turn : Essays in Postmodern Theory and Culture*（Columbus, Ohio : Ohio State University Press, 1987, p147.）
⑦ 杨正润：《自传死亡了吗？——关于英美学术界的一场争论》，载《当代外国文学》，2001 年第四期，第 125 页。

克利福德等一些西方学者常常说，自传和传记理论是文艺学中最保守的一个领域。新理论的介入，极富挑战性地提出了一系列的新课题，打破了传统的传记理论的狭隘、保守和封闭，也吸引普遍的注意，传记理论原始和落后的面貌再也不能维持下去了，传记家不得不去研究和解决他们所面临的挑战。"[①] 但是，面对这一观点，在国外诸多理论家盲目认同的现实中，中国著名传记文学理论专家杨正润一针见血地指出："所谓'自传死亡'的说法是把自传中可能存在的虚构的成分无限地夸大，以纯粹的理论演义取代自传家的实践。这里我们想起了解构主义的'作者死亡'的理论，英国学者肖恩·布鲁克称这一理论是罗兰·巴特、福柯和德里达理论上的盲点，他们竭力把'作者问题'这样一个实际问题变成一种理论问题，'以冗长的、纠缠不休的风格把它变成理论既不能解释、又不能取消、令人困惑不安的存在问题。'对解构主义的这一著名批判是我们在考察'传主死亡'论时可以参考的。"于是，他提出了自己的鲜明观点："自传死亡"的命题，"失误于脱离实践、也脱离文学的历史传统。"[②]

美国著名自传研究专家埃金是作为自传实在论（勒热讷）与自传文本论（德曼）的居间调和者身份出现的。为此，苏珊娜·奈尔班根（Suzanne Nalbantian）对埃金的自传理论进行了深入分析：埃金认为自传是一种自我创造和自我发明的心理行为进化过程。他认为自传行动像某些身份构成的戏剧扮演者那样"不仅仅是对已经存在的完全的自我的被动的透明的记录，更要整合并且经常依据自我解释的心理戏剧规则来确定自我状态。"[③] 埃金不像卢梭和其他持传统观点人宣布的那样：隐藏虚构来预示着自传的成功，而是关注正式自传中的虚构与真实之间的张力。埃金假设从一开始自传的真实本身就蕴涵着某种虚构。因此他断言自传自我的出现是语言的习得，那么在叙述中它就是一种虚构的结构。但埃金以 20 世纪的自传作家为例子进行论证时发现，这些作家在表述他们的生活时是试图努力到达传记真实。所以埃金认定，自传的成形是通过记忆完成的，我们应该把由当下意识的需求而产生的叙事也看作为事实。谈到叙述与自我身份的关系，埃金认为二者不但是密不可分的联结在一起，"以至于互相之间始终同时而又恰当地被吸引到对方的概念领域中去。于是，叙述便既是一种文学形式，也是现象学的、自我认知

---

① 杨正润：《自传死亡了吗？——关于英美学术界的一场争论》，载《当代外国文学》，2001 年第四期，第 130 页。

② 杨正润：《自传死亡了吗？——关于英美学术界的一场争论》，载《当代外国文学》，2001 年第四期，第 131 页。

③ Nalbantian Suzanne. "Aesthetic Autobiography —From Life to Art in Marcel Proust, James Joyce, Virginia Woolf and Anaisnin." The Macmillan Press LTD. 1994. p38.

的方式，甚至，自传话语的自我不一定先于其在叙述中的构成。"埃金断言"我一直相信，叙述在自传写作中占有一个中心的、决定性地位。"他认为亨利·詹姆士就是个典型例子，在《小男孩们》中，詹姆士有意地复归他的创造能力，重读他少年时代平凡的事情，作为艺术家的他的早期发展，抹平过去与现在的区别，因此，在回忆的书写行为中创造一个自我。埃金在他的《接触世界》书中重复主张：自传在新的上下文关系中是一种有参考内容的艺术。①

事实上，在西方学术界"自传如今被理解为一个过程，""自传作者透过'它'，替自我建构一个（或数个）'身份'（identity）。换言之，自传主体并非纯然经由经验所生产：读者必需考虑到前述自我呈现的过程，才能捕捉主体的复杂度，将主体性（subjectivity）读入世界中。写作自传之举，因此兼具创造性与诠释性，绝非述'实'。如今自传作者往往自由地采用任何一种形式或文类来书写自我，从而打破自传具有一特定形式的迷思。"②事实上，朱崇仪的话只说对了一半，自传是兼具创造性与诠释性，它是绝非述'实'，但也绝非述'虚'。显而易见，埃金尝试着在自传文本说与自传实在说之间，寻找一个富有张力的平衡点以深化自传的诗学研究。我觉得埃金的自传理论是值得肯定的。

与此同时，从社会学的视角来进行自传研究则颇为盛行。性、少数裔人种、多元文化的研究取代了主题处理和形式分析。边缘的人种与文类被重新阐释，"他者"、"自我"、"差异"、"认同"则在自传批评话语中成为关键词。特别是女性主义自传研究，使得自传的理论得以重新定义。洁乐宁主编出版了《女性自传：批评论文集》（*Women's Autobiography：Essays in Criticism*）在前言中，她突出强调女性自传的独特征：主观化、女人的自觉和意识到与主流文化的差异；在形式上，女性自传往往亦不连贯，或是以断简残篇的形式出现。洁乐宁试图建构女性自传与男性自传的不同原则。在《女性自传的传统：从古代到现代》（*The Tradition of Women's Autobiography：From Antiquity to the Present*）一书中，她更加强调这一观点。作为一个"人本主义者"，洁乐宁视自传的主要价值在于作为生平研究（life studies），能够肯定女性生活的价值与正当性。她强调女性自传通常对于公/私生活间的区分泾渭分明，因此呈现出来的自我形象往往偏重于其中一面：如公众人物会强调她也是"正常女人"，私生活与一般人无异；直到近年，这种情况才有所改

---

① Eakin，Paul John，"*Fictions in Autobiography：Studies in the Art of self-Invention*"（Princeton，N.J.：Princeton University Press，1985），p.226

② 朱崇仪：《女性自传：透过性别来重读/重塑文类？》，载《中外文学》第26卷·第4期·1997年9月，第142页。

变，两者有逐渐合而为一的趋势。此书的优点在于：作为一部女性自传史，她对每一时期出版的所有女性自传正文都尽量不予以遗漏，至少附上简评，而不像下文所提到的史密斯氏，仅挑出最具'代表性'的一本加以评论，却又从未告知读者她的选择标准。但虽然洁乐宁不断表示对男性中心的自传研究之不满，她自己仍在方法论上犯了类似的错误：她也相信可从零星的片断中，拼凑出一个完整的自我，而其中所提供的自我知识亦值得完全信赖，正如同小说作者所创造出的主角一般。这可谓理论上的双重谬误：因为在后结构论述的冲击下，批评家对主体的必然分裂已然有了共识。是故自传中所呈现的自我，与小说主角一样，皆无法获致一统的身份。①

　　如果说洁乐宁的理论填补了女性自传批评的空白，那么，吉尔摩（Leigh Gilmore）1994年出版的《自传学：女性自我呈现的女性主义理论》，则提出了诸多富有自传诗学高度的观点。朱崇仪总结为以下几点：（一）吉氏与她的前辈大相径庭之处，在于将自传视为一建构身份的'论述网'，不再囿于'大叙述'（master narrative），也就是由一个英雄人物从上帝的高度来总结（他）自我的一生的迷思，而仔细地勾勒了自传的制码过程。（二）她认为传统自传批评追求整体性（totality），且认为自传此一文类，为自我提供了同时让主体客体融合的'身份'，因而对之另眼相看。但如今在批评典范移转之后，自传反而是因为它重现了主客之间的分裂，而受到重视。是故当我们不再接受'自我'的完整性时，也就不应再将女性自传书写者视为千篇一律的女人（大写的Woman），而是兼具多重身份的个体，因而替女性自传提供一个多重的新观点。（三）吉氏剔出欧尼与德曼等人对自传书写的（修辞）运作方式——前者强调隐喻（metaphor），而后者则强调换喻（metonomy）——的洞见与不见。虽然她认为女性倾向换喻的方式居多，但不管是隐喻或换喻，都仍未适切地解决女性主义自传理论在'自我'与'历史'的建构上极可能会遇到的瓶颈。她认为男女写作主体最后皆会隐遁（disappear），但两者遁入的空间最大不同，在于此空间的组构方式亦是男女有别（gendered）——女性自传作者缺乏既存的模式，以留下可资存留的身份。但吉氏花费了过多的笔墨，来复述这些批评家的观点，相较之下，并未下相对的工夫来发展她自己所标榜的"女性自传学。"②

---

①　Jelinek, Estelle, *The Tradition of Women's Autobiography : From Antiquity to the Present.* Boston : Twayne Publishers, 1986. p10–14.

②　朱崇仪：《女性自传：透过性别来重读/重塑文类?》，载《中外文学》第26卷·第4期·1997年9月，第140页。

近几年来，西方自传理论研究正日趋完善，争论的硝烟渐渐远去，当前有关自传的理论著述的主要工作是"来填补 20 世纪自传批评的缺口"。如果说，西方的自传理论研究在完善他们的城堡，那么我们中国的自传理论研究才刚刚砌上地基。迄今为止，尽管，在《外国文学评论》、《国外文学》等中文权威期刊上刊发过杨正润、赵白生、王成军、杨金才、李战子、杨国政、冯亚琳、张唯嘉等专家的文章，[①] 他们的自传论文也涉及自传的方方面面，但是无论是研究的广度，还是理论的深度，都有待于提高。我们还没有一部集中论述自传理论的集体或个人专著。[②] 中国的自传理论研究任重而道远。

---

① 杨正润：《论忏悔录与自传》，载《外国文学评论》，2002 年第 4 期。赵白生：《自传就是别传吗？——论自传叙述中事实的三要素》，载《国外文学》，2001 年第 4 期。杨国政：《怀疑时代的自传》，载《外国文学评论》，2002 年第 2 期。王成军：《论时间和自传》，载《外国文学评论》，2002 年第 2 期。杨金才：《十九世纪美国自传文学与自我表现》，载《国外文学》，1999 年第 3 期。李战子：《泰德·休斯〈生日信件〉中的多层人际关系解析》，载《外国文学评论》，2001 年第 1 期。冯亚琳：《德国十八世纪自传文学中的个体意识》，载《外国文学评论》，1999 年第 2 期。张唯嘉：《用虚幻建构真实——解读罗伯格里耶的"新自传"》，载《外国文学评论》，2001 年第 1 期。

② 两本研究中国古代自传文学的专著，一是在美国出版，二是日本学者所写。Wu, Pei-yi. The Confucian's Progress : Autobiographical Writings in Traditional China. Princeton : Princeton University press, 1990. 川端康合著：《中国的自传文学》，蔡毅译，中央编译出版社，1999 年版。

第十三章　论 21 世纪中国传记文学的当代性

2000 年 10 月 27 日至 29 日，"全国传记文学研讨会"在浙江师范大学举行。会议的中心议题是：走向 21 世纪的中国传记文学。身临其会，作为长期致力于传记理论研究的青年学者，我深深感到压力和责任。因为，若从世界传记文学审美视觉出发来权衡中国当代传记，我们在充分肯定其创作实绩的同时，不能不面对这样一个令人尴尬的现实：中国当代传记文学作品众多，但精品鲜见。① 究其原因，不一而足，但是，时至今日，我们没有形成中国自己的"传记诗学"则是最为重要的原因之一，而面对走向 21 世纪的中国审美原则。"当代性"是每一个真正关注中国传记文学创作繁荣的人，在 21 世纪之始必须思辨的课题。那么何谓中国传记文学的"当代性"？我们认为至少应包含以下三个方面。

文化的"当代性"

这里的文化的"当代性"，实际是指传记家主体的"批判性"。也就是说 21 世纪中国的传记作家立传之时，再也不能心存"树碑"心态，而是应以批判的眼光来解剖传主复杂的人性。事实上，马克思主义的精髓就是批判。张首映指出："马克思主义的精髓在于批判而不在于同流合污。马克思许多著作的书名都冠之以批判，如《资本论》标题为《政治经济学批判》；《神圣家族》副标题为《对批判的批判所作的批判》。"② 传记家应遵循马克思主义的批判理论去深入史料观察生活，批判地研究传主的生平。回眸 20 世纪，传记家深受道德观念支配，往往用仰视角结构全书。"这是中国 21 世纪最伟大的政治家、军事家、总理、学者大师……"动辄以所谓的传主完美人性来教育受众并沾沾自喜。事实上，一味彰扬传主的某一精神品格、隐讳其真实的不光彩的一面，恰是一种不道德行为，当读者明晓历史真相后，反而会消弭传记应有的教育启迪意义。如国内传记家创作的

---

① 有些学者认为《张居正传》(朱东润)《朱元璋传》(吴晗)《李鸿章传》(梁启超)《苏东坡传》(林语堂)是 20 世纪四大名传，我们认为即使这四部传记确实是四大名著，也难与莫洛亚、茨威格、路德维西的作品《雨果传》《巴尔扎克传》《拿破仑传》比肩。

② 张首映：《西方二十世纪文论史》，北京大学出版社，1999 年版，第 401 页。

诸多领袖传，远远没有点击到其人性的复杂密码。西方传记文学史上，也曾出现过为传主讳饰却极受文学界和读者心仪的"维多利亚创作模式"——即传记极力宣扬传主的道德故事并说教。伍尔夫说："维多利亚时代的大多数传记作品，全像目前保存在威斯特大教堂里的蜡像。"① 但是，自从斯特雷奇推动"传记革命"后，西方现当代传记作家开始摒弃"维多利亚模式"，反面以冷峻、客观、"拆台"（debunking）之巨斧，去解剖传主之真我和心史。"所谓'拆台'，也无非揭虚表、破迷信、摒滥调，并无造反的意思。文风一变，打开了相当繁荣的新局面，也就此呼彼应，成为西方所谓'现代派'一个新阶段的组成部分。"② 从这个意义上讲，我们认为，20 世纪已出版的中国传记，特别是近 20 年来出版的，在21 世纪的今天有被重写的可能和必要。因为，21 世纪是一个"怀疑和思辨"的时代，中国必然要融入世界文化之中，当"解构"之风云起于西方之时，中国 21 世纪当代传记文学欲有长足发展，就再也不能痛说革命史了。文化的批判性，至关重要。

那么如何确立传记家主体的批判性？我以为可借鉴巴赫金"狂欢化"理论来介入。也就是说，传记在创作之际，主体上应处于一种"狂欢化"境界。巴赫金说得好："在狂欢中，人与人之间形成了一种新型的相互关系"，因为狂欢"首先取消的是等级制，以及与它有关的各种形态的畏怯、恭敬、仰慕、礼貌等等，亦即由不平等的社会地位等（包括年龄差异）所造成的一切现象。人们相互之间的任何距离，都不再存在。起作用的倒是狂欢式的一种特殊的范畴，即人们之间随便而又亲昵地接触，这是狂欢式的世界感受中十分重要的一点。在生活中不可逾越的等级屏障分割开来的人们，在狂欢广场上发生了随便而亲昵地接触"。③ 这里有几个关键点值得注意。首先，狂欢化是对中国传统等级文化的冲击，传记作家不需要为名人贤者隐讳了，因为传记家在创作时与传主处于"狂欢化"，形成了新型关系。其次，在"狂欢化"世界中，传记家与传主之间等级距离消失了，只要本诸真实、客观、公正，无需对传主产生畏惧、恭敬、仰慕之心态。再次，在现实生活中不可逾越的界限在传记中得以实现，正像在狂欢中逾越等级一样。唯其如此，方能达到传记批判性的自由审美状态。

---

① ［英］伍尔夫：《传记文学的艺术》，载《世界文学》，1990 年第 3 期。
② 卞之琳：《维多亚女王传》中译本重印前言，三联书店，1986 年版，第 2 页。
③ ［苏］巴赫金：《陀思妥耶夫斯基诗学问题》，白春仁、顾雅铃译，三联书店，1988 年版，第176 页。

文学的"当代性"

这里"文学的当代性"不是传记的文学化，更不是传记的小说化。当代中国传记在"小说化"方面已经够成熟的了，事实上，传记家的"隐恶扬善"，骨子里正是小说虚构的表现。为了达到真实解剖传主人性的传记诗学目的，我们应从以下方面入手，一是改善传记时间问题；二是心理方法的运用。

由于传记往往叙写传主的一生，从童年到老年，这样，线性的传记时间结构，制约着传记深层结构美的形成和多元主旨的展现。20世纪已出版了过多此类"传记时间"作品，读来令人郁闷。富有文学当代性的21世纪传记文学，必须改变传统传记时间，即打破由生到死的结构模式，而用传主性格、命运来结构全传，把危机融入时间之中，抓住最能展示传主人格命运的情节，把传记的时间集中在"人在边缘"的构思上。例如：毛泽东长征途中担架上的"阴谋"；邓小平三落三起时内心的波澜；郭沫若爱子"文革"中被折磨致死前后其灵与肉的搏击战。从这个意义上讲，把握传主"性格"是传记文学创作中最能完美体现传记时间的文学方法之一。

在西方，传记之祖普鲁塔克的《希腊罗马名人传》的"传记时间，是很特别的。这是提示性格的时间，绝不是人的成长和发展的时间"。[①]巴赫金在此旨在说明普鲁塔克深受亚里士多德"隐得来希理论"影响，"即最后目的同时亦为发展的最先起因。亚里士多德把目的和开端等同起来这一原理，不可能不给传记时间的特点以重大的影响。"巴赫金由此得出结论："性格的完全成熟，才是发展的真正开端，这里实行了一种特别的'描绘性格的颠倒法'，这样，普鲁塔克的传记因具有戏剧性而给世界文学（这不仅是对传记文学）以巨大影响。"由此看来，中国传记文学欲在21世纪有一个新突破，应汲取普鲁塔克传记时间之长，尽量减少普通传记时间的运用。

21世纪西方文艺心理学进入了一个新高峰，各种心理分析方法，对洞悉人性之心理世界起到了积极作用，而受精神分析心理等影响，西方产生了一个又一个擅长心理分析的传记大师。茨威格即其一。换句话说，西方20世纪最为成功的传记作品，无不烙上心理学之印痕。相比之下，受中国传统传记文化影响，至今众多传记家仍不注重"心理分析"，往往是只将事实与细节排列起来，但又缺乏"由司马迁开创的由'行事'来议论人生及世界的做法。"[②]因而，难以让读者走进传主

---

① ［苏］巴赫金：《巴赫金集·小说理论》，白春仁、晓河译，河北教育出版社，1998年版，第334—336页。

② ［日］吉川幸次郎：《我的留学记》，钱婉约译，光明日报出版社，1999年版，第208页。

的心灵世界。瞿秋白就义前本来已经给传记家提供了洞悉其内心的文本《多余的话》，但是，我们在诸多《瞿秋白传》中，少见发人沉思的心理分析，即便是瞿秋白被枪杀前为何坐而就刑，和说"中国的豆腐好吃"，我们也没有看到精彩的心理分析。

　　文学是人学，作为了解真实人生最为恰切的传记文学文本，理应打开传主的心扉让读者去品赏。因而，借鉴西方现代心理学诸多方法对当代传记家尤为重要。这是走进 21 世纪的中国传记家再也不能忽视的问题了，茨威格说得好："我们后人不再有卢梭那种勇敢的轻信了，但却有了对于灵魂多意义和隐秘深处更完备、更独特的认识：在越来越精细的分解和更大胆的分析中人类自我解剖的好奇心想要揭示出每一种情感和思想的神经与血脉。司汤达，黑贝尔，克尔凯郭尔，托尔斯泰，埃米尔，还有更勇敢的汉斯·耶格尔通过他们的自我描述发现了自我科学出乎意料的领域，他们的后人，在此期间已经配备了心理学这种更精密的仪器，将不断继续，一层层，一个空间一个空间地向我们新的尘世中的无限，人的心灵深处推进。"①茨威格的传记正是凭其独特的心理分析而扬名于 20 世纪。他不是人云亦云地叙述历史人物的故事和言行，也不是满足于戏剧化地描写，而是着重描写传主在历史事件中的思想和内心状态。试看一节茨威格对托尔斯泰的描写："在他有世界影响的一生的第 54 个年头，托尔斯泰第一次看到了大的虚无。从这一时刻起直到他死的那个时刻他毫不动摇地凝视着这个黑洞，这本来的存在后面不可捕捉的内。30 年，从 20 岁到 50 岁，托尔斯泰过的是创作的生活，无忧无虑而自由。30 年，从 50 岁至最后，他仅只献身于生活的意义和认识。在他给自己定这艰巨的任务之前，他过得很轻松：不仅拯救自己，而且通过他争取真理来拯救全人类。他去做了，使他成了英雄，几乎成了圣人。他失败了，使他成为所有人中最富人性的人。"②统观 20 世纪中国传记文坛，能娴熟驾驭心理分析方法的传记家颇为鲜见。传记家李辉已形成了自己较为突出的心理分析法来结构全传。如他的《沧桑看云系列》，他剖析了郭沫若的心路历程，并用《太阳下的蜡烛》来比喻传主人格，极有特色。但是由于其主体的批判性不够，因而仍有更深入地挖掘郭沫若内心的可能，为什么"五四"时期追求自由，彰扬自我的民主斗志，死后遗愿把骨灰撒到农业学大寨的寂寞的田野呢？

　　总之，传记时间问题和心理分析方法的运用是 21 世纪中国传记家必须反思的重要课题。

---

　　① ［奥地利］茨威格：《自画像》，袁克秀译，西苑出版社，1998 年版，第 12 页。

　　② ［奥地利］茨威格：《自画像》，袁克秀译，西苑出版社，1998 年版，第 153—154 页。

文本的"当代性"

尽管中国传记文学源远流长，且近几十年写家颇多，但是在进入 21 世纪的中国当代文坛，传记文学却仍然没有其应有的文本的"当代性"。首先，中国的当代传记家，虽然没有好好继承史官文化中"秉笔直书"的史家书法，却牢记了历史与传记合一的祖训，把传记等同于历史。传记与历史是同一文体吗？这已经在众多中国传记家心目中形成了思维定式。我们认为，这恰是中国传记家缺乏文本"当代性"的表现之一。

事实上，在西方，从普鲁塔克开始，已经有着清醒的传记文体独立意识，"我写的不是历史而是传记。即使在最光荣的事业中也不总是光有美德与恶俗，也不时掺杂着一些微不足道的行为。言谈话语较之流血牺牲的战场、统率军队的艺术和包围城市的场面，往往更能体现一个人的性格。画家作画时，总是不太注意人体的一般部位，反而把主要力量放在最能体现一个人特征的脸型和眼神上，因为只要准确地描绘出人的脸型和眼神就能达到貌同神似。让我们也依照画家的手法，认真探索那些最能展现人的灵魂的特征，并据此创作出各具特色的人物传记。"[①]这里，普鲁塔克明确指出，传记不是历史，其重要区别之一是，传记透过传主的"言谈话语"来"体现一个人的性格"。这样，从普鲁塔克起直至 20 世纪，西方传记家多遵循此传记原则创作。《拿破仑传》的作者，20 世纪三大传记大师之一，路德维希指出："写一个人的历史同写一个时代的历史，完全是两回事：不仅名称不同，写作方法也各异其趣。想把二者结合起来是徒劳的。普鲁塔克专注于前者，卡莱尔则着眼于后者，因而这两位大师完成了各自的杰作。"像普鲁塔克一样，路德维希举例说："他跟诸兄弟或妻子的每次龃龉，他每时每刻的情绪，或消沉，或欢娱，他的勃然大怒与脸色发白，他对友人或敌人的善举或诡计，他对将领或女人们的每句话（根据可靠的谈话记录），都远比马伦哥战役的战斗序列，远比吕内维尔和约的条款或大陆体系的细则重要。"[②]然而，令人遗憾的是，在当代中国传记家的心目中，仍然把传记等同于历史。如写朱德传、赵丹传、曹禺传等，传记家往往发出宏大志愿写成一部军事史、电影史、话剧史。其结果只能是既未能写出什么历史，又削弱了传记文本的独特性，两败俱伤。另外，中国传记作家在强

---

① ［古希腊］普鲁塔克：《罗马名人传·亚历山大·马其顿王传》，陆永庭等译，商务印书馆，1995 年版，第 878 页。

② ［德］艾米尔·路德维希：《拿破仑传·作者的话》，梅沱等译，花城出版社，1999 年版，第 1—2 页。

大的"虚构文学"是正宗的话语霸权中，不但不自强其身，用创作实绩说话，反而从创作伊始即具有"先天不足"之心态，这是缺乏"文本当代性"的又一表现。事实上，从叙事学的角度来分析，亚里士多德的"诗"比"历史更严肃、更富有哲学性"的论断，在西方学术界已经被"修正"。德国当代美学家尧斯认为：历史与艺术一样，都具有可能意义的广阔天地，因此都是"开放性意义结构"。也就是说，"历史叙述与文学叙述的区别仅仅采自历史记录的部分与想象的部分在比例上的不同。"美国文论家伯特·斯柯尔斯指出：历史叙述和文学叙述实际上是一事物的两端，历史叙述处理写作的纪实的端，文学叙述追求幻想的一端，这里纯客观的历史叙述是不可能的；同理，纯幻想的小说也是不可能的。把这两种不可能的极端排除，我们就看到历史叙述中想象成分较少，或很少，而各种体类的文学叙述，其中虚构或想象成分越来越多。① 这就是说，传记文学与虚构文学相比，并没有什么谁优谁劣的"文体因素"。这是"文本当代性"中特别需要强调的。因此，在日益全球化的21世纪，中国的学术界再也不能也不允许否定属非虚构文体的传记文学之价值了。在西方，传记文学近几十年早已处于"话语中心"，并且不仅一次把诺贝尔奖奖金颁发给了"传记文学"，例如，萨特因自传《词语》获奖，丘吉尔的得奖评语为："由于他在描绘历史与传记方面之造诣，复由于他那护卫人类之高超价值的杰出演讲"，而我们至今仍缺少相应的国家级"传记文学奖"。当然，我们这里的"当代"，既不是对传统的否定和割裂，正像最现代的艺术中内蕴着最古老的基因，我们从中国古代传记史中能汲取诸多富有"当代性"的思想；也不是对西方后现代诗学的移植和照搬，以解构既往的传记理论；而是从"当代性"视角，从理论上澄清一些再也不能"稀里又糊涂"地存在于21世纪传记文坛的传记思想了。总之，21世纪的中国传记文学欲有一个质的飞跃，除去政治文化因素之外，我们必须在理论上确立主体的批判性、文学的方法论、文体的独立性，只有构建富有"当代性"的，融入21世纪的中国传记诗学，我们才有资格让中国传记文学的创作，走向世界并与之对话。因而，此文旨在抛砖引玉，希望更多的学者专家，为中国传记诗学的构建献计献策。

---

① 赵毅衡：《当说者被说的时候——比较叙述学导论》，中国人民大学出版社，1998年版，第209页。

第二编　文本阐释

第十四章 中西传记文学文本比较

近10多年来，诸多学者已从时代、思潮、文学史的视角，从事比较文学研究且取得了较多的成果，但对文本体裁理论的比较研究尚待深入。从比较文学发展史来看，对传记文学的研究更是如此，实有必要进行深入研讨。在中国，传记文学是一门古老的文本，早在2000多年前，以司马迁《史记》为代表的史传文学，已形成了中国传记文学发展史上的第一座高峰，而且作为表示记载一人生平始终文体名称的词"传"字，也同时出现，刘勰说："及史迁各传，人始区分，详而易览，述者宗焉。"① 章学诚也认为："盖包举一生而为传，史汉列传体也。"② 在西方，尽管传记文学的源头可以上溯到公元前5世纪的诗人伊翁，③ 公元1世纪出现的普鲁塔克的《希腊罗马名人传》也形成了西方传记的第一个高峰，不过此时并没有产生表示文本名称的词："biography"。当时要么用"life"代替，要么直书传主之名，如 Plutarch 的 *Lives of the Noble Grecians and Romans*，Boswells 的 *life of Samuel Johnson*，没有与中国"传"字相吻合的单词，"biography"一词被用来描述记载真实人生一生生活的作品特征是17世纪的事。1662年，英国学者富勒出版了《英国伟人史》，他在该专著中首次使用"biography"一词，到了1662年，另一位作家达尔顿在给"希腊罗马名人传"的英译本作序言时给"biography"定义为：特定人物的生平史。从中我们可以看出：中西传记文学从源起之日起，都是有着极强的文本意识。这样，中西传记在记载真实传主生平始终的层面上，有着很大的相似性。然而，进一步分析，我们会发现即便从文本字源上来看，中西传记的差异性也明显存在。事实上，"传"字在中国，除了表示"记载一人生平始终"名称外，它还有"转受经旨"之义。这里是说，中国的传记有着极浓厚的"释经"之意。从积极意义上说，中国的传记文学作家创作态度甚为严肃。因而《左传》《史记》中的人物传绝非纯粹的叙事，而是于叙事之中寄寓作者的论断。换句话说，中国传记文学的"释经"的文本特征，使得中国传记作品具有很强的伦理价值，即通过对传主生命始终的叙述，来达到"传授"某种经义的目的。梁启超即认为："司马迁

---

① 刘勰：《文心雕龙》，人民文学出版社，1981年版，第170页。
② 章学城：《文史通义》，上海古籍出版社，1993年版，第193页。
③ 载《传记文学》1984年第1期，文化艺术出版社，1984版，第192页。

的《史记》正是透过众多真实人生的行事，来表达他的人生理想。迁著书最大目的乃在发表司马氏一家之言，与荀况著《荀子》、董生著《春秋繁露》性质正同，不过其一家之言乃借史的形式以发表耳。"① 这一点对中国传记文学的健康发展提供了契机，千百年来，中国史传文学的绵延不断，即是明证。当然，也正是这一文本特征，给中国的古典传记带来了批评。中国的古典传记，特别是《史》《汉》以后的史传文学，不注重对传主的个性描写，为传主隐讳之处颇不鲜见，人物形象扁平等都与这一文本特征有关。即便是现、当代传记也深受这一文化积淀的影响。众多描写现当代作家的传记，往往是详现代而略当代。在当代中国传记作家的心目中，似乎还存在着为某人作传，必须是为某某人"树碑"的心态。这里，不能不溯源到"传"字的文体特征上来。

西方传记文学尽管也出现过为传主歌功颂德的"使徒传记"，但是，给我们的印象最深的还是众多传记作品的"真实性"（nothing but the truth）。西方传记文学的"真实性"特征的形成，原因固然众多，但其文本与中国传记文本的差异性，以及由此形成的文化特征也应引起注意。西方的"bio"（生命）"graph"（书写）与中国的"传"字的区别，是明显的。更有助于说明我们这一论点的还有"自传文学"名称。在西方语言中，"自传文学"在写作为"auto（自我）biography"的同时，还有一个特殊的名称——confessions，"Confessions"是古罗马基督教作家奥古斯丁（Aurelius Augustine）的自传作品。他之所以将自传取名为"Confessions"，是因为"Confessions"在古典拉丁文中有两种含义：一是承认主的伟大，有歌颂的意思；二是"承认，认罪"讲，即"忏悔"。由于奥氏在《忏悔录》中以坦诚真挚的口吻，忏悔了自己的各种"罪行"，如他对自己的偷盗行为及肉欲的描写极其诚实，人们也就逐渐忽去奥氏"承认神的伟大"的含义，而注重了奥氏"Confessions"一词的"承认、认罪"的含义。于是，在西方语言表述中，"Confessions"（忏悔录）往往成为"自传文学"的代名称。事实上，由奥氏开始形成的自传作家的"忏悔文化意识"——即勇于承认、说出自己的罪——作为一种文化，已经深深植根于西方自传文学之中。卢梭的《忏悔录》即是在"Confessions"文本的母体中孕育出的优秀自传文学文本。中国的自传文学，堪为奥古斯丁、卢梭相比肩者，寥若晨星，往往成为人们诟病之所在。其实，从自传文学文本源起之日起，中西自传文学就深深地烙上了各自文本和文化的印痕（参见第七章）。过去我们更多地强调了文化的差异性，事实上中西自传文学的文本差异性也不容忽视，例如，西方自传文学多叙及传主自我的私生活乃至隐秘的"性"生活。中国

---

①　梁启超：《中国历史研究法》，上海古籍出版社，1987 版，第 97 页。

自传文学则较多外部生活的记叙，即使是涉笔颇为开放大胆的沈复的《浮生六记》，写到与妻子芸的性爱生活时，也仅以"拥之入帐，不知东方之既白"概括了之。以上现象的出现正是中西自传文本因素影响所致。因为西方自传作家，在向"上帝"忏悔时，为了表示他的诚实，往往更多地叙述自己身上的"原罪"，以至出现卢梭的"把一切说出来为荣"的偏执。中国的自传文本可以说是文集自序的变体。真正代表中国自传文形成标志的是司马迁的《太史公自序》，这篇自叙恰恰附在《史记》之后，尽管司马迁自序"上及祖考，下及己身"，但自我形象不鲜明，即使独自成篇的《五柳先生传》（陶渊明）、《六一居士传》（欧阳修）、《自序》（汪中）等也大多如此。当然，西方传记文学文本的无节制，奉"赤裸无隐之真"（the naked and plain true）为圭臬，不能不说也带来了相应的弊端，特别是现当代西方传记文坛，传记作家多用"病理分析"的眼光看传主，唯真无他，舍弃了传记作家的美学追求，过多地叙及传主的私生活，以至众多伟人英雄，失去了崇高美，甚至被塑造成病态之人。美国传记家阿莲娜·S·哈芬顿的作品《毕加索——创造者与毁灭者》在大量地展示毕加索作为男人和艺术家的私生活的同时，20 世纪最伟大画家的形象变得模糊了，而性虐待狂的特征却被凸现出来。作家把我们读者引进了传主的卧室、画室，通览了传主对女性的一次次占有与背叛。然而，我们在肯定西方传记追求真实的文本前提下，不禁要问，传记作家是否有必要告诉读者如此众多的传主私生活？因此，中西传记文学文本的异同值得我们研究，这是其一。

　　研究中国传记的国外学者往往会有这样一个强烈印象：中国传记对传主非个人的东西写得太多，从中难以寻觅传主职业以外的个性问题，现代读者在寻找传主个性的发展线索时会难于得出此人作为个人的图像。英国学者崔瑞德（Denis C·T Stchen）就是持这一观点的人。他在《中国的传记写作》中指出："在中国，个人的社会身份大大不同于西方社会里的情况。中国人认为，个人不是社会所赖以形成的基本单位，而只是与各种不同大集团有错综复杂关系的那个社会复合体中的一份子。这种社会态度深深地影响着法律和风俗习惯，因为个人被卷入的每一种社会关系使他必须在某种程度上对集体负责。因此不妨作个比较：在西方社会，从很早的时候个人就有了个人的社会地位，而在远东，个人直到不久以前还是与各种外部关系有法律联系，而在我们看来很清楚的是，这一事实有助于传记作家集中注意于其传主在这些关系范围内的完成其职责和义务的情况，特别是要他们注意他作为官僚体制中的一员在他的关系范围内的所作所为。其结果就一直是使传记只探究一个人在某些职能中的行为，而不是对那个个人提供全面的、生动的图像。"①

　　事实上，中西传记的这一区别，首先是中西传记文本的差异性所致。我们可以用"史传合一"和"史传分离"分别概括中西传记的特征。中国传记从嚆矢之日就是"史传合一"的。换句话说，中国的史学是以人物传记为重心的。史传合一，把传记当历史来写，实乃中国史学的传统特征，纪传体史书的体例创设，在中国历史编纂学史上是功垂千古的。它以人物为描写重心，"首尾具叙述，表里相发明"，它既可包举大端，又可委曲细事，网罗备至，受到中国历代史学家的推崇，"世有著述，皆拟班马"，② 可以毫不夸张地说，中国的传统史学就是数万历史传记的会聚。也正是因为中国传记这一"史传合一"文本的影响，导致了中国传记重视传主的外部生活，忽略对传主个性的描写的问题。这样，中国的传记文本长期以来一直未能摆脱历史学的拘囿而独立出来。即便是在当代传记作家的心目中，仍然认为史传是合一的。如写孙中山传、毛泽东传等。传记作家往往发出宏大志愿要写成一部中国二十世纪革命史。其结果只能是既未能写出什么革命史来，又削弱了传主的形象塑造，两败俱伤。

　　西方传记文本可以说是史传分离的。这里的分离，并不是说西方传记不重视历史。事实上，任何形式的传记都不可能脱离与历史的关系。卡莱尔就认为"历史是无数传记的汇聚"。但是"西人史传若即若离、和而不合，传可以辅史、而不必即史，传卒能脱颖而出，自辟蹊径，蔚为巨观矣。包斯威尔（J·Boswen）传乃师约翰生（Samuel Johnson）之生平，巨细靡遗，栩栩如生，煌煌长篇，俨然传记之冠冕也。反观吾华，史汉而后，绝少创新，殊多长篇巨制，类不过千百字为一体"。③ 在西方传记家的心目中，他们是有着清醒的传记文体意识的。普鲁塔克曾明确地宣称："我写的不是历史而是传记，甚至在那些辉煌的事迹中也并不总是完全证明了善与恶的，而且，一句话，一个玩笑这样的小事往往可以比造成千万人死亡的战争、军队的最大的调动、城市的围攻等更清楚地表现一个人物。因此，正如画家要把面孔或眼神画得很像，对身体的其余部分则很少注意，我也必须让自己主要致力于人们灵魂的特征，以此描绘出每个人的一生，让别人去叙述伟大的战争吧。"④ 这里，传记家普鲁塔克早在千年前就指出了传记体与历史体相异之处，并在传记写作中贯彻了这一传记美学。令人遗憾的是，传记写作如此盛行发

　　① 崔瑞德：《中国的传记写作》，载《史学史研究》，1985年第三期，第72页。

　　② 魏征等：《隋书》（第四册），中华书局，1973年版，第975页。

　　③ ［美］汪荣祖：《史传通说》，中华书局，1989年版，第97页。

　　④ ［古希腊］普鲁塔克：《希腊罗马名人传》，商务印书馆，1990年版，第878页。

达的中国，直至清朝还有人提出"身非史官，不得为人作传"①的论点。

我们认为，传记虽然与历史一样"都要追溯过去，评价事实，选择原始资料"，②然而，传记也同时是一门相对独立的文体，它有自己的写作旨归，叙述重心，美学追求和编纂方法。例如，从具体的编纂方法上来看历史和传记就存在很大差异史，台湾学者杜维运说得好："传记家与史学家自然有其分解，传记学家密切注意人物的性格，史学家则在人物的性格影响到历史时，才密切注意人物的性格。传记学家的世界，人物是重心，他尽可能地呈现，将人物性格的各方面和盘托出，不惮其繁；史学家则不能如此，他无暇将人物的细节，一一写到历史上去，他的工作园地辽阔，他必须知道精简与衡量，尤其重要者，他必须严肃，不能将无意义者写入，不能将过于琐碎者写入。传记学家应是专业化的学家，而史学家则应珍视传记学家的成果。"③因此，中国传记文本的"史传合一"模式所带来的问题应引起当代传记作家的注意。

尤其值得重视的是，西方传记的"史传分离"模式，并不是忽略历史成分。而是从传主的个体视角出发来展现历史。"广阔的历史眼光在传记中是不适宜的，没有比企图写以前称为伟大人物的'生平和时代'这样的东西更大的错误了。"④法国传记大师莫洛亚曾对此有一段论述有助于我们理解传记与历史的关系。他说："尤其是与国务活动家或统帅有联系的伟大历史事件，在传记中不应当像历史著作中那样阐述。如果传记作家描写拿破仑的生平，那么他的真正描写对象应该是拿破仑的精神发展；历史只应该按照理解拿破仑的精神发展所必须的程度，作为背景出现，应该大致按照皇帝想象中的历史来描写历史。就拿奥斯特利茨战役这样的事件来说吧；在纯粹的历史著作中可以也应该描写历史的一切波折；在拿破仑传中则应该按照拿破仑所想象的样子描写历史。在这方面的一个好的例子是法布里齐奥在《巴马修道院》开头所看到的滑铁卢战役。"⑤中国传记界之所以缺少优秀的传记佳构，固然原因众多，但将传记文学等同于历史学，史传不分，传记为史体所拘，则是其中颇被人们忽视的重要原因之一。因此，我们还要重视对中西传记文本'史传合一'和'史传分离'两者差异性的研究，这是其二。

总之，尽管20世纪大背景下的现当代传记文学领域，已经处于相互对话阶段。传记文学写作中，也确实出现了相互影响的例子。但是，中西传记文学文本

---

① 章学诚：《文史通义》，上海古籍出版社，1993年版，第192页。
② 载《传记文学》1984年第1期，文化艺术出版社，1984年版，第182页。
③ 杜维运：《传记的撰写方法》，载《传记文学》（中国台湾），1992年第45期。
④ ［法］莫洛亚：《传记是艺术》，载《法国作家论文学》，三联书店，1984年，第153页。
⑤ ［法］莫洛亚：《传记是艺术》，载《法国作家论文学》，三联书店，1984年，第153页。

作为文化形式是有其相对的独立性的。中西文本对现、当代传记文学创作的潜在影响不容忽视，朱东润先生在创作《张居正大传》前，深入研究了西方 300 年来传记文学的进展，准备在内容与形式方面采取点新东西；但是在比较了鲍斯威尔《约翰逊博士传》、斯特拉奇《维多利亚女王传》等写法后，还是回到了中国传统文本上来了，他说："中国所需要的传记文学，看来只是一种有来历、有证据、不忌烦琐，不事颂扬的作品。"[①] 整部《张居正大传》深深烙上了中国传记文学文本的印痕。例如，不注重传主私生活的叙写，史传不分以及主旨上的张扬伦理情操等。这一点连朱东润先生也意识到了。从这个意义上说，深化对中西传记文学文本的比较研究，探讨影响中西传记文学创作的文本因素，对中国当代传记文学创作和传记诗学的建构是不无裨益的。

---

① 　朱东润：《张居正大传·序言》，海南出版社，1993 年，第 4 页。

第十五章　自传文本的非解构性诗学因素
——《罗兰·巴特论罗兰·巴特》论析

　　罗兰·巴特（Roland Barthes）被誉为继萨特之后"当代欧美最具影响力的思想大师"也是"蒙田之后最富有才华的散文家。"① 但是，令人遗憾的是，蒙田留有举世公认的自述散文，萨特更凭其自传《词语》获得诺贝尔文学奖奖金。而罗兰·巴特的自传却"是一个被剥夺了'生平'与'故事'的生平故事，缺乏正文外的指涉或叙述的连续性。这样一本没有私有姓名，无结构、中心的多重书写，所剩下的只是一群自由演出的符征，无法和考古论的目的论的符旨相吻合。《罗兰·巴特》缺了中心点（中腰），也没有起头（archè）和结尾（telos），后二者皆由中心的幻觉向外延伸。片段的书写使罗兰·巴特推翻了自我的范畴和叙述时间性的范畴"。② 在日本学者铃村和成看来，"所谓自传，就是毫不掩饰地谈论自己的真实情况。从 18 世纪卢梭（Jean-Jacques Rousseau）的《忏悔录》到 19 世纪夏多布里昂 Vicomte de Frncois-René Chateaubriand）的《墓畔回忆录》，再到 21 世纪的纪德、莱里斯（Michel Leiris）与萨特"，这一源远流长的法国自传文学传统似乎到了巴特那就停止不动了。所以他认为"巴特是不肯谈论他自己的、远离自白的作家。"③ 结果，巴特的唯一一部可称为自传的《罗兰·巴特论罗兰·巴特》却并未能在自传领域得到公认。

　　事实上，浸淫于法国自传文化传统中的罗兰·巴特对自我叙述的欲望丝毫不亚于他的前贤们。他的一生都在不断地指认、言说、剖析、坦白那个叫罗兰·巴特的戴着面具的人。铃村和成发现，一方面巴特对于谈论自己极为慎重，追踪巴特的著述轨迹会发现他是个与卢梭相反，不愿谈论自己的作家；但另一方面"巴特的著述可以作为一种自白文学来阅读"。④ 铃村和成说："这里有一个奇妙悖论，在

　　① ［法］罗兰·巴特：《罗兰·巴特论罗兰·巴特——镜像自述》，刘森尧译，林志明校阅，台北：桂冠图书股份有限公司，2002 年版，扉页。

　　② 张汉良：《比较文学理论与实践》，东大图书公司，1986 年版。

　　③ ［日］铃村和成：《巴特——文本的愉悦》，戚印平等译，李濯凡校，河北教育出版社，2001 年版，第 94 页。

　　④ ［日］铃村和成：《巴特——文本的愉悦》，戚印平等译，李濯凡校，河北教育出版社，2001 年版，第 94 页。

他最早著作《米什莱》以及《罗兰·巴特论罗兰·巴特》以及最后的《巴黎之夜》，他又重返他在《米什莱》中早已公之于众的秘密，他在《埃尔泰》提出的'搜索女性'的命题，仿佛始终游荡在他的文本之中。一个女人逐渐脱下衣服，最后表明她是女人。但她是女人的结论从一开始——在《米什莱》以及《罗兰·巴特论罗兰·巴特》卷首的女装儿童照片中——就以一种暗示的形式被表明了。巴特的著作可以作为一种自白文学来阅读。基于这样考虑，上述命题——巴特是不肯谈论他自己的、远离自白的作家——又被颠倒过来，并得出完全相反的结论：即一生都在以拍摄自我肖像照片似的断片形式，断断续续地谈论着他自己。"[1] 铃村和成对罗兰·巴特的分析，至少有两点值得我们反思，第一，他的自白欲望是非常强烈的但又常常掩饰这种欲望；第二，即使在谈论自我的自传中他仍坚持断片写作。

　　罗兰·巴特是一个奇特的叙述者，他的确是一个喜欢掩饰自我的作家，即便在自传《罗兰·巴特论罗兰·巴特》中，但是暴露与隐蔽之间的张力，是自传文本叙事无法摆脱的"宿命"。任何公开宣称暴露自我全部真实的话语，自有他于暴露、坦白中掩饰的趋向。卢梭信誓旦旦，说他的《忏悔录》是："我现在要做一项既无先例、将来也不会有人仿效的艰巨工作。我要把一个人的真实面目赤裸裸地揭露在世人面前。这个人就是我。"[2] 然而，就是这个卢梭却对"把他的五个孩子都送进了育婴堂"之事，在《忏悔录》中百般掩饰。同理，从另一个极端走来的罗兰·巴特，在自传叙述中，尽管百般隐藏他的自我或罗兰·巴特自己所说的躯体，但隐蔽也难挡自我暴露的书写欲望。在自传《罗兰·巴特论罗兰·巴特》里，巴特无时不在隐蔽自我但又无时不在书写自我、袒露自我。罗兰·巴特是一位严谨深邃的学者，但同时他也是一位身体享乐主义者和同性恋者。关于此处的真相，我们一般认为是出现在罗兰·巴特的《巴黎之夜》中，其实在《罗兰·巴特论罗兰·巴特》中罗兰·巴特已经有叙述，不过他的叙述采用的是"脱衣舞女"的方式和断片的叙事手法，读者只能去揣测。罗兰·巴特自有他的自传理论：自传文本像脱衣舞一样，完全的裸露是致命的错误，就像没有一开始就裸体上场的脱衣舞表演一样。"人体最具色情之处，难道不就是衣饰微开的地方吗？"[3] 罗兰·巴特的自传与卢梭、纪德、萨特的不同之处就在于，他特别注重其生命中不断变化的"衣饰微开的地方。"在《黑板上》一节，罗兰·巴特抓住他少年时的一个情节："B 先生是

---

① ［日］铃村和成：《巴特——文本的愉悦》，戚印平等译，李濯凡校，河北教育出版社，2001 年版，第 94 页。

② ［日］铃村和成：《巴特——文本的愉悦》，戚印平等译，李濯凡校，河北教育出版社，2001 年版，107 页。

③ ［法］罗兰·巴特：《罗兰·巴特自述》，怀宇译，百花文艺出版社，2002 年版，第 10 页。

路易·勒·格朗中学初中四年级 A 班的老师，他是个矮个子老头，社会党人，民族论者。每年的年初，他都在黑板上郑重其事地写上学生们的'在战场上光荣牺牲的'父母的姓名；有舅舅叔叔、堂兄弟表兄弟牺牲者很多，但只有我能报出父亲阵亡一事；就像对一种特殊标志感到窘迫那样，我对这样做感到局促不安。可是，黑板一经擦过，这种当众表露的悲哀就荡然无存了。"然后罗兰·巴特不在此进行卢梭式自传的渲染而是上升到理性分析："没有可杀的父亲，没有可憎恨的家庭，没有可谴责的地方：这完全是俄狄浦斯式的剥夺。"[①] 在这里罗兰·巴特对其俄狄浦斯式的欲求不足，导致其性趋向上的女性化作了暗示。在《多元躯体》中罗兰·巴特分析了"我"的几个躯体"我有一个可助消化的躯体，我有一个可引起恶心的躯体，第三个躯体是患有偏头疼的躯体，依次类推：还有色欲的躯体、肌肉的躯体（作家的手）、幽默的躯体，而尤其是情感的躯体：它激动、不安、或郁闷、或激奋、或惊恐，而不需要出现什么"。巴特最后概括说他有两种躯体："一个巴黎的躯体（警觉的和疲倦的躯体）和一个乡下的躯体（休闲的和懒洋洋的躯体）。"无疑，在这里色欲的躯体的表述是隐藏但同时也在坦白。罗兰·巴特没有像卢梭那样于坦白中隐瞒，却于看似掩饰中道出了自我的真相：罗兰·巴特的激动、不安，或郁闷、或激奋、或惊恐。因而铃村和成敏锐地指出"毫无疑问，巴特物恋欲者的视线可以达及如此的远景。没有谁的自白能像罗兰·巴特那样坦诚，没有谁的自画像比他更为清晰，也没有哪一页自传能像他的自白那样，不加丝毫掩饰"。[②] 铃村和成对巴特的评价不可谓不高。我们也承认巴特是颇富有自传叙事天才的散文家，他的自传是对卢梭、萨特的反动与颠覆，并且其断章形式在自传叙事上有一定的创新与变化，但是在这高度评价背后有一个重要的自传文本诗学问题，却必须引起我们的理论思考。那就是自传是真正的生命书写文类，它无法也不允许宣布"作者死亡"和"文本的欢娱"，而巴特在《罗兰·巴特论罗兰·巴特》自传中却遭遇了自己理论的悖论悲剧。

　　罗兰倡导"作者死了""读者之生当以作者之死为代价"，[③] 可他在撰写自传，面对那个叫罗兰·巴特的人，能够坦然地宣布"罗兰·巴特死了吗"？罗兰·巴特是想表达这个意思，因为他太爱自己的理论了，请看罗兰·巴特的"清醒的表白"："这本书不是一本'忏悔'之书；不是因为它是不诚实的，而是因为我们今

---

　　① ［法］罗兰·巴特：《罗兰·巴特自述》，怀宇译，百花文艺出版社，2002 年版，第 7 页。

　　② ［日］铃村和成：《巴特——文本的愉悦》，戚印平等译，李灈凡校，河北教育出版社，2001 年版，第 107 页。

　　③ ［法］罗兰·巴特：《罗兰·巴特全集》（第二卷），巴黎：瑟伊出版社，1994 年，第 495 页。

天有一种不同于昨天的认知；这种认知可概括为：我写的关于我自己的东西从来不
是关于自我的最后的话。古代作者认为只应服从于一条规律：真实性，在与他们
的要求不同的新的要求眼光看来，我越是'诚实的'，我就越是可解释的。这些要
求是故事、意识形态、潜意识。"于是罗兰断定自己的自传文本"不是别的，而仅
仅是一个多出的文本，是系列中的最靠后的一个，但不是意义的最后一个：文本
叠加文本"，并且返躬自问"我的现在有什么权利来谈论我的过去"？① 罗兰最后等
于在暗示自传作者的死亡："我不说'我要描述我自己'，而是说：'我写作一个文
本，我称之为罗兰·巴特'，我放弃（对于描述的）仿效，我依靠命名。难道我不
知道在主体范围内没有参照物吗？（传记的和文本的）事实在能指之中被取消了，
因为事实和能指直接地重合了。"② 显然，若与卢梭的自传观念相比，巴特对自传的
看法，如认定自传具有其文本的叠加性，自传是一种无法穷尽的叙述文本，我们
是基本可以同意的，因为他从自传理论上指明了自传的可重复性写作特征。如道
格拉斯的黑人自传就重写了四次之多。遗憾的是，他为了坚持和验证他的文学理
论，强行在其自传《罗兰·巴特论罗兰·巴特》中采取片段性写作，否定自传的意
义追求和自传真实。结果该自传未能获得文学界定论而仅仅凭其"不知所措"的
新形式引起注意。张汉良指出："巴特宣称：从作者的设计，如：句法的混乱、疏
离的观点，或根据读者的反应，这个'我'可以变异为'你'或'他'（第166—
169页）。因此，我们发现作者在这本'我的书'中，拒斥他的观点、他的自我；
这本'我的书'应该被读成一本内容完全虚构的小说，其作者只是纸上的作者，
'我'也只是'纸上的我'。"③ 可见，罗兰·巴特的《罗兰·巴特论罗兰·巴特》所
折射出来的问题值得反思。我们的观点是解构应纳入建构的文学理念之中，特别
是对于自传文本来说，自传文本应坚持其不容忽视的非解构性三大诗学因素：自传
意义、自传叙事、自传真实。否则自传作家必将像罗兰·巴特一样坠入自己设置的
降魔之瓶中。

一、自传意义

自传理论家菲力浦·勒热讷指出："自传所追求的是生活的意义。……我们可
以在所有自传作者身上发现这种对意义的要求：自传创作不是为了表达某种已知的

---

① ［法］罗兰·巴特：《罗兰·巴特自述》，怀宇译，百花文艺出版社，2002年版，第95页。
② ［法］罗兰·巴特：《罗兰·巴特自述》，怀宇译，百花文艺出版社，2002年版，32页。
③ 张汉良：《比较文学理论与实践》，东大图书公司，1986年版，第284页。

意义，而是为了探求这种意义。布里斯·帕兰、米歇尔·莱里斯和弗郎索瓦·努里西埃的叙事尽管情况各异，但都是以探求生活的意义、甚至为将来寻找一种生活规则的面目出现。"① 我们认为，菲力浦·勒热讷的论述非常正确，意义是自传文本的最高诗学追求之一。然而罗兰·巴特却有他相反的观念，"显然，他在梦想一个排除意义的社会（就像人们服兵役的情况那样）。这一点开始于《写作的零度》，在那本书中，已经梦想着'没有任何符号'；接着，便是无数的附带而来的对于这种梦想（关于先锋派文本、关于日本、关于音乐、关于十二音节诗）的肯定。令人高兴的是，恰恰在日常舆论中有一种关于这种梦想的解释；多格扎，它也不喜欢意义，在多格扎看来，把某种无限的（即不能停止的）可理解的东西带入生活中是错误的。多格扎把意义的侵入（知识分子是这种侵入的责任者）与具体之物对立起来；所谓具体之物，即被设想为抵制意义的东西。"② 罗兰·巴特没想到的是自传文本这个具体之物无法满足他的理论。因为排除自传的意义，无疑这是在宣布"自传的死亡"，那也是在宣布"罗兰·巴特"的死亡。当然，从《罗兰·巴特论罗兰·巴特》文本来看，那个他"喜欢的作者"，无法不在罗兰·巴特的生活中写出"意义"。客观地说，《罗兰·巴特论罗兰·巴特》的每个片断都是很好的自传文本，例如："在他回想他童年时代被剥夺的那些小物件时，他找到了他今天所喜爱的东西：例如，冰凉的饮料（非常凉的啤酒），因为在那个时候，还没有冰箱（在沉闷的夏天，城的自来水总是温热的）。"③ "在夏天的晚上，当天色迟迟不尽的时刻，母亲们都在小公路上散步，而孩子们则在周围玩耍，那真是节日。"④ "我们在一个大坑里玩，后来所有的孩子都上去了，惟独我上不去；他们从高处地面上嘲笑我：找不着了！就只他一个了！都来瞧啊！离群了！（离群，并不是置于外边，而是指一个人待在坑里，是指在露天下被封闭了起来：那正是被剥夺权利的人的处境）这时，我看见妈妈跑来了。她把我从坑里拉了上来，抱起我离开了那群孩子。"⑤ 这里有着类似普鲁斯特"玛德莱娜甜饼"的场景；有着节日般童年的记忆；有着离群时投入妈妈怀抱的温暖，特别是"我看见妈妈跑来了"的叙述，分明是罗兰·巴特对其生活的意义阐释。众所周知，罗兰·巴特自幼丧父，对母亲有着强烈的依恋，自传的第一部分'关于照片的话'正是他在寻求童年的意义和意欲平复"那种没

---

①　［法］菲力浦·勒热讷：《自传契约》，杨国政译，三联书店，2001 年版，第 74 页。

②　［法］罗兰·巴特：《罗兰·巴特自述》，怀宇译，百花文艺出版社，2002 年版，第 56 页。

③　［法］罗兰·巴特：《罗兰·巴特自述》，怀宇译，百花文艺出版社，2002 年版，第 67 页。

④　［法］罗兰·巴特：《罗兰·巴特自述》，怀宇译，百花文艺出版社，2002 年版，第 80 页。

⑤　［法］罗兰·巴特：《罗兰·巴特自述》，怀宇译，百花文艺出版社，2002 年版，第 267 页。

有母亲的痛苦心情"。① 遗憾的是，罗兰·巴特在自传中却深受其排除文学"意义"理论的悖论影响，让他无心真正进入生命的书写。罗兰·巴特指出：文学进入了与再现告别即文学形象化的告别，作家必须设想为身在一处镜子长廊里迷路的人，哪里没有自己的形象，哪里就是自己的出口，哪里就是世界。但罗兰·巴特在书写自传时，却无时不在镜子长廊里看到那个叫罗兰·巴特的人的身影。问题是，拘囿于自己的理论，同时被自我所吸引的巴特，只能在部分章节中写出了那富有意义的自我，整部《罗兰·巴特论罗兰·巴特》却处于写作的"零度"，也就是说自传"意义"在血肉丰满的生命门口停了下来。据罗兰·巴特说他在写作中感到了"文本愉悦"："传记只是无创造性生命的记录而已，我一旦开始创造，开始写作，'文本'本身立即脱离我的叙述过程（这真好）。""因此意象的想象在创造性生命的门口停了下来……为了此想象之符号运用得当，不受个人公民身份之限制保障或辩护，此文本将不带任何意象而进行，除了这只写作的手之意象。"② 我不禁要问：这种时刻要面对"自我"的自传写作，怎么可能只是不带任何意义在进行？怎么可能只是那只手在机械地书写呢？

二、自传叙事

叙事性，是自传文本的另一本质特征。从奥古斯丁、卢梭、夏多布里昂、富兰克林、歌德到纪德、萨特、马尔罗，自传文本的形式真可谓多种多样，但是对自我生活的叙事，却是他们的共同特征。如果说罗兰·巴特在其自传中为了化解"几乎要形成的意义"而有意采用了"片段式"写作，那么罗兰·巴特同时也无意中消解了自传的叙事特征。莫非罗兰·巴特不擅长叙事话语才如此叙事？事实正好相反。请看罗兰·巴特的一段自我叙事，时间是 1979 年 8 月 31 日，在法国于尔特："我卧在沙发式柳条椅子里，吸着雪茄，看着电视（电视俨然是个大棋盘，带有音乐，使我不大郁闷）。拉歇勒（Rachel）和 M 晚饭后就出去散步了，这时又返回来叫我——只要夜晚看起来不错，他们都这样做。我先是觉得受到了干扰：什么！没有一刻不找我说这说那——尽管是为了我好；接着，我与他们出去了，我对与他们发火、对与他们、对与 M（因为她也跟着）刚才的疏远，感到很不好意思，我便对凡是好看的东西都表现出热情、好奇和感兴趣，就像母亲从前那样。黄昏

① ［法］罗兰·巴特：《罗兰·巴特自述》，怀宇译，百花文艺出版社，2002 年版，第 8 页。

② ［法］罗兰·巴特：《罗兰·巴特论罗兰·巴特——镜像自述》，刘森尧译，林志明校阅，台北：桂冠图书股份有限公司，2002 年版，第 8 页。

来得早了一些，美妙非凡，它为了完美而几乎超出寻常：天空灰蒙，云霓稀疏，但不叫人悲伤抑郁，远处阿杜尔河（Adour）的另一侧雾带缭绕，道路两旁的屋舍花卉簇拥，委实是金色的半月悬挂空中，蟋蟀在竞相争鸣，就像从前那样：高贵、平和。可我却满心悲苦，几乎是充满失望；我在想念母亲，想念不远处的她所在的那个坟地，想念'生命'。我感觉到这种浪漫式的满腹情怀是一种价值，而我却苦于永远不能将其说清，'它总比我写的有价值'（讲课题目）；我也对我在巴黎、在这里、在旅途中都觉得不适感到失望：因为我没有真正的庇护。"这是一段完全可以与夏多布里昂《墓畔回忆录》比美的自传叙事。场景描写清晰可见，人物心理栩栩如画，更重要的是，叙事里内蕴着意义的反复揭示：对母亲逝世的无限悲情。因为"我没有真正的庇护"。极为遗憾的是，罗兰·巴特没有把他的这种叙事天赋完全应用于最该发挥其作用的《罗兰·巴特论罗兰·巴特》自传中，罗兰·巴特之所以忽视自传叙事，在《罗兰·巴特论罗兰·巴特》中大量采用断片结构，这是与他的解构主义理论对自我的分析一致的。"他知道自己就是一种神话存在，而不会有自然的一成不变的自我。从在镜子前指认'这就是你啊'时开始，罗兰·巴特就已经成为想象界的居民。套用德里达的话，想象界外一无所有。无论是'我'、或者现实与政治，都在想象界中被重新组合。"于是，"只要可能，就逐次变换话题，取消前言，背叛信条自白，借此在他自己的言论中留出空隙，设下余白——巴特的断章形式就是出于这一需要。在他看来，只要连续论述同一个事情，人们就会被'自然性'和'理应如此'的粘胶所捕获，而这样一来，叙述就不得不始终如一，就会欺骗自己——分割这些阶段，使谚语滞留在'固定'的前一阶段。"[①]因此罗兰·巴特特别喜欢运用断章形式。我们要说的是，由于自传文本的特殊性，叙事是其文本无法解构的诗学因素之一，所以罗兰·巴特在面对罗兰·巴特时，瞄错了对象并用错了武器。

无独有偶，保罗·德曼与罗兰·巴特一样，也是从解构理论出发来探讨自传理论的。保罗·德曼认为：就自传话语而言，"其中一个问题就是试图把自传当成仿佛是一种文学类型，来加以探讨和界定的问题。"保罗·德曼显然对自传变成文类心存疑惑："因为与悲剧史诗或抒情诗相比，自传总是以一种可能是同审美价值的里程碑庄重不相协调的征兆方式，而显得有些声名狼藉。"于是，通过对卢梭《忏悔录》的考察，保罗·德曼得出结论说："因而自传就不是一种文类或者一种方式，而是解读或理解的一种修辞格了。"所以，"自传的重要性不在于它揭示出可

---

① ［日］铃村和成：《巴特——文本的愉悦》，戚印平等译，李濯凡校，河北教育出版社，2001年版，第127页。

靠的知识——它没有做到这一点——而是以令人瞩目的方式说明，一切以转义替代所构成的文本体系，是不可能结束和整体化的"。[①]这说明自传文本是可以不断重写的，它不以可靠的自我知识为目的而是重在自我身份建构，那么，叙事性仍然和必须是自传文本的最基本要素之一，而罗兰·巴特在其自传中则走得太远了。所以他的自传是不能如萨特《词语》那样，可称之丰富的自传文本的，而是在创新的同时，解构了自传文本的叙事性。罗兰·巴特的自传总是不让他的主体定位，不断地陈列不让主体定位的片段章节。我们认为，即使是自传的片段叙事，其目的还是要建构出一个复杂的自我。史密斯·保罗说："在理论上无限的语言中零碎地建构片段主体性的历史"的结果是"我在某些时刻晶化，然后又被转移，放逐他方"。[②]这样，罗兰·巴特就在自己的自传中被自己放逐他方了。弗里曼更进一步指出：人具有"成长的眩晕"，人生在世界上"须承受负担极大的存在的焦虑、不安与茫然"。[③]据此，台湾学者王建元引论说："时时驱策自传作者不断重写自我的，不就是这生命与死亡的吊诡，加上面目模糊的'活着的我'？""自传主体的创新之处，乃摆出积极诠释者的主体位置，并将自己置身律法和欲望，渴望自由的意志和建构叙事的整个社会大脉搏之间的交界。这兼为作者读者，既是主体又是客体的自传声音，为各界的中介力量，最后成为引爆抗拒动力的动因。这是沟通行为，而在无聊与琐碎，呕吐与虚无之间，它仍然深信生命的历史之可能。"[④]由此看来，建构叙事是自传文本的重要因素，忽视不得。

三、自传真实

自传的真实性问题，是一个长期以来在学术界聚讼不已的课题，与传记的真实性相比，自传的真实性受到理论家的更多的怀疑。莫洛亚列出了自传叙述"不准确，或产生谬误"的六大罪状：首先是我们对于事实的遗忘。使事实改变的第二个因素，是由于审美原因而产生的有意忽略。第三，遗忘并非自传作者借以改变事实真相的唯一因素。另一个因素是那完全自然的潜意识的压抑力。第四，潜意识的压抑力的另一种形式，则是由羞耻感所引起的。第五，由于时间的单一延续也好，由于谨慎的潜意识的压抑力也好，记忆不仅疏忽遗忘，更有甚者，他还

---

① 保罗·德曼：《解构之图》，李自修等译，中国社会科学出版社，1998年版，第190—193页。

② Smith，Paul，discerning the Subject，Minneapolis：U of Minesota，1988，p.110.

③ Rewriting the Self：History，Memory，Narrative.New York：Routledge，1993.p.220.

④ 王建元：《后现代台湾小说与启蒙小说嬗变》，载《中外文学》（中国台湾）1995年11期，第22页。

加以理想化。第六，在自传中还有一个缺少诚实的原因，那就是，当我们描写往事时，希望保护那些已经成为我们同事的人，这完全合乎情理。即使我们已决定讲出我们一生的事实，我们也无权决定讲出有关他人的全部事实——或者至少我们不相信，我们有任何这种权利。于是莫洛亚得出结论，在所有的自传作者中没有一个艺术家会给我们一个完全的人的真实画像。"事实上，一本生活的记录几乎不可能不是诗与真的结合。"① 在这里，莫洛亚对自传真实的论述是颇中肯綮的。他指出了自传真实的种种不真实的可能，更是符合自传创作的实际情况的。也就是说，自传的真实性是一种有选择的真实。它是自传叙述人对自我真实的解读。我们认为，在真不真实的层面上讨论自传的真实性没有多少理论意义和实践价值。自传的真实性或许就存在于其文本中有多少"真实"。② 但是，这样说并不意味着自传真实不存在了，可以与虚构等同了。比较于传记真实而言，我们认为，那种圈定自传真实为相对真实的清醒意识，恰恰证明自传文本具有独特的自传真实性。菲力浦·勒热讷说得好："对于真实性、坦诚性和历史精确性的渴望是自传作者创作活动的基础，但是作者是第一个意识到他的尝试在历史精确性方面存在局限的人。他之所以这么轻易地容忍了这些局限，是因为他或多或少地意识到他所追求的真实性不同于历史学家的真实性。写自己的历史，就是试图塑造自己，这一意义要远远超过认识自己。自传不是要揭示一种历史真实，而是展现一种内心的真实：人们追求的是意义和统一性，而不是资料和完整性。从这一角度看，安德烈·莫洛亚的批评就失去了意义。必须用真实性来代替不会带来任何结果的坦诚性。自传不是要有真实，而是它就是真实。"显然，菲力浦在为自传文本真实的这种"张力"叫好："一切自传问题都包含在了我们刚才所描绘的颠倒中：即从历史性和坦诚性的幼稚的神话到具有神话色彩的真实刻画。这是一种'历史化'愿望（精确性和坦诚性）和'结构化'愿望（寻求统一性和意义，塑造个人神话）之间的张力，我们在很多自传作者身上都可感受到这一点。"是的，自传作者认识到了自己的这一神话，"并赋予其最大限度的真实。"③ 当然这里的自传真实可以进一步分析细化，而且如何界定把握自传的真实性还有待于进一步研究，④ 但自传真实作为自传文本的又一非解构性诗学因素是不应被否定的。同样遗憾的是，罗兰·巴特在发现自传文本的这一"神话特征"时，循着其解构理论思维方式又走得太远了。

---

① 莫洛亚：《论自传》，杨民译，载《传记文学》，1987 年第 3 期，第 153—159 页。

② 王成军：《论时间与自传》，载《外国文学评论》，2002 年第 2 期，第 76 页。

③ ［法］菲力浦·勒热讷：《自传契约》，杨国政译，三联书店，2001 年版，第 81—82 页。

④ 赵白生：《我与我周旋——自传事实的内涵》，载《北京大学学报》，2002 年第 4 期。

　　罗兰·巴特在《罗兰·巴特论罗兰·巴特》这部自传的封面内页公开宣称："这一切，均应被看成出自一位小说人物之口。"[①]这样罗兰·巴特又犯了一个解构自传文本的致命错误：把自传完全等同于小说，将自传真实混同于小说虚构。罗兰·巴特是这样解释他的理论的："这一切，均应被看成出自一位小说人物之口——或出自几个小说人物之口。因为，想象物作为小说的必然材料和那个谈论自己的人容易误入歧途的梯形墙的迷宫，它由多个面具（人）所承担，这些面具依据场面的深入而排列（可是，没有人待在幕后）。书籍不进行选择，它交替地运作，它根据不时地出现的简单想象物和所受到的批评而前进，但是这些批评本身从来都仅仅起轰动作用：没有比对（自己）的批评更纯粹的想象物了。这本书的内容最终完全是小说性的。"[②]结果，罗兰·巴特是按照博尔赫斯"虚构自传"的逻辑来结构自我，他往往不把罗兰·巴特称作"我"，而是虚拟成他者。"我是那个不谈论他自己的人。"这样的思维，使得罗兰·巴特无法把自传真实固定在自己身上，问题是，这可是一本真实的罗兰·巴特撰写的罗兰·巴特的自传文学。

　　总之，尽管时至今日，自传理论的诸多问题，仍处于保罗·德曼悲观断定的状态："自传理论，被一系列不断出现的问题和方法困扰着。"我们同意菲力浦·勒热讷关于自传理论研究中的谨慎态度："定义越是明确，它就越容易沦为无效，因为被探索的领域是模糊不明的。"我们也承认巴特是颇富有自传叙事天才的散文家，他的自传是对卢梭、萨特的反动与颠覆，并且其断章形式在自传叙事上有一定的创新与变化，但是自传既然是"一种牢固的已确定的文学形式"，[③]那么，自传文本的诗学问题必须引起重视：自传是真正的生命书写文类，它无法也不允许宣布"作者死亡"和"文本的欢娱"，而罗兰·巴特在《罗兰·巴特论罗兰·巴特》自传中却遭遇了自己诗学理论的悖论悲剧。

---

　　①　［法］罗兰·巴特：《罗兰·巴特自述》，怀宇译，百花文艺出版社，2002 年版，第 94 页。
　　②　［法］罗兰·巴特：《罗兰·巴特自述》，怀宇译，百花文艺出版社，2002 年版，第 148 页。
　　③　Suzanne Nalbantian, Aesthetic Autobiography–From Life to Art in Marcel Proust, James Joyce, Virginia Woolf and Anaisnin.The Macmillan Press LTD. 1994. p27.

第十六章　孔子的自画像：以《论语》为语料

一、孔子是中国口述自传第一人

　　孔子的一生最有撰写自传的可能：半生周游颠沛，有故事可写；晚年教书赋闲有时间能写；内心不甘理想蹉跎，有冲动愿写；弟子渴望了解老师种种，有读者乐写。这些特点颇像法国自传第一人卢梭，"卢梭认为，特殊事件的历史性叙述可以当成道德寓言来阅读。"① 即使是孔子立下"述而不作"的原则，子曰："述而不作，信而好古，窃比于我老彭。"（《论语·述而》第七）但是他也具有了我们今天众所周知的自传写作方式之一：口述历史！因此《论语》的存在，无疑在宣告其文类上的独特性，它既是经书，也是传记文学之书。胡适之于此有一句值得赞美且记住的说法，"2500 年来，没有能继续这个言行录的传统。不过单就《论语》来说，我们也可知道，好的传记文字，就是用白话把一言一行老老实实写下来的。诸位如果读经，应该把《论语》当作一部开山的传记读。"② 所以我们要在此基础上提出一新论：孔子是中国口述自传第一人！

　　口述历史当然以口述者生平为主，但是优秀的口述自传更重视对口述者自己思想的阐发与记录。从这个意义上讲，《论语》堪称典型的孔子口述自传。如：《论语·宪问》第十四子贡曰："管仲非仁者与？桓公杀公子纠，不能死，又相之。"子曰："管仲相桓公，霸诸侯，一匡天下，民到于今受其赐。微管仲，吾其被发左衽矣。岂若匹夫匹妇之为谅也，自经于沟渎而莫之知也。"限于篇幅，而我们这里要分析的《论语》语料仍然集中在涉及孔子自我生平部分，特别是孔子对自我形象进行描画的口述内容。

二、孔子口述自传的生平叙述

　　1. 太宰问于子贡曰："夫子圣者与？何其多能也？"子贡曰："固天纵之将

　　① ［美］凯利：《卢梭的榜样人生——作为政治哲学的〈忏悔录〉》，黄群等译，华夏出版社，2009年，第57页。

　　② 胡适：《胡适文集第一卷：读书与胡说》，北京燕山出版社，2009年版，第402页。

圣，又多能也。"子闻之，曰："太宰知我乎？吾少也贱，故多能鄙事。君子多乎哉？不多也。"

（《论语·子罕》第九）

此处是孔子主动回忆其少年生平中的创伤记忆。"个人与社会或环境的不能适应，即形成所谓心理社会应激，通俗地称为精神刺激或精神创伤。社会生活人际关系和言语活动是人们精神刺激的主要来源。"[①]孔子乃贵族之后："孔丘，圣人之后，灭于宋。其祖弗父何始有宋而嗣让厉公。及正考父佐戴、武、宣公，三命兹益恭，故鼎铭云：'一命而偻，再命而伛，三命而俯，循墙而走，亦莫敢余侮。饘于是，粥于是，以糊余口。'其恭如是。吾闻圣人之后，虽不当世，必有达者。"（司马迁《孔子世家》），孔子因为特殊的生平遭际：早年丧父，青年失母，不得不从事劳动生活以自养，但是孔子少年记忆中的创伤，反而成为其一生的财富源泉。所以他并不掩饰他的这些经历，反而坦白地说出了自己做过的"鄙事"："委吏""乘田"。孟子说："孔子尝为委吏矣，曰：'会计当而已矣。'尝为乘田矣，曰：'牛羊茁壮长而已矣。'"（《孟子·万章下》）展示了孔子健康和谐的人格特点。

2. 子曰："饭疏食饮水，曲肱而枕之，乐亦在其中矣。不义而富且贵，于我如浮云。"

（《论语·述而》第七）

孔子少年贫贱，青年时期生活则基本自给自足，而立以后，开始收徒，自然生活水平在提高，也有肉吃了，子曰："自行束脩以上，吾未尝无诲焉。"（论语·述而篇第七）随后的40年光阴里，孔子继续授徒、做官、周游列国、继续讲学，尽管曾经饿在陈蔡，吃的总体还是不错的，但是孔子却说他自己吃粗劣的食物，弯曲手臂当枕头而睡。需注意的是，孔子这里的口述与上一句不同，上句在纪实其曾经干过"鄙事"，此处叙述的重点则是孔子对自我形象的有意塑造，他在强调自己的人生志向：喜欢饭疏食饮水和曲肱而枕之的状态，因为不义而富且贵，对他来说神马都是浮云！这一点也确实是孔子的真实心态，他对子贡经商发了财而颜渊修德却早死的事实就颇有微词。

3. 叶公问孔子于子路，子路不对。子曰："女奚不曰，其为人也，发愤忘

---

①　夏镇夷主编：《精神医学》，人民卫生出版社，1984年版，第7页。

食，乐以忘忧，不知老之将至云尔。"

（《论语·述而》第七）

这是一段典型的孔子自画像，从语气上看，这也是孔子晚年对自我或曰一生总的描画。此时的叙述者孔子不是那个知其不可为而为之的救世者，也不是累累若丧家之狗的落拓者，更不是弟子嘴里被神化的圣者：叔孙武叔毁仲尼。子贡曰；"无以为也！仲尼不可毁也。他人之贤者，丘陵也，犹可逾也；仲尼，日月也，无得而逾焉。人虽欲自绝，其何伤于日月乎？多见其不知量也。"《论语·子张》第一九）宰予亦对老师敬佩无已："以予观于夫子，贤于尧、舜远矣。"弟子笔下的他画孔子形象，隐含着弟子们神化老师的内心冲动。而孔子自己却更愿意把自己描画成一个发愤忘食，乐以忘忧的仁者形象。这段话，司马迁把它写在孔子耳顺之年以后是比较准确的，孔子是有着丰盈历史感的人，他公开宣称："君子疾没世而名不称焉。"（《论语·卫灵公》第十五）但是孔子的自画像却低调朴实，没有自我夸美之嫌疑。在孔子的自我描画中他并没有承认弟子及其他人的说法：孔子是圣人！

4. 子曰："二三子以我为隐乎？吾无隐乎尔。吾无行而不与二三子者，是丘也。"

（《论语·述而》第七）

孔子自诩其是个对学生没有隐瞒的人，理由是他的所作所为都是和学生一起干的。孔子之所以要拿自己是否隐瞒说事，我们推测可能就是针对其生平里最具有新闻价值的子见南子事件。子见南子，子路不说。夫子矢之曰："予所否者，天厌之！天厌之！"（《论语·雍也》第六）孔子见南子，弟子们不但知道也并没有什么意见，关键是孔子在见南子时到底说了什么话干了什么事，子路们不清楚，司马迁告诉我们：灵公夫人有南子者，使人谓孔子曰："四方之君子不辱欲与寡君为兄弟者，必见寡小君。寡小君愿见。"孔子辞谢，不得已而见之。夫人在绨帷中。孔子入门，北面稽首。夫人自帷中再拜，环佩玉声璆然。孔子曰："吾乡为弗见，见之礼答焉。"子路不说。孔子矢之曰："予所不者，天厌之！天厌之！"（司马迁《孔子世家》）这里，子路只是不高兴而已，似乎没有什么出格的事情，但是孔子为什么要对天发誓呢？难道仅仅是他很注重自己不隐瞒的形象被破坏了？所以要对子路发誓表白？其实见南子时的孔子绝非四大皆空之佛陀，其真正的内心波澜实在不小，可惜都被他隐瞒了下来！众所周知，儒家文化对传记文学的最坏影响就是为尊者讳，孔子自己就是这么践行的，叶公语孔子曰："吾党有直躬者，其父攘羊，而子证之。"孔子曰："吾党之直者异于是：父为子隐，子为父隐，直在其中矣。"（《论语·子路》第十三）无独有偶，崔述在《洙泗考信录》发表了值得肯定的言论：《论语》"盖皆笃实之儒仅识师言，而不敢大有所增益于其间也。"然而崔述却偏偏要为圣人隐晦："前十五篇中，惟《雍也》篇《南子》章事理可疑。"我们认为，孔子本事如此，其弟子都尚且不瞒，此处发疑则为孔子隐也！

孔子的此段不隐瞒的表白，跟法国的卢梭一样，都在宣扬自己的不隐瞒，却都在坦白中隐瞒了。可参见笔者专著《中西传记诗学研究》第五章"在忏悔中隐瞒——论西方自传的'坦白'叙事"（58—69 页），北京出版集团 2011 年 9 月版。

    5. 子曰："吾十有五而志于学，三十而立，四十而不惑，五十而知天命，六十而耳顺，七十而从心所欲不逾矩。"

《论语·为政第二》

这是孔子最广为流传的自传性文字，历代学者多有论述。皇侃义疏："此章明孔子隐圣同凡，学有时节，自少迄老，皆所以劝物也。"刘氏正义："'十五''二十'云云者，夫子七十时追叙所历年数也。"朱子集注："古者十五而入大学。心之所之谓之志。此所谓学，即大学之道也。志乎此，则念念在此而为之不厌矣。有以自立，则守之固而无所事志矣。于事物之所当然，皆无所疑，则知之明而无所事守矣。天命，即天道之流行而赋于物者，乃事物所以当然之故也。知此则知极其精，而不惑又不足言矣。声入心通，无所违逆，知之至，不思而得也。从，如字。从，随也。矩，法度之器，所以为方者也。随其心之所欲，而自不过于法度，安而行之，不勉而中也。程子曰："孔子生而知之也，言亦由学而至，所以勉进后人也。立，能自立于斯道也。不惑，则无所疑矣。知天命，穷理尽性也。耳顺，所闻皆通也。从心所欲，不踰矩，则不勉而中矣。"又曰："孔子自言其进德之序如此者，圣人未必然，但为学者立法，使之盈科而后进，成章而后达耳。"胡氏曰："圣人之教亦多术，然其要使人不失其本心而已。欲得此心者，惟志乎圣人所示之学，循其序而进焉。至于一疵不存、万理明尽之后，则其日用之间，本心莹然，随所意欲，莫非至理。盖心即体，欲即用，体即道，用即义，声为律而身为度矣。"又曰："圣人言此，一以示学者当优游涵泳，不可躐等而进；二以示学者当日就月将，不可半途而废也。"愚谓圣人生知安行，固无积累之渐，然其心未尝自谓已至此也。是其日用之间，必有独觉其进而人不及知者。故因其近似以自名，欲学者以是为则而自勉，非心实自圣而姑为是退托也。后凡言谦辞之属，意皆放此。"杨氏疏证："八岁与十五，举实数言之：文似异而实同也。古人云男子三十而娶，女子二十而嫁，三十、二十亦皆举成数言之，不必截然三十、二十也。本章下文所云三十、四十、五十、六十、七十亦如此，不必过泥也。"①李零说："这段话很有名，谁都用它讲自己，以为是人生的指导原则。读它，有两点要注意，第一，这是孔子讲自己，话的头一个字是"吾"。既然是"吾"，可见是讲他自己的人生体验，不是讲别人活到某个年龄该怎么怎么样，也不是泛泛总结，说大家到了某个年龄该怎么怎么样。第二，孔子从 15 岁讲到 70 岁。他这一辈子，总共活了 73 岁，我们可以断定，此章的年代是前 482—前 479 年之间。比前 482 年早，不可能；比前 479 年晚，也不可能。他是在 70 岁以后，回顾自己的一生，说了这几句话。每句话，都是他生命的一个片断。前人说，它是孔子的'一生年谱'（明顾宪成《四书讲义》），或'一生学历'（程树德《论语集释》），有道理。"②

尽管这是孔子自述中最具有自传性质的一段话，从少年说到了临死前的 70 年以前的经历，但是却简略到几乎没有什么生平内容，即使不按照西方自传的定义衡量，似乎这个孔子自传也太徒有虚名了。按照法国自传理论家菲力蒲·勒热讷的自传定义，自传涉及了三个不同方面的因素：（1）语言形式：A：叙事；B：散文体。（2）主题旨归：A：个人生活；B：个性历史。（3）作者状况：A：作者、叙述者和人物的同一；B：叙事的回顾视角。③然而，我们认为，也正因为孔子如此叙述自己的人生，其恰恰开启了中国自传文学迥异于西方自传的独特叙事模式。参见下文分析。

6. 子曰："甚矣吾衰也！久矣吾不复梦见周公。"

《论语·述而第七》

朱熹说："孔子盛时，志欲行周公之道，故梦寐之间，如或见之。至其老而不能行也，则无复是心，而亦无复是梦矣，故因此而自叹其衰之甚也。程子曰：'孔子盛时，寤寐常存行周公之道；其老也，则志虑衰而不可以有为矣。盖存道者心，无老少之异；而行道者，身老则衰也。'"④人生如梦，梦成人生，孔子坦白自己之衰老了，甚至连梦见周公的梦都不存在了。事实上，此刻的孔子还是会做梦的，

①　黄淮信主撰：《论语汇校集释》，上海古籍出版社，2008 年版，第 109—120 页。
②　李零著：《丧家狗——我读〈论语〉》，山西人民出版社，2007 年版，第 72 页。
③　［法］菲力浦·勒热讷：《自传契约》，杨国政译，三联书店，2001 年版，第 3 页。
④　黄淮信主撰：《论语汇校集释》，上海古籍出版社，2008 年版，第 570 页。

不过不是做有所作为的事功之梦，而是司马迁所记载的已经成为道德寓言的生死之梦了：孔子病，子贡请见。孔子方负杖逍遥于门，曰："赐，汝来何其晚也？"孔子因叹，歌曰："太山坏乎！梁柱摧乎！哲人萎乎！"因以涕下。谓子贡曰："天下无道久矣，莫能宗予。夏人殡于东阶，周人于西阶，殷人两柱闲。昨暮予梦坐奠两柱之闲，予始殷人也。"后七日卒。（司马迁《孔子世家》）

不得不承认，《论语》中大量的语料是孔门弟子及其再传弟子等传记叙述者对孔子形象的他画，"子之燕居，申申如也，夭夭如也。"（《论语·述而第七》）而可以归结到孔子自我描画的文字着实不多，甚至我们必须明晓以上的孔子自画文字，也是通过孔子弟子转述而成的，一个如此看重史官传记文化的中国如此稀缺对自我生平的描述，不得不说是源自孔子及其所创造的儒家文化的负面影响。

三、孔子口述自传的形式修辞与诗学影响

日本学者川合康三著有《中国的自传文学》一书，发表了诸多关于中国自传文学的真知灼见。"由此可见，对人生整体的回顾，是自传不可或缺的要素。然而，如果对人生的整体，或人生主要经历的回顾才能算自传，那么完全合格的中国自传就极为罕见。本书第三章要讨论的《五柳先生传》型自传，经常被作为中国自传的例证，但它也不过是对生活某一断面的描写。反之要说对人生整体的回顾，《论语》为政篇的名言无疑可入首选：吾十有五而志于学，三十而立，四十而不惑，五十而知天命，六十而耳顺，七十而从心所欲不逾矩。"然而川合康三却囿于西方文学理论批评中的自传观念认为其不是自传："如果把这看作自传，委实牵强。因为它仅为断章，而且太短。"①

我们认为，中国自传的叙事传统之一，尤其是中国式自传的叙事形式修辞之一实渊源于此，即重视叙述自我反省后的道德修养，而不太在意对自我生平的事件叙事。孔子从不纯粹叙述事件本身，而是隐含或明言其叙事目的，子曰："吾自卫反鲁，然后乐正，雅颂各得其所。"（《论语·子罕》第九）这里可见中国自传叙事与西方典型自传叙事的文化不同。

刘知几曾认为屈原的《离骚》是中国自传之祖，"盖作者自叙，其流出于中古乎？案屈原《离骚经》，其首章上陈氏族，下列祖考；先述厥生，次显名字。自叙发迹，实基于此。降及司马相如，始以自叙为传。然其所叙者，但记自少及长，立身行事而已。逮于祖先所出，则蔑尔无闻。至马迁，又征三闾之故事，仿

---

① ［日］川合康三：《中国的自传文学》，蔡毅译，中央编译出版社，1999年版，第9—10页。

文园之近作，模楷二家，勒成一卷。于是扬雄遵其旧辙，班固酌其馀波，自叙之篇，实烦于代。虽属辞有异而兹体无异。"①这里刘知几所称"自叙"即自传。汉代赋家司马相如始作"自传"，但由于种种原因司马相如的自传没有流传下来。司马迁"模楷二家"所作的"序传"体自传《太史公自序》，成为古代自传作者遵循的"序传式"自传模式之一。至此以后，诸多文人学者多写有类似的"自传"。王充的《论衡·自纪》篇，刘知几的《史通·自叙》篇，皆渊源于此。但是刘知几的结论不免忽略了中国自传叙事的真正源头：《论语》，事实上，滕野岩友指出："《离骚》式的叙述者自报家门，并没有为后来的自传文学所继承。"②司马相如自传真正继承的其实是孔子自述的模式："然其所叙者，但记自少及长，立身行事而已。逮于祖先所出，则蔑尔无闻。"

我们甚至可以说，是孔子的《论语》自述模式，开启了陶渊明《五柳先生传》类型的自传模式，其诗学影响深远。川合康三先生发现，中国的自传中，很难找到追溯自己一生变化轨迹的作品，绝大多数都是一副须眉无改、衫履不易的肖像画式的固定了的自画像。这也应该说是中国自传文学共同的特征之一。③《五柳先生传》重点展示的不是陶渊明的实际人生，而是突显叙述者的人生理想状态，这种文学现象的重大意义，在于摆脱与现实的胶着牵扯，在事实之外的地平线上，托出一个新的世界。④孔子就是如此叙事的，他把自己描画成一个发愤忘食，乐以忘忧的固定的仁者形象，在叙述其生平经历时，突显其人生理想状态：而立、不惑、知天命、耳顺、随心所欲。因此我们认为，《论语》不但是儒家经学权舆，也是中国自传文学叙事的滥觞之一。

①　刘知几：《史通》，贵州人民出版社，1985 年版，第 336 页。
②　[日]川合康三：《中国的自传文学》，蔡毅译，中央编译出版社，1999 年版，第 11 页。
③　[日]川合康三：《中国的自传文学》，蔡毅译，中央编译出版社，1999 年版，第 53 页。
④　[日]川合康三：《中国的自传文学》，蔡毅译，中央编译出版社，1999 年版，第 68 页。

第十七章　论自传叙事与自我身份政治建构：
以曹操、毛泽东、富兰克林为个案

　　朱崇仪在《女性自传：透过性别来重读／重塑文类？》一文中有言：自传如今被理解为一个过程，自传作者透过'它'，替自我建构一个（或数个）'身份'（identity）。所以自传主体并非经由经验所生产；换言之，必须利用前述自我呈现的过程，试图捕捉主体的复杂度，将主体性读入世界中。[①]朱崇仪的观点代表了西方学术界第二代自传理论研究家的思想，第一代理论批评家重视的是自传的真实性以及自传是否足以反映当时的时代精神，而第二代理论批评家强调的则是在自传的写作过程中，作者是如何建构自我认同和确立身份政治的。事实上，刺激文学产生的原因尽管复杂与多变，但"个人身份的不确定性"（an uncertainty concerning the identity of individuality）是最主要的原因之一。"也就是说，一直以来，人便在社会规范和内在欲望（social norm and drives）的夹缝间辛苦鏖战；文学，正是让人超越两者挟制的最古老方法之一。不论委身于何种文类，文学势必在'个人'与'身份'中转圈；而自传更是将'个人'和'身份'的讨论深度／广度极致化的最佳文类。自传包容了'个人'所能掌握的一切时空和身份，并给予个人超越现状的绝大契机——因此，自传性创作一直是文学／艺术家永远不可能离弃的母题。"[②]本章拟以曹操、毛泽东、富兰克林等自传为个案，来阐释中西自传叙事的政治功能。

一

　　自传的政治性或说政治性自传的重点是把处于主流意识形态和多元自我的可能性中的"我"进行自我身份政治确定。曹操最害怕和最不希望的是被他者（刘备、袁绍、孙权等）读成"董卓"。"托名汉相，实为汉贼""欲废汉自

[①]　朱崇仪：《女性自传：透过性别来重读／重塑文类》，载《中外文学》（中国台湾），1997年第4期，第133—150页。

[②]　贺淑玮：《主体分裂与诠释偏执：寻找迷路的'杨照'》，世纪中国网，http://www.cc.org.cn/newcc/index.php，2002年12月09日。

立"。① 所以，他要自我发声，由于曹操直接掌握了"话语霸权"，他理所当然地在公开构建他的身份政治。有人说，在自成一体的部族社会，或天人合一的封建宗法社会，姓氏、血缘、性别等共同构成了牢固不变的身份认同机制。唯有资本主义的现代性改变了西方社会结构，并由此产生了强烈的思想震荡，主体开始出现焦虑与希冀、痛苦与欣悦并存的混合身份认同。② 其实处在封建宗法社会的曹操早已经出现了这种混合身份状态并为此而欣慰与焦虑交织：

> 孤始举孝廉，年少，自以本非岩穴知名人士，恐为海内人之所见凡愚，欲为一郡守，好作政教以建立名誉，使世士明知之。故在济南，始除残去秽，平心选举，违迕诸常侍。以为强豪所忿，恐致家祸，故以病还。去官之后，年纪尚少，视同岁中，年有五十，未名为老，内自图之，从此却去二十年，待天下清，乃与同岁中始举者等耳。故以四时归乡里，于谯东五十里筑精舍，欲秋夏读书，冬春射猎，求底下之地，欲以泥水自蔽，绝宾客往来之望，然不能得如意。后征为都尉，迁典军校尉，意遂更，欲为国家讨贼立功，欲望封侯作征西将军，然后题墓道言"汉故征西将军曹侯之墓"，此其志也。而遭值董卓之难，兴举义兵。是时合兵能多得耳，然常自损，不欲多之。所以然者，多兵意胜，与强敌争，倘更为祸始。故汴水之战数千，后还到扬州更募，亦复不过三千人。此其本志有限也。后领兖州，破降黄巾三十万众。又袁术僭号于九江，下皆称臣，名门曰"建号门"，衣被皆为天子之制，两妇预争为皇后。志计已定，人有劝术使遂即帝位，露布天下，答言"曹公尚在，未可也"。后孤讨擒其四将，获其人众，遂使术穷亡解沮，发病而死。及至袁绍据河北，兵势强盛。孤自度势，实不敌之，但计投死为国，以义灭身，足垂于后。幸而破绍，枭其二子。又刘表自以为宗室，包藏祸心，乍前乍却，以观世事，据有当州。孤复定之，遂平天下。身为宰相，人臣之贵已极，意望已过矣。今孤言此，若为自大，欲人言尽，故无讳耳。设使国家无有孤，不知当几人称帝，几人称王。

曹操自传中的关键词是"设使国家无有孤，不知当几人称帝，几人称王"，这是一个自我身份认同的叙述。它回答了"我是谁？"的问题，并且在政治身份上确定了"他者"眼中"曹操"的地位。即"我不是谁"的问题（"他者"认同的"董卓"）。曹操该自传从第一节开始，他就是在构建一个欲望有限度但是又颇愿意为

---

① 陈寿：《三国志·吴书九·周瑜传》，安徽文艺出版社，1996 年版，第 562 页。
② 陶家俊：《身份认同导论》，载《外国文学》，2004 年第 2 期，第 38 页。

国家而讨贼而执掌兵权的"我"。所以，自传的叙事中心很自然地归结为"我（曹操）是为国家讨贼立功的""孤"的叙述。然而，自传语言是一种有读者的对话语言，"由于自我的互为主体性的特点，他寻求与他自身的真实的关系的努力是与他试图建立与读者亲密关系的努力是互动的，就他阐释自己生命的意义这个大工程来说，构建与读者的关系既是修辞目的也是文类的辩证法。"① 自传叙述者曹操深知，尽管自己如今是"汉家宰相"，可是称自己为"汉贼"者大有人在。于是，在本自传中他要反复言说自己的政治身份是解救国家倾危的功臣，而绝非有"不逊之志"的"董卓"。这一点，曹操用他的自传达到了或者说他以为达到了他的政治目的。不过，我们要谨慎预防身份认同中的对"他者"的悬置。"一个整体性的身份，无论涉及的是'文化''民族''宗教'，还是'国家'，总是由个体言说来宣示。整体是沉默的。忽略此常识，就会落入由本质主义和相对主义合谋编织的意识形态控制而不知。以'美国是一个自由的国度'为例。此言说（utterance）告诉人们'自由'是美国的属性。它未能涉及其他不同的价值取向，连'平等'或'民主'与自由之间的冲突都悬置了。作为一个身份界定的陈述，他是 A/an 型本质主义的。与此同时，它又将美国置于'自我'的位置，在与'他者'遭遇时，将一切敌对国家概括为'自由的敌人'。谁在告诉我们这个故事？不是作为整体的美国，而是作为个体的政客。"② 事实上，曹操的言说"孤是国家的救星"就是一种合谋编织的意识形态控制，这里只有曹操一人在叙述和定性别人，可作为整体的"他者们"如袁术和刘表等则是沉默的。因此，我们对自传叙述中的"话语霸权"而导致的"政治话语霸权及其暴力"倾向要保持警惕。

二

　　尽管在延安窑洞的烛光中，向斯诺叙述自我的时候，毛泽东没有像曹操那样完全掌握话语霸权，但是政治家的敏锐告诉他此时此刻（1936 年）的"我"，是很需一次"政治身份"认定和宣传的。天赐机缘，这不，有着美国文化背景且不无"左倾"的记者斯诺来到了保安。斯诺说："每次和毛泽东谈话时，全由一个留学生吴黎平任翻译。我的记录用英文写出后，交吴氏译为中文，然后让毛泽东加

---

　　① Swearingen, James E.Reflexivity in Tristram Shandy. New Haven & London：Yale University Press，1977. p.194.

　　② 王宾：《中西文化关键词研究：身份（认同）》，载《跨文化对话》（9），上海文化出版社，2002年版，第 119 页。

以修正。毛氏对于任何条文节目，都一定要求其详尽和精确。"① 也就是说虽然毛泽东没有亲自书写自传，但是这里的自传性回忆，事实上是在毛泽东的整体构思与自我叙述中完成的。"如果我索性撇开你的问题，而是把我的生平的梗概告诉你，你看怎么样？我认为这样会更容易理解些，结果也等于回答了你的全部问题。"② 当然，由于是斯诺的笔录与整理，我们从文中也可看出斯诺的视角。可是这其实正是毛泽东愿意与斯诺合作的深层缘由。因为斯诺认为："毛泽东生平的历史是整整一代人的一个丰富的横断面，是要了解中国国内动向的原委的一个指南"。③ 毛泽东深知，斯诺笔下的"毛泽东"不但是政治家毛泽东的身份建构，而且还是政治家毛泽东的政治寓言。"这时，毛泽东开始向我谈到他的一些个人历史，我一个晚上接着一个晚上，一边写着他的个人历史，一边开始认识到，这不仅是他的个人历史，也是共产主义——一种对中国有实际意义的适合国情的共产主义，而不是像有些作者所天真地认为的那样，不过是从国外领来的孤儿——如何成长，为什么能赢得成千上万青年男女的拥护和支持的记录。"④ 于是，在这部由上海复旦大学文摘社 1937 年11 月出版的《毛泽东自传》中，我们所读到的毛泽东生平就鲜明地烙上了当时政治家毛泽东的身份认同。毛泽东的"童年叙事"变成了"政治家的身份建构"。

第一个身份："反抗的我"。著名法国自传诗学家勒热讷说得好："任何第一人称叙事，即使它讲述的是人物的一些久远的遭遇，它也意味着人物同时也是当前产生叙述行为的人：陈述内容主体是双重的，因为它与陈述行为主体密不可分。"⑤ 毛泽东讲述的他的童年故事确实是已经发生的事实，但是政治家的毛泽东作为叙述者是自然把他的童年纳入了当前的政治家的叙述身份。这样，展现在我们面前的就是一个毛泽东所确认的"反抗的我"。"我家有'两个党'。一个是父亲，是'执政党'。'反对党'是我，我的母亲和弟弟所组成的，有时甚至雇工也在内。不过，在反对党的'联合战线'之中，意见并不一致。"⑥ 有论者会说，毛泽东在自传

---

① 毛泽东：《毛泽东自传》，史诺录，汪衡译，解放军文艺出版社根据 1937 年 11 月上海复旦大学文摘社版再版，第 188 页。

② ［美］埃德加·斯诺：《西行漫记》（原名 *RED STAR OVER CHINA*），董乐山译，三联书店，1979 年版，第 105 页。

③ 毛泽东：《毛泽东自传》，史诺录，汪衡译，解放军文艺出版社根据 1937 年 11 月上海复旦大学文摘社版再版，第 79 页。

④ ［美］埃德加·斯诺：《西行漫记》（原名 *RED STAR OVER CHINA*），董乐山译，三联书店，1979 年版，第 102 页。

⑤ ［法］菲力浦·勒热讷：《自传契约》，杨国政译，三联书店，2001 年版，第 147 页。

⑥ 毛泽东：《毛泽东自传》，史诺录，汪衡译，解放军文艺出版社根据 1937 年 11 月上海复旦大学文摘社版再版，第 16 页。

中对"我的父亲"的叙述,也许是中国自传发展史中"审父"意识最为强烈的文字之一,甚至比司汤达的"对父亲野兽般的极端仇恨"的叙述有过之而无不极。① 其实毛泽东之所以如此把父亲叙述为"暴君",这是为他的政治目的服务的,是为了确认自己的"反抗的自我":"当我以公开反抗来保卫我的权利时,我的父亲就客气一点;当我怯懦屈服时,他骂打得更厉害。"② 所以,尽管毛泽东叙述了许多被父亲"骂打"的情节,但是我们所看到叙述者却一点也不悲伤,反而是字里行间流露出自我欣赏的喜悦之情。原因即肇于此。

第二个身份:"求索的我"。这是叙述者毛泽东对自我的有意塑形:图书馆里苦学、读书会上论理、报纸广告中觅友。放谈中只说修身齐家治国平天下之事,为了革命本钱而"浴风浴雨"训练体格。甚至与"买肉"招待他的青年绝交:"我和同伴连日常生活中的琐事也是不谈的。记得有一次在一个青年的家里,他和我谈起'买肉'的事情,并且当面叫佣人来和他商量,叫他去买。我动怒了,以后就不和他来往。我和朋友只谈大事,只谈修身齐家治国平天下的事。"③

第三个身份:"分裂的我"。这是自传性叙述中最重要的自我意识。由于个人身份的不确定性,导致叙述者对自我没有自信,因而此时的叙述最接近叙述者本人个人生活的"原生态"。但是其中所内涵的"政治情结"尤其值得研究。因为,毕竟这是当下的叙述。泰勒说:"我是什么必须被理解为我要成为什么。"④ 毛泽东在这里平实地叙述了他在北大图书馆的工作:"我的职位如此之低,以致人们都不屑和我来往。我的工作之一就是登记来馆读报的人名,不过这般人大半都不把我放在眼里。……我很想和他们讨论关于政治和文化的事情,不过他们都是极忙的人,没有时间来倾听一个南边口音的图书馆佐理员所讲的话。但是,我并不因此而丧气。"⑤ 这里若从症候性阅读的角度来看,"自尊心极强"⑥ 的毛泽东尽管不丧气,但是内心的痛苦还是存在着的。所以在这里他透过自传叙事得以释放为"我

---

① [奥地利]茨威格:《自画像》,袁克秀译,西苑出版社,1998年版,第143页。

② 毛泽东:《毛泽东自传》,史诺录,汪衡译,解放军文艺出版社根据1937年11月上海复旦大学文摘社版再版,第29页。

③ 毛泽东:《毛泽东自传》,史诺录,汪衡译,解放军文艺出版社根据1937年11月上海复旦大学文摘社版再版,第29页。

④ [加拿大]泰勒:《自我的根源:现代认同的形成》,韩震等译,译林出版社,2001年版,第69页。

⑤ 毛泽东:《毛泽东自传》,史诺录,汪衡译,解放军文艺出版社根据1937年11月上海复旦大学文摘社版再版,第32页。

⑥ [美]埃德加·斯诺:《西行漫记》(原名 RED STAR OVER CHINA),董乐山译,三联书店,1979年版,第86页。

要成为什么"。是政治使"图书馆佐理员"毛泽东改变了自我身份，成了当下全国知名的红色"领袖"。事实上这里的叙事，是负荷着叙述者现实欲望的政治无意识叙述。

第四个身份："复数的我"。当毛泽东叙述到他生平的红军时期时，斯诺吃惊地发现："毛泽东的叙述，已经开始脱离'个人历史'的范畴，有点不着痕迹地升华为一个伟大运动的事业了，虽然他在这个运动中处于支配地位，但是你看不清他作为个人的存在。所叙述的不再是'我'，而是'我们'了；不再是毛泽东，而是红军了；不再是个人经历的主观印象，而是一个关心人类集体命运的盛衰的旁观者的客观史料记载了。"① 斯诺的吃惊是事实也是无奈。可是斯诺不知的是，这是政治家毛泽东的有意叙述，也是政治性自传的必然叙述策略。只有把"我"变成"复数"，只有进行一次"修辞置换"才能巧妙地把自我的"小我"转喻为"大我"。也就是在这样的叙事修辞中才能达到自传的最大政治功能。换句话说，政治性自传或说自传的政治性，像整个自传文类一样，一直在追求这种自传的转喻的修辞，以达到自传的政治性展示。"政治性和自传性文本的共同之处是它们都有一种建立在可资参考范畴的目的性阅读含义。尽管这种含义在它的主题和形式中隐蔽很深，但是，这个密歇尔·雷瑞斯所说的既是自传性又是政治性的"公牛角"却难隐其身。"② 事实证明，斯诺的《红星照耀中国》（《毛泽东自传》是其中的重要内容之一），之所以被西方作为理想"他者"来肯定，这不仅是因为斯诺替这些传主进行了身份塑造，而且包括毛泽东自己在内的传主同时也在构造自己的身份政治。《大地》走红西方的同时，斯诺的《西行漫记》出版。斯诺与他的著作不仅开启了近半个世纪西方激进知识分子的中国朝圣之旅，也开启了红色中国的理想化形象。在20世纪西方的左翼文化思潮中，中国形象扮演着重要角色。它不仅复活了启蒙运动时代西方的中国形象的种种美好品质，而且还表现出现代性中自由与进步的价值。49年之前西方记者笔下的共产党领导的'边区'，'无乞丐，无鸦片，无卖淫，无贪污和无苛捐杂税'，几乎是'一个柏拉图理想国的复制品'，毛泽东是那里哲人王式的革命领袖。"③

当然，当自传叙述者的"我"被"我们"替代后，自传的政治性的增强无疑也意味着自传的叙事性的削弱。毕竟自传不是政论文。我们必须牢记这样一个自

---

① ［美］埃德加·斯诺：《西行漫记》（原名 *RED STAR OVER CHINA*），董乐山译，三联书店，1979年版，第147页。

② ［美］保罗·德曼：《解构之图》，李自修等译，中国社会科学出版社，1998年版，第278页。

③ 周宁：《中国形象：西方现代性的文化他者》，http://www.culstudies.com 发布时间：2003-12-30 20：40：4

传诗学原理：自传是艺术地展示自我人生身、心世界的叙事文类，其美学价值与史学价值同样重要，甚至是更为重要。尽管表现自我似乎是艺术家最本能和轻松的事，"原则上讲随便一个人都能成为他自己的传记作者。"但是，自传又是所有叙事文类中最难成功的艺术形式。"比起真实地塑造同时代和所有时代任何一个人来，艺术家塑造他自身要更困难"，因为，自传是最容易被其他文类引诱的艺术形式，如满足于自己所经历的事件把自传写成"流水账"（《西蒙·波娃回忆录》）；怯懦于自我丰富的内心世界将自我抽干为"生平梗概"（《鲁迅自传》）。同理，政治家笔下的"我"往往迷失在"我们"之中，就是这种宿命的表现。

三

富兰克林有着不同的名号：印刷人、邮政局长、随笔家、化学家、演说家、勤杂工、政治家、幽默家、哲人、沙龙人、政治经济学家、家政教授、大使、公益人、草药医生、才子、电学家、代理人。但是作为"印刷人"的他深知，什么都可以消失，唯有文字是"永恒的"，所以从一开始他就明白自己的叙事，绝对不是自己生平的简单叙事，他一定也必须对自我进行身份认定，甚至把自我加入民族政治寓言的建构中。"写作不仅是意义的表达，写作本身，其实就在构成意义。写作者自己是说者同时也是听者，他必须反复地变成自己的一个客体，或作为一个客体进入他自己的经验，我们对叙事意义的反应总是与我们的书写联系在一起，如果我们要成功地继续书写的话，那么我们必须不断地对我们叙事内容做出反应，因此在书写时，我们不仅是在表现我们对某一事件或记忆的意向和态度，同时我们自己，也在对我们所写的内容做出反应，也因此写作者才能意识到自己是怎么样的一个人。"[①]非常典型的是，富兰克林是把自己的儿子作为其读者的，也就是说，富兰克林明确地把与他有血缘关系且是属于美国青年的人作为其自传的"理想读者"。因此，我们自然就会想象出富兰克林在自传中的叙事中心是什么。因为既然心存"教育下一代"之念，那么富兰克林所叙述出的事件必然要有"道德意义"，它显然与同时期写作《忏悔录》的卢梭不同。卢梭重在"说出一切为荣"和为自我辩护，而富兰克林则旨在为新大陆美国人树立时代典范。耐人寻味的是，当富兰克林刚刚写出本自传的第一部分，他就接到了两位朋友的来信。于是更加强化了他的自传写作的"政治寓言"性："以上所写的东西是按我在文章开头定下

① 廖卓成：《评述两本论传记的书——〈书写生命〉与〈传记：虚构、事实与形式〉》，载中国文学研究》，1989年第3期，第185页。

的意图而写成的，里面包含了一些对别人无关紧要的家庭轶事。回忆录的后半部分是在几年以后，按下面几位先生在信中所提的建议而写成，目的是要为了公众而写。"①这几位朋友先生真不愧是富兰克林的自传知音。阿倍尔·詹姆士说：不久前，我得到你写给儿子的手稿23张，这令我欣喜万分。快接着写吧，人有旦夕祸福呢。你的自传不仅给少数人，而且也给千百万大众带来教育和乐趣。本杰明·沃恩说得更到位：当我读完你的教会朋友搜集的关于你一生的主要事情的传记后，我希望你接着写下去。你的自传介绍了你的国家内部的情况，这样就会吸引更高尚大度的任何移民到这个新大陆来。他们渴望了解你国国情，你的声名又如此显赫，我想不出还有什么比你的自传更能打动人心，起到良好的广告效应了。你的经历和一个迅速崛起的民族的习俗和境况密切相连。你的自传对造就未来的杰出人物提供了希望，再加上你的《道德的艺术》一书将促进个人道德情操的发展，进而增进社会和家庭的幸福。你写的传记会特别有意义，它可以与社会上各种各样的暴徒和阴谋家的传记相对照，可以同寺院僧侣的苦修行的荒唐以及无聊文人空洞的传记相对照。此外，当前伟大的革命也要求我们将注意力转向自传的作者，既然自传中提出了道德原则，那么道德原则是如何深刻地影响革命就更为重要了。②勿需再说明什么了，富兰克林就是在有意识地宣扬"美国是乐土"的理想，在自传的第二部中，富兰克林果然出色地完成了朋友的嘱托，通过他的"十三个道德项目"的建设，不但进行了自我身份建构，而且把自己变成了"民族寓言里的父型人物"。③富兰克林在自传叙事中是通过自我的道德身份来完成其自传的政治功能的。在这里我们会发现富兰克林叙事中的西方文化特征，因为富兰克林总是巧妙地把诚实与正直等个人道德与"富裕"联系在一起。"没有什么能像诚实正直的品质更能够使一个穷光蛋发家致富的了。"④

　　葛兰西指出，事实上存在"两个上层建筑'阶层'：一个是'市民社会'，即通常称作'私人的'组织的总和，另一个是'政治社会'。这两个阶层一方面为统治集团通过社会行使'霸权'职能，另一方面通过国家和'司法'等手段，为政府行使'直接统治'或管辖职能。这两个职能都是有组织的、相互联系的。其中的知识分子便是统治集团的'代理人'，他们所行使的是社会霸权和政治统治的下级职能。⑤富兰克林作为美国知识分子的代表，透过他的自传行使了其政治的下级

①　［美］富兰克林：《富兰克林自传》，孔祥林译，江苏文艺出版社，1998年版，第73页。
②　［美］富兰克林：《富兰克林自传》，孔祥林译，江苏文艺出版社，1998年版，第79页。
③　赵白生：《传记文学理论》，北京大学出版社，2003年版，第96页。
④　［美］富兰克林：《富兰克林自传》，孔祥林译，江苏文艺出版社，1998年版，第97页。
⑤　［意］安东尼奥·葛兰西：《狱中札记》，曹雷雨译，中国社会科学出版社，2000年版，第7页。

职能并艺术地确立了他所隶属阶级的意识形态。由此看来，这部"美国书籍中最重要、最有影响的作品之一"[①]的《富兰克林自传》更多地呈现了自传的政治寓言功能，它没有曹操自传的明显的政治功利性，也与毛泽东自传用政治之"我"来消解自我不同，但是其自传的政治寓言性还是昭然若揭。这也是该自传在自传诗学上的贡献之一。

我认为，自传的政治功能可以有三个层面的展示，一是把我等同于"我们"，如《毛泽东自传》的叙述者；二是身份建构如曹操的自我肯定；三是把自我置换成民族政治寓言，如富兰克林。进一步说，由于自传叙事总是纠葛着叙述者的身份政治建构，所以它即使是一种自然的讲述自己的生活（这是不可能的），但是从读者反映批评角度来看，读者必然在特定政治文化话语中参与对文本的建构。再反过来，读者的反映批评又促使自传叙述者把读者认同的政治话语带入叙述之中。弗雷德里克·道格拉斯有三个版本的自传就是一个典型例证。[②]事实上，当下自传在美国总统大选中其自传的政治功能表现得尤其重要。我们拟在另章论述。

詹姆逊在《政治无意识》中说得好：政治视角构成一切阅读和解释的绝对视域。他说，每一种文类形式都是该形式多种不同运用经过竞争后的残存。每一种文类的叙事模式，就其存在使个体文本继续发生作用而言，都负荷着自己的意识形态。甚至那些表面看来是远离"政治"的风格本身，也在内蕴含着"意识形态"。如海明威的小说叙事就是在以"陌生化"的形态，来抵制美国工业革命的现实困惑。我们在这里阐释和强调自传的政治功能，也是基于对西方自传诗学中的后现代语境过分肯定"非政治化的文本游戏"（保罗·德曼）和意义死亡的（鲍德利亚）理论的反思。记得希利斯·米勒说过："文学研究的时代已经过去。再也不会出现这样的一个时代——为了文学自身的目的，撇开理论的或政治方面的思考而单纯去研究文学。"[③]我想说的是，文学从来就没有米勒所抽空的那个文学研究的时代。自传性创作这个文学永远不可能离弃的母题，总是与身份政治和政治寓言紧密相连的。

---

① 杨正润：《传记文学史纲》，江苏教育出版社，1994 年版，第 351 页。
② 1845 年，1855 年，1881 年，弗雷德里克·道格拉斯出版了三个版本的自传。
③ 王宁编：《全球化与文化：西方与中国》，北京大学出版社，2002 年版，第 183 页—184 页。

第十八章　中国经验：《后汉书》史传叙事选读

题解：范晔（398—445年），字蔚宗，南朝宋顺阳（今河南淅川东）人，为今本《后汉书》的撰写者。其中本纪十卷，列传八十卷，叙述了从王莽至汉献帝195年间重要人物的史实。《后汉书》的内容与班固的《汉书》和陈寿的《三国志》多有交叉，读者可相互赏读。本着读史明事的目的，我们此处选了五篇传记。有开国皇帝光武帝；有读者耳熟能详的乐羊子妻；有欲写汉史而未成的蔡邕；有落下千古骂名的宦者。尽管《后汉书》文学成就比不过《史记》《汉书》，甚至略逊于《三国志》，但是，《后汉书》不但"详简得宜""无复出叠见之弊"，[①] 而且"简而且周"。在用人物言、行来展示传主心理方面，具有中国史传叙事"圆而神"与"方以智"相结合之综合特色。史传叙事所展示的中国叙事经验值得当下中外传记文学家总结借鉴。

【选文一】

《后汉书卷一·光武帝纪第一》：

世祖光武皇帝讳秀，字文叔，南阳蔡阳人，高祖九世之孙也。……光武年九岁而孤，养于叔父良。身长七尺三寸，美须眉，大口，隆准，日角。性勤于稼穑，而兄伯升好侠养士，常非笑光武事田业，比之高祖兄仲。王莽天凤中，乃之长安，受尚书，略通大义。莽末，天下连岁灾蝗，寇盗锋起。地皇三年，南阳荒饥，诸家宾客多为小盗。光武避吏新野，因卖谷于宛。宛人李通等以图谶说光武云："刘氏复起，李氏为辅。"光武初不敢当，然独念兄伯升素结轻客，必举大事，且王莽败亡已兆，天下方乱，遂与定谋，于是乃市兵弩。十月，与李通从弟轶等起于宛，时年二十八。十一月，有星孛于张。光武遂将宾客还舂陵。时伯升已会众起兵。初，诸家子弟恐惧，皆亡逃自匿，曰"伯升杀我"。及见光武绛衣大冠，皆惊曰"谨厚者亦复为之"，乃稍自安。伯升于是招新市、平林兵，与其帅王凤、陈牧西击长聚。光武初骑牛，杀新野尉乃得马。进屠唐子乡，又杀湖阳尉。军中分财物不均，众恚恨，欲反攻诸刘。光武敛宗人所得物，

---

① 赵翼：《廿二史札记·卷四·后汉书编次订正》，中国书店，1987年版，第48页。

悉以与之，众乃悦。……

诸将见寻、邑兵盛，反走，驰入昆阳，皆惶怖，忧念妻孥，欲散归诸城。光武议曰："今兵谷既少，而外寇强大，并力御之，功庶可立；如欲分散，势无俱全。且宛城未拔，不能相救，昆阳即破，一日之间，诸部亦灭矣。今不同心胆共举功名，反欲守妻子财物邪？"诸将怒曰："刘将军何敢如是！"光武笑而起。会候骑还，言大兵且至城北，军陈数百里，不见其后。诸将遽相谓曰："更请刘将军计之。"光武复为图画成败。诸将忧迫，皆曰"诺"。时城中唯有八九千人，光武乃使成国上公王凤、廷尉大将军王常留守，夜自与骠骑大将军宗佻、五威将军李轶等十三骑，出城南门，于外收兵。时莽军到城下者且十万，光武几不得出。既至郾、定陵，悉发诸营兵，而诸将贪惜财货，欲分留守之。光武曰："今若破敌，珍宝万倍，大功可成；如为所败，首领无余，何财物之有！"众乃从。……

光武因复徇下颍阳。会伯升为更始所害，光武自父城驰诣宛谢。司徒官属迎吊光武，光武难交私语，深引过而已。未尝自伐昆阳之功，又不敢为伯升服丧，饮食言笑如平常。更始以是惭，拜光武为破虏大将军，封武信侯。……

二年正月，光武以王郎新盛，乃北徇蓟。王郎移檄购光武十万户，而故广阳王子刘接起兵蓟中以应郎，城内扰乱，转相惊恐，言邯郸使者方到，二千石以下皆出迎。于是光武趣驾南辕，晨夜不敢入城邑，舍食道傍。至饶阳，官属皆乏食。光武乃自称邯郸使者，入传舍。传吏方进食，从者饥，争夺之。传吏疑其伪，乃椎鼓数十通，绐言邯郸将军至，官属皆失色。光武升车欲驰；既而惧不免，徐还坐，曰："请邯郸将军入。"久乃驾去。传中人遥语门者闭之。门长曰："天下讵可知，而闭长者乎？"遂得南出。晨夜兼行，蒙犯霜雪，天时寒，面皆破裂。至呼沱河，无船，适遇冰合，得过，未毕数车而陷。进至下博城西，遑惑不知所之。有白衣老父在道旁，指曰："努力！信都郡为长安守，去此八十里。"光武即驰赴之，信都太守任光开门出迎。世祖因发旁县，得四千人，先击堂阳、贳县，皆降之。王莽和成卒正邳彤亦举郡降。又昌城人刘植，宋子人耿纯，各率宗亲子弟，据其县邑，以奉光武。于是北降下曲阳，众稍合，乐附者至有数万人。

【讲解一】

这是《后汉书》的开篇之作，这里上演的是一出真实的人生大戏。不过第一主角刘秀，尽管后来成为中兴之主，东汉的开国皇帝，但是在范晔的叙事中，他却普通得跟你我一样。你看，明明是早有汉高祖之兄刘仲的榜样树立在前，光武仍然是我自岿然不动，"稼穑"并快乐着。说起远大革命理想，也比高祖刘邦逊色多了，刘邦同志是欲望似海地说：大丈夫我要和秦皇大帝一样啊！而光武的最高人生追求却仅仅是："仕宦当作执金吾，娶妻当得阴丽华"。① 然而人们不禁要问，为什么这样一个从未把政治当作一回事的儒者，最后却成就了一番千秋功业？

至少有以下几点值得我们思考。第一，得时勿待。这里的所谓"得时"，既指一个大的社会变革的来临，更指个体对即将来临的社会变革的敏锐把握与自我定位。如果说光武的哥哥伯升时刻盼望着天下大乱，那么光武则在"天下方乱"的时候，及时准确地找到了自我的人生目标。真是希腊哲人说得好："人无法穿过同一条河流"，历史也从没有绝对的重复。众所周知，西汉王朝恰恰成就在只务"国家"之业的刘邦手中，但是同样"举大事"的伯升却不得人心："伯升杀我"。可骑牛作战的刘秀，却给战士们带来了无比的安全感："谨厚者亦复为之"。这就是刘秀的"得时"。第二，拿得起，放得下，关键处要舍（小取大）得。当刘秀的军队第一次获得财物时，因分配不均匀，差点引起内讧。为平息众怒，他敛取同家族所得财物全部分给别人，其实他之所以这样做有着更大目的，因为此时不舍弃一些财物则会带来"反攻诸刘"的严重后果。这就像刘邦在鸿门宴上的表现一样，让出咸阳，是得到天下的前提之一。第三，隐忍坚强的心理素养。光武的此种心理素养与勾践般强制性的隐忍不同，光武的隐忍始终是在他与对手的张力中进行。这里有一传神细节：在决定光武命运的昆阳大战前，诸将领惶恐忧念，想散归他城，光武慷慨陈词后，众将军不但不听取他的合理建议，反而大怒说："刘将军凭什么敢这么说我们！"一般人遇此种事情，往往多表现为更大怒，睚眦必报，但是光武却是"笑而起"，等待机会来临。第四，要将"政治"进行到底。人们往往用"天命"来形容光武这样的成功之人。因为假若不是上天有眼，为什么和他一起起义的人，或者战死疆场；或者无辜被杀；或者只能俯首称臣。而唯独光武卓然南面称王呢？其实，光武根本没有什么"天命"，他的成功是因为他处处用"政治"来引导自己的，更进一步说，只有那些"讲政治"且将政治进行到底的人，才能真正在刀与剑的征战中立于不败之地。昆阳一战，光武扬名。甚至可以说，没有光武也就没有昆阳之战的胜利。但是，因哥哥伯升被更始所杀害。此时的光武不但不居功自傲，反而"饮食言笑如平常"。他知道，此刻更始是皇帝，自己也并未完全得到诸将军的拥护。当前的政治就是跟更始走，时来方动。

读光武本纪我们发现，所谓光武的"革命"，完全烙上了光武个体的欲望目的，范晔这个叙述者也没有宣扬光武的"革命理论"来迷惑读者；或者用赞美光

---

① ［南朝宋］范晔：《后汉书·卷十上·皇后纪第十上》，团结出版社，1996 年版，第 88 页。

武的叙事修辞来掩盖光武革命的"暴力性"。这是中国史传叙事的伟大之处。在中国文化中，史传叙述者一直被赋予极大的叙事权威，这种权威通常表现为讲真话、准确再现历史真实的"秉笔实录"的权力。也就是说，在史传中宣扬道义是历史学家义不容辞的责任和义务，但是要达到这个目的的主要手段是讲述完全的关于人类生活的事实，再无其他。只有当叙述者讲述完全的关于人类生活的事实，才能阻止邪恶和非正义的被传播，才能通过史学叙事把真正的爱、崇拜和人性滋润给读者。史学家应该对施暴者与反暴者同样进行"政治批判"。而不能用作家的叙事权力，对以"暴"抗"暴"者给予过多的"美化"与"尊崇"。这里，范晔做到了这一点。他"书法不隐"地揭示了光武革命的真实动机以及整个起义者的个人目的。读来令爱好和平的当下读者深感震撼。警惕啊！"革命"而不采取"民主"的方式，其对国家与人民的危害往往不亚于原统治者所带来的灾难呀！

【选文二】

《后汉书卷八十四·列女传第七十四·乐羊子妻》：

> 河南乐羊子之妻者，不知何氏之女也。羊子尝行路，得遗金一饼，还以与妻，妻曰："妾闻志士不饮盗泉之水，廉者不受嗟来之食，况拾遗求利，以污其行乎！"羊子大惭，乃捐金于野，而远寻师学。一年来归，妻跪问其故。羊子曰："久行怀思，无它异也。"妻乃引刀趋机而言曰："此织生自蚕茧，成于机杼，一丝而累，以至于寸，累寸不已，遂成丈匹。今若断斯织也，则捐失成功，稽废时日。夫子积学，当日知其所亡，以就懿德。若中道而归，何异断斯织乎？"羊子感其言，复还终业，遂七年不反。妻常躬勤养姑，又远馈羊子。尝有它舍鸡谬入园中，姑盗杀而食之，妻对鸡不餐而泣。姑怪问其故。妻曰："自伤居贫，使食有它肉。"姑竟弃之。后盗欲有犯妻者，乃先劫其姑。妻闻，操刀而出。盗人曰："释汝刀从我者可全，不从我者，则杀汝姑。"妻仰天而叹，举刀刎颈而死。盗亦不杀其姑。太守闻之，即捕杀贼盗，而赐妻缣帛，以礼葬之，号曰"贞义"。

【讲解二】

乐羊子之妻，尽管她无名也无姓，在中国却是遐迩闻名的女人。其众所周知的"懿德"有二：一是劝丈夫捐金于野；二是助丈夫求学终业。尤其是第二点，至今还让那些意志不坚强却还想学习的男人们颇喜欢这"温柔一刀"。怎能不欢喜呢？自己在外求学，老母亲和自己的学费，全靠妻子一人负担。不过，乐羊子之妻的第二次"操刀"却是鲜血淋漓到了被当下多种选本忍痛删除。而我们认为，史传文学的最高叙事伦理就是"真实"二字，此段文字是必须保留的。你看，那位 2000 年前的"蟊贼"是颇懂点"绑架心理学"的。他明明想和乐羊子之妻"亲密接触"，却先把婆婆给劫持了。但是，这个可恨的情色"贼盗"，却根本不懂乐羊子之妻的独特内心世界，却又把劝夫求学守空房、躬勤养姑泪茫茫的乐羊子之妻，推到了痛苦的两难选择的困境："释汝刀从我者可全，不从我者，则杀汝姑。"一边是婆婆的生命，另一边是己身的贞节。是生存还是死亡？我想：亲爱的乐羊子之妻，你的临死前的那声叹息，内蕴着多少悲苦，几多渴望啊！丈夫的学业该完成了吧，夫妻团圆的幸福时光就要到来了吧，如今却只能选择自杀，老天爷，妾内心不甘啊！也许，范晔之所以叙述出乐羊子之妻的"举刀刎颈"，是为了彰扬其传主的"贞洁"和"孝心"，但是，"一千个读者就有一千个哈姆雷特"，同理，即便是相同的人在不同时代、不同时期和不同的心境下，也会读出不同的"我眼里的乐羊子之妻"的。所以，我们为《后汉书》所展示的"纪实传真"这一中国叙事经验而鼓掌，我们更为乐羊子之妻的人生悲惨结局而潸然泪流。

【选文三】

《后汉书卷六十·蔡邕列传第五十下》：

> 蔡邕字伯喈，陈留圉人也。六世祖勋，好黄老，平帝时为郿令。王莽初，授以厌戎连率。勋对印绶仰天叹曰："吾策名汉室，死归其正。昔曾子不受季孙之赐，况可事二姓哉？"遂携将家属，逃入深山，与鲍宣、卓茂等同不仕新室。父棱，亦有清白行，谥曰贞定公。邕性笃孝，母常滞病三年，邕自非寒暑节变，未尝解襟带，不寝寐者七旬。母卒，庐于冢侧，动静以礼。有菟驯扰其室傍，又木生连理，远近奇之，多往观焉。与叔父从弟同居，三世不分财，乡党高其义。少博学，师事太傅胡广。好辞章、数术、天文，妙操音律。……
>
> 中平六年，灵帝崩，董卓为司空，闻邕名高，辟之，称疾不就。卓大怒，詈曰："我力能族人，蔡邕遂偃蹇者，不旋踵矣。"又切敕州郡举邕诣府，邕不得已，到，署祭酒，甚见敬重。举高第，补侍御史，又转持书御史，迁尚书。三日之间，周历三台。迁巴郡太守，复留为侍中。初平元年，拜左中郎将，从献帝迁都长安，封高阳乡侯。董卓宾客部典议欲尊卓比太公，称尚父。卓谋之于邕，邕曰："太公辅周，受命剪商，故特为其号。今明公威德，诚为巍巍，然比之尚父，愚意以为未可。宜须关东平定，车驾还反旧京，然后议之。"卓从其言。……卓重邕才学，厚相遇待，每集宴，辄令邕鼓琴赞事，邕亦每存匡益。

然卓多自恨用，邕恨其言少从，谓从弟谷曰："董公性刚而遂非，终难济也，吾欲东奔兖州，若道远难达，且遁逃山东以待之，何如？"谷曰："君状异恒人，每行观者盈集。以此自匿，不亦难乎？"邕乃止。及卓被诛，邕在司徒王允坐，殊不意言之而叹，有动于色。允勃然叱之曰："董卓国之大贼，几倾汉室。君为王臣，所宜同忿，而怀其私遇，以忘大节！今天诛有罪，而反相伤痛，岂不共为逆哉？"即收付廷尉治罪。邕陈辞谢，乞黥首刖足，继成汉史。士大夫多矜救之，不能得。太尉马日䃅驰往谓允曰："伯喈旷世逸才，多识汉事，当续成后史，为一代大典。且忠孝素著，而所坐无名，诛之无乃失人望乎？"允曰："昔武帝不杀司马迁，使作谤书，流于后世。方今国祚中衰，神器不固，不可令佞臣执笔在幼主左右。既无益圣德，复使吾党蒙其讪议。"日䃅退而告人曰："王公其不长世乎？善人，国之纪也；制作，国之典也。灭纪废典，其能久乎！"邕遂死狱中。允悔，欲止而不及。时年六十一。搢绅诸儒莫不流涕。北海郑玄闻而叹曰："汉世之事，谁与正之！"兖州、陈留间皆画像而颂焉。

【讲解三】

河南人蔡邕的一生行事，最值得思考的是他与董卓的关系问题。不管怎么说，蔡邕的人生辉煌期是董独裁的当政期。在此之前，他已经在潮湿炎热的"吴地"亡命十二载了。董卓是个什么东西，他内心不是不明白。可是在被强迫成为董政府的公务员后，他不但被委以重任，礼遇有加甚至还能劝动董卓"从其言"。但即便这样，蔡邕事实上并没有人们所说的那样，在董卓死后，用叹息声来感谢董卓的知遇之恩。我认为，蔡邕其实是在反思杀死董卓本身对国家的得与失。我们绝没有为董卓翻案的意思，董卓早已经被钉在了历史的耻辱柱上。但事实证明，王允这位新的统治者的执政能力比董卓差得远了。董卓刚篡位之时，"卓素闻天下同疾阉官诛杀忠良，及其在事，虽行无道，而犹忍性矫情，擢用众士。""幽滞之士，多所显拔。""卓所亲爱，并不处显职，但将校而已。"[1]可是，王允当权后，不知政治稳定的重要性，既把吕布视为"刀客"不听其建议，又狭隘固礼，不肯大赦董卓旧部余党。结果如何，惨不忍述。更令人愤慨的是，王允杀死蔡邕居然有着"高瞻远瞩"的理论依据：汉武帝不杀司马迁，让《史记》这部诽谤之书，流传于后世。现如今国祚中衰，神器不固，万万不可令蔡邕这样的佞臣执笔在幼主左右

---

① ［南朝宋］范晔：《后汉书卷七十二·董卓列传·第六十二》，团结出版社，1996年版，第669页。

啊。① 因为这对圣德没好处，更为关键的是若由着蔡邕"不虚美、不隐恶"的叙述下去，会让"吾党"丢人现眼的。所以，在杀死蔡邕的问题上，我认为王允的政治残暴程度是堪与董屠夫比肩的。

【选文四】

《后汉书卷八十二·方述列传第七十二下》：

> 华佗字符化，沛国谯人也。……精于方药，处齐不过数种，心识分铢，不假称量。针灸不过数处。若疾发结于内，针药所不能及者，乃令先以酒服麻沸散，既醉无所觉，因刳破腹背，抽割积聚。若在肠胃，则断截湔洗，除去疾秽，既而缝合，傅以神膏，四五日创愈，一月之间皆平复。……曹操闻而召佗，常在左右。操积苦头风眩，佗针，随手而差。……为人性恶难得意，且耻以医见业，又去家思归，乃就操求还取方，因托妻疾，数期不反。操累书呼之，又敕郡县发遣，佗恃能厌事，犹不肯至。操大怒，使人廉之，知妻诈疾，乃收付狱讯，考验首服。荀彧请曰："佗方术实工，人命所悬，宜加全宥。"操不从，竟杀之。佗临死，出一卷书与狱吏，曰："此可以活人。"吏畏法不敢受，佗不强与，索火烧之。

【讲解四】

人生天地间，活着，仅仅是活着，何其难也。尤其让我无法释怀的是，用自己的神奇医术"救活"了一个又一个病人的华佗，在自信维护了国家安宁的曹丞相的政府内也不能活了。最后就"牺牲"在了伟大的"政治家"曹操的屠刀下。别管什么罪名了，在一个"宁肯我负天下人"统治的王国里，欲加之罪，何患无辞？更何况在"奸雄"曹操的辞典里，任何人的生命只不过是他走向自我生命辉煌的过河卒子而已。政治家的曹操总是把他的"生命"或曰"政治"凌驾于"天下人"的生命之上。杀吕伯奢一家，是"明哲保身"般的牛刀小试；杀粮管所所长王垕，是为了军事斗争的伟大胜利；可是杀掉一位"救人一命，胜造七级浮屠"的神医，天理何在？曹操，真真是恐怖主义的开山鼻祖也！不过，范晔在分析华佗被杀的原因时，明确指出了华佗取"罪"的个性原因："为人性恶难得意，且耻以

---

① ［南朝宋］范晔：《后汉书卷六十·蔡邕列传第五十下》："昔武帝不杀司马迁，使作谤书，流于后世。方今国祚中衰，神器不固，不可令佞臣执笔在幼主左右。既无益圣德，复使吾党蒙其讪议。"团结出版社，1996 年版，第 567 页。

医见业。"呜呼哀哉！我为中国人的"政治欲望"或曰"权力潜意识"之文化人格而三叹！华佗啊，华佗。我知道你本来是个读书人（士），可是既然您把生命都投入到了医学事业上，且获得了举国公认的荣誉，为啥还"耻以医见业"呢？是的，责任不能算在你身上，这都是孔融的祖先孔老先生惹的祸，而且其谬毒远播华夏呢。别说你不甘心，就连那卖油翁不也自认为"余"既然会倒香油，所以"余"也就会射箭，所以"余"也就会治理国家，所以……华佗老乡（笔者是徐州人），你的"医治人"的水平绝对是前无古人，后无来者。问题是，你的"治理人"的水平，却难以让人恭维啊。眼前的病人曹操怎能当作一般病人看待？而你却不"讲政治"，先"养其病"，后又回家陪老婆去了。这哪是玩"政治"的人的所作所为？由此看来，尽管我们都是黑头发、黄皮肤的炎黄子孙，可并不意味着我们都去吃"治理苍生"的政治饭去。救死扶伤，治病解痛，何尝不是太阳底下最崇高的职业？遗憾的是，时至今日，熙熙攘攘的人群中，似乎华佗的幽灵还在四处漂浮？

【选文五】

《后汉书卷七十八·宦者列传·第六十八》：

其有更相援引，希附权强者，皆腐身熏子，以自炫达。同敝相济，故其徒有繁，败国蠹政之事，不敢单书。所以海内嗟毒，志士穷栖，寇剧缘间，摇乱区夏。虽忠良怀愤，时或奋发，而言出祸从，旋见孥戮。因复大考钩党，转相诬染。凡称善士，莫不离被灾毒。窦武、何进，位崇戚近，乘九服之嚣怨，协群英之势力，而以疑留不断，至于殄败。斯亦运之极乎！虽袁绍龚行，芟夷无余，然以暴易乱，亦何云及！自曹腾说梁冀，竟立昏弱。魏武因之，遂迁龟鼎。所谓"君以此始，必以此终"，信乎其然矣！……

曹腾字季兴，沛国谯人也。安帝时，除黄门从官。顺帝在东宫，邓太后以腾年少谨厚，使侍皇太子书，特见亲爱。及帝即位，腾为小黄门，迁中常侍。桓帝得立，腾与长乐太仆州辅等七人，以定策功，皆封亭侯，腾为费亭侯，迁大长秋，加位特进。腾用事省闼三十余年，奉事四帝，未尝有过。其所进达，皆海内名人，陈留虞放、边韶、南阳延固、张温、弘农张奂、颍川堂溪典等。时蜀郡太守因计吏赂遗于腾，益州刺史种暠于斜谷关搜得其书，上奏太守，并以劾腾，请下廷尉案罪。帝曰："书自外来，非腾之过。"遂寝暠奏。腾不为纤介，常称暠为能吏，时人嗟美之。腾卒，养子嵩嗣。种暠后为司徒，告宾客曰："今身为公，乃曹常侍力焉。"嵩灵帝时货赂中官及输西园钱一亿万，故位至太尉。及子操起兵，不肯相随，乃与少子疾避乱琅玡，为徐州刺史陶谦所杀。

单超，河南人；徐璜，下邳良城人；具瑗，魏郡元城人；左悺，河南平阴人；唐衡，颍川郾人也。桓帝初，超、璜、瑗为中常侍，悺、衡为小黄门史。初，梁冀两妹为顺桓二帝皇后，冀代父商为大将军，再世权戚，威振天下。冀自诛太尉李固、杜乔等，骄横益甚，皇后乘势忌恣，多所鸩毒，上下钳口，莫有言者。帝逼畏久，恒怀不平，恐言泄，不敢谋之。延熹二年，皇后崩，帝因如厕，独呼衡问："左右与外舍不相得者皆谁乎？"衡对曰："单超、左悺前诣河南尹不疑，礼敬小简，不疑收其兄弟送洛阳狱，二人诣门谢，乃得解。徐璜、具瑗常私忿疾外舍放横，口不敢道。"于是帝呼超、悺入室，谓曰："梁将军兄弟专固国朝，迫胁外内，公卿以下从其风旨。今欲诛之，于常侍意何如？"超等对曰："诚国奸贼，当诛日久。臣等弱劣，未知圣意何如耳。"帝曰："审然者，常侍密图之。"对曰："图之不难，但恐陛下复中狐疑。"帝曰："奸臣胁国，当伏其罪，何疑乎！"于是更召璜、瑗等五人，遂定其议，帝啮超臂出血为盟。于是诏收冀及宗亲党与悉诛之。悺、衡迁中常侍，封超新丰侯，二万户，璜武原侯，瑗东武阳侯，各万五千户，赐钱各千五百万；悺上蔡侯，衡汝阳侯，各万三千户，赐钱各千三百万。五人同日封，故世谓之"五侯"。又封小黄门刘普、赵忠等八人为乡侯。自是权归宦官，朝廷日乱矣。……六年，帝崩。中军校尉袁绍说大将军何进，令诛中官以悦天下。谋泄，让、忠等因进入省，遂共杀进。而绍勒兵斩忠，捕宦官无少长悉斩之。让等数十人劫质天子走河上。追急，让等悲哭辞曰："臣等殄灭，天下乱矣。惟陛下自爱！"皆投河而死。

【讲解五】

宦者，本为职业名称，一个正常的男人，如此经营自己的一生，是各有其苦衷与"机关"的。东汉的灭亡，肇于宦官，似乎也成定论。赵翼说："东汉及唐、明三代，宦官为祸最烈，然亦有不同。唐、明阉寺先害国而及于民，东汉则先害民而及于国。"[①]问题是，我们读史旨在明志，切忌人云亦云。东汉的宦官祸国殃民，真是罄竹难书。可是宦官之所以能够如此嚣张，其罪责首先应该落在仰仗"宦官"向外戚夺权的执政者皇帝身上。既然天下是这些宦官们"杀"下的，封疆裂土，为何不可？试想哪朝哪代不是开国功臣们"杀"来的？这里，我们不能简单地说这是对宦官作为正常"人"的否定。事实上，宦官的掌权，必然堵塞了其他"士人"的仕途。于是，新的外戚势力，想必会借助"名士"的政治力量来清除"诸宦者"。这样，皇帝支持的宦官与外戚支持的名士们，便处于水火不相容

---

① 赵翼：《廿二史札记·卷五·宦官之害民》，中国书店，1987年版，第67页。

的地步，斗得你死我活。我们欣赏以李膺为代表的"党锢"精英名士的人格，更钦佩他们与宦官斗争的牺牲精神，但是，在这场政治的角斗中，党锢名士，却走了极端，根本不考虑政治稳定对人民生活的影响，一味把对方逼向死角，忽略了"统战"政策的政治张力作用。因为，宦官中也不乏优秀者，如荐达皆名士的曹腾，甚至太监吕强还建议"大赦党人"。可是，由于视宦官皆可诛，结果导致掌了权的宦官们，疯狂报复。国家，就在二者的斗争中，走向沉沦。人民，则在新的"义军"的相互征发里，坠入地狱。可是他们却都口口声声地说这是为国家诛杀奸贼。由此看来，这种绝对化，以类别衡量人的思维方式，应该摒弃了。如，杀富济贫、无官不腐，仿佛有钱人都是可杀之人；当官的都在贪污腐败。这是我们阅读《后汉书》本传的现实意义之所在。

　　总评：范晔的《后汉书》成书之前，早有诸多东汉纪传流行，如东汉刘珍等的《东观汉记》、三国谢承的《后汉书》、晋司马彪的《续汉书》、华峤、谢沈、袁山松的《后汉书》，还有薛莹、张璠、袁宏的《后汉记》，张莹的《后汉南记》等等。但是"范书之美也，卒令先出之后汉纪传，几尽湮灭，而一枝独秀"。① 这其中的原因究竟为何？我们认为以下几点值得重视：（1）体例上的继承与创新。在列传方面，《后汉书》延续了司马迁的纪传体并新增了党锢、宦者、文苑、独行、方术、逸民和列女七种列传。这些列传既是新创，又是对东汉社会的纪实。（2）富有独立的史学见解。范晔对自己的各篇序论，最为得意。他说："吾杂论传，皆有精意深旨。""赞自是吾文之杰思，殆无一字空设。"事实上，过去我们更多地从"文笔"的角度肯定范晔的序论，其实，范晔序论的真正价值是他的独立精辟的史学见解。如他在赞美党锢名士的节烈人格的同时，也对他们党同伐异、共相标榜、污秽朝廷所带来的负面政治影响进行了批评。（3）叙事"简而且周，疏而不漏"。② 史传叙事美在简要，且忌润色之滥。《左传·桓公元年》记载宋国华父督路遇大司马的妻子时，只用了九个字就把华父督迷恋美色、贪婪无度的心理，活脱脱叙述出来了："见孔父之妻于路，目逆而送之，曰：'美而艳'"。试想，一个堂堂政府官员，直勾勾地盯着同僚的老婆看，而且是看过来又看过去"目逆而送之"，并毫不掩饰地说："美啊艳啊"。其心理活动已经昭然若揭了，根本不需要作者在那百般修饰。这一点《后汉书》做到了。如上面所选《宦官传》中张让临死前之言辞，道出了张让阴暗、自暴自弃的心理。

---

① ［美］汪荣祖：《史传通说》，中华书局，1989 年版，第 99 页。
② 刘知几：《史通》，上海古籍出版社，1978 年版，第 255 页。

第十九章　清代传记文学论
——以顾炎武、方苞、曾国藩为个案

　　17、18 世纪的中国传记文学作为非虚构散文，既是对传统文类的承继，又同时与勃兴的小说等虚构文学双璧生辉。但是，由于受"五四"文学革命后文学史家推崇虚构文学为文学正宗观念的影响，清代的传记文学却没有得到应有的评价。文学史家们，更多的是把目光投向戏曲、小说等新兴的虚构文学，而对这时期的诗，特别是非虚构的散文，则采取轻视甚至无视的态度。这是不应该的。事实上，17、18 世纪传记呈现出了十分繁荣的局面，是清代文学的重要方阵之一。

　　17、18 世纪传记家撰写的史传主要有《明史》《清史列传》和《清史稿》三部。《明史》是所谓"二十四史"的最后一部，尽管此书属"官修"之书且曾三易主编，迁延时日，但由于《明史》实际上多出自于著名史学家万斯同之手，因此，该书史料丰富、叙事清晰、主旨鲜明，在二十四史中堪称佳品。《清史列传》《清史稿》则由于受时局影响，编撰仓促，多有疏陋，但是，传记编写者常常借用清代文人所撰写的传主之传，所以诸多作品还是文史兼备，很有特点的。当然，从传记的文学性方面来看，17、18 世纪传记的成就不在史传，而是在作家、文人创作的杂传。17、18 世纪杂传的数量远超前代，《清代碑传全集》共收入 5500 位作家的 7300 余篇作品。其中，方苞文集里收有杂传 218 篇，戴名世有 65 篇。17、18 世纪传记家对"文学传记"较为重视，并使之与史传，甚至与碑文墓志铭那种传统杂传进一步分离，从而形成了一种文学传记写作的新潮。这种特色集中体现在表现清初民族志士的文学传记和桐城派散文创作之中。同时，在中国传记文学发展史上，一直不甚独立发达的自传文学，在 18 世纪却呈现了某种创新局面，形成了以沈复《浮生六记》"忆语体"自传文学为主的高潮。在传主、主旨、视点、文学等方面皆有创新。

一、顾炎武与清初的传记文学

　　清朝是少数民族建立的王朝，在朝代易帜的清初，一批有气节的汉族知识分子在蒙受国破家亡劫难的同时，产生了强烈的民族情绪甚或积淀成某种民族情结。这种民族情绪的抒发，主要表现在叙写明末抗清志士仁人的散传之中，因而形成了清初传记文学的一个显著特征。总起来看，这类传记作品又可分为两类：（1）以顾炎武为代表的宣扬民族情绪的反抗性传记文学；（2）以邵长蘅为代表的反映民族情结的传统性传记文学。第一类传记作家多为具有浓郁民族意识的明朝遗民，或积极从事过武装抗清的斗争，或至少表现其不与清王朝合作，不赴公车征召，甘愿隐逸于山林。一边是对故国的深深思念；另一边是对清王朝的仇恨，这两种情感的交织，形成了该类传记文学强烈的复仇反抗情绪。顾炎武、黄宗羲、张岱、查继佐、汪琬是其中最著名的代表。这些作家不但亲眼看见了故国覆灭、家园破亡、生灵涂炭的惨剧，而且大多亲身参加了抗清的武装斗争。所以，在追叙抗清仁人志士的史实时，渗透了他们深切的生命体验，而面对清朝统治者的文化高压政策，他们又不得不于叙事中寄寓论断，拿传记事实来浇自我心中之块垒，因而形成了这类反抗性传记作品沉郁悲愤而韵味绵长的艺术特色。

顾炎武（1613—1682），原名绛，1645 年清兵破金陵时，更名炎武，字宁人，世称亭林先生，江苏昆山人。顾炎武曾是一位世家子弟，性情古怪，不谐于俗。少年时便矢志于经世文学，遍览二十一史、明代实录。国难之际，他投笔从戎，纠合爱国志士守护吴江。失败后，他又弃家远游，阴交壮士以图恢复故国，晚年定居陕西华阳，烈士暮年，壮心不已。终其一生，他誓死拒应"博学鸿词科"和"明史馆"对他的征召。

顾炎武的传记文学，充满了反抗性民族情绪，是清初该类传记的典型代表。其传记名篇有《拽梯郎君祠记》《吴同初行状》《书吴·潘二子事》《先妣王硕人行状》等。《书吴·潘二子事》是顾炎武为清初"文字狱"的受害者畏友吴炎、潘柽章而作。吴、潘二人，欲私家撰述明史，凭"史传"以求不朽。在草创之际，即惨被诛杀。然而顾炎武却史识独具，不畏株连，毅然为他们作传。传中顾炎武详细叙述了清初学人私家修史的文化思潮，以及清统治者草木皆兵，借"庄廷珑文字冤狱"扼杀这一民族正义思潮的行径。传记叙事详略得宜，感情沉郁，其弦外之音耐人寻味。整篇传记，充盈着强烈的民族情绪。这是清初传记文学民族情绪的第一个特征。

以邵长蘅为代表的第二类反映民族情结的传记文则具有传统性特征。这批传记作家多出生于清初，并不具有排满思想，而是在为明末仁人志士立传时，自然流露出深沉的民族情绪。不过，这种传记文的民族情结是不同于顾炎武等明朝遗民的反抗性情绪的，而更多地呈现出一种中国史官文化"秉笔实录"的传统特征。他们在传中所崇仰的更多的也是"忠信""节义"等传统思想。在叙写明朝史事，特别是明末清初涉及南明抗清英雄传记时，沉积于内心的民族情结溢于言表。但这类传记没有故国之思，只是一种民族情结的折射，因而也更加具备了客观真实性，特别是在"踵事生华"富有文学色彩方面形成了鲜明特色。

邵长蘅（1637—1704），字子湘，别号青门山人，江苏武进入。邵长蘅工诗，尤擅长作古文。他继承明代唐宋派传统，比事属辞，言简意赅，文史辨洽。《阎典史传》是他的传记名篇。该传叙写了清军南下时，江阴人民"以弹丸小邑"悲壮抗清的经过。传记塑造了阎典史足智多谋、英勇不屈的英雄形象。清初剃发令下后，江南人民奋起反抗这种民族压迫政策，纷纷起义抗清。当时阎典史因母病，家居赋闲，并不是江阴县的官吏，但是在国难之时，毅然投袂而起，担任了江阴义兵的首领。传中写他守城、拒降、就义等情节，忠肝义胆流于字里行间。

当时，清兵以 10 万兵力围困江阴数十重，但阎典史不畏强敌，指挥若定：城墙裂，他组织军民"取空棺实以土，障聩处"；北城穿，令"人运一大石块，于城内更筑坚垒"；弓矢少，他设奇计，借敌箭无数。当叛将前来劝降时，他义正词严："某明朝一典史耳，尚知大义。将军裂土分茅，为国重镇，不能保障江淮，乃为敌前驱，何面目见吾邑义士民乎？"最后，江阴军民几乎全部壮烈牺牲，无一投降，被清军屠杀而死者不下五六万，真是"歌哭动鬼神"。

《阎典史传》在写法上，远承了司马迁史传文学以传主轶事来描摹性格的写法。如本传开始时"抵御江盗"的一段情节，颇类《史记·淮阴侯列传》中"胯下受辱"的作用。这里实为江阴守城战的前奏曲，为阎典史后来的性格发展作了铺垫。同时，无论从内容题材上、主题上、结构笔法上来看，邵长蘅的《阎典史传》都与韩愈的《张中丞传后叙》有相似之处。但《阎典史传》的传记文体意识较明确。韩文意在辩诬，行文中议论参半；邵传则旨在弘扬江阴人民的民族正气，以叙事为主。总之，清初传记文学的民族情绪，作为清代传记主题及题材上的一个特征，是值得肯定的。但是，由于时空限制，传记家为求生存，不得不有所隐讳。这样不仅限制了有清一代传记文学主题的升华，而且也妨碍了该类题材的进一步拓展。

二、方苞与桐城派传记文学

桐城派是清代影响最大，绵延时间最长的散文流派。它由方苞发凡起例，刘大櫆进一步拓展，姚鼐集大成于一体，直至延续到清末的曾国藩、梅曾亮、林纾等人，逾时近 200 年，几乎流行于整个清代文坛。清代是一个学术昌盛的时代，重考据、倡史纂的学风于乾嘉时期达到了高潮，这一方面说明清代学术取得了反"王学"的进步；另一方面也说明清廷"文、武"治国收到了实效。事实上，桐城派的"义法"理论，强调"言有物"与"言有序"的统一，正是这种政治文化的折射。桐城派恪守程朱理学的思想，也是与清统治者文化政策相吻合的。所以从散文的角度看，桐城派散文的艺术成就，不在宣扬封建道统的政论文，而主要表现在叙述真人实事的散传中，桐城派传记文学以其文章体格和作法精致的美学风格，凝练而雅洁的文风卓立于清代文坛，为清代文学增添了较为厚重的一页。

方苞（1668—1749），字凤九，晚年号望溪。幼时深受家父民族思想的影响，32 岁时举江南乡试第一，倾心于程、朱理学。后作为皇帝的文学侍臣，开始了长达 30 年的仕宦生涯。方苞的传记文学有 218 篇，约占其文集的一半以上。其中以"传"标名的就有 15 篇，而且他的众多墓志碑文，应酬之作少，多为有感而作，寄寓了传记作家的理想和人格。总起来看，方苞的传记文学具有以下特点：

其一是讲究"义法"，文风雅洁

方苞认为："春秋之制义法，自太史公发之，而后之深于文者亦具焉。'义'即《易》之所谓'言有物'也；'法'即《易》之所谓'言有序'也。义以为经而法纬之，然后为成体之文。"① 由此可见，方苞主张传记文学要言之有物和言之有序，做到思想性与表现手法的统一。从"义"的角度分析，方苞的《望溪文集》表现了太多的忠孝、仁义等封建伦理，这是不足取的，但他的传记文学中也有着较强的民族情绪，其中重名节，体恤民情，主张经世致用的思想，还是颇有现实意义的。《田间先生墓表》塑造了一位当众"溲溺"阉党御史某的狂狷之士田间先生；《石斋黄公逸事》则对传主黄道周的守礼不乱于色的人品和从容殉国以成仁的精神给予深深的礼赞。从"法"的角度分析，方苞的传记文学呈现出精致"雅洁"的美学风格。这是与方苞的文学主张相一致的，他在文章中多次强调传记文的"雅洁"之美："子厚以洁称太史，非独辞无芜累也，明于义法，而所载之事不杂，故其气为最洁也。"② 这里的所谓"明于义法"，就是要明确抓住创作特征，以凝练简洁之笔，用典型事例来刻画人物性格并表现主旨。其《陈驭虚墓志铭》就是一篇具有"雅洁"美学风格的典范作品。该传塑造了一位性豪宕、喜声色而嘲权贵、恤百姓的医生形象。全文采用第一人称叙事法，增加了作品的对话性。四个精心选择的事件：治病、抗诊、拒官、求死，层层展开，环环紧扣，真可谓文约而旨丰。

其二是以文运事，形象生动

以文运事是指注重传主的形象塑造，这是我国史传文学的优秀传统之一。钱钟书先生指出："史家追叙真人实事，每须遥体人情，悬想事势，设身局中，潜心

---

① 方苞：《方苞集》，上海古籍出版社，1983 年版，第 58 页。

② 方苞：《方苞集》，上海古籍出版社，1983 年版，第 853 页。

腔内，忖之度之，以揣以摩，庶几入情合理。盖与小说、院本之臆造人物、虚构境地，不尽同而可相通。"①然而这种"踵事生华"的传记创作方法，随着文史分家以及诸多原因所致，却渐渐被忽略了。难能可贵的是，方苞在他的传记文学创作中，较恰切地承继了这一具有中国特色的史官文化传统。

其三是不拘文本，有感而作

方苞的传记文学，墓志、碑铭占有很大比重。墓志之作，多为因人情而撰作，往往不得不隐恶扬善，甚至违心谀墓以获取酬劳。其行文格式也较为呆板。方苞的墓志碑铭却能够不拘文本，有感而作，表现了强烈的主体色彩，例如《亡妻蔡氏哀辞》《陈驭虚墓志铭》《弟椒涂墓志铭》等都是如此。《弟椒涂墓志铭》善于以家常琐事来抒发感情，传中写道："自迁金陵，弟与兄并女兄弟数人皆疮痛，数岁不瘳，而贫无衣。有坏木委西阶下，每冬日，候曦光过檐下，辄大喜相呼，列坐木上，渐移就喧至东墙下，日西夕，牵连入室，意常惨然。兄赴芜湖之后，家益困，旬月中，屡不再食。或得果饵，弟托言不嗜，必使余啖之。时家无僮仆，特室在竹圃西，偏远于内，余与弟读书其中，每薄暮，风声萧然，则顾影自恐，按时弟必来视余。"这里，方苞选取了他与小弟生前在一起生活的情景：逐日就喧，以果啖兄，陪坐特室等。初看起来这些情节微不足道，实则表现出作者对手足之情的礼赞。这是一般的墓志文所不可比的。

三、曾国藩和桐城派的中兴

曾国藩（1811—1872）字伯涵，号涤生，湖南湘乡人。道光十八年（1838年）进士，自此在京城供职 10 余年。其间，他接受了桐城派的影响。咸丰十二年底（1853）曾国藩以吏部侍郎身份在湖南办团练，与太平军作战，度过了 10 年军旅生涯。曾国藩为配合镇压太平天国的军事活动，在思想文化领域中大肆倡导程、朱理学。突出更能切实地维护清王朝封建统治的所谓"义理"。这样，桐城"义法"经过曾国藩的改造，摆脱了其太重"雅洁"的积弊。文坛上形成了古文"中兴"的局面。曾国藩作为古文大家，文章雄奇瑰伟，意象宏大，声采炳焕。在传记史上占有一定地位。

首先，他拓展了传统墓志铭的写作范畴，强化了传记的文体特征。把"墓志铭"作为他政治观点的载体，并完全作为一种"文学传记"来写，备受当时文人

---

① 钱钟书：《管锥编·左传正义》，中华书局，1979 年版，第 166 页。

的称道。《江忠烈公神道碑铭》《罗忠节公神道碑铭》《李忠武公神道碑铭》《李勇毅公神道碑铭》等，即是其中的名篇。《江忠烈公神道碑》写道：

公讳忠源，号岷樵，新宁江氏。曾祖登佐，太学生。祖献鹏。父上景，岁贡生。母陈太夫人，生子四，公其长也。少而豁朗英峙，以县学附生，先为道光十七年丁酉科拔贡生，旋中是科乡举。久客京师，以大挑得教职。与曾国藩、陈源兖、郭嵩焘、冯卓怀数辈友善。尝从容语国藩："新宁有青莲教匪，乱端兆矣！"既归二年，而复至京。余戏诘公："青莲教竟如何？何久无验也？"公具道家居时，阴戒所亲，无得染彼教。团结丁壮，密缮兵仗，事发有以御之。逮再归，而果有雷再浩之变。公部署夙定，一战破焚其巢。诱贼党缚再浩，磔之。湖广总督上其功，赏戴蓝翎，以知县用。公入都谒选，又语国藩："前事虽定，而大吏姑息，不肯痛诛馀党。难犹未已。"逾年，而复有李沅发之变。又逾年，而广西群盗蜂起，洪秀全、杨秀清之徒出，大乱作矣！

其次，曾国藩传记文注重"以史传人"。"以史传人"就是从史的角度叙写传主，这是对中国古典传记"以传窥史"方法的创新。"以传窥史"旨在写史；"以史传人"则重在写人。英国学者崔瑞德指出："要使传记的写作成为独立的文学著作，一个必要的先决条件是，它所描述的社会应该发现一个人的品格及其与社会背景的相互作用会使其主人翁有充分的吸引力，能吸引读者的注意，并且集中注意他的工作。"[①]曾国藩的传记文做到了这一点，因而增加了他的传记作品的文学品位。《李忠武公神道碑铭》开篇即从湘军史的角度写传主，然后，在追叙湘军发展史的过程中，既塑造了英勇善战的李续宾的形象，也展示了太平军将领的谋略。这种"以史传人"的笔法，是颇能栩栩叙出传主性格的。

再次，曾国藩的传记文一变桐城派散文"阴柔"之风，而呈"阳刚之美"。他的传记文叙事磊磊有生气，具有勃郁雄迈的特征。其美学风格是与桐城诸老有差异的。方、姚等人倡阴柔，重"雅洁"，曾国藩的传记文则充盈着雄奇之气，有纵横磅礴之气势，读来令人移情。也正是如此，有时整篇传记中尽管传主未发一言，但传主形象仍然呼之欲出，且传记作家的自我情感，性格也得以展现。《何君殉难碑记》《湘乡昭忠祠记》《毕君殉难碑记》皆堪称名篇。总之，由于曾国藩的文章具有"雄直之气""冠绝古今"，加之其事功卓著，门徒甚多，因而，以其为领袖而团结造就了一批散文作家，形成了"桐城派"的"中兴"局面。

---

① 崔瑞德：《中国的传记写作》，《史学史研究》1985 年第三期，第 250 页。

第二十章　事如春梦记有痕：沈复《浮生六记》赏析

沈复，（1763—?），字三白，江苏苏州人，卒年已不可考，但《浮生六记》第四卷写成于嘉庆十三年（1808）。俞平伯在作《浮生六记年表》时，推断沈复卒年当在 1808 年以后。《浮生六记》共分六卷，其一为《闺房记乐》，其二为《闲情记趣》，其三为《坎坷记愁》，其四为《浪游记快》，五卷《中山记历》和六卷《养生记道》已亡佚。该节最早的版本是独悟庵居士杨引传于光绪三年据手稿排印的刊本。杨引传原序说："《浮生六记》一书，余于郡城冷摊得之，六记已缺其二，犹作者手稿也。"① 该书得之偶然，但至光绪间到民国，中国先后已有十六七个版本刊行，林语堂曾把它译成英文《Six chapters of a Floating life》在国外流传并拥有广大读者。沈复的《浮生六记》是一部在中国古代散文史上颇有创新的纪实之作，是一部优秀的自传，更是一部别致的夫妻合传。主要表现为以下几个方面。

一、传主的创新

从传统传记的角度看，沈复和其妻陈芸是没有资格成为传主的，因为他们的生平"没有意义"。特别是陈芸，虽为女性，但在儒家传统传记文化中，她既不"刚烈"也无"贞德"可言。然而，她的名字却被以自传的形式载入了历史，在女性文学的画廊里，我们记下了陈芸的名字。林语堂说得好："芸，我想，是中国文学上一个最可爱的女人。""她的一生，正可引用苏东坡的诗句，说它是'事如春梦了无痕'，要不是这书得偶然保存，我们今日还不知道有这样一个女人生在世上，饱尝过闺房之乐与坎坷之愁。""在这故事中，我仿佛看到中国处世哲学的精华在两位恰巧成为夫妇的生平表现出来。两位不常的雅人，在世上并没有特殊的建树，只是欣赏宇宙间的良辰美景，山林泉石，同几位知心朋友过他们恬淡自适的生活——蹭蹬不遂，而仍不改其乐。"② 这种把平凡的人及"不合妇道"的妻子纳入传状之中且歌颂之的做法，表现了清代传记家的新的传主观念。

---

① 沈复：《美化文学名著丛刊第六种·足本浮生六记·原序》，国学整理社，1936年版，第13页。

② 林语堂译《浮生六记》，外语教学与研究出版社，1999年版，第17—18页。

二、主旨的创新

　　"忆语体"自传文学以《影梅庵忆语》为嚆矢，但是，《影梅庵忆语》在主题上却仍然是主张"三从四德"那一套封建伦理。然而在《浮生六记》中，沈复却彰扬一种新的主题：夫妇间的情笃远胜于封建大家庭的和睦。事实上，沈复反复追念的"芸"并不是一个贤妻孝媳，她生性浪漫，不谙世故，为公公物色小妾引来婆婆的不满；为小叔子作保导致兄弟失和；交烟花女子换来身心交瘁的结局。最后，被公公逐出家门，贫病而死。但是，整部《浮生六记》处处流淌着一股股真情。真可谓"笔墨间缠绵哀感，一往情深，于伉俪尤敦笃"[①] 这表明，在沈复的心中，夫妇间的伉俪之情是高于所谓家庭伦理道德的，所以他用他的笔描绘了他们夫妇间的"闺房之乐"和"坎坷之愁"。于他们夫妇之间的关系叙述得颇多颇细，并在彰扬"情学"方面，达到了类似于《红楼梦》在小说史上的高度。整部《浮生六记》展示了封建大家庭的种种矛盾。父子不睦，姑妇勃谿，兄弟失和，而之所以如此，皆源于沈复夫妇间的伉俪真情。作家厌恶封建家庭礼教束缚人性的情绪，跃然纸上。

三、视点的创新

　　中国传记往往注重对传主外部生活的叙写，而不重视对传主"私生活"的视点扫描。沈复的《浮生六记》则以独特的题材及旨趣，对此进行了开掘。传记家大胆地叙述闺房之乐，夫妇之情，让读者们走进他们的内室，与他们一起品茗、吟诗、对话。这种视点的突破，表明清代的自传作家们的传记意识已比较成熟，他们更加重视从琐屑事来写人。由于视点的变化，"忆语体"自传作家在真实性上也有了突破。沈复的《闺房记乐》一节，文笔率真坦诚，在整个中国自传文学史上，都属难得之笔。

　　如卷一"闺房记乐"写闺房之乐。

　　　　芸卸妆尚未卧，高烧银烛，低垂粉颈，不知观何书而出神若此。因抚其肩曰："姊连日辛苦，何犹孜孜不倦耶？"芸忙回首起立曰："顷正欲卧，开橱得此书，不觉阅之忘倦。《西厢》之名闻之熟矣，今始得见，真不愧才子之名，但未免形容尖薄耳。"余笑曰："唯其才子，笔墨方能尖薄。"伴妪在旁促卧，令其

---

　　① 沈复：《美化文学名著丛刊第六种·足本浮生六记·原序》，国学整理社，1936年版，第13页。

闭门先去。遂与比肩调笑，恍同密友重逢，戏探其怀，亦怦怦作跳，因俯其耳曰："姊何心春乃尔耶？"芸回眸微笑，便觉一缕情丝摇人魂魄，拥之入帐，不知东方之既白。

这是一段极大胆的叙写文字，尤其是在自传文体上能把夫妇间"秘而不宣"的事情坦白写出，更是一种进步，也是对中国传统文化的突破。钱钟书先生指出："人生百为，有行之坦然悍然，而言之则色赧赧然而口讷讷然者。既有名位则于未达时之无藉无赖，更隐饰多端；中冓之事，古代尤以为不可言之丑。"① 然而沈复不但形之于笔端，而且由于他们夫妇的爱情浸润，我们读其文字时，并不涉及"淫秽"。因为其所写的，悉根于很深挚的一种爱情，自然一切都美化了！

四、文学上的创新

"忆语体"自传文学在文学上的创新之处可以说正是表现在"忆语"二字上，作家有意为文处颇为明显。也就是说，作家们不是被动地、流水账式地记录自己的生活，而是有意地"回忆"他的生活，并在一定主旨的支配下"写成"某种文字。俞平伯说："即如这书，说它是信笔写出的固然不像；说它是精心结构的又何以见得？这总是一半儿做着，一半儿写着的，虽有千雕百琢一样的完美，却不见一点斧凿痕。"② 美国著名学者斯蒂芬·欧文在分析《浮生六记》时，敏锐地发现了其在文学上的创新之处，他说："沈复是按照事情应当是怎样来讲述他和芸的生活故事的，然而他讲述时的口气好像是事情事实就是这样。这是回忆录，它是一件想要掩盖自己是艺术品的艺术品。""在我们的回忆中，背景是模糊不清的，出现的是某种形式，故事、意义、同价值有关的独特的问题等，都集中在这种形式里。回忆是来自过去的断裂的碎片；它闯入正在发展的现实里，要求我们对它加以注意：'我们沉湎于其中。'沈复只需要回想到'盆景'，周围环境中所有丰富的细节以及对他个人所具有的意义，就全涌现在他心头了：所有这些都能凝聚到一个形象、一个名字和某一时刻里。不过，我们在这里读到的不是回忆，而是'回忆录'。为了写出回忆录来，他必须把凝聚成点的回忆铺陈开来，他必须把它'写'成某种叙述文字，某种描写，某种反思的诠释。"③ 因而，我们在《浮生六记》中

---

① 钱钟书：《管锥编·史记会注考证》，中华书局，1979 年版，第 358 页。
② 俞平伯：《俞平伯散文·重刊〈浮生六记〉序》，中国广播电视出版社，1997 年版，第 381 页。
③ ［美］斯蒂芬·欧文：《追忆》，上海古籍出版社，1990 年版，第 120 页。

处处都可以看到沈复在强调他们婚姻的价值，他在构造他与芸的"小世界"。沈复的一生，打算是去发现并建立一个小世界，于是他有意识地去"追忆"他的生活，并艺术性地表现它。这样一来，"叙事的故事在回忆录中是一种艺术冲动，它是坚定不移地朝事情的结尾发展，朝整一性、可以预见的转机和完整的结构发展。"①沈复之所以在此强调他在小型的构造物中的满足，是为了表现或暗示他内心的激情，因为儒家文化中的"立德、立功、立言"尽管并不包括与外部世界格格不入的"芸"，但沈复欲用"文学"将他与"芸"的一生"传之久远"，这种"传记意识"无疑是清代以前自传作品中不多见的。

"忆语体"自传文学嚆矢于冒襄的《影梅庵忆语》，影响及于后来沈复的《浮生六记》、陈裴之的《香畹楼忆语》、蒋坦的《秋灯琐记》、余其锵的《寄心琐语》等，从清初到民国初年，"忆语体"自传文学，几乎伴随着整个清朝的始终。另外，由于受到西方文化的影响，晚清的自传创作呈现出新的局面。对《浮生六记》极力推许的王韬，其自传作品写得坦率、真诚。《韬园老民自传》堪称中国传记文学史上第一篇"忏悔式"自传，更标志着西方忏悔文化对中国自传文学写作的影响的开始，王韬像卢梭一样，以说出一切为荣，字里行间充盈着自我张扬、自我暴露、自我宣泄的情绪。由于王韬接触并受到了西方文化的影响，他的自传文学成为清末文体解放的先驱，并对郁达夫等现代自传写作影响较大。

　　余生乾隆癸未冬十一月二十有二日，正值太平盛世，且在衣冠之家，居苏州沧浪亭畔，天之厚我可谓至矣。东坡云："事如春梦了无痕"，苟不记之笔墨，未免有辜彼苍之厚。因思《关雎》冠三百篇之首，故列夫妇于首卷，馀以次递及焉。所愧少年失学，稍识之无，不过记其实情实事而已。若必考订其文法，是责明于垢鉴矣。余幼聘金沙于氏，八龄而夭。娶陈氏。陈名芸，字淑珍，舅氏心余先生女也。生而颖慧，学语时，口授《琵琶行》即能成诵。四龄失怙。母金氏，弟克昌，家徒壁立。芸既长，娴女红，三口仰其十指供给，克昌从师，修脯无缺。一日，于书簏中得《琵琶行》，挨字而认，始识字；刺绣之暇，渐通吟咏，有"秋侵人影瘦，霜染菊花肥"之句。余年十三，随母归宁，两小无嫌，得见所作，虽叹其才思隽秀，窃恐其福泽不深；然心注不能释，告母曰："若为儿择妇，非淑姊不娶。"母亦爱其柔和，即脱金约指缔姻焉。此乾隆乙未七月十六日也。

---

① 〔美〕斯蒂芬·欧文：《追忆》，上海古籍出版社，1990年版，第120页。

【赏析】

这是《浮生六记》的开篇一段。特别是第一节之"记"字可看作此段乃至整篇文章之文眼。沈复在感叹时间永逝、事实如梦的同时，居然会拿起笔追忆其"实情实事"，这本身就是一种新的自传意识。陈寅恪先生说的好："吾国文学，自来以礼法顾忌之故，不敢多言男女间关系，而于正式男女关系如夫妇者，尤少涉及。盖闺房燕昵之情景，家庭米盐之琐屑，大抵不列于篇章，惟以笼统之词，概括言之而已。此后来沈三白《浮生六记》之闺房记乐，所以为例外创作。"因此，读此节需了解沈复写作整部《浮生六记》的旨归，那就是夫妇间的伉俪之情是高于所谓封建家庭伦理的。细心的读者以后会发现沈复在为自己写自传的同时，更多的是在为芸作他传。换句话说，《浮生六记》正是因为有了芸，才使得其故事流传后世。

> 花烛之夕，见瘦怯身材依然如昔，头巾既揭，相视嫣然。合卺后，并肩夜膳，余暗于案下握其腕，暖尖滑腻，胸中不觉怦怦作跳。让之食，适逢斋期，已数年矣。暗计吃斋之初，正余出痘之期，因笑谓曰："今我光鲜无恙，姊可从此开戒否？"芸笑之以目，点之以首。廿四日为余姊于归，廿三国忌不能作乐，故廿二之夜即为余姊款嫁，芸出堂陪宴。余在洞房与伴娘对酌，拇战辄北，大醉而卧；醒则芸正晓妆未竟也。是日亲朋络绎，上灯后始作乐。廿四子正，余作新舅送嫁，丑末归来，业已灯残人静。悄然入室，伴妪盹于床下。芸卸妆，尚未卧，高烧银烛，低垂粉颈，不知观何书而出神若此。因抚其肩曰："姊连日辛苦，何犹孜孜不倦耶？"芸忙回首，起立曰："顷正欲卧，开橱得此书，不觉阅之忘倦。《西厢》之名闻之熟矣，今始得见，真不愧才子之名，但未免形容尖薄耳。"余笑曰："唯其才子，笔墨方能尖薄。"伴妪在旁促卧，令其闭门先去。遂与比肩调笑，恍同密友重逢，戏探其怀，亦怦怦作跳，因俯其耳曰："姊何心春乃尔耶？"芸回眸微笑，便觉一缕情丝摇入魂魄，拥之入帐，不知东方之既白。

【赏析】

这是一段大胆叙写闺房私情的难得文字。历来令人称颂不已。我觉得沈复的叙述视角既不同于施耐庵的丑化女性；也不同于李渔的赏玩女性，而是出于一种对妻子的挚爱之情。此节第一句"见瘦怯身材依然如昔"，读来一股怜爱之情从心底涌出。值得注意的是，这是自传，是沈复在经历了人生诸多坎坷后的追忆。而事实上，沈复如此追叙怜爱的芸用封建礼教的标准来衡量是有许多缺点的，但是沈复却认为这恰是妻子的过人之处。他从内心挚爱着他的女人。也正是根基于沈复与陈芸间的这种爱情，此段中出现的中国散文里最为"香艳"的文字，不但不觉"色情"反而给人美的享受。

　　芸作新妇，初甚缄默，终日无怒容，与之言，微笑而已。事上以敬，处下以和，井井然未尝稍失。每见朝暾上窗，即披衣急起，如有人呼促者然。余笑曰："今非吃粥比矣，何尚畏人嘲耶？"芸曰："曩之藏粥待君，传为话柄。今非畏嘲，恐堂上道新娘懒惰耳。"余虽恋其卧而德其正，因亦随之早起。自此耳鬓相磨，亲同形影，爱恋之情有不可以言语形容者。而欢娱易过，转瞬弥月时吾父稼夫公在会稽幕府，专役相迓，受业于武林赵省斋先生门下。先生循循善诱，余今日之尚能握管，先生力也。归来完姻时，原订随侍到馆。闻信之余，心甚怅然。恐芸之对人堕泪，而芸反强颜劝勉，代整行装，是晚但觉神色稍异而已。临行，向余小语曰："无人调护，自去经心。"及登舟解缆，正当桃李争妍之候，而余则恍同林鸟失群，天地异色。到馆后，吾父即渡江东去。居三月如十年之隔。芸虽时有书来，必两问一答，半多勉励词，馀皆浮套语，心殊怏怏。每当风生竹院，月上蕉窗，对景怀人，梦魂颠倒。先生知其情，即致书吾父，出十题而遣余暂归，喜同戍人得赦。登舟后，反觉一刻如年。及抵家，吾母处问安毕，入房，芸起相迎，握手未通片语，而两人魂魄恍恍然化烟成雾，觉耳中惺然一响，不知更有此身矣。时当六月，内室炎蒸，幸居沧浪亭爱莲居西间壁，板桥内一轩临流，名曰："我取"，取"清斯濯缨，浊斯濯足"意也；檐前老树一株，浓阴覆窗，人面俱绿，隔岸游人往来不绝，此吾父稼夫公垂帘宴客处也。禀命吾母，携芸消夏于此，因暑罢绣，终日伴余课书论古、品月评花而已。芸不善饮，强之可三杯，教以射覆为令。自以为人间之乐，无过于此矣。

【赏析】

　　此节栩栩叙写出了新婚夫妇"小别"后的相思之苦和"重逢"时的相爱之状，也较有代表性地反映了沈复描情写性之文风：于细节中现真情。沈复生活的时代仍然是"桐城派"盛行之时，有人从否定"桐城派"观点出发，认为沈复不受其影响，事实上，沈复这里的细节传神颇得"桐城派"之神。姚鼐就极力推崇琐事件对文章情趣的作用。他说："归震川能于不要紧之题，说不要紧之语，都自风韵疏淡，此乃是于太史公深有会处，此文境又非石士所易到耳。"这正是纪实类传记散文所应追求的目标。

　　七月望，俗谓之鬼节。芸备小酌，拟邀月畅饮，夜忽阴云如晦。芸愀然曰："妾能与君白头偕老，月轮当出。"余亦索然。但见隔岸萤光明灭万点，梳织于柳堤蓼渚间。余与芸联句以遣闷怀，而两韵之后，愈联愈纵，想入非夷，随口乱道。芸已漱涎泪，笑倒余怀，不能成声矣。觉其鬟边茉莉浓香扑鼻，因拍其背，以他词解之曰："想古人以茉莉形色如珠，故供助妆压鬟，不知此花必沾油头粉面之气，其香更可爱，所供佛手当退三舍矣。"芸乃止笑曰："佛手乃香中君子，只在有意无意间；茉莉是香中小人，故须借人之势，其香也如胁肩谄笑。"余曰："卿何远君子而近小人？"芸曰："我笑君子爱小人耳。"正话间，漏已三滴。渐见风扫云开，一轮涌出，乃大喜。倚窗对酌，酒未三杯，忽闻桥下哄然一声，如有人堕（坠），就窗细瞩，波明如镜，不见一物，惟闻河滩有只鸭急奔声。余知沧浪亭畔素有溺鬼，恐芸胆怯，未敢即言。芸曰："噫！此声也，胡为乎来哉？"不禁毛骨皆栗，急闭窗，携酒归房。一灯如豆，罗帐低垂，弓影杯蛇，惊神未定。别灯入帐，芸已寒热大作，余亦继之，困顿两旬。真所谓乐极灾生，亦是白头不终之兆。中秋日，余病初愈，以芸半年新妇，未尝一至间壁之沧浪亭，先令老仆约守者，勿放闲人。于将晚时，偕芸及余幼妹，一妪一婢扶焉。老仆前导，过石桥，进门，折东曲径而入，叠石成山，林木葱翠。亭在土山之巅，循级至亭心，周望极目可数里，炊烟四起，晚霞烂然。隔岸名"近山林"，为大宪行台宴集之地，时正谊书院犹未启也。携一毯设亭中，席地环坐，守者烹茶以进。少焉，一轮明月已上林梢，渐觉风生袖底，月到波心，俗虑尘怀，爽然顿释。芸曰："今日之游，乐矣！若驾一叶扁舟，往来亭下，不更快哉！"时已上灯，忆及七月十五夜之惊，相扶下亭而归。吴俗，妇女是晚不拘大家小户皆出，结队而游，名曰："走月亮"。沧浪亭幽雅清旷，反无一人至者。

【赏析】

《浮生六记》本有六记，但《中山记历》和《养生记道》已经失传。此节出自《闺房记乐》，沈复也极力想写出他与芸23年夫妇生活中的快乐之事。此节所写"邀月畅饮""沧浪偕游"不能说不为人生之乐趣。然而，我们在欣赏某一作品时，应从该作品的文体特征出发。只有这样才能更准确地把握其精华。自传写作的特点之一就是作者试图对自己的生平进行解释，并通过构建自我模式以获得人生的本性意象。沈复认为自己的一生始终处于一种被迫害的地位，这是他在《坎坷记愁》主要叙述的内容。但是在此节里，他有意流露了这种情感。"邀月畅饮"居然选在"鬼节"，结果被不明坠水之物吓出了一场病。"沧浪偕游"虽无惊吓，却幽雅得无人游玩。

一日，芸问曰："各种古文，宗何为是？"余曰："《国策》《南华》取其灵快，匡衡、刘向取其雅健，史迁、班固取其博大，昌黎取其浑，柳州取其峭，庐陵取其宕，三苏取其辩，他若贾、董策对，庚、徐骈体，陆赞奏议，取资者不能尽举，在人之慧心领会耳。"芸曰："古文全在识高气雄，女子学之，恐难入彀，唯诗之一道，妾稍有领悟耳。"余曰："唐以诗取士，而诗之宗匠必推李、杜。卿爱宗何人？"芸发议曰："杜诗锤炼精纯，李诗潇洒落拓；与其学杜之森严，不如学李之活泼。"余曰："工部为诗家之大成，学者多宗之。卿独取李，何也？"芸曰："格律谨严，词旨老当，诚杜所独擅；但李诗宛如姑射仙子，有一种落花流水之趣，令人可爱。非杜亚于李，不过妾之私心宗杜心浅，爱李心深。"余笑曰："初不料陈淑珍乃李青莲知己。"芸笑曰："妾尚有启蒙师白乐天先生，时感于怀，未尝稍释。"余曰："何谓也？"芸曰："彼非作《琵琶行》者耶？"余笑曰："异哉！李太白是知己，白乐天是启蒙师，余适字三白，为卿婿，卿与'白'字何其有缘耶？"芸笑曰："白字有缘，将来恐白字连篇耳。"（吴音呼别字为白）相与大笑。余曰："卿既知诗，亦当知赋之弃取。"芸曰："《楚辞》为赋之祖，妾学浅费解。就汉、晋人中调高语炼，似觉相如为最。"余戏曰："当日文君之从长卿，或不在琴而在此乎？"复相与大笑而罢。

【赏析】

此节极写闺房之雅趣。沈复夫妇尽管不是儒生，但是他们对中国古代文学流派和文体的了解，似乎今日的中文系学生也会发出赞美之声。细心的读者可能由沈复夫妇的这场"古代文学专题讨论"，立刻联想到李清照夫妇的"缥书赌茗"。是的，这是有着时空不同而雅趣相类的爱情氛围的。你看，清照夫妇饭后品茗"以言某事在某书、某卷、第几页、第几行、以中否角胜负，为饮茶先后。中即举杯大笑，至茶倾覆怀中，反不得饮而起，甘心老是多矣。"[①]沈复夫妇闲情说文，唱和问答，幽默机趣。由此看来，只要源于真挚的夫妇之情，那么这种雅致的生活带给人们的便是爱恋、欣悦和满足了。

离余家半里许，醋库巷有洞庭君祠，俗呼水仙庙，回廊曲折，小有园亭。每逢神诞，众姓名认一落，密悬一式之玻璃灯，中设宝座，旁列瓶几，插花陈设，以较胜负。日惟演戏，夜则参差高下插烛于瓶花间，名曰："花照"。花光灯影，宝鼎香浮，若龙宫夜宴。司事者或笙箫歌唱，或煮茗清谈，观者如蚁集，

---

①　李清照：《金石录后序》，《李清照集校注》，人民文学出版社，1979年版，第176页。

檐下皆设栏为限。余为众友邀去，插花布置，因得躬逢其盛。归家向芸艳称之，芸曰："惜妾非男子，不能往。"余曰："冠我冠，衣我衣，亦化女为男之法也。"于是易髻为辫，添扫蛾眉，加余冠，微露两鬓，尚可掩饰；服余衣，长一寸又半，于腰间折而缝之，外加马褂。芸曰："脚下将奈何？"余曰："坊间有蝴蝶履，小大由之，购亦极易，且早晚可代撒鞋之用，不亦善乎？"芸欣然。及晚餐后，装束既毕，效男子拱手阔步者良久，忽变卦曰："妾不去矣。为人识出既不便，堂上闻之又不可。"余怂恿曰："庙中司事者谁不知我？即识出，亦不过付之一笑耳。吾母现在九妹丈家，密去密来，焉得知之？"芸揽镜自照，狂笑不已。余强挽之，悄然径去。遍游庙中，无识出为女子者。或问何人，以表弟对，拱手而已。最后至一处，有少妇、幼女坐于所设宝座后，乃杨姓司事者之眷属也。芸忽趋彼通款曲，身一侧，而不觉一按少妇之肩。旁有婢媪怒而起曰："何物狂生，不法乃尔！"余欲为措词掩饰。芸见势恶，即脱帽翘足，示之曰："我亦女子耳。"相与愕然，转怒为欢。留茶点，唤肩舆送归。

【赏析】

阅读《浮生六记》时，读者需要有一个与现今时代不同的审美心理。切忌用当代人的心态去理解沈复夫妇的闺房之乐。曹聚仁先生在《书林新话》中认为电影《浮生六记》就落入了这个窠臼："现代人对于旧家庭的男女之爱，不甚了了。"沈复的时代，女性抛头路面还是有许多限制的，但是难能可贵的是，沈复才不管这些，他要劝芸女扮男装以观胜景。这里陈芸的始而兴奋着装，继之羞赧反悔以及庙中遇窘之心理和场景描写。可谓栩栩如生，妙趣无穷。

吴江钱师竹病故，吾父信归，命余往吊。芸私谓余曰："吴江必经太湖，妾欲偕往，一宽眼界。"余曰："正虑独行踽踽，得卿同行固妙，但无可托词耳。"芸曰："托言归宁。君先登舟，妾当继至。"余曰："若然，归途当泊舟万年桥下，与卿待月乘凉，以续沧浪韵事。"时六月十八日也。是日早凉，携一仆先至胥江渡口，登舟而待。芸果肩舆至，解维出虎啸桥，渐见风帆沙鸟，水天一色。芸曰："此即所谓太湖耶？今得见天地之宽，不虚此生矣！想闺中人有终身不能见此者。"闲话未几，风摇岸柳，已抵江城。余登岸拜奠毕，归视舟中洞然，急询舟子。舟子指曰："不见长桥柳荫下，观鱼鹰捕鱼者乎？"盖芸已与船家女登岸矣。余至其后，芸犹粉汗盈盈，倚女而出神焉。余拍其肩曰："罗衫汗透矣！"芸回首曰："恐钱家有人到舟，故暂避之。君何回来之速也？"余笑曰："欲捕逃耳。"于是相挽登舟，返棹至万年桥下，阳乌犹未落也。舟窗尽落，清风徐来，纨扇罗衫，剖瓜解暑。少焉，霞映桥红，烟笼柳暗，银蟾欲上，渔火满江矣。命仆至船梢，与舟子同饮。船家女名素云，与余有杯酒交，人颇不俗，招之与芸同坐。船头不张灯火，待月快酌，射覆为令。素云双目闪闪，听良久，曰："觞政侬颇娴习，从未闻有斯令，愿受教。"芸即譬其言而开导之，终茫然。余笑曰："女先生且罢论。我有一言作譬，即了然矣。"芸曰："君若何譬之？"余曰："鹤善舞而不能耕，牛善耕而不能舞，物性然也。先生欲反而教之，无乃劳乎？"素云笑捶余肩曰："汝骂我耶？"芸出令曰："只许动口，不许动手！违者罚大觥。"素云量豪，满斟一觥，一吸而尽。余曰："动手但准摸索，不准捶人。"芸笑挽素云置余怀，曰："请君摸索畅怀。"余笑曰："卿非解人，摸索在有意无意间耳。拥而狂探，田舍郎之所为也。"时四鬓所簪茉莉，为酒气所蒸，杂以粉汗油香，芳馨透鼻。余戏曰："小人臭味充满船头，令人作恶。"素云不禁握拳连捶曰："谁教汝狂嗅耶？"芸呼曰："违令罚两大觥！"素云曰："彼又以小人骂我，不应捶耶？"芸曰："彼之所谓小人，盖有故也。请干此，当告汝。"素云乃连尽两觥。芸乃告以沧浪旧居乘凉事。素云曰："若然，真错怪矣。当再罚。"又干一觥。芸曰："久闻素娘善歌，可一聆妙音否？"素即以象箸击小碟而歌。芸欣然畅饮，不觉酩酊，乃乘舆先归。余又与素云茶话片刻，步月而回。时余寄居友人鲁半舫家萧爽楼中。越数日，鲁夫人误有所闻，私告芸曰："前日闻若婿挟两妓饮于万年桥舟中，子知之否？"芸曰："有之，其一即我也。"

【赏析】

陈芸是性情中人，独爱青山绿水、层云高旷。当沈复说来世卿为男"我"为女相伴遨游天下时，陈芸感叹道："必得不昧今生，方觉有情趣。"此节即叙写了他们夫妇难得的一次太湖畅游。恰似一篇情节丰富的小说。这妙处全在一个"瞒"字上。林语堂说得好："谁不愿意和她夫妇，背着翁姑，偷往太湖，看她观玩洋洋万顷的湖水，而叹天地宽。"[1]正是因为得之不易，方觉珍惜可贵。尤其是船头欢饮一段，夫妇唱和，素云豪爽助之，真真一欢乐图也！

余忆童稚时，能张目对日，明察秋毫，见藐小微物，必细察其纹理，故时有物外之趣。夏蚊成雷，私拟作群鹤舞空。心之所向，则或千或百果然鹤也。昂首观之，项为之强。又留蚊于素帐中，徐喷以烟，使其冲烟飞鸣，作青云白鹤观，果如鹤唳云端，怡然称快。于土墙凹凸处、花台小草丛杂处，常蹲其身，

---

[1] 林语堂：《浮生六记·序》，外语教学与研究出版社，1999年版，第17页。

使与台齐；定神细观，以丛草为林，以虫蚁为兽，以土砾凸者为丘，凹者为壑，神游其中，怡然自得。一日，见二虫斗草间，观之正浓，忽有庞然大物拔山倒树而来，盖一癞虾蟆也，舌一吐而二虫尽为所吞。余年幼，方出神，不觉呀然惊恐。神定，捉虾蟆，鞭数十，驱之别院。年长思之，二虫之斗，盖图奸不从也。古语云："奸近杀"，虫亦然耶？贪此生涯，卵为蚯蚓所哈（吴俗呼阳曰卵），肿不能便。捉鸭开口哈之，婢妪偶释手，鸭颠其颈，作吞噬状，惊而大哭，传为语柄。此皆幼时闲情也。

【赏析】

沈复的《浮生六记》事实上是一出悲剧，我们不可忘记它是事后叙述。作为叙述人的沈复为何叙述此事而忽略彼事，是有着深刻寓意的。此节沈复所写的："二虫为蟆所吞""暖为蚯蚓所哈"二事，美国学者斯蒂芬·欧文认为这是沈复人生故事的"原始文本"，它预示或铸就了沈复人生之路的坎坷和性爱生活的被破坏。"如果我们要理解沈复的这些出于回忆的作品，我们就不能无视他个人的传奇般遭遇所具有的力量，这种力量在他生活的进程中再三再四地发挥作用。我们认出了沈复在他的回忆录中和他的生活中用几十种形式加以复现的那个故事，那个关于那种私下的、在痛苦、伤害和当众凌辱的夹缝里苟且残存的、微乎其微的乐趣的故事。"[1]

及长，爱花成癖，喜剪盆树。识张兰坡，始精剪枝养节之法，继悟接花叠石之法。花以兰为最，取其幽香韵致也，而瓣品之稍堪入谱者，不可多得。兰坡临终时，赠余荷瓣素心春兰一盆，皆肩平心阔，茎细瓣净，可以入谱者。余珍如拱璧。值余幕游于外，芸能亲为灌溉，花叶颇茂。不二年，一旦忽萎死。起根视之，皆白如玉，且兰芽勃然。初不可解，以为无福消受，浩叹而已。事后始悉有人欲分不允，故用滚汤灌杀也。从此誓不植兰。

若夫园亭楼阁，套室回廊，叠石成山，栽花取势，又在大中见小，小中见大，虚中有实，实中有虚，或藏或露，或浅或深，不仅在"周回曲折"四字，又不在地广石多，徒烦工费。或掘地堆土成山，间以块石，杂以花草，篱用梅编，墙以藤引，则无山而成山矣。大中见小者，散漫处植易长之竹，编易茂之梅以屏之。小中见大者，窄院之墙宜凹凸其形，饰以绿色，引以藤蔓，嵌大石，凿字作碑记形。推窗如临石壁，便觉峻峭无穷。虚中有实者，或山穷水尽处，

---

① ［美］斯蒂芬·欧文：《追忆》，上海古籍出版社，1990年版，第126页。

一折而豁然开朗；或轩阁设厨处，一开而可通别院。实中有虚者，开门于不通之院，映以竹石，如有实无也；设矮栏于墙头，如上有月台，而实虚也。贫士屋少人多，当仿吾乡太平船后梢之位置，再加转移其间。台级为床，前后借凑，可作三榻，间以板而裱以纸，则前后上下皆越绝。譬之如行长路，即不觉其窄矣。余夫妇乔寓扬州时，曾仿此法，屋仅两椽，上下卧房、厨灶、客座皆越绝，而绰然有馀。芸曾笑曰："位置虽精，终非富贵家气象也。"是诚然欤！

【赏析】

《浮生六记》的叙事主线是沈复夫妇的爱情生活，其中作为他们平实恬淡生活旁衬的即是他们的生活旨趣。他们爱花、插花且懂得园林艺术之妙趣，此处所选就是一个典型的例证。由此看来，苏州园林名天下，不虚言矣。沈复夫妇，一对普普通通苏州市民，却对园林之道素有心得，真是一方水土养一方人。当然，沈复夫妇的家境并不宽裕，爱花仅仅是他们生命中与生俱来的闲趣而已。"而他那种爱美的心性，更是与有生而具来，尤足助成他的种种闲情。"[1] 这一点是弥足珍贵的，一个人要想真正享受闲情的佳妙，应有沈复夫妇的这种胸怀：爱其物而不滞于物，率性而真，不拘于俗理。这样，才能得到"无往而不宜也无往而不得到的一种真趣"。[2]

余扫墓山中，检有峦纹可观之石。归与芸商曰："用油灰叠宣州石于白石盆，取色匀也。本山黄石虽古朴，亦用油灰，则黄白相间，凿痕毕露，将奈何？"芸曰："择石之顽劣者，捣末于灰痕处，乘湿掺之，干或色同也，"乃如其言，用宜兴窑长方盆叠起一峰，偏于左而凸于右，背作横方纹，如云林石法，峰岩凹凸，若临江石矶状。虚一角，用河泥种千瓣白萍。石上植茑萝，俗呼云松。经营数日乃成。至深秋，茑萝蔓延满山，如藤萝之悬石壁。花开正红色，白萍亦透水大放，红白相间，神游其中，如登蓬岛。置之檐下，与芸品题：此处宜设水阁，此处宜立茅亭，此处宜凿六字曰"落花流水之间"，此可以居，此可以钓，此可以眺。胸中邱壑若将移居者然。一夕，猫奴争食，自檐而坠，连盆与架顷刻碎之。余叹曰："即此小经营，尚干造物忌耶！"两人不禁泪落。

---

① 朱剑芒编：《美化文学名著丛刊·浮生六记总目·浮生六记考》，国学整理社，1936年版，第7页。
② 朱剑芒编：《美化文学名著丛刊·浮生六记总目·浮生六记考》，国学整理社，1936年版，第7页。

【赏析】

此处所叙述之事，颇耐咀嚼。沈复夫妇总爱把他们的"胸中邱壑"寄托于小世界之中，并且不厌其烦地叙述这个小世界的被破坏。你看，正当他们夫妇神游于他们创造的假山仙境时，两只猫"自檐而坠"砸碎了他们的盆景，当然更破坏了他们的生活情趣。这里需注意的是，这两只"争食"之猫是一个隐喻，它暗示了作者本人的婚姻生活的被横加干涉。那么，沈复为什么要如此叙事呢？美国学者欧文认为"沈复的一生都想方设法要脱离这个世界而钻进某个纯真美妙的小世界中""小世界是他长久不衰的欲望的某种对象"。因为沈复夫妇的现实生活令人不安，所以，欧文说："他所建立的小世界为一种压迫感所包围"，为了摆脱这一局面，他们沉潜于小世界中以"得到满足"。"在那里，他至少可以佯装出享受到其中伸展和自由的幻像而带来的快乐"。[1] 是的，沈复之所以这样，是因为他要为他的芸以及他自己立传，但是，儒家文化中的"立德、立功、立言"，沈复深知是不包括他和芸的爱情生活的，因此，他要特别强调他的小世界带来的欲望的满足。

> 静室焚香，闲中雅趣。芸尝以沉速等香，于饭镬蒸透，在炉上设一铜丝架，离火半寸许，徐徐烘之，其香幽韵而无烟。佛手忌醉鼻嗅，嗅则易烂。木瓜忌出汗，汗出，用水洗之。惟香圆无忌。佛手、木瓜亦有供法，不能笔宣。每有人将供妥者随手取嗅，随手置之，即不知供法者也。余闲居，案头瓶花不绝。芸曰："子之插花能备风晴雨露，可谓精妙入神；而画中有草虫一法，盍仿而效之？"余曰："虫踯躅不受制，焉能仿效？"芸曰："有一法，恐作俑罪过耳。"余曰："试言之。"曰："虫死色不变。觅螳螂蝉蝶之属，以针刺死，用细丝扣虫项系花草间，整其足，或抱梗，或踏叶，宛然如生，不亦善乎？"余喜，如其法行之，见者无不称绝。求之闺中，今恐未必有此会心者矣。

【赏析】

沈复夫妇绝不是今日所谓"大款"，他们一生都在为生活奔波劳顿。特别是陈芸，父亲早逝，弟学徒，"三口仰其十指供给"。婚后依然，沈复的小帽领袜都是陈芸自做，衣服破了，"移东补西，必整必洁"。但是，他们夫妇爱美的天性并没有被生活压抑掉。他们发现，只要本诸真情和挚爱，世上万物皆有雅趣。这不，自制熏香，悠润无烟；用心采撷，瓶花不绝；活花瓶成，透风蔽日。"此真乡居之

---

① ［美］斯蒂芬·欧文：《追忆》，上海古籍出版社，1990年版，第122页。

良法也。"这也是如何看待生活的正确方法。林语堂说:"我相信淳朴自甘的生活,(如芸所说"布衣菜饭,可乐终身"的生活),是宇宙间最美丽的东西。在我翻阅重读这本小册子时,每每不期然想起到这安乐的问题。在未得安乐的人,求之而不可得,在已得安乐之人,又不知其来之所自。读了沈复的书每使我感到这安乐的奥妙,远超乎尘俗之压迫与人身之痛苦。"[①]

> 萧爽楼有四忌:谈官宦长迁、公廨时事、八股时文、看牌掷色。有犯必罚酒五斤。有四取:慷慨豪爽,风流蕴藉,落拓不羁,澄静缄默。长夏无事,考对为会。每会八人,每人各携青蚨二百。先拈阄,得第一者为主考,关防别座;第二者为誊录,亦就座;馀作举子,各于誊录处取纸一条,盖用印章。主考出五七言各一句,刻香为限,行立构思,不准交头私语。对就后投入一匣,方许就座。各人交卷毕,誊录启匣,并录一册,转呈主考,以杜徇私。十六对中取七言三联、五言三联。六联中取第一者即为后任主考,第二者为誊录。每人有两联不取者罚钱二十文,取一联者免罚十文,过限者倍罚。一场,主考得香钱百文。一日可十场,积钱千文,酒资大畅矣。惟芸议为官卷,准坐而构思。杨补凡为余夫妇写载花小影,神情确肖。是夜月色颇佳,兰影上粉墙,别有幽致。星澜醉后兴发曰:"补凡能为君写真,我能为花图影。"余笑曰:"花影能如人影否?"星澜取素纸铺于墙,即就兰影,用墨浓淡图之。日间取视,虽不成画,而花叶萧疏,自有月下之趣。芸甚宝之。

【赏析】

此节有两处令人拍案惊奇,一是在举国人民奉科举时文为唯一追求之时,沈复夫妇的萧爽楼却有四忌,其中之一便是忌谈八股时文。这是何等的襟怀!想一想穷极文人情态的《儒林外史》中的"范进兄弟们"的言行吧。"人生在世,除了这事,就没有第二件可以出头"(马纯上语)。但是,沈复夫妇和他们的朋友们确确实实在生活中找到了人生之路。夏日聚会,以诗助酒;友朋唱和,重在风流蕴藉。对比之下,范进们活得要多累有多累。二是在全家族视陈芸为唾余之际,沈复和他的朋友们,不但不男权至上,甚或还有那么一点点女性主义。别人需行立构思,"惟芸议为官卷,准坐而构思。"这样的场面,如此的氛围,人谁不"阅而心醉焉"。(杨引传序言)

[①] 林语堂:《浮生六记·序》,外语教学与研究出版社,1999年版,第19页。

苏城有南园、北园二处，菜花黄时，苦无酒家小饮，携盒而往，对花冷饮，殊无意味。或议就近觅饮者，或议看花归饮者，终不如对花热饮为快。众议未定，芸笑曰："明日但各出杖头钱，我自担炉火来。"众笑曰："诺。"众去，余问曰："卿果自往乎？"芸曰："非也。妾见市中卖馄饨者，其担锅灶无不备，盍雇之而往？妾先烹调端整，到彼处再一下锅，茶酒两便。"余曰："酒菜便矣，茶乏烹具。"芸曰："携一砂罐去，以铁叉串罐柄，去其锅，悬于行灶中，加柴火煎茶，不亦便乎？"余鼓掌称善。街头有鲍姓者，卖馄饨为业，以百钱雇其担，约以明日午后，鲍欣然允议。明日看花者至，余告以故，众咸叹服。饭后同往，并带席垫，至南园，择柳荫下团坐。先烹茗，饮毕，然后暖酒烹肴。是时风和日丽，遍地黄金，青衫红袖，越阡度陌，蝶蜂乱飞，令人不饮自醉。既而酒肴俱熟，坐地大嚼。担者颇不俗，拉与同饮。游人见之，莫不美为奇想。杯盘狼藉，各已陶然，或坐或卧，或歌或啸。红日将颓，余思粥，担者即为买米煮之，果腹而归。芸问曰："今日之游乐乎？"众曰："非夫人之力不及此。"大笑而散。

【赏析】

事情是如此熟悉，面对无限春光，友朋相邀，陶然而醉，何时无之？然而，此节叙述却与众不同。所有的闲情，所有的酣畅，都是建立在一个女性的策划基础之上。"然非其闺中人具此巧思奇想，则在这个雅集中，也决不会有这般的兴会淋漓。怪不得同游的人，都要非常俏皮地而说上一句'非夫人之力不至此了'"。是的，作者在这里展现了一种新的女性观。沈复笔下的芸与曹雪芹笔下的黛玉有着异曲同工之妙。尽管芸没有黛玉的才情，但却有黛玉般爱美的天性，芸没有什么创作，却用她的锦心绣口给她的丈夫带来了恬淡幸福的生活。从这个意义上讲，我们怎么能不同意林语堂的断语：芸，我说她是中国文学及中国历史上（因为确有其人）一个最可爱的女人。[①]

人生坎坷何为乎来哉？往往皆自作孽耳。余则非也。多情重诺，爽直不羁，转因之为累。况吾父稼夫公，慷慨豪侠，急人之难，成人之事，嫁人之女，抚人之儿，指不胜屈，挥金如土多为他人。余夫妇居家，偶有需用，不免典质，始则移东补西，继则左支右绌。谚云："处家人情，非钱不行。"先起小人之议，渐招同室之讥。"女子无才便是德"，真千古至言也！余虽居长而行三，故上下

---

① 林语堂：《浮生六记·序》，外语教学与研究出版社，1999 年版，第 17 页。

呼芸为"三娘"。后忽呼为"三太太"。始而戏呼，继成习惯，甚至尊卑长幼皆以"三太太"呼之。此家庭之变机欤？乾隆乙巳，随侍吾父于海宁官舍。芸于吾家书中附寄小函。吾父曰："媳妇既能笔墨，汝母家信付彼司之。"后家庭偶有闲言，吾母疑其述事不当，乃不令代笔。吾父见信非芸手笔，询余曰："汝妇病耶？"余即作札问之，亦不答。久之，吾父怒曰："想汝妇不屑代笔耳！"迨余归，探知委曲，欲为婉剖。芸急止之曰："宁受责于翁，勿失欢于姑也。"竟不自白。

【赏析】

我们在赏析《浮生六记》的一、二记时已经指出，沈复和芸的人生故事是一出悲剧。那么为什么这样一对伉俪情深的可爱的人会有如此人生坎坷呢？这里的叙述者"余"说皆是自作自受呀，还是古语说得好，"女子无才便是德"嘛。我之所以运用叙述者这个概念，是想提醒读者，这个"余"不是真正的沈复，而是他人的代称，这两节是从他人的视角来评价自我的，因此我们应作反语看。事实上，沈复夫妇的人生悲剧是一出社会悲剧基础上的性格的悲剧。沈复此处开篇所举的芸"代笔家书"的细节，就是一个性格悲剧的典型例证。按理说，沈复在家居长，陈芸代笔家书，符合礼法。但是陈芸这个性情中人哪有一点"凤辣子"的心计？怎会"机关算尽太聪明"。可是陈芸生活的环境至少可以说也是贾府的一个缩影吧，悲剧于此生焉。我想家庭矛盾，个中纠葛，陈芸不是不晓。只不过她无心把爱美的天性虚掷于如此无聊之中罢了。当母疑父愠夫欲辩解之时。芸竟不自白。陈芸，你总是心太软，心太软，让读者为你流泪到天明。

庚戌之春，予又随侍吾父于邗江幕中，有同事俞孚亭者挈眷居焉。吾父谓孚亭曰："一生辛苦，常在客中，欲觅一起居服役之人而不可得。儿辈果能仰体亲意，当于家乡觅一人来，庶语音相合。"孚亭转述于余，密札致芸，倩媒物色，得姚氏女。芸以成否未定，未即禀知吾母。其来也，托言邻女之嬉游者。及吾父命余接取至署，芸又听旁人意见，托言吾父素所合意者。吾母见之曰："此邻女之嬉游者也。何娶之乎？"芸遂并失于姑矣。壬子春，余馆真州。吾父病于邗江，余往省，亦病焉。余弟启堂时亦随侍。芸来书曰："启堂弟曾向邻妇借贷，倩芸作保，现追索甚急。"余询启堂，启堂转以嫂氏为多事。余遂批纸尾曰："父子皆病，无钱可偿；俟启弟归时，自行打算可也。"未几病皆愈，余仍往真州。芸复书来，吾父拆视之，中述启弟邻项事，且云"令堂以老人之病，皆由姚姬而起。翁病稍痊，宜密嘱姚托言思家，妾当令其家父母到扬接取，实彼此卸责之计也。"吾父见书怒甚。询启堂以邻项事，答言不知。遂札饬余曰：
"汝妇背夫借债，谗谤小叔，且称姑曰令堂，翁曰老人，悖谬之甚！我已专人
持札回苏斥逐。汝若稍有人心，亦当知过！"余接此札，如闻青天霹雳，即肃
书认罪，觅骑遄归，恐芸之短见也。到家述其本末，而家人乃持逐书至，历斥
多过，言甚决绝。芸泣曰："妾固不合妄言，但阿翁当恕妇女无知耳。"越数日，
吾父又有手谕至，曰："我不为已甚。汝携妇别居，勿使我见，免我生气足矣。"
及寄芸于外家。而芸以母亡弟出，不愿往依族中。幸友人鲁半舫闻而怜之，招
余夫妇往居其家萧爽楼。越两载，吾父渐知始末。适余自岭南归，吾父自至萧
爽楼，谓芸曰："前事我已尽知，汝盍归乎？"余夫妇欣然，仍归故宅，骨肉重
圆。岂料又有憨园之孽障耶！

【赏析】

古代宗法制度曾有"七出"之礼。这是对妇女的极端不公平的迫害。何谓
"七出"？"七出者：无子，一也；淫佚，二也；不事舅姑，三也；口舌，四也；
盗窃，五也；妒忌，六也；恶疾，七也。"[①] 陈芸受夫之托，物色一小妾，以照顾常
年在外奔波冷寂的公公。这不分明是孝顺舅姑的行为吗？你看陈芸先是倩媒，后
又托言，忙里忙外，不亦乐乎？怎么忽然黑云压城，落了个被逐出家门的悲凉境
地。这里不仅说明浪漫的天性统辖着陈芸终生的言与行，而且愈发展示出她的善
良和可怜。陈芸啊，陈芸，你怎能不想一想人性的复杂与多变。你要知道，即使
你事先将媒聘姚氏女的情况通报给婆婆，也会遭到婆婆的刁难的，因为小妾的到
来，会对婆婆造成威胁的。"此邻女之嬉游者也。何娶之乎？"寥寥数字，不正是
妒忌中的人（婆婆）的阴暗心理的暗示？接着的替小叔借债作保，也当如是观。
陈芸你替姑写信；替舅觅妾；替叔作保，简直成了替罪羊了。唯一让我们后人得以
宽慰的是：你的夫君沈复恰恰认为这都是你的可爱之处，并用他的真心和诗笔记录
下了你们的苦难历程。这又是你不幸中之大幸！

芸生一女名青君，时年十四，颇知书，且极贤能，质钗典服，幸赖辛劳。
子名逢森，时年十二，从师读书。余连年无馆，设一书画铺于家门之内，三日
所进，不敷一日所出，焦劳困苦，竭蹶时形。隆冬无裘，挺自而过。青君亦衣
单股栗，犹强曰"不寒"。因是芸誓不医药。偶能起床，适余有友人周春煦自福
郡王幕中归，倩人绣《心经》一部。芸念绣经可以消灾降福，且利其绣价之丰，

---

① 李学勤主编：《十三经注疏·仪礼注疏》，北京大学出版社，1999 年版，第 570 页。

竟绣焉。而春煦行色匆匆，不能久待，十日告成。弱者骤劳，致增腰酸头晕之疾。岂知命薄者，佛亦不能发慈悲也！绣经之后，芸病转增，唤水索汤，上下厌之。有西人赁屋于余画铺之左，放利债为业，时倩余作画，因识之。友人某向渠借五十金，乞余作保，余以情有难却，允焉。而某竟挟资远遁。西人惟保是问，时来饶舌，初以笔墨为抵，渐至无物可偿。岁底吾父家居，西人索债，咆哮于门。吾父闻之，召余诃责曰："我辈衣冠之家，何得负此小人之债！"正剖诉间，适芸有自幼同盟姊适锡山华氏，知其病，遣人问讯。堂上误以为憨园之使，因愈怒曰："汝妇不守闺训，结盟娼妓；汝亦不思习上，滥伍小人。若置汝死地，情有不忍，姑宽三日限，速自为计，迟必首汝逆矣！"芸闻而泣曰："亲怒如此，皆我罪孽。妾死君行，君必不忍；妾留君去，君必不舍。姑密唤华家人来，我强起问之。"因令青君扶至房外，呼华使问曰："汝主母特遣来耶？抑便道来耶？"曰："主母久闻夫人卧病，本欲亲来探望，因从未登门，不敢造次。临行嘱咐，倘夫人不嫌乡居简亵，不妨到乡调养，践幼时灯下之言。"盖芸与同绣日，曾有疾病相扶之誓也。因嘱之曰："烦汝速归，禀知主母，于两日后放舟密来。"其人既退，谓余曰："华家盟姊情逾骨肉，君若肯至其家，不妨同行；但儿女携之同往既不便，留之累亲又不可，必于两日内安顿之。"

【赏析】

陈芸有何罪过？遭如此坎坷命运作弄。少小丧父，辛勤于寡母幼弟之家；中年被逐，伤悲于弟亡母没又兼骨肉生别离。内外夹击，能无病乎？何况这样的悲剧都降临在一生情痴的弱女子身上呢？本节所叙情节是《浮生六记》中最为悲苦的场面之一。沈复与陈芸生有两个孩子，一男一女，女儿知书贤淑，儿子读书刻苦。如果他们生活在当代中国，这该是一个多么令人羡慕的温馨之家。然而，家庭的困苦让14岁的女儿早早懂得了关爱和自律。冬日严寒，她衣单发抖，还宽慰爸妈说"不寒"。母亲夜逃，弟弟大哭，她何尝不想大哭？却掩弟嘴并宽慰之。妻子为得刺绣《心经》的报酬，不顾体弱多病，强行劳作，遂得头晕之疾。需注意的是，这一切都是从一家之主的沈复眼里叙出的，这样更添悲苦之情。真是字字道来皆是血，辛酸故事泪两行。同时我们还应看到作者沈复"不是一个歌颂大家庭者"，字里行间透露着他对这个扼杀生命的大家庭的怨诅。

芸正形容惨变，咻咻涕泣。见余归，卒然曰："君知昨午阿双卷逃乎？倩人大索，今犹不得。失物小事，人系伊母临行再三交托，今若逃归，中有大江之阻，已觉堪虞；倘其父母匿子图诈，将奈之何？且有何颜见我盟姊？"余曰：

"请勿急，卿虑过深矣。匪子图诈，诈其富有也；我夫妇两肩担一口耳。况携来半载，授衣分食，从未稍加扑责，邻里咸知。此实小奴丧良，乘危窃逃。华家盟姊赠以匪人，彼无颜见卿，卿何反谓无颜见彼耶？今当一面呈县立案，以杜后患可也。"芸闻余言，意似稍释；然自此梦中呓语时呼"阿双逃矣！"或呼"憨何负我！"病势日以增矣。余欲延医诊治，芸阻曰："妾病始因弟亡母丧，悲痛过甚；继为情感，后由忿激；而平素又多过虑，满望努力做一好媳妇，而不能得，以至头眩、怔忡诸症毕备；所谓病入膏肓，良医束手，请勿为无益之费。忆妾唱随二十三年，蒙君错爱，百凡体恤，不以顽劣见弃。知己如君，得婿如此，妾已此生无憾。若布衣暖、菜饭饱，一室雍雍，优游泉石，如沧浪亭、萧爽楼之处境，真成烟火神仙矣！神仙几世才能修到？我辈何人，敢望神仙耶？强而求之，致干造物之忌，即有情魔之扰。总因君太多情，妾生薄命耳！"因又呜咽而言曰："人生百年，终归一死。今中道相离，忽焉长别，不能终奉箕帚、目睹逢森娶妇，此心实觉耿耿。"言已，泪落如豆。余勉强慰之曰："卿病八年，恹恹欲绝者屡矣。今何忽作断肠语耶？"芸曰："连日梦我父母放舟来接，闭目即飘然上下，如行云雾中，殆魂离而躯壳存乎？余曰："此神不收（守）舍，服以补剂，静心调养，自能安痊。"芸又欷歔曰："妾若稍有生机一线，断不敢惊君听闻。今冥路已近，苟再不言，言无日矣。君之不得亲心，流离颠沛，皆由妾故。妾死则亲心自可挽回，君亦可免牵挂。堂上春秋高矣，妾死，君宜早归。如无力携妾骸骨归，不妨暂厝于此，待君将来可耳。愿君另续德容兼备者，以奉双亲，抚我遗子，妾亦瞑目矣！"言至此，痛肠欲裂，不觉惨然大恸。余曰："卿果中道相舍，断无再继之理！况'曾经沧海难为水，除却巫山不是云'耳。"芸乃执余手而更欲有言，仅断续叠言"来世"二字。忽发喘，口噤，两目瞪视，千呼万唤，已不能言。痛泪两行，涔涔流溢。既而喘渐微，泪渐干，一灵缥缈，竟尔长逝。时嘉庆癸亥三月三十日也。当是时，孤灯一盏，举目无亲，两手空拳，寸心欲碎。绵绵此恨，曷其有极！承吾友胡肯堂以十金为助，余尽室中所有，变卖一空，亲为成殓。呜呼！芸一女流，具男子之襟怀才识。归吾门后，余日奔走衣食，中馈缺乏，芸能纤悉不介意。及余家居，惟以文字相辩析而已。卒之疾病颠连，赍恨以没，谁致之耶？余有负闺中良友，又何可胜道哉！奉劝世间夫妇，固不可彼此相仇，亦不可过于情笃。语云："恩爱夫妻不到头。"如余者，可作前车之鉴也。

【赏析】

陈芸之死是整部《浮生六记》的高潮。这个被林语堂称赞为中国最可爱最有风韵的真实的丽人。却在年方四十之际，香陨玉碎，客死他乡。然而我们在为陈芸唏嘘叹惋的同时，分明又为陈芸呜咽庆幸。毕竟陈芸死在了与自己相濡以沫挚情相爱的丈夫身边，她比林黛玉幸福多了。黛玉弥留之际，宝玉正在洞房花烛；陈芸魂归之时，却亲耳听到了丈夫的爱情誓言："曾经沧海难为水，除却巫山不是云"。这里尤其值得一提的是沈复对待女性的进步观。事实上，若从传统礼法上看，沈复反复追念的陈芸并不是一个贤妻孝媳。她生性浪漫，不谙世故，为公公物色小妾引来婆婆的不满；为小叔子作保导致兄弟失和；交烟花女子换来身心交瘁的结局。最后，被公公逐出家门，贫病而死。然而，在《浮生六记》中，沈复却始终彰扬一种新的主题：夫妇间的情笃远胜于封建大家庭的和睦。整部《浮生六记》处处流淌着一股股真情。

  芸没后，忆和靖"妻梅子鹤"语，自号梅逸。权葬芸于扬州西门外之金桂山，俗呼郝家宝塔。买一棺之地，从遗言寄于此。携木主还乡，吾母亦为悲悼。青君、逢森归来，痛哭成服。启堂进言曰："严君怒犹未息，兄宜仍往扬州。俟严君归里，婉言劝解，再当专札相招。"余遂拜母别子女，痛哭一场。复至扬州，卖画度日。因得常哭于芸娘之墓，影单形只，备极凄凉。且偶经故居，伤心惨目。重阳日，邻家皆黄，芸墓独青。守坟者曰："此好穴场，故地气旺也。"余暗祝曰："秋风已紧，身尚衣单。卿若有灵，佑我图得一馆，度此残年，以待家乡信息。"未几，江都幕客章驭庵先生欲回浙江葬亲，倩余代庖三月，得备御寒之具。封篆出署，张禹门招寓其家。张亦失馆，度岁艰难，商于余。即以余贽二十金倾囊借之，且告曰："此本留为亡荆扶柩之费，一俟得有乡音，偿我可也。"是年即寓张度岁。晨占夕卜，乡音殊杳。至甲子三月，接青君信，知吾父有病，即欲归苏，又恐触旧忿。正趑趄观望间，复接青君信，始痛悉吾父业已辞世，刺骨痛心，呼天莫及。无暇他计，即星夜驰归。触首灵前，哀号流血。呜呼！吾父一生辛苦，奔走于外，生余不肖，既少承欢膝下，又未侍药床前，不孝之罪，何可逭哉！吾母见余哭，曰："汝何此日始归耶？"余曰："儿之归，幸行青君孙女信也。"吾母目余弟妇，遂嘿然。余入幕守灵，至七终，无一人以家世告、以丧事商者。余自问人子之道已缺，故亦无颜询问。一日，忽有向余索逋者，登门饶舌。余出应曰："欠债不还，固应催索。然吾父骨肉未寒，乘凶追呼，未免太甚。"中有一人私谓余曰："我等皆有人招之使来。公且避出，当向招我者索偿也。"余曰："我欠我偿，公等速退！"皆唯唯而去。余因呼启堂，谕之曰："兄虽不肖，并未作恶不端。若言出嗣降服，从未得过纤毫嗣产。此次奔丧归来，本人子之道，岂为争产故耶？大丈夫贵乎自立，我既一身归，仍以一身去耳！"言已，返身入幕，不觉大恸。叩辞吾母，走告青君，行将出走深山，求赤松子于世外矣。青君正劝阻间，友人夏南薰字淡安、夏逢泰字揖山两昆季寻踪而至，抗声谏余曰："家庭若此，固堪动忿；但足下父死而母尚存，妻丧而子未立，乃竟飘然出世，于心安乎？"余曰："然则如之何？"淡安曰："奉屈暂居寒舍。闻石琢堂殿撰有告假回籍之信，盍俟其归而往谒之，其必有以位置君也。"余曰："凶丧未满百日，兄等有老亲在堂，恐多未便。"揖山曰："愚兄弟之相邀，亦家君意也。足下如执以为不便，西邻有禅寺，方丈僧与余交最善。足下设榻于寺中，何如？"余诺之。青君曰："祖父所遗房产，不下三四千金，既已分毫不取，岂自己行囊亦舍去耶？我往取之，径送禅寺父亲处可也。"因是于行囊之外，转得吾父所遗图书、砚台、笔筒数件。寺僧安置予于大悲阁。阁南向，向东设神像。隔西首一间，设月窗，紧对佛龛，本为作佛事者斋食之地，余即设榻其中。临门有关圣提刀立像，极威武。院中有银杏一株，大三抱，荫覆满阁，夜静风声如吼，揖山常携酒果来对酌，曰："足下一人独处，夜深不寐，得无畏怖耶？"余曰："仆一生坦直，胸无秽念，何怖之有？"居未几，大雨倾盆，连宵达旦三十余天。时虑银杏折枝，压梁倾屋。赖神默佑，竟得无恙；而外之墙坍屋倒者不可胜计，近处田禾俱被漂没。余则日与僧人作画，不见不闻。七月初，天始霁，揖山尊人号莼芗有交易赴崇明，偕余往，代笔书券得二十金。归，值吾父将安葬，启堂命逢森向余曰："叔因葬事乏用，欲助一二十金。"余拟倾囊与之，揖山不允，分帮其半。余即携青君先至墓所。葬既毕，仍返大悲阁。九月杪，揖山有田在东海永泰沙，又偕余往收其息。盘桓两月，归已残冬，移寓其家雪鸿草堂度岁。真异姓骨肉也！

【赏析】

真异姓骨肉也！是此段文字的主旨，也是整部《浮生六记》思想性之表现。沈复生活的时代，封建伦理纲常仍是人们崇尚的目标。尽管沈复表面上也忏悔自己的行为，但是骨子里他是对所谓的伦理纲常深恶痛绝的。这里集中表现在他与亲弟弟启堂的关系叙述中。按照封建伦理之三纲五常启堂身为沈复之弟本应存爱兄之悌情，然而恰恰是这位骨肉兄弟。骗取嫂子作保，事后反污嫂子多事；如今又唆使歹人登门饶舌，以争父亲遗产。与此相反，沈复夫妇却处处分享到了无血缘关系的异姓友朋的关爱。这里的关键点是，沈复对所谓的封建大家庭是持否定态度的。我觉得沈复敢于如此袒露家庭龃龉和纷争，是极为难能可贵的，因为他的《浮生六记》不是将真事隐去的"贾雨村言"，而是记其实情实事的自传。特别是在中国隐讳文化的背景下，沈复真实叙写出了家庭的内幕，其胆识和凿空之功，令人扼腕！

第二十一章　梁启超传记文学论

梁启超，作为一位优秀的传记文学作家，站在世纪之交的中西文化汇合点上，提出了诸多具有现代意识的新理论。已涉及传记文学文体的本质，"画我须是我"的真实观和主客体建构的美学观。从中国传记文学发展史的视角来看，梁启超对中国 20 世纪传记文学理论体系的形成与壮大，实有开拓之功。梁启超不但是一位优秀的传记文学作家，而且还对传记文学理论进行过研究，提出过诸多颇有建设意义且具有现代传记文学意识的新理论，对中国 20 世纪传记文学的写作产生了重大影响。正是由于他的明确的文体意识和身体力行的创作实绩，"传记才开始在中国成为一种独立的文学形式"[1] 而得以长足发展，并纳入世界传记文学之列。这是梁启超的又一大贡献。

传记文学文体观

1. 传记文学是独立的文体，不能等同于历史

早在 1901 年，梁启超就潜心研究中西史学。他在《新史学》中认为："善为史者，以人物为历史之材料，不闻以历史为人物画像；以人物为时代之代表，不闻以时代为人物之附属。"又说："在现代欧美史学界，历史与传记分科。所有好的历史，都是把人的动作藏在事里头，书中为一人作专传的很少。但是传记体仍不失为历史中很重要的部分。一人的专传，如《林肯传》《格兰斯顿传》，文章都很美丽，读来异常动人。多人列传，如布达鲁奇写的《英雄传》，专门记载希腊的伟人豪杰，在欧洲史上有不朽的价值。所以传记以人为主，不特中国很重视，各国亦不看轻。"[2] 这里梁氏虽然是从史学视角而言的，却已经涉及了以前传记理论家从未注意过的史学与传记的文体区别。长期以来，由于中国传记文学的主体特殊性："盖包举一生而为之传，史汉列传体也。"[3] 人们往往把传记纳入史学的苑囿，却忽

---

① 《新大英百科全书·传记文学》条目。载《传记文学》1984 年第 1 期，文化艺术出版社，1984 年版，第 191 页。

② 梁启超：《中国历史研究法》，上海古籍出版社，1987 年版，第 173 页。

③ 章学诚：《文史通义》，上海古籍出版社，1993 年版，第 193 页。

视了传记文学的特殊性：它是介于文史之间，扎根史苑，却欲在文苑开出自己的花朵的文类。结果导致了中国史传与史学的两败俱伤。美国学者汪荣祖指出："西人史传若即若离、和而不合，传可以辅史，而不必即史，传卒能脱颖而出，自辟蹊径，蔚为巨观矣。包斯威尔（J·Boswell）传乃师约翰生（Samuel Johnson）之生平，巨细靡遗，栩栩如生，煌煌长篇，俨然传记之冠冕也。反观吾华，史汉而后，绝少创新，殊乏长篇巨制，类不过千百字为一传。西哲培根（Francis Bacon）尝云：史有三事，述一定之时，记可忆之人，释辉煌之事。国史编年纪，述时之作也，叠有宏篇；记事本末，释事之作也，亦有巨匠。虽以纪传为正体，独乏包斯威尔传人之大作，抑传为史体所囿欤？"①事实正是如此。梁启超在比较研究了中西传记与历史的不同后，提出了他的文体观：历史所关注的是群体形态，而传记则应把重心放在传主的个体形态上。这就第一次揭示了历史与传记的文体区别并富有了现代传记意识。台湾学者杜维运说得好："传记家与史学家自然有其分解，传记学家密切注意人物的性格，史学家则在人物的性格影响到历史时，才密切注意人物的性格。传记学家的世界，人物是重心，他尽可能地呈现，将人物性格的各方面和盘托出，不惮其繁；史学家则不能如此，他无暇将人物的细节，一一写到历史上去，他的工作园地辽阔，他必须知道精简与衡量，尤其重要者，他必须严肃，不能将无意义者写入，不能将过于琐碎者写入。传记学家应是专业化的史学家，而史学家则应珍视传记学家的成果。"②世界传记大师《拿破仑传》的作者路德维希也明确指出："写一个人的历史同写一个时代的历史，完全是两回事：不仅名称不同，写作方法也各异其趣，想把二者结合起来是徒劳的。普鲁塔克专注于前者，卡莱尔则着眼于后者，因而这两位大师完成了各自的杰作"。由此看来，梁启超的传记文学文体意识是极清晰的。

2. 在分析中国传统传记模式（列传与年谱）的局限性后，梁启超提出了传记应以人物为本位的理论

这一传记观念，接近现代传记文学。他指出："列传在历史中虽不能说全以人物为主，但有关系的事实很难全纳在列传中，即如做诸葛亮专传与做《诸葛亮列传》便不同。做列传就得把与旁人有关系的事实分割在旁人的传中讲，所以《鲁肃传》《刘表传》《刘璋传》《曹操传》《张飞传》都有诸葛亮的事，不能把所有关系的事都放在《诸葛亮列传》中"。而"年谱很呆板，一人的事迹全以发生的先后

---

① ［美］汪荣祖：《史传通说》，中华书局，1989年版，第97—98页。
② 杜维运：《传记的撰写方法》，载《传记文学》（中国台湾），总第45期，1992年。

为叙，不能提前挪后，许多批评亦难插入。一件事直接或间接的关系，更不能尽纳在年谱中"。为此，梁启超汲取西方近代传记的优长，提出了具有现代文体意识的"专传"概念。什么是"专传"？梁启超说："专传亦可以叫做专篇，这个名词是我杜撰写的，尚且嫌它不大妥。因为没有好名词，不妨暂时应用。我所谓专传与列传不同，列传分列在一部史中，专传独立成为专书。《隋书·经籍志》杂传一门著录二百余部，其中于一人的专传，如《曾参传》一卷，《东方朔传》八卷，《毋丘俭记》三卷这类，亦不下十余种，可惜都不传了。现在留传下来的，要算慧立所著《慈恩三藏法师传》（即玄奘传）为最古，全书有十卷之多。不过我所谓专传与从前的专传，尚微有不同。《隋志》诸传已经亡失，其体裁如何，今难确指。专就现存的《三藏传》而论，虽然很详博，但仍只能认为粗制品的史料，不能认为组织完善的专书。大概从前的专传不过一篇长的行状。近人著行状，长至一二万字的往往有之，只能供作列传的取材，不能算理想的专传。"那么，梁启超对理想的专传有何要求呢？他说："我的理想专传，是以一个伟大人物对于时代有特殊关系者为中心，将周围关系归纳其中，横的竖的，网罗无遗。""而且不但要留心他的大事，即小事亦当注意。大事看环境、社会、风俗、时代，小事看性格、家世、地方、嗜好，平常的言语行动乃至小端末节，概不放松。最要紧的是看历史人物为什么有那种力量。"梁启超认为：如果给诸葛亮做"专传""凡有直接关系的，如曹操、刘备、吕布的行为举止，都要讲清楚，然后诸葛亮的一生才能完全明白"。①

我们认为，梁启超传记文学文体观的形成，来自两方面的影响。一是对古典文学优秀遗产的继承；二是对西方现代传记文学理论的借鉴。他的从全社会大关系着眼挑选传主做"专传"的方法，部分是受到司马迁的启发。他自己就指出了这一点："《史记》每一篇列传，必须表某一方面的重要人物。……每篇都有深意，大都从全社会着眼，用人物来做一种现象的反映，并不是专替一个人做起居注。"②当然，司马迁对此未作阐释，是梁启超从理论上做了总结。另一方面，梁启超大胆引进借鉴西方的传记文体新观念，在《李鸿章》的"序例"中，他就公开宣布："此书全仿西人传记之体，载述李鸿章一生行事，而加以论断，使后之读者，知其为人。"自此以后，中国具有现代意义的传记文——"专传"文体——得以形成并兴盛。而这是与梁启超的传记文学文体观的理论影响分不开的。

---

① 梁启超：《中国历史研究法》，上海古籍出版社，1987年版，第183页。
② 梁启超：《中国历史研究法》，上海古籍出版社，1987年版，第182页。

传记文学的真实观

1. "画我须是我"

梁启超有极深的史学修养，非常注重传记文学的真实性。他不止一次地引用英相格林威尔的名言：Paint me as I am（画我须是我），以表明他对传记文学纪实原则的看重。他说："我以为史家第一件道德，莫过于忠实。""吾侪有志史学者终不可不以此自勉。务持鉴空衡平之态度，极忠实以搜集史料，极忠实以叙论之，使恰如其本来。当如格林威尔所云'画我须是我'。当如医者之解剖，奏刀砉，而无所谓恻隐之念执我心曲也。乃至对本民族偏好溢美之词，亦当力戒。良史固所以促国民之自觉，然真自觉者决不自欺，欲以自觉觉人者，尤不宜相蒙。故吾以为，今后作史者宜于可能的范围内抑其主观而忠于客观，以史为目的而不以为手段。夫然后有信史，有信史然后有良史也。"[①] 也就是说，梁启超是非常重视传记文学的史料真实的。在《中国历史研究法》中，他竟然以占全书近半的篇幅，论述史料的方方面面。第四章说史料，第五章说史料的搜集与鉴别等，真可谓巨细靡遗。但是，这只是梁启超传记文学真实观的第一个层面。

2. "邻猫生子"

梁启超认为，传记文学的真绝不是所谓"邻猫生子"般的事实。传记文学，是一种以真实为基础的文学样式，它的真也应是文学层次的真。梁启超有一个"邻猫生子"的著名比喻论证了这一主张。

英儒斯宾塞曰："或有告曰：'邻家之猫昨日产一子。'以云事实诚事实也，然谁不知为无用之事实乎？以其与他事毫无关涉，于吾人生活上行为毫无影响也。"

"邻猫生子"这里比喻那些芜杂枯燥，"于本质问题无关紧要的材料"。梁启超极为欣赏斯宾塞的说法，把它引入传记文学。假如传记作家只是记载"某日某大臣死也，某日有某诏书也"，这样的作品实在是"满纸填塞"，皆是"邻猫生子之事""往往有读尽一卷而无一语有入脑之价值者"。因此，他主张传记文学的真不是偶发、孤立的史料，而应是在纵横方面相互联带关系的事实。他说："故真史当如电影片，其本质为无数单片，人物逼真、配景完整而复前后紧密衔接，成为一轴，然后射以电光，显其活态。夫舍单张外固无轴也。然轴之为物，却自成一有组织的个体，而单张不过为其成分。若任意抽取数片，全没有其相互之动相，木

---

① 梁启超：《中国历史研究法》，上海古籍出版社，1987 年版，第 35—36 页。

然只影，黏著布端，观者将却走矣。惟史亦然，人类活动状态其性质为整个的、为成套的、为有生命的、为有机能的、为有方向的，故事实之叙录与考证不过以树史之躯干，而非能尽史之神理。善为史者之驭事实也，横的方面最注意背景与其交光，然后甲事实与乙事实之关系明，而整个的不至变为碎件。纵的方面注意于其来因与其去果，然后前事实与后事实之关系明，而成套的不至变为断幅。是故不能仅以叙述毕完事。必也说明焉，有推论焉。所叙事项虽千差万别而各有其凑笋之处，书虽累百万言而筋摇脉注，如一结构精悍之短札也。"① 梁启超之所以认为传记文学的真是有联系有价值的真，这是与他的史学思想密不可分的。在《中国历史研究法补编》"总论"中，梁启超指出："历史的目的在将过去的真事实予以新意义或新价值，以供与现代人活动之资鉴。"因此，传记文学不能为事实而事实。梁启超这一传记文学真实观是颇有现实意义的。

3."口碑实录"

梁启超在强调传记文学的真实性的同时，还提出了具有现代意义的"口碑实录"史料的观点，值得重视。他说："现在日日所发生之事实，其中有构成史料价值者之部分也。吾侪居常慨叹于过去史料之散亡。当知后之视今，犹今之视昔。吾侪今日不能将其耳目见之史实搜辑保存，得毋反欲以现代之信史责望诸吾子孙耶？所谓现在日日发生之事实，有构成史料之价值者何耶？例如本年之事，若粤、桂、川、湘、鄂之战争，若山东问题日本之提出交涉与我之拒绝，若各省议会选举之丑态，若京、津间中、交银行挤兑风潮，若上海商教联合会之活动等。凡此等皆有其来因去果，将来在史上确能占有相当之篇幅，其资料皆琅琅在吾目前，吾辈不速为收拾以贻诸方来，而徒日日欷歔望古遥集，奚为也？其渐渐已成陈迹者，例如三年前学界之五四运动，如四年前之张勋复辟，如六年前之洪宪盗国，如十年前之辛亥革命，如二十年之戊戌政变、拳匪构难，如二十五年前之甲午战役……躬亲其役或目睹其事之人，犹有存者。采访而得其口说，此即口碑性质之史料也。"②

梁启超重视"口碑实录"以搜集史料的观点，是颇有超前意识的。胡适之提倡规劝老朋友写自传，正是梁启超这一传记观念的延续。但是，令人遗憾的是，他们的这一观点，受中国文化等诸因素的制约，不但没有深入人心，甚至连梁启超自己也未能实现。胡适感慨道："但谁能有他那样'笔锋常带情感'的健笔来写

① 梁启超：《中国历史研究法》，上海古籍出版社，1987 年版，第 37—38 页。
② 梁启超：《中国历史研究法》，上海古籍出版社，1987 年版，第 15 页。

他那 50 年最关重要又最有趣味的生活呢？"后来，胡适自己的"口述自传"得以出版了，但是，那是得益于美国哥伦比亚大学"中国口述历史学部"的帮助而完成的。因此，从现实意义上讲，梁启超在 20 世纪初倡导的"口碑实录"的观点，值得继承发扬。

传记文学的美学观

1. 传记文学是寄寓作家审美理想的创作

梁启超在《中国史叙论》中认为：中国古典史传文学"能铺叙而不能别裁""能因袭而不能创作"，这是司马迁以后中国史传文学每况愈下的重要因素之一。因而，梁启超提出传记文学应"别裁""创作"，于传主行事中寄托作家的审美理想。他认为，司马迁创作《史记》，"实欲建设一历史哲学，而借事实以为发明。"《史记》是"怀抱深远之目的而又忠勤于事实"的不朽之作。① 诸如"项羽而列诸本纪；孔子、陈涉而列诸世家；儒林刺客货殖而为列传，皆有深意存焉"。所以，他认为优秀的传记文学"当如吉朋之《罗马史》以伟大高尚之理想，褒贬一民族全体之性质""当如布尔特奇之《英雄传》，以悲壮淋漓之笔，写古人性行、事业，使百世之下闻其风者，赞叹舞蹈、顽廉懦立，刺激精神血泪以养成活气之人物"。② 提出了传记文学应具有崇高审美理想的观点。也就是说，在社会舞台上，那些为民请命、以身殉国的英雄们，只要作家能以"悲壮淋漓"之笔叙写出他们的人格、就足以感昭世人。恰如澎湃的大海、巍峨的高山峻峰、奔腾的长江一样，给人鼓舞、力量和美的享受，"使百世之下闻其风者，赞叹舞蹈、顽廉懦立"。事实上，我们去读梁启超的传记文学作品时，也时时感到这种崇高美的鼓舞力量。无论是"我自横刀向天笑"的戊戌变法英雄谭嗣同，慷慨就义的自由战士罗兰夫人；还是雄健沉鸷的英国巨人克林威尔，无不给人以崇高的审美享受。

2. 传记文学是在真实的基础上主、客体建构的审美过程

传记文学是文学表现的古老形式之一，在我国源远流长。司马迁、班固这两位传记文学的权舆者，都以"不虚美、不隐恶"为创作原则，同时承继史官文化的传统，既注重"史"的真实性，又富有"文"的色彩。《仪礼·聘记》认为史学

---

① 梁启超：《中国历史研究法》，上海古籍出版社，1987 年版，第 15 页。
② 梁启超：《饮冰室文集·之九·论书法》，中华书局，1989 年版，第 28 页。

的内涵是"辞多则史"。郑玄注："史，谓策祝，亦言史官多文也。"可见，传记文学不但允许"文"的介入，而且是不可或缺的重要因素之一。不过，在"史"与"文"的问题上，司马迁与班固还是有差别的。如果说，司马迁在实录的基础上，较重视"文"的因素，那么班固则宁肯偏"史"。这样，沿司马迁一路，由"文史辨洽"为传记文学正宗，文随世移，影响后世小说、戏曲的繁荣，特别是唐传奇的发展。但是这种传统，对传记文学自身的影响，反而式微了。二十四史每况愈下，足以证之。班固在传记创作中，固然也有着史官文化的积淀，特别是《苏武》《李陵》之传"叙事精彩，于千载下犹有生气"。但总的说来，他的传记创作是较偏于"史"的。这样，后世史家沿他一线发展，不无偏重于"史"的趋向。又由于历史科学的独立，文、史分家的学风转换，介于文史之间的传记文学，从亦史亦文，发展到只注重史料的状况。特别是在正史中，传记成为史学的附庸，而失去了自身的光彩。

梁启超站在中西文化的交叉点上，敏锐地看出了中国传记文学发展上的这一倾向，他从自己传记文学的创作实践中体会到：传记文学不是史料的汇编，而是创作主体的个性与史实这一客体的建构过程。也就是说，梁启超认为，传记文学作家应有清醒的"有意为传记文学"的意识。梁启超为"戊戌变法"的领袖，其《戊戌六君子传》史料详赅，史家称引。可在《中国历史研究法》中他却说："又如吾二十年前所著《戊戌政变记》，后之作清史者记戊戌事，谁不以为可贵之史料？然谓所记悉为信史，吾已不敢自承。何则？感情作用所支配，不免将真迹放大也。"这里的"放大"不是虚构，更不是胡编乱造，而是显示了清醒的传记文学意识。

3. 传记文学的语言美

传记文学是语言的艺术。梁启超对传记的语言美，也有不少精辟论述。他认为"同是记一个人、叙一件事，文采好的，写得栩栩欲活，文采不好的，写得呆鸡木立"。但是对传记语言美的要求，梁启超并不是只重辞藻，而是从传记文体的特殊性出发，提出了两个条件，一是简洁，二是飞动。"简洁就是讲剪裁的功夫。""若为文章之美，不要多说，只要能把意思表明就得。做过一篇文章之后，要看可删的有多少，该删的便删去。我不主张文章作得古奥，总要词达。所谓'词达而已矣'。"关于"飞动"，梁启超的论述更贴合传记文体。他说："尤其是历史的文章，为的是作给人看。若不能感动人，其价值就减少了。用文章一面要谨严，一面要如电力，好像电影一样活动自然。如果电力不足，那就在死布上了。事本飞动而文章呆板，人将不愿看，就看亦昏昏欲睡。事本呆板而文章生动，字字都活跃纸上，使看的人要哭便哭，要笑便笑。"①

刘知几说："夫史之称美者，以叙事为先。"足见语言之美在传记文学创作中的重要性。事实上，确有如梁启超所说的"事本呆板""不过尔尔"，但是在作家飞动简洁的语言描绘下，增色不少。司马迁写《陈涉世家》，人物众多，千头万绪，如何措手？但是他却用简洁飞动的语言，把当时匆忙起事的各路英雄栩栩叙述出来了。汤谐《史记半解·陈涉世家》说："一时多少侯王将相，起者匆匆而起，立者匆匆而立，遣者匆匆而遣，下者匆匆而下，畔者匆匆而畔，据者匆匆而据，胜者匆匆而胜，败者匆匆而败，失者匆匆而失，复者匆匆而复，诛者匆匆而诛，散者匆匆而散。有六月内结局者，有六月内未结局者，有六月后续出者。种种头绪，纷如乱丝，详叙恐失仓卒之意，急叙又有挂漏之患，岂非难事。太史公却是匆匆写出，却已一一详尽，不躐不乱，岂非神手！"②梁启超所撰作的传记，也具备语言飞动的特点。如《谭嗣同传》中"法华寺诘袁"一段语言即是如此。

总之，梁启超的传记文学理论，虽然有着很强的政论性和传统文化中重体验非理论化的倾向，但是，他能站在中西文化交汇点上，参照古代传记精华，吸收现代西方传记文学理论的新论点，已涉及传记文学文体的本质性与真实观、美学观等诸多传记文学理论课题。正像他提倡"诗界革命"一样，在传记文学与批评方面，梁启超也进行了一场"传记革命"。因此，从中国传记文学发展史的角度看，梁启超对中国 20 世纪传记诗学体系的形成实有开拓之功。

---

① 梁启超：《中国历史研究法》，上海古籍出版社，1987 年版，第 171 页。
② 杨燕起等编：《历代名家评〈史记〉》，北京师范大学出版社，1986 年版，第 502 页。

第二十二章 论沈从文传记叙事的"趣味化"问题

一

沈从文作为一位中国 20 世纪最优秀的小说作家之一，已是不争之事实。然而，沈从文的传记叙事，特别是《记丁玲》一书，尽管当时曾经被称誉为："中国新文艺运动以来第一部最完美的传记文学。"[①] 却由于传主丁玲的反感与批评至今难以定论："沈从文常常把严肃的东西，按他的趣味去丑化。我很不喜欢他的这种风格。在他的眼睛里，总是趣味。""看把我写成一个什么样子，简直是侮辱！完全是他的低级趣味的梦呓！"[②] 毋庸置疑，沈从文的传记叙事笔调是人性的、轻灵的和非伦理化的。问题的关键是，这种"趣味化"叙事在小说和自传里无疑是得到传记理论的首肯的，因为叙述者有着叙述出全部事实的正义权力，但是同样的"趣味"若顺延到"传记叙事"，则没那么简单了。[③]1984 年 4 月 15 日丁玲在写给老朋友徐霞村的信中愤怒地说："沈从文写了《记胡也频》，又写了《记丁玲》，他把对一个熟人的回忆当小说写。他用'有趣的'眼光看世界，也用'有趣的'眼光看朋友。本来写书时他以为我已经死了，谁知给我留下了许多麻烦。"[④]

为了深入分析沈从文《记丁玲》所折射出的这一传记文化现象，必须先从丁玲的"自我"说起。丁玲是个什么样的人？她的本质自我如何断定？也许一时难以下结论，何况她一生坎坷，大喜大悲，忽"右"忽"左"。甚至，连传主丁玲自己笔下的"我"，也在时空的变化中不断地"变脸"，改换着自我身份。但是，我们认为，至少在沈从文"记丁玲女士"的时期，丁玲的自我本质是在"莎菲女士"之"我"的主线上上下波动着的。童年父亲的缺失与寡母的好强性格，孕育着丁玲孤傲而敏感的人格个性。瞿秋白与王剑虹婚后的悲剧，让丁玲感受到了内心的痛苦和人生的虚无。与胡也频、冯雪峰的三角恋情，撕裂了丁玲的少女之心，也注定了丁玲一生在情感选择上的无奈与确定婚姻对象时的特异。丁玲一生与四个

---

① 《良友图画杂志》(1934 年 9 月 15 日)。转引自李辉：《恩怨沧桑——沈从文与丁玲》，百花文艺出版社，1992 年版，第 129 页。

② 陈漱渝：《干涸的清泉》，载《人物》1990 年第 5 期，第 101—105 页。

③ 参见笔者另文，《事实正义论：自传（他传）的叙事伦理》，载《外国文学研究》2005 年第 3 期。

④ 汪洪编：《左右说丁玲》，中国工人出版社，2001 年版，第 4 页。

男性产生过灵与肉的情感纠葛，而真正与她同居生子和结婚的男人，几乎都是"小弟弟模式"，最后一任丈夫陈明甚至比丁玲小 13 岁。结婚时，丁玲 38 岁，陈明 25 岁。丁玲曾说过这样的话："我最纪念的是也频，而最怀念的是雪峰。"[①] 像丁玲这样有着强烈自我个性的女性，往往在爱情上倾向于成熟男人冯雪峰："我和他相爱得太自然太容易了，我没有不安过，我没有幻想过，我没有苦痛过。然而对于你，真正是追求，真有过宁肯失去一切而只要听到你一句话，就是说'我爱你'！你不难想着我的过去，我曾有过的疯狂，想你，我的眼睛，我不肯失去一个时间不望你，我的手，一得机会我就要放在你的掌握中，我的接吻……我对你一点也没有变。一直到你离开杭州，你可以回想，我都是一种态度，一种意愿属于你的态度，一种把你看成最愿信托的人看，我对你几多坦白，几多顺从，我从来没有对人那样过。"[②] 但是在最后婚姻的选择上，像丁玲这种个性的女人，更倾向选择或热情如胡也频，或温顺如冯达，或青春如陈明这种相对不"成熟"的男性。然而，尽管胡也频成了烈士，冯达给她生有一女，陈明伴她走过北大荒的风雪人生路，丁玲却毫不掩饰她对冯雪峰的爱情。其实，莎菲女士的性的苦闷与爱的彷徨，正是作者丁玲当时心灵波动史的纪实，更是丁玲一生的情结。事实上丁玲的自我就是那种有热情、有血肉的。她是一个敢爱敢恨，也爱了恨了的有明朗性格的女人。不说在她自己笔下的我（《不算情书》）与沈从文《记丁玲》的"丁玲"形象多么相似，即便是在写于晚年的回忆录《魍魉世界》中的"我"，也一样是一个人性化的丁玲。此时的叙述人丁玲出于自我辩解的目的，不得不对自己有所回护与隐瞒。可是在她的自传话语中，却处处展示出那有血有肉的丁玲，于非常时期在情感与肉体两方面对丈夫冯达的"爱、恨、情、仇"，甚至生理的需求。传记事实证明，生活中的丁玲，从来就不掩饰她"这一个"热情、坦白的自我，她的自我叙事"可能是中国女性最赤裸的自白了"。[③] 由此看来，面对如此富有人性的传主，只要传记作家沈从文能够依据事实，真实地叙述出丁玲的"这一个"自我来，无疑就是成功的传记文学。事实上沈从文的《记丁玲》不仅做到了这一点，而且是在更高审美层次上以一种"飘逸的笔致，清醒的文体"把丁玲的一生"极有趣味地写出来"了。[④] 否则，就不会得到"中国新文艺运动以来第一部最完美的传记文学"的称誉。

---

① 丁玲：《《悼雪峰》，《丁玲文集》第五卷，湖南人民出版社，1984 年版，第 180 页。

② 丁玲：《不算情书》，《丁玲文集》第七卷，湖南文艺出版社，1987 年版，第 305—306 页。

③ 引自李辉：《风雨中的雕像》，山东画报出版社，1997 年版，第 150 页。

④ 郁达夫：《郁达夫文论集》，浙江文艺出版社，1985 年版，第 638 页。

二

　　其实，这里的"趣味地写出来"传主的人性生活，正是郁达夫在那个时代所倡导的"新传记"主张，我们这里并不是想强调说明沈从文在按照郁达夫的传记文学理论写作，而是说"把一个人的一生极有趣味地写出来"实际上是中国现代传记文学，特别是 20 世纪 30 年代中国现代传记文学的共同叙事特征。也就是说"趣味化传记叙事"是中国现代作家的传记叙事审美趋向和文本特征。甚至我们可以说"趣味化传记叙事"正是中国现代传记文学"现代性"属性中最为明显的特色之一。请看姚蓬子和郁达夫的"趣味化传记叙事"："也频走后这一段短短的时间里，我和丁玲是天天都见面的。我们的谈话，终于在某一天夜里，谈到丁玲久已要告诉我的而终于隐忍下去的话上了。这话，仿佛一团长久塞在她心头的瘀血，现在才一口气吐出来了。她告诉我这二年来的隐痛，生活在矛盾和不安中的烦乱的心。她是那么孤傲的一个人，有勇气去蔑视别人的一切尊重和好意的，此刻是低着头，垂下眼睛，幽幽的带点颤抖地诉述着。虽然映着红红的炉火，仍旧可以看出她的脸色有着一种不常见的奇怪的惨白，一种说不出的悲伤的紧张和兴奋。她的眼光望着地板，不敢抬起头来看我。有时会说到半路上又突然停住了，跑去倒在床上，低低的，可是伤心地哭泣着。"[①]

　　1924 与 1925 年之交，我混迹在北京的软红尘里；有一天风定日斜的午后，我忽而在石虎胡同的松坡图书馆里遇见了志摩。仔细一看，他的头，他的脸，还是同中学时候一样发育得分外的大，而那矮小的身材却不同了，非常之长大了，和他并立起来，简直要比我高一二寸的样子。他的那种轻快磊落的态度，还是和孩时一样，不过因为历尽了欧美的游程之故，无形中已经锻炼成了一个长于社交的人了。笑起来的时候，可还是同十几年前的那个顽皮小孩一色无二。"[②]

　　事实上，传主丁玲在写于 1931 和 1932 年的两封《不算情书》的文章里，对她自我的描绘更是典型的"趣味化传记叙事"：在和也频的许多接吻中，我常常想着要有一个是你的就好了。我常常想再睡在你怀里一次，你的手放在我心上。[③]也就是说，丁玲对自我的"趣味化"叙述丝毫不亚于沈从文塑造的她自己。因此，我们认为，"趣味化传记叙事"着重叙述传主的有血有肉的生活，这不仅是传记作

---

　　① 蓬子：《我们的朋友丁玲》和《记丁玲》，见丁言昭编选：《别了，莎菲》，人民文学出版社，2001 年版，第 96 页。

　　② 李书敏等主编：《郁达夫散文小说选》，重庆出版社，1999 年版，第 125—126 页。

　　③ 丁玲：《不算情书》，《丁玲文集》第七卷，湖南文艺出版社，1987 年版，第 305—306 页。

家对发生在传主身上事实的纪实，它更是传记文学文类的最为重要的美学要求之一。沈从文的创新之处在于，他不仅远咀中国史传文学叙事的"轶事传统"，而且深受西方传记旨在描摹人性的叙事影响，特别是斯特拉奇"新传记"给名人"拆台"叙事的影响。"趣味化传记叙事"已经成为中国现代传记作家叙事的一大现代性特征。令人遗憾的是，丁玲，偏偏是一生如此有血有肉且实践着"趣味化传记叙事"的丁玲，在晚年却以传主的身份，向传记文学界投出了一枚"核弹"，炸碎了老友沈从文的那颗早已不完整的心，并辐射了整个中国传记文坛，造成了当下传记诗学理论的混淆。

三

传记作家陈漱渝根据他认真阅读丁玲写在《记丁玲》书上所作的批语，总结出一条丁玲对沈从文《记丁玲》传记叙事最为不满的原因是：书中把丁玲跟胡也频的结合写成是出于单纯的肉欲，并用隐晦的笔触在丁玲的私生活上蒙上了一层桃色。比如说丁玲渴求的是"一张男性的嘴唇同两条臂膀"；受"肉体与情魔"一类影片影响，神往于英俊挺拔骑士风度的青年，然而胡也频却相貌平常，苦学生模样，"能供给她的只是一个年青人的身体"。这些描写使丁玲的人格蒙受了极大侮辱，名誉受到了长期伤害。① 也就是说，在丁玲的传记理论中，"趣味化传记叙事"几乎等同于下流、失实、诽谤和小说虚构。显然，丁玲的传记理论是错误的，或者说丁玲之所以把她明知道合理的传记叙事污名为"趣味"，还有其他隐衷。为此，诸多学者进行了研究和阐释。传记家李辉说："其实，丁玲应该还有更内在更直接的原因，这就是她一再对人提到的沈从文笔调趣味的不满。她是一个政治性极强的人，但她同时是一个女人，一个步入暮年的女人。女人，特别是到这种年纪的女人，很难赞同将自己的私生活毫无掩饰地公开，更何况她认为有许多是'编造'的故事。"② 著名作家王蒙说："这样我就特别能理解她在'文革'后初复出时为什么对沈从文对她的描写那样反感。沈老对她的描写只能证明她的对手对她的定性是真实的——她不是革命者马克思主义者，而只是一个小资产阶级、个人主义者。她必须痛击这种客观上为她的对手提供炮弹、客观上已经使她倒了半辈子霉的对于她的理解认识勾勒。打的是沈从文，盯着的是一直从政治上贬低她的周杨。你说她惹不起锅惹笊篱也行，灭了锅就先灭笊篱，灭了笊篱就离灭锅更

---

① 陈漱渝：《干涸的清泉》，载《人物》，1990 年第 5 期，第 101—105 页。

② 李辉：《恩怨沧桑——沈从文与丁玲》，百花文艺出版社，1992 年版，第 181 页。

靠近了一步。"① 这里，李辉的分析着眼于丁玲的老年心态，多了一点理解之同情；王蒙的品评立足于政治美学，深刻中又太多了些阳秋。我们认为，从传记叙事中的"现代性"理论角度来切入这个问题，则更有传记文学文体理论意义。"现代性是一个非常复杂的文化范畴，它既是一个历史概念，又是一个逻辑范畴。自启蒙时代以来，现代性就一直呈现为两种不同力量较量的场所。一种是启蒙的现代性，它体现为理性的胜利，呈现为以数学为代表的文化，是科学技术对自然和社会的全面征服。从社会学角度看，用韦伯的理论来描述，这种现代性的展开，就是"去魅"与"合理化"的过程。然而，当这种启蒙的现代性诞生伊始，一种相反的力量似乎也就随之降生，并随着启蒙现代性的全面扩展而得到了进一步的加强。这种现代性可以表述为文化现代性或审美现代性。"② 那么，无论是启蒙的现代性，还是审美的现代性，落实到传记叙事时，"去魅"和强调叙述传主自我性格的丰富性，即人性化叙事是传记"现代性"表现的最本质的属性之一。郁达夫发表于 1927 年的《日记九种》"是郁达夫思想和感情危机时期的真实记录。他在日记中把这场恋爱中的感情纠葛和矛盾表现得淋漓尽致，甚至把自己的情欲和性欲也表现得淋漓尽致，这样大胆坦白的自我解剖在中国自古至今的传记文学中还是第一次"。③ 郭沫若的《沫若自传》自我叙事的坦白张扬早已为众所周知，甚至顾颉刚的《古史辨自序》也以大谈自己"戏迷"生活、古怪个性为荣。瞿秋白的《多余的话》，是一篇中国自传文学史上的奇葩。它诞生于作者绝命前的监狱中，又是最坦白直率的忏悔书。进而包括丁玲《不算情书》在内的女性作家更是围绕那多变的自我下笔。苏青的《结婚十年》把叙述的笔触，指向了一向视为禁区的闺房。由此看来，以沈从文为代表的"趣味化传记叙事"，不仅不是传主丁玲所反感的低级下流的叙述，反而是中国传记"现代性"转换的最为明显的标志与象征之一。这种"趣味化传记叙事"不但不能否定，恰恰是应该彰扬的"现代性"传记叙事方法和传记家必须遵循的传记审美趋向。

事实上，传记叙事中一个最为重要的棘手问题是，如何处理或摆正作者与被叙述者之间的关系。传统传记或采用仰视，奉传主为上帝；或采用俯视，尊作者为皇帝。结果是，前者一味地为传主隐晦、涂抹或把传主英雄化；后者则道学至上、任意断言和忽略复杂人性与时代因素间的张力。由此类推，从仰视角来叙述丁玲，丁玲就不是一个有着"莎菲女士"般痛苦的"文小姐"，而是一个生下来就朝着革

① 王蒙：《我心目中的丁玲》，载《读书》，1997 年第 2 期，第 93 页。
② 周宪：《审美现代性与日常生活批判》，载《哲学研究》，2000 年 11 期，第 63—64 页。
③ 萧关鸿主编：《中国百年传记经典》第一卷，东方出版社，2002 年版，第 206 页。

命圣地延安走来的左翼作家；从俯视角来叙述丁玲，丁玲不仅会被戴上右派和左派的高帽，还会被指责为爱情至上主义者、意志薄弱者和破坏陈明家庭的"第三者"。那么，正确的传记叙事视角只能是把叙述者与被叙述者两者间关系"趣味化"的平视角，也就是巴赫金所说的解除仆人与帝王间等级关系而同为"人"的"狂欢化"叙事。① "趣味化传记叙事"的平视角是从人性的角度来叙述丁玲的人的生活与心态，既无隐晦美化，也不横加臧否。只有这样，才能活泼泼地描摹出丁玲、胡也频、沈从文等"五四"落潮后一批青年男女的爱的苦闷与生之艰辛的图画来。当然，从构建传记诗学的高度来看，我们有必要对"趣味"的内涵进行相应的界定。第一，真实是检验"趣味化传记叙事"的唯一标准。"趣味化传记叙事"要服从传记文学纪实传真的大原则。第二，"趣味化传记叙事"是非伦理化的，它不对传主进行道德评判。第三，"趣味化传记叙事"还是人性化的，作者应对传主有着理解之同情。

众所周知，世界传记文学史上，罗曼·罗兰的英雄传曾经盛行一时，包括《贝多芬传》在内的传记"使新的一代感到如此亲切，这一位孤独者的英雄主义，从来没有像这本小册子那样鼓舞了如此众多的人"，② 傅雷深情地说："医治我青年时世纪病的是贝多芬，扶植我在人生中的战斗意志的是贝多芬，在我灵智的成长中给我大影响的是贝多芬，多少次的颠扑曾由他挽扶，多少的创伤曾由他抚慰。"③ 但是，罗曼·罗兰计划中的英雄传系列，最后却不得不流产了，其中一个重要原因是罗曼·罗兰过多地采用了仰视角，茨威格分析道："公正地对待自己，公正地对待他所景仰的人物，尊重真理，同情别人，这些都阻碍着他前进的道路。罗兰放弃了《英雄传》的写作：与其成为'胆怯的理想主义'的牺牲品，不如保持沉默，因为这种理想主义一味粉饰现实，而不敢否定现实。"④ 其实，罗曼·罗兰的困惑正是他的觉醒，只有用"趣味化"的平视角来叙事，才能写出有血有肉的传主英雄。当然，罗曼·罗兰害怕现实的纠葛，走进了想象的约翰·克利斯朵夫世界。对比之下，沈从文的大胆叙述真实人生的"趣味化传记叙事"，弥足珍贵，值得褒扬。遗憾的是开了个好头的沈从文，却被传主当头棒喝，结果是给当下的中国传记作家戴上了心灵的枷锁。丁玲的典型生命的文学塑造还有待于来者。王蒙不无惋惜地说："她笔下的女性的内心世界常常深于同时代其他作家写过的那些角色。她自己

① ［苏联］巴赫金：《陀斯妥耶夫斯基诗学问题》，白春仁、顾亚铃译，三联书店，1988 年版，第176 页。

② ［奥地利］茨威格：《罗曼·罗兰传》，姜其煌译，湖南文艺出版社，1993 年版，第96 页。

③ ［法］罗曼·罗兰：《贝多芬传》（法），傅雷译，安徽文艺出版社，1989 年 12 月，第 8 页。

④ ［奥地利］茨威格：《罗曼·罗兰传》，姜其煌译，湖南文艺出版社，1993 年 9 月，第104 页。

则比迄今为止'五四'以来的新文学作品中表现过的（包括她自己笔下的）任何女性典型都更丰满也更复杂更痛苦而又令人思量和唏嘘。……她这个人物，我要说她这个女性典型，这个并未成功地政治化了的，但确是在政治火焰中烧了自己也烧了别人的艺术典型还没有被文学表现出来，文学对她的回报还远远不够。"①王蒙的话，可谓一语中的。应该引起关注中国传记文学兴衰的人们深思。

　　总之，以沈从文为代表的"趣味化传记叙事"，是中国现代传记文学，特别是20世纪30年代中国现代传记文学叙事的共同特征。也就是说"趣味化传记叙事"是中国现代作家的传记叙事审美趋向和文本特征。甚至我们可以说，被丁玲反感否定的沈从文式"趣味化传记叙事"，正是中国现代传记文学"现代性"属性中最为明显的特色之一。因为，"趣味化传记叙事"的平视角叙事方法，既不把传主当作神（仰视）也不把自己视为帝王（俯视），这样则解决了传记作家与传主之间存在的叙事矛盾，更有利于展示传主那有血有肉的复杂人生。传记诗学理应在理论上为沈从文式"趣味化传记叙事"正名，以促进当代中国传记文学创作的繁荣与理论研究的深入。

---

① 王蒙：《我心目中的丁玲》，载《读书》，1997年第2期，第97—98页。

第二十三章　论当代中国政治人物传记叙事

由于种种原因所致，特别是当代中国社会特殊的政治、文化因素的制约——政治不开明，史料欠公开等——新中国成立后 17 年间，当代政治人物传的著述数量极少。甚至我们很难读到中国传记家自己撰写的描写毛泽东、周恩来、朱德等老一辈无产阶级革命领袖的人物传记。以丰富的史料，公允客观的立论来叙写蒋介石、汪精卫等反面政治人物的传记更是寥若晨星。

新时期以来，当代中国政治人物传记的写作则呈现较为繁荣的局面。权威部门统计，从 1978 年迄今，全国已出版当代中国政治人物传记数千种，活跃在当代政治历史舞台上的政治人物几乎皆有以他们为传主的传记文学面世，有的传主甚至有多种传记面世。这种繁荣局面的出现是新中国成立以来所仅有。

领袖人物传，特别是描写毛泽东、周恩来、朱德、邓小平等老一辈无产阶级革命家的传记文学，是当代政治人物传中影响最大、美学价值较高的作品。刘白羽的《大海——记朱德同志》，[①] 以热烈的笔触，叙述了朱德同志光辉的业绩，描摹出了传主像大海一样宽广的革命情怀。庞瑞垠的《早年周恩来》，[②] 史料翔赅，视角独特，准确再现了周恩来性格中 "谦让" 因素的 "少年情结"。权延赤的《走下神坛的毛泽东》，[③] 率先让领袖人物走下神坛，回归到血肉丰满的人的本原。但同时，权延赤并没有乱拼乱凑毛泽东的 "轶事"，而是有着极高的传记美学标准——写出了既是伟人又不失常人之心的领袖人物的人格美。毛毛的《我的父亲邓小平》，[④] 从女儿的视角切入伟人邓小平的内心世界，细腻、传神，堪称一部不可多得的传记文学佳构。

以陈毅、彭德怀等正面政治人物为传主的传记作品，近十几年尤其有着长足发展。正是这类传主的独特人格魅力以及令人慨叹的命运遭际，加上优秀传记作家的文学叙事，使得该类传记受到了读者的青睐。铁竹伟的《霜重色愈浓——陈毅在 "文化大革命" 中》，[⑤] 以感人笔墨、浓郁的情感，展示陈毅元帅丰富美好的内心

---

① 刘白羽：《大海——记朱德同志》，中国青年出版社，1985 年版。

② 庞瑞垠：《早年周恩来》，江苏教育出版社，1995 年版。

③ 权延赤：《走下神坛的毛泽东》，人民文学出版社，1989 年版。

④ 毛毛：《我的父亲邓小平》，中央文献出版社，1993 年版。

⑤ 铁竹伟：《霜重色愈浓》，解放军文艺出版社，1986 年版。

世界和刚正不阿的高贵品格。蒋洪斌的《宋庆龄传》,①真实地叙写出女传主革命的一生,同时对宋庆龄的女性心理世界也有生动的描绘。陈铁健的《瞿秋白传》,②文笔与史笔有机结合,记叙与剖析相映成趣,一个活生生充满革命理想和个体心灵痛苦的瞿秋白形象呈现在读者面前。

反面政治人物传的出现并有所突破是当代政治人物传繁荣的又一标志。以蒋介石、汪精卫为传主的反面政治人物传,曾经被视为传记文学创作的禁区。新时期以来,这些传主不但走进传记文学的园地,而且传记家们勇于创新,秉笔实录,真实剖析了诸多反面政治人物的人性发展史。泰栋、罗岩的《魂断武岭——蒋介石在大陆的最后日子》,③截取蒋介石逃离大陆前后的一段经历,既披露了传主操纵权柄、残杀革命志士的内幕,也揭示了蒋介石其人,在大厦将倾之际的某些人性需求(如思母之情、恋妻之思、家乡之念)与其以人民为敌的反动性的矛盾纠葛。读来颇发人深思。叶永烈的长篇系列传记文学《“四人帮”兴衰录》,④以反面人物张春桥、江青、王洪文、姚文元为传主,既各自成篇,又互有联系,从当代政治史的宏观视角来剖析他们的生长衰亡史。材料确凿,文笔自然流畅。《“四人帮”兴衰录》出版后极为抢手,印行已达百万册以上。钱理群的《周作人传》,⑤给曾经被称作是“汉奸”的著名文人周作人立传。传记史实丰富,处处呈现出传记家作为学者的哲学与论辩色彩。尤难能可贵的是,传记家没有用“反面”的有色眼镜去看待传主的“汉奸”行为,而是从传主的人性衍变出发,写出了周作人之所以成为“汉奸”的社会、文化、家庭、性格等因素的影响。这是一部富有思想性、文学性的反面政治人物传记。

一、从神到人的领袖传记

近十几年来,在“传记热”中,领袖传记可谓极为抢手。其原因是多方面的。英雄崇拜心理的存在,促使人们走进领袖的不平凡的世界。“在我们这个时代里,人们对杰出人物的言行感到的兴趣高涨到前所未有的程度,我们所以热烈关切当代无冕英雄的思想和事业,它的特殊原因是十分明显的。在一个战争和革命的时

---

① 蒋洪斌:《宋庆龄传》,江苏人民出版社,1987年版。
② 陈铁健:《瞿秋白传》,上海人民出版社,1986年版。
③ 泰栋、罗岩:《魂断武岭》,黄河文艺出版社,1985年版。
④ 叶永烈:《“四人帮”兴衰录》,时代文艺出版社,1993年版。
⑤ 钱理群:《周作人传》,北京十月文艺出版社,1990年版。

期中，各国人民的命运好像显然系于一个人或少数几个人的决定"。[1]社会的转型，竞争的激烈，给当代人带来了机遇和挑战，人们希望从伟人领袖的成功辉煌中汲取智慧的营养，以引导自我的言行。其中，让"领袖人物"走下"神坛"，从"人"的视角来把握伟人的人生是领袖传记创作成功的最为重要的原因之一。

1. 权延赤的系列领袖传记

　　长期以来，领袖人物被奉上"神坛"，超凡入圣，非同一般，但却少了血肉与性格。在表现领袖人物由神还原为"人"的问题上，我们认为传记文学家权延赤的一系列领袖传记呈现出了鲜明的创作特色。它们是：《红墙内外》[2]《走下神坛的毛泽东》《领袖泪》[3]《走下圣坛的周恩来》等。[4]领袖人物的生活，从古至今一直对读者有着较强的吸引力，这固然是权延赤的传记文学成功的一个因素，但我们应该看到的是，从搜集采访伊始，权延赤的艺术个性即孕育其中了。真实是传记文学的生命，权延赤的史料多来源于曾在毛泽东身边工作过的工作人员，更难能可贵的是，权延赤对他们提出问题时，是带着自己的美学观点的。他看重的不是改变历史命运的大事件，如遵义会议、开国大典，而是诸如毛泽东的性格特点是什么、毛泽东喜欢的感情状态如何等能展现毛泽东生动形象的素材。当我们读到毛泽东与李银桥分手时，毛泽东拉着银桥的手哭；当我们读着毛泽东抱住小李纳，轻拍她的后背说："娃娃，我的好娃娃乖娃娃……"，李纳便搂住了父亲的脖子喊："爸爸，我的小爸爸，乖爸爸……"的文字时，毛泽东，这位中华人民共和国的缔造者，曾被"四人帮"有意神化的人，在我们眼前变得有血有肉、可亲可爱了。原来，巨人毛泽东是多么富有生活情趣啊，一个如此热爱生活的人，怎能不挚爱他的人民呢？而这正是权延赤的匠心所在。

　　但是，这并不是说，选择了毛泽东日常生活中的生动细节，就等于再现真实的毛泽东。如果毛泽东不是党的最高统帅，那么他大概会是一个充满激情的教授，不拘常节而有趣的老爷爷。假如这样，毛泽东的故事也就不会充满那种奇异而微妙的诗意了。我们认为只有真实地叙写出既是巨人毛泽东、又是凡人毛泽东的完整性格，传记作品才拥有更多的诗情。领袖传记，应该而且必须写出领袖人物"人所固有，我必固有""人所没有，我却拥有"的博大情怀和人格力量，才达

①　［美］悉尼·胡克：《历史中的英雄》，王清彬等译，上海人民出版社，1984年版。

②　权延赤：《红墙内外》，昆仑出版社，1989年版。

③　权延赤：《领袖泪》，昆仑出版社，1990年版。

④　权延赤：《走下圣坛的周恩来》，中央党校出版社，1993年版。

到了领袖传记的审美需求。权延赤的传记文学正是遵循着这一美学原则来叙述的。试看这一段描写：开门跨出门坎一步，人便猛地立住脚，仿佛无意间闯入了一个美妙的童话世界。纷纷扬扬的落雪使他震惊激动。他睁大双眼，仰天凝视，目光从漏筛一样的天空缓缓移向雪的侧柏，屋顶……一名卫兵见毛泽东站在门口发愣，忙抓起扫帚匆匆去扫路。"不要扫！"毛泽东急切地喊，眉头皱起来……"一次也不能扫，把扫帚扔了。她的伤口刚合上，你就忍心又割一刀？"卫兵扔下扫帚，怔怔望着铺雪的路上，痕迹朦胧的"伤口"，不明白这是为什么。毛泽东已经走出廊檐，走下台阶，小心翼翼，步子迈得极慢极慢，像是怕惊醒一个甜美的梦。走出两步，他又停下来，回头看自己留在雪地上的脚印，目光里闪耀着孩子般新奇惊喜的神色！这就是那位刚刚毫不留情地处理掉刘青山、张子善的共产党领袖？他竟犹豫了，不忍心再向洁白无瑕的雪地落下脚去……我追上他，发现他爱雪爱得自私。他舍不得踩自家的雪。可是不怕踩外面的雪。他不走扫净的路，却走有雪的路，入迷地倾听着脚下咯吱咯吱的脚碾白雪声。

熟悉毛泽东生平的人会明白，雪，几乎是毛泽东生命中一个最主要的乐章。年轻时，令他最难忘怀的印象之一，就是北海公园中千树万树梨花开时他与杨开慧共赏雪景的情景。特别是《沁园春·雪》词中淋漓地展示了他的博大胸怀。毛泽东像普通人一样喜欢雪的洁白、纯真，但他面对冷峻的雪却更多地看出了雪的生命力，艰苦、生动、多姿多彩，"引无数英雄竞折腰"。权延赤正是因为捕捉到了毛泽东的"雪"的性格，所以这一节文字，就不单单是说，毛泽东喜欢雪，而是充满着豪迈、冷峻、生动而纯真的诗情。由此看来，人们喜欢领袖人物传记，决不仅仅是一种"窥视欲"的满足，而是希望了解领袖人物即使作为普通人，又是如何面对世事人生，如何以常人的方式决策重大政治问题的，以期从中得到人生哲理与启迪。权延赤的传记文学正是在这一层次上，写出了领袖人物的隐秘而真实的心态，毛泽东的形象具有了康德所说的高山般的体积和暴风雨的气势。因而赢得了广大读者的喜爱。

从这个意义上讲，领袖传记文学的创作，在揭示传主身上的人类本能或曰生命的个体性时，还必须把握领袖人物把个人的命运纳入人类的命运，并在我们身上唤起那些时时激励着人类摆脱危险，熬过漫漫长夜的亲切力量。即写出领袖人物的崇高美，以避免走入将伟人"世俗化"乃至"庸俗化"的泥潭。

2. 庞瑞垠的《早年周恩来》

如果说，权延赤的领袖传记更多的是从传主"人性"的视角来复原领袖，对历史生活的描摹不无扁平的话，那么庞瑞垠的《早年周恩来》则在一个新的历史哲学高度塑造出一个"圆型人物"的早年周恩来。一般来说，传记作家在把领袖人物请下"神坛"之际，或多或少的会难以抵御对领袖人物生活"揭秘"的诱惑。甚至出现唯揭秘是求的弊端。黑格尔说得好：用从私人生活角度对传人所作的道德评价代替从历史角度所作的文化评价是不适当的，因为"世界历史的地位高于私人道德的地位，这种历史观掩盖着小市民对伟大人物的嫉妒心"。[①] 因此，优秀的领袖传记文学还必须在历史与艺术的双层空间进行开拓，将历史的丰富内涵和艺术的个性之美完整地揭示出来，以表现传主独特的人格魅力。

庞瑞垠是国内著名传记文学作家，曾以《姚迁之死》《陈布雷之死》等传记，享誉文坛。他的《早年周恩来》则在历史与传记文学艺术的双层空间进行了新的开拓，对我国当代领袖传记文学的发展做出了应有的贡献。

《早年周恩来》史料是翔赅丰富的，但作家并没有满足于自己的第一手资料，而是十分注重人物性格的描摹，即特别注重从史料中生动地反映出人物性格的发生发展史。为什么出生在江北小城的落拓少年，最后能成为影响了 20 世纪中国历史乃至世界历史的巨人？《早年周恩来》做出了比较令人满意的答案。

写出了伟人周恩来的"少年天性"是《早年周恩来》成功的又一因素。长期以来，领袖传记的写作，往往有意识地为传主讳饰，西方传记文学史上有所谓传记家虚构"樱桃树"情节，以揭示华盛顿的诚实性格的案例；中国传记文学史上也不乏这种给名人脸上贴金的传记。特别是当代人给领袖人物立传，更是心里禁忌颇多。庞瑞垠则不同，面对周恩来的天性本能，不但率笔直书，而且从史家的视角统观周恩来的天性。如传中写到少年周恩来观看处决盗贼的心理："这一切皆入众目，有人啜泣起来，恩来茫然不知其故，见童子仍在哭，他难以抑制，也随之失声号啕不止。"本来处决盗贼是社会政治题材，完全可以就渲染政治家本色的传主的所谓素养，给传主涂抹光圈。庞瑞垠重史实，从人性出发，写出了周恩来为捕快的死、为捕快儿子的失父之痛以及盗贼的"忏悔"而"号啕"，写出了善者周恩来的天性。这种写法在传记文学中是一种有益的尝试。

这部传记最富有特色的是作家敢于从"少年情结"出发，写出了周恩来擅长"调和"的性格，并由此揭示出传主的整体文化人格。传中为了印证这一特性，特别举了周恩来在南开学校的一篇论文《老子主退位、赫胥黎主竞争，二说孰是，试言之》并剖析说："周恩来还以其独特的视角，指出老子不是消极退让，退让中包含着竞争，而赫氏在竞争中包含退让。进而，他又把二者统一起来，不禁感慨系之：'赫氏之说未得行于欧土，亦犹老氏之说垂二千年之久而未得希微散布于禹

---

① 黑格尔：《历史哲学》，王造时译，三联书店，1957 年版，第 9 页。

域中也'，'其有倡老赫退让竞争主义者，吾虽为之执鞭亦欣慕下焉。'在这里'退让竞争主义'之创立，则显示出周恩来不同凡响的调和色彩"。应该看到，周恩来的这一伟大文化人格，在当代中国的诸多政治事件，起到了别的领袖人物无法替代的作用。因而，对我们读者的启迪意义也是深远的。这种从"调和"性格出发，来展示周恩来的人格魅力的传记，在迄今出版的诸多周恩来传中，庞瑞垠是始作俑者。

应该指出的是，当代领袖人物传尽管取得了较大的成绩，其不足之处是比较明显的。特别是与当代西方传记家撰写的中国当代领袖人物传相比，我们会发现，许多传记作品还停留在浅层性的"揭秘"层面上，对历史、人性缺乏辨证的认识和剖析，远未完整地揭示出领袖的人格。如对毛泽东性格的描绘，权延赤往往只停留在外部生活细节的描写上，对比之下，美国作家索尔兹伯里《长征——前所未闻的故事》里的毛泽东的性格，则被塑造得虎虎有生气。因此，当代中国传记家还需在解放思想、形成个性与克服思维定式诸方面，不断地完善自我，以创作出无愧于我们时代的具有史与诗双重特色的领袖传记文学来。

二、其他领导人物传的代表作

传记文学是奉真实为第一生命线的。面对传主，传记家首先必须保持自己的独立人格，客观、公正的叙述史实，评价其传主。但是当传主具有太高的"知名度"时，特别是"领袖"传主往往为一个时代定型的伟人，传记家事实上在下笔之际，是心存芥蒂的。二十四史中诸多"帝王传"多不成功，即是明证。令人高兴的是，当代传记家在给陈毅、彭德怀等传主立传时，避免了这一缺失，形成了自己的特色，受到了读者的欢迎。其中最有代表性的是铁竹伟的《霜重色愈浓——陈毅在"文化大革命"中》。

1.《霜重色愈浓》的当代性特色

在当代政治人物传的创作中，中央有意识地成立了许多"××传记写作组"。这些传记写作组的成立，无疑对全面、系统地搜集传记史料提供了极大的方便。但是，由于是"官方"资助且传又成于众人之手，因而传记出版后，往往是史料翔实，而个性不足。铁竹伟本来也属于南京军区"陈毅传记写作组"的成员。值得庆幸的是，"陈毅传记写作组"与其他传记写作组不同之处在于他们提倡个人独立撰写系列"陈毅传"。铁竹伟凭着她的军报记者的胆识，"买断"了陈毅在"文革"中的写作任务。经过数年的艰苦采访和写作，一部被称为"信史与心史"

双璧生辉的传记文学轰动了文坛。

一切历史都是当代史，传记文学之所以如此深受广大读者的欢迎，其重要原因之一，就是它的当代性，或者说传记家透过传主的人生所表现的现实意义。铁竹伟的《霜重色愈浓》在这一点上是独具特色的。《霜重色愈浓》发表于1985年，尽管此时社会政治已经有了很大的变化，但是如此集中、深刻地反映高层党和国家领导人在"文革"中生活的作品并不多，特别是以"直满天下"的陈毅元帅为传主，必然触及当代政治史上的诸多问题。铁竹伟以史家的笔致从极有历史哲学价值的角度再现了陈毅在"文革"中的经历，表现了陈毅元帅的大无畏精神和磊磊风骨。由于传主的特殊身份与地位，陈毅的言行，可以说是浓缩了"文革"的初期和后期，这就要求传记家必须从"文革"史的宏观构架中去叙述情节。如北大第一张"大字报"的出笼，外事口发生的有损国格的骚乱，震惊全国的所谓"二月逆流"事件，"一月风暴"等。这样描写摆在铁竹伟面前的困难是颇多的，要求传记家应当具有中国史官文化传统中的"秉笔直书"的胆识。因为传记所涉及的当事人及其亲属多健在。特别是有关"文革"的源起，势必涉及毛泽东，难能可贵的是，铁竹伟做到了"不虚美，不隐恶"，处处让事实说话，充分使用她亲自采访当事人的原始史料，来剖析事件的前因后果。下笔直率，坦诚，犀利。

2. 陈毅形象"形"与"神"的统一

传记文学的生命是真实，但是作为文学门类之一的传记文学，它还必须具有文学的相应属性。仅从史料的真实性来看，铁竹伟的《霜重色愈浓》是极为翔实的，而且诸多史料是作家独家采访所得，且被采访者往往是熟悉内幕的高层人物。如叶剑英、徐向前、聂荣臻、廖承志、杨成武、粟裕、乔冠华等。然而，铁竹伟并没有满足于此，而是追求更高层次上的真实，以"真实而准确地再现陈总的本色形象"。她在创作谈上说："在老师们的精心指导下，我逐渐接触到了堪称老一辈革命家的优秀代表之一的陈毅元帅的博大胸怀和思想感情脉搏，看准了自己与陈总，与老一辈革命家之间巨大的差距，开始有意识地克服自我感情的替代，力求避免'以小人之心度君子之腹'，竭尽全力追求真实展现陈毅元帅的神采风韵。此时再细阅采访记录，犹如登上太阳山，处处是黄金；提笔疾书时成竹在胸，犹如喜获马良之笔，能画龙点睛。我时常想，如果说《霜重色愈浓》中的陈毅元帅的形象还有几分神似，那么"形"和"神"的统一，全仰仗224位老师的指点。如果不是这样，哪怕有神工之笔，写出的人物，充其量只是名唤陈毅的铁竹伟，挂着元帅军衔的'上尉营长'！"这里实际上涉及了传记文学创作中的一个常被忽视的课题：即传记文学中视角问题。作者写的是"文革"中的陈毅，但为了写出传主的真实人格心理、传记家必须从陈毅的眼中来写"文革"，只有如此，才能达到历史真实与艺术真实的统一。法国传记大师莫洛亚说得好："尤其是写国务活动家或统帅有联系的伟大历史事件，在传记文学中不应当像历史著作中那样阐述。如果传记作家描写拿破仑的生平，那么他的真正描写对象应该是拿破仑的精神发展；历史只应该按照理解拿破仑的精神发展所必须的程度，作为背景出现，应该大致按照皇帝想象中的历史来描写历史。就拿奥斯特利茨战役这样的事件来说吧；在纯粹的历史著作中可以也应该描写历史的一切波折；在拿破仑传中则应该按照拿破仑所想象的样子描写历史。在这方面一个好的例子是法布里齐奥在《巴马修道院》开头所看到的滑铁卢战役。"① 铁竹伟的《霜重色愈浓》真实地叙写了"文革"初期传主的心态，他虽知道林彪、江青的底数，但是他没有也不可能在事件之前洞悉其奸。如"文革"的发动，陈毅一开始是极力支持，并号召外交部人员"自我批评"。可是随着运动的进一步发展，陈毅在迷惘、怀疑之后终于发出了"乾纲独断"的感叹。传中写道："今天，他一早就醒了，点了支烟，大口大口地吞吐着烟雾。可惜，心中的忧虑，却无法吐出！难道我们的国家机关都已腐烂到不可收拾的地步，非彻底夺权才行？真是撞鬼了！果真如此，还有什么伟大、光荣、正确的党？几十年来流血牺牲掉脑壳换来的胜利成果，17年的建设成就，岂不全部否定了吗？！然而，毛主席却支持'夺权'！"这一段陈毅的心理活动，显然是传记家依据史料，依傍性格，悬想而得。这看起来是有损传记文学的真实性的，可事实上，作为文学艺术之一的传记文学，只有在既写出了传主的身史的同时，又写出了传主的心史、信史与心史双璧生辉才能称为优秀之作。正是由于铁竹伟注重了从史家视角结构全传，以史传人，又能从传主的视角出发，设身处地地构想历史的细节、想象生发，结果整部《霜重色愈浓》达到了史与文的完美统一。

3. 完整反映传主的性格

传记文学的难点之处在于，由于传主是真实存在的客体，传记家不可能也不允许"虚构"或"合成"。这样，原型就是典型的模式，似乎制约了传记家的美学追求。但是，对于诸多优秀的传记家来说，戴着脚镣跳舞，更有一番独特的韵律与节奏。铁竹伟在塑造陈毅性格时，写出了郁达夫所希望的"若要写新的有文学价值的传记，我们应当将他外面的起伏与内心的变革过程同时抒写出来"。② 相对来说，陈毅的性格是外向的，其刚正不阿的性格，往往透过短短的几句话就呼之

---

① ［法］莫洛亚：《传记是艺术》，《法国作家论文学》，三联书店，1984年版，第153页。
② 郁达夫：《什么是传记文学？》，《郁达夫文集》（第6卷），花城出版社，1983年版，第283页。

欲出了。但如何选材，对传记家来说仍是颇为棘手的，铁竹伟在这方面则极为用心。她惜墨如金，尽量选择那些非陈毅不能道的话语。西山聚首，元帅们相见，陈毅见到刘伯承意味深长地说了句"现在还是瞎子好啊"的话，言短旨深。这里，既显示出陈毅与刘伯承之间的坦诚友谊，更折射出此时此地此人的愤懑心情。

难能可贵的是，铁竹伟在描绘了陈毅刚正不阿性格的同时，更注重对陈毅复杂心理世界的展示，以达到完整反映传主性格之目的。陈昊苏说："我的父亲是一位身经百战的元帅和豪情磅礴的诗人。他在新中国成立后几十年的斗争经历，无疑受到党和人民的充分了解和尊敬。但是，真正使他赢得了崇高威望的，应该说是在'文革'中他和林彪，'四人帮'所作的大无畏的斗争。"陈毅一生豪放，刚正不阿，这是众所周知的，但是在"文革"那特殊的年代，万马齐暗，有时为了党和国家的大局，他也会以柔克刚甚至违心地作了检查。这里看似与传主的主体性格剥离，但却更深层次地写出了人物性格的复杂与完整，把传主的人格的伟大与刚强写出来了。在具体的传记结构上，铁竹伟也作了有益地探讨，这主要表现在传记文学时空的安排上，她依据传主的性格，按传记美学规律，对生活时空进行了大胆地切割，取舍，将现在与过去交融，不汇编史料，而是形成美的结构形式的创造。

三、反面政治人物传

1.《魂断武岭——蒋介石在大陆的最后日子》

传记文学曾经有许多"禁区"，反面政治人物传即是其中之一。在当代中国传记文学发展史上，20世纪50、60年代的传记应和着"颂歌"文学思潮曾出现了大量的歌颂英雄的传记，如《在烈火中永生》《不死的王孝和》《刘胡兰小传》等。为了突出传主的革命性，作品出现了一些反面政治人物，但这些反面政治人物，纯粹是一种符号的象征，往往成为失却基本人性的行尸走肉。新时期以来，反面政治人物传开始大量涌现，并在诸多方面有所创新，特别是以蒋介石、"四人帮"等反面政治人物为传主的传记，传记家们秉笔实录，勇于创新，真实地剖析了诸多反面政治人物的人性发展史，受到了读者的欢迎。泰栋、罗岩的《魂断武岭——蒋介石在大陆的最后日子》（以下简称《魂断武岭》）就是这样一部传记文学佳作。传主是蒋介石。把这样一个当代政治人物纳入传记，固然是党的实事求是思想路线贯彻的表现，但也可见作者的史识不凡。作家没有"从头道来"地叙写蒋介石一生，而是有意识地截取他在逃离大陆前后的一段经历——被迫下野、退隐家乡、省亲修墓、幕后策划、上海督战、出逃台湾等情节为文。这既披露了蒋介石幕后操纵权柄的"党国上层内幕",同时,也揭示了蒋介石其人,在大厦将倾之际,某些人性的要求(如思母之情、恋妻之感、家乡之念)与其以人民为敌的反动性的矛盾纠葛,读来颇发人深思。

真实性,是传记文学的根本要素。凡真正的传记文学作家,是不容许作品失实存伪的。《魂断武岭》的作者,力图以实事求是之笔,记录历史之真实。这首先表现在对史料的收集之广和求实之严等方面。如:社会上误传,蒋介石是"拖油瓶",说他原为河南人"郑三发子",非蒋姓所生。某些小说即是这样津津乐道描写的。但泰栋、罗岩注重历史真实,查阅了《蒋氏宗谱》,调查奉化溪口的当地乡民,纠正了这一讹传。蒋的生母王采一,生父蒋肇聪均系浙江溪口人,从未到过河南。值得一提的是作家在澄清史实时,并未仅仅滞停在史实这一层次上,而是有着更高的美学追求,在历史价值与道德价值的二元对立中,不把历史道德化,而是还历史以血肉之躯。

历史上,蒋介石在离开大陆前的日子里,出人意料的执迷于:游览家乡的"名山大川",祭扫母、妻之墓,赈济乡亲众邻等,并呈现少有的虔诚与珍重。值得肯定的是,作家并没有去描写抽象的人性,也不是仅仅满足于拆除传主人性与反动性之间的篱笆就算了事,而是特别注重在历史的真实中,叙写对传主的道德评判。传记中描写蒋介石扶杖携孙、临溪过桥、重游故地等情节,本是合乎人性发展的真情实理的。但是,蒋介石的所思所行,在他烧香拜佛的同时,并未忘记操纵权柄,残杀革命志士。在这种本质的把握中,作者以对比手法,在描写蒋介石的欢心与苦心、痛心与相思的同时,深深地进行了道德价值批判。这是历史真实与作品审美的统一。蒋介石的逃亡,是历史的必然,也是其反动本性所必然产生的悲剧结局。魂断武岭,残局难收,历史的罪人只好孤岛长叹去了。

与目前诸多正面人物传记文学相对照,我们不难发现:正因为传主是反面政治人物,所以,作家在主体反映上反而拘囿较少。在叙写传主身上那一点合理的因素的同时,作家毫不留情地潜入传主的内心世界,淋漓尽致地披露其手腕奸诈,为人之伪善多疑、口是心非,无所不用其极的伎俩等。在这一点上,其他传记中虽有涉及,但多为浅尝辄止,开掘不深。《魂断武岭》所昭示的这种传记叙事的超越意识,是值得传记文学作家们咀嚼再三的。

《魂断武岭》以蒋介石逃离大陆前的一段经历为主线,但不仅仅囿于这段时间的行踪,从而打破了单线条叙述的毛病。作者充分调动史料,用层层闪回的结构方法,时常追忆蒋介石过去此时此地的心态,形成鲜明对比。如:作品一开始,蒋介石"下野"后在西湖"楼外楼"的宴会与"下野"前在南京黄埔路蒋介石官邸的晚会对比。前者单调、冷静;后者则辉煌、热烈。蒋介石第一次"下野"与这次"下野"的对照等等，都对比鲜明，使得蒋介石的形象逼真、丰满。此外，作者还很注意叙写蒋的周围人物。像代总统李宗仁、公子蒋经国、结发之妻毛氏等一些性格较鲜明的人物，在他们的衬托下，突出了蒋的个性特征，使传主形象更加活脱。

当前，面对传记文学创作的实际，人们普遍认为传记文学写法拘谨，内容枯燥单调。之所以存在这种现象，除了部分作者文学修养不高，忽视传记文学的文学性外，更重要的一个原因是作者主体被禁锢所致。可喜的是，《魂断武岭》的作者做了有益的探索。此书文笔优美，语言注重了个性化。作者笔触舒畅，写法灵活。请看如下一段："蒋宣称：'只要和平果能实现，则个人的进退出处，绝不萦怀，而一惟国民公意是从。'这是蒋介石由衷之词吗？谁都知道他喜怒无常，不可捉摸。在这种场合，在座的还缄口不言为妙，所以大家都正襟危坐，噤若寒蝉。"此处无拘谨，枯燥之弊，且于调侃中寓论断，韵味隽永。

2. 叶永烈的《"四人帮"兴衰录》

叶永烈的长篇系列传记文学《"四人帮"兴衰录》以反面政治人物张春桥、江青、王洪文、姚文元为传主，既各自成篇，又互有联系，从当代政治史的视角来剖析他们的生长衰亡史。堪称当代政治人物传中又一优秀之作。

时永烈是中国作家协会上海分会的专业作家，是中国当代科普文学的嚆矢者之一。近十年来更凭"现代政治人物传记权威作家"之不可更易地位走红当代文坛，已创作出版了130多部著作。其中包括长篇系列传记文学《"四人帮"兴衰录》；反映中共诞生和早年毛泽东的历史长篇传记《毛泽东之初》《中共之初》；反映中国当代文化名人苦难历程的人物传记《爱国的'叛国者'——马思聪传》《沉重的一九五七》《名人风云录》等。

拥抱真实，是叶永烈传记文学的第一特点。以儒家隐讳传记文化为主体的中国传记文学，在真实性方面是颇多拘囿的，为"名人贤者讳"基本上已成为传记写作的定律，稍有不慎，则有被敲掉大牙的可能，面对斧钺鲜血，传记作家往往由隐讳而到诔墓，丧失了传记文学的生命之根：真实。

当代传记文学，尽管涌现不少秉笔直书之作，但目前匮乏的还是"不虚美，不隐恶"的作品，写当代名人，当叙说传主新中国成立后生活时，则往往阙如，即或叙述了，也多以粗线勾勒，或隐去相关事件。叶永烈的传记文学则截然相反。他所选择的传主皆为当代高层政治人物，有毛泽东、胡乔木、江青、张春桥等，这展示了叶永烈的史识不凡，如在《江青传》中，他运用史家书法无隐的视角，实录传主的生活，叙写出了真实可信的江青形象来。《江青传》既不美化传主，也不丑化传主。而是真实地描摹了江青人性的发展轨迹——对爱情的作假、对友情的亵渎、权力欲与女人个性的偏执。叶永烈说得好:"传记文学是历史和文学的交叉。尊重史实是传记文学的铁的原则。真即真,假即假,善即善,恶即恶,美即美,丑即丑。这种写作,如同戴着枷锁跳舞,绝不可像写小说那般浮想联翩。这种近乎'残酷'的创作原则,我却能够适应。因为我原本是自然科学统帅麾下的小兵,受过正统的自然科学训练,懂得一就是一,二就是二。写人物传记,为了核对一件史实,有时几乎要跑断腿;在我看来,如同当年在光谱仪旁,为了测得一个数据,要摄谱、冲张、对谱、测黑度……事实是科学的最高法庭,也是传记文学的生命线。"① 这种求实的精神,注重大量第一手资料的获取,"三分写,七分跑"是叶永烈区别其他传记家的标志。

满足当代读者的心理渴求,是叶永烈传记文学的又一特征。毋庸置疑,当代读者之所以对叙述真实人物生活实像的传记文学产生强烈兴趣,不无受这样一种心理驱使:渴望了解,涉足别人的内心世界。这样对读者本原的好奇心的满足,往往成为传记家创作传记的驱动力之一。叶永烈在创作伊始就把握住了传记文学的这一文体特征。他说:"我选择传主的原则,大凡有二:第一,知名度高而透明度差;第二,无人涉足。(知名度高)表明往往是众所关注的,(透明度差)则表明读者欲知而未知。诚如我那本报告文学界的书名那样——《雾中的花》。……基于以上原则,所以我写傅雷,傅聪,写马思聪,写殷承宗,写戴厚英,写罗隆基,写王造时,写陶勇,写常溪萍,写彭加木。"②

正像读者对传记文学的好奇心会产生勇于追求真理先生和下流的窥视者一样,③ 作家也会产生两类,一类是秉笔实录,奉传记文学为严肃正宗的文学事业者;另一类是唯披露名人隐私为能事的"玩"文学者。叶永烈显然属于前者。同样是一样的题材,同一传主,在叶永烈笔下毫无小报记者般,唯提出名人泥足为旨归的低级趣味。他严肃而生动,以叙写出历史真相为己任。试看一段:第一个死于姚文元那如刀之笔的是邓拓。姚文元的《评"三家村"》发表后的第七天——1966年5月17日夜,在北京遂安伯胡同,54岁的邓拓写好两封遗书,塞在枕头之下,于夜深人静之际悄然而又愤然辞别人世。一封简短的遗书留给爱妻丁一岚,而一封长达4000多字的遗书则是写给彭真、刘仁并北京市委的。在长信中,邓拓用生命之烛的最后毫光,痛斥了姚文元之流的凭空诬陷。他写道:"……文章的含义究

---

① 叶永烈:《姚文元传·后记》,时代文艺出版社,1995年版,第3页。
② 叶永烈:《姚文元传·后记》,时代文艺出版社,1995年版,第3页。
③ 艾伦谢尔斯顿:《传记》,李文辉、尚伟译,昆仑出版社,1993年版,第7页。

竟如何，我希望组织上指定若干人再作一番考核。《燕山夜话》和《三家村札记》中，我写的文章合计 171 篇，有问题的是多少篇？是什么性质的问题？我相信这是客观存在，一定会搞清楚……"

继邓拓之后，第二个牺牲者便是毛泽东的秘书田家英。

由于田家英凭着一股正义感删去了毛泽东谈话中对姚文元、戚本禹文章的评语，激怒了陈伯达和江青。1966 年 5 月 21 日，以陈伯达为组长、以江青为第一副组长的"中央文革"派人来到中共中央办公厅，在大会上宣布田家英的"滔天大罪"：篡改毛主席著作！ 5 月 23 日上午，田家英悲愤交集，弃世于中南海。他，年仅 44 岁！他与邓拓之死，仅相隔 6 天。第三个直接受害者吴晗。吴晗最惨，一家 4 口，3 条人命死于姚文元的笔下！批斗；隔离；入狱。一步一步升级，吴晗受尽折磨，他甚至"创造"了挨斗的"最高纪录"——一天之中被拉到 8 个会场批斗！1969 年 3 月 18 日上午，吴晗的爱妻、历史学家袁震在苦风凄雨中离世。10 月 11 日，被打得胸积淤血的吴晗惨死于北京狱中，终年 60 岁。他的女儿吴小彦受他牵连，挨斗受批，患了精神分裂症。1975 年秋，在"反击右倾翻案风"中，吴小彦因咒骂"四人帮"而被北京市公安局逮捕，于 1976 年 9 月 23 日自尽——如果她再坚持 10 多天，她就能听见"四人帮"垮台的喜讯！吴晗一家唯一熬过 10 年苦难的是儿子吴彰，在粉碎"四人帮"之后考上了清华大学分校。

追求传记文学的艺术品位，是叶永烈传记文学的第三个特征。叶永烈的传记文学，史料确凿，多为其亲身采访传主及当事人所得。然而，叶永烈毕竟早已是闻名全国的作家，他深昧：伟大的传记文学作品应如同伟大的小说一样，艺术性是该文体的最高审美原则。叶永烈在给我的信中说："在我看来，我并不着眼于'传'，而是透过传主反映一个时代。我曾说过，历史是人'众'字，而传记文学则是透过'人'反映'众'，也正是因为这样，我所写的传记，都具有强烈的政治性，浓缩着一个历史时代。"① 表现出一位优秀传记家的清醒的传记文学文本意识。

总之，当代政治人物传在领袖传、其他正面人物传、反面政治人物传这三类作品方面，取得了丰硕成果，是值得首肯的。但是，对比于西方优秀政治人物传的特征，面对我们这个更加思辨的时代文化氛围，我们不得不承认，当代政治人物传还存在诸多不足。传记作品可谓宏富，但名家精品还十分匮乏；禁区虽然突破，然而深入反思不够；媚俗猎奇者有之，抢摊编造者尚多；特别是真正达到具有深刻历史政治意识、充盈着传记家个体生命力和诗情以及结构宏大文笔精彩的作品，还不是太多。

---

① 参见叶永烈给笔者的书信。

第二十四章 传记文学这一家：传记作家散论之一

传记文学在我国，渊源于司马迁《史记》"创为传体"。刘勰在《文心雕龙》卷四《史传》中指出"及史迁各传，人始区分，详而易览，述者宗焉"。《史记》开传记文学先河，并深深影响了中国小说文体的形成与发展。然而，司马迁传记文学的种种优长——承继史官文化的重文倾向，"圆而神"的美学特征，注重人物性格塑造，不虚美、不隐恶的直书原则等——却没有"荫及子孙"。直至近现代的梁启超、胡适，传记文学在中国遵循着班固"重史轻文"的传统路子走来，并渐渐失去班固"方以智"的特色，成为学者们潜心研究治国术的附属物和副产品。传记文学仅仅隶属于史学，没有承继司马迁史传文学的精华而发展为独立的文学形式之一。从《四库全书总目·传记》条目来分析，传记作品汗牛充栋，但真正堪称传记文学佳构，如《史记》人物传者，寥若晨星。梁启超咀中西传记文学之精华，创作出《孔子传》等几十篇传记，为中国传记文学文体开创新格局。胡适提出传记文学要"给史家做材料，给文学开生路"的文体标准，并从理论上给予阐述。郁达夫也撰写过多篇"传记文学"论文。可是，统观整个现代文坛，未能涌现足与小说、诗歌媲美的传记文学佳作，即便是传记文学的倡导者胡适也未曾写出。总之，尽管传记文学得到了重视，传记文学大家却屈指可数。

新中国成立后，出现了《刘胡兰小传》《董存瑞的故事》等传记文学作品，但奉真实为圭臬的传记文体因受种种条件制约（政治方面的禁忌，史料不公开等）仍处于创作低谷。直至新时期到来，传记文学才真正得以复苏、繁荣，并产生了一批优秀作品：《张玉良传》《徐悲鸿的一生》《最后一枪》《霜重色愈浓》《宋氏家族第一人》《走下神坛的毛泽东》《巴金传》《李大钊传》，等等。尽管领当代文坛风骚的仍然是小说、诗歌文体，传记文学还时常被视为"历史的丑妹子和文艺批评的蠢表弟"。① 但是，当小说向纯心理、下意识方向滑坡，诗歌由晦涩走向怪诞，越来越脱离读者的时候，传记文学文体应和着世界纪实文学大潮兴起的节拍，展现了它的独特风采。由于当代传记作家一反传统传记以编年体形式汇编传主一生史料的模式，而是确立主题，旁征博引，借助形象思维，运用文学化的语言，使冰冷的事实散发出炽热的生活实像，同时又不失传统文学的诸多特性如让现代人

① 傅子玖：《陈嘉庚·后记》，花山文艺出版社，1999年版，第431页。

有故事可说。许多批评家认为，在《战争与和平》那样场面浩大、讲究叙事的小说式微后，传记文学文体正好填补这一真空。令人遗憾的是，我国当代文坛尽管出现了一批卓有成效的以传记文学文体来反思人生的传记作家，却颇受理论批评界的冷漠。如张俊彪在军事题材传记文学领域独树一帜，然而被讽为不会写"虚构文学"，只好忍痛割舍与传记文学的恋情，去创作长篇小说。尽管如此，一批敢于直面人生，自甘寂寞的有心人，仍埋头于传记文学创作之中，并以自己的实绩向世人展示了传记文学文体的美学价值所在。我们拟在本文选择部分有个性的传记作家作一评点，抛砖引玉，以期引起理论界去关注扶植传记文学这一家。

李辉

李辉是一位纯以传记文学文体反思人生，在传记文学创作方面颇有潜力的传记作家。他不畏艰难，给活人立传，写出了《浪迹天涯——萧乾传》；他拨开历史的迷雾，写出了《迷雾生涯——刘尊棋的一生》；他关注人生，渴望美好，写出了《胡风冤案始末》，他深喜历史人物，正在撰写有关丁玲与沈从文的交往、寄寓作者诸多希冀的传记文学。李辉是个讲故事的能手，他以《刘尊棋的一生》《胡风冤案始末》两作品中显而易见的故事性，印证了传记文学大师英洛亚的论断"使传记具有小说的兴趣的正是对未来的期待……他应该朴实无华地开始写，不追求壮丽辉煌，只关心把读者带进一种能使他理解日益成长的主人公的最初感情的境界"。[①]由于李辉循着时间顺序说故事，尽管读者早知道传主的结局胡风的悲剧命运，但读者仍像在剧院中欣赏希腊悲剧一样，情节向预先知道的事件缓慢发展，反而会赋予读者一种庄严的诗意。这里李辉借鉴了国外当代传记文学中的心理分析法，层层剥笋，使传主在不同时期的真实心态，被揭橥出来。李辉是现代文学研究专家，掌握了大量资料，这对他从事作家传记文学的写作颇为有益。因为作家传记文学是正规的学术研究与创造力的有机结合，传主的人生际遇与传主的文学创作不可截然二分。李辉的特点是，他有着颇为浓郁的传记文学文体意识，他是在叙写出一个活生生的作家与创作的关系，而不是评论作家创作的得失。他把资料比作无生命的，冷冰冰的东西把故事比作有生命的，热乎乎的东西，他要利用死的资料，写出活的故事，塑造出一个栩栩如生的人物。张辛欣在读完《萧乾传》后，道出了李辉传记文学的个性所在："由此便想到文学传记的写法。这'传'，大约

---

① ［法］莫洛亚：《传记是艺术》，《法国作家论文学》，三联书店，1984 年，第 153 页。

是李辉一半心中，一半笔下的萧乾老师。"① 李辉在本诸真实的同时，突出自己眼中的萧乾形象，这种有"我"的艺术追求，预示着他在传记文学写作中的潜力。因为，个性是判断艺术家价值的重要尺度，非虚构文学的传记文学文体，概莫能外。面对国外传记文学佳作纷呈，大师众多的现实，我们希望李辉沿着富有个性的传记文学之路走下去，创作出堪与传记文学大师的作品媲美的传记文学来。

傅子玖

奠定傅子玖在当代传记文坛地位的是他的唯一一部传记文学《陈嘉庚》。对傅子玖来说，一部就足够了。因为，他在当代传记文坛，独辟蹊径，更新传统传记文学形式，独创了一种他称之为"散文化、诗化、政论化、电影化"② 的新体传记文学。"中国的传记文学自从太史公以来，直到现在，盛行着的，总还是列传式的那一套老花样。人人死后，一律都是智仁皆备的完人。从没有看见过一篇在反映人的伟大，智勇兼备等等之外活生生地能把人的优点与渺小、愚昧、怯懦等弱点和短处都刻画出来的传神文字。"③ 郁达夫针对现代文坛的论述，借过来形容当代传记文坛的某些传记，可谓一针见血。而在傅子玖的《陈嘉庚》中，你会看到另一番景致：在叙述传主生命旅程的情节中奏响着"忠公爱国"的主旋律，枯涩、呆板的传记不见了，代之而来的是，飞动的语言，丰富的想象，磅礴的气势，移步换景多层面的结构，一扫那些枯燥的资料式传记的叙述方法，给读者一种类似读诗的审美感受。同时，在追求传记诗化的过程中，身为大学教授、学者型作家的傅子玖，并未将传记文学与小说画等号。他深知，传记文学是记叙传主个人的事迹，既是对传主形象的神形毕肖的写照，又是本诸真实的艺术创造。还值得一提的是，傅子玖有着清醒的文体意识，当诸多传记作者往往以史料价值来贬抑传记的艺术价值时，傅子玖则公开承认自己的作品"不希望在宽度和深度方面胜过'资料汇编'的传记，亦不希望滥觞为巴尔扎克称为'庄严的谎话'的那种小说。我希望以当代意识构成了内容，成为'艺术的真实，有自己的深度，从中蒸腾出一个可视可感地活着的陈嘉庚来"。因此，傅子玖的作品尽管只一部，但革新传记文学文体之功，值得称誉。

---

① 张辛欣：《萧乾传·序言》，载《文汇报》，1989 年 10 月 29 日。

② 傅子玖：《陈嘉庚·后记》，花山文艺出版社，1999 年版，第 435 页。

③ 郁达夫：《什么是传记文学？》，《郁达夫文集》（第 6 卷），花城出版社，1983 年版，第 283 页。

叶永烈

　　他是为中国"科普文学"立下汗马功劳的作家，如今他又为中国缺少传记文学佳构而深感不安并毅然投入传记文学创作。如同"科普文学"要在"科学"与"文学"的平衡木上求平衡一样，介于文学与历史间的传记文学无疑给敢于面对挑战的叶永烈带来了新的感觉。统观当代传记文坛，究其利弊，叶永烈作出了富有个性的抉择给那些知名度高、透明度低的敏感人物作传。于是《蓝苹外传》《王洪文兴衰录》《姚氏父子》《爱国的'叛国者，—马思聪传》等相继问世并畅销。中国的传记文学有着极强的非文学化倾向，基本上是沿着班固的"重史轻文"的路数写下来，而对"作意好奇"的《史记》笔法，尽管评价高，但承继者少。然而，这并不是说中国的传记文学绝对真实。刘知几曾就此论述道："盖子为父隐，直在其中，论语之顺也。略外别内，掩恶扬善，春秋之义也。自兹已降，率由旧章。史氏有事涉君亲，必言多隐讳。"《史通·曲肇第二十五》。叶永烈力矫此弊，克服种种困难掌握了大量第一手资料，他采访见证人，录下他们的讲话；他辨伪存真，删选史料。同时，他不会忘记自己是在营造艺术之厦，备料需足，但最终留下的是艺术，脚手架需拆除。这样，叶永烈的传记文学不仅在史料真实上优于诸多从二手以至第三手史料创作的传记，而且文笔生动，故事性，人物形象个性化，达到了"文与史"的统一。毕竟叶永烈是擅长写作的"老手"，然而，正因为他写得太顺畅，加上面前可供选择的史料太多，导致他太偏重于史实的叙述，而在文体经营方面给人一点还应精雕细刻的印象。另外，由于当代人写当代人，不能太自由落笔，叶永烈未能免俗，向时代妥协了。艺术的使命感使他寄希望于将来"不断修改、补充"。我们盼望着叶永烈能秉笔直书，写出真实的史诗般的传记文学，以尽快提高传记文学的品位。从某种意义上说，理论界创作界之所以把传记文学认可在"第三世界"，不正与传记文坛缺乏足与其他文体堪比美的巨著有关吗？

陈漱渝

　　陈漱渝是近年来在传记文坛笔耕不辍且颇为稳健的一位传记作家。说他稳健，主要是指他在处理传记文学的"史"与"文"关系上，更倾向于"史"："宁肯让书枯燥一些，也不单纯为增强传记的文学性而虚构情节，藻饰语言，编造细节。"如果说传记作家力图通过虚构来增添作品的文学性，那是大谬至极。陈漱渝不为此风所诱，注重真实，同时他又深知一部优秀的传记文学应具备"真实、个性、艺术"三要素，因此他在作品中总想完美地体现这三要素。从历史的丰富性来说，陈漱渝的创作是值得效仿的。"历史是真正的诗人和戏剧家，任何一个作家都甭想去超过它。"① 传记大师茨威格道出了传记写作的真谛。然而，面对同一传主，不同的作家可能会写出迥异的"这一个"，并成为巨著。传记文学作为文学的一个门类，理应彰扬其艺术个性，因为真实将小说与传记文学区别开，而个性则是历史与传记文学的分水岭。统观陈漱渝诸多作品，文学趣味较弱，不无枯涩之感，这与他在理论上主张宁枯勿虚有关。有鉴于传记文坛出现的拼凑史料，揭人隐私的不正之风，陈漱渝所代表的征信稳健的写作风格，应当提倡。

　　另外，以女性的细腻笔触，为巾帼女性立传的石楠，在描写反面人物方面，达到历史真实与道德价值相统一的王泰栋，给外国人立传取得丰硕成果的解力夫，以及以飘逸的笔致，清新的文体，把传主极有趣味叙写出来的《曹禺传》的作者田居俭，《巴金传》的作者徐开垒等等，他们正以自己的不懈努力，为传记文学文体的繁荣，笔耕不辍。如今，传记文学作品已成为出版物中最受欢迎的品种之一。我们有理由相信中国传记文学的春天将要到来。然而，传记文学这一家欲有长足发展，还需做许多工作，如学习中外传记文学成功的经验，重视传记文学理论研究，特别是，中国文化以史官文化为主体特征，一直将历史学奉为正宗。梁启超指出"自从太史公作《史记》，以本纪、列传为主要部分，差不多占全书十分之七，而本纪、列传又以人为主。以后二千余年，历代所谓正史，皆蹈其例。正史就是以人为主的历史"。② 传记文学在古代是附属在史部且享有极高的荣誉，金圣叹为了推崇《水浒》的艺术价值，处处拿《史记》来比附。然而，随着文艺观的演变，传记文学在当代早已失去了往日的"玉容"，亭亭玉立于文苑之中的是小说、诗歌等虚构文学家族。这样，独立而存介于史学与文学之间的传记文学不免受到两方面的夹击。因为它扎根于史苑，却欲在百花吐艳的文苑中开出属于自己的花朵。无疑，这是当代传记作家的尴尬所在。愿传记文学这一家，在史学与文学的平衡木上，施展出自己的才华。

---

① ［奥地利］茨威格：《人类群星闪耀时》序言，舒昌善译，三联书店，1986 年版，第 3 页。
② 梁启超：《中国历史研究法》，上海古籍出版社，1987 年版，第 173 页。

第二十五章　叙述自我与灵魂自传：
尼采《瞧！这个人》的现代性与诗学价值

一

尼采（1844—1900），这位在西方思想史上如此重要的哲学家，在生命的最辉煌或曰在其生命走进黑暗之前的回光返照中，[①] 依然沿袭了西方忏悔自传文化的传统，没有忘记写作他的自传。费时一个月（1888 年 10 月 5 日至 11 月 4 日），尼采撰写了《瞧，这个人》并于其死后的 1908 年出版。该自传书名取自《圣经》，耶稣在受难前受尽凌辱，行刑官罗马帝国驻巴勒斯坦总督彼拉多指着耶稣对人们说"看哪，这人"（拉丁语：ECCE HOMO），尼采取其书名，用意有二：一是以耶稣自比，把自我神圣化；二是把自我放在他者的目光审判下，揭示其生命的悲剧意义。但是，阅读尼采该自传的读者会困惑地发现，《瞧！这个人》几乎没有正常自传要叙述的生平事实，似乎也难以在西方传统自传叙事模式中找到渊源，可是该自传却被西方学者奉为自传经典。在《现代与现代主义——艺术家的主权（1885—1925）》一书中，学者弗雷德里克·R·卡尔把《瞧，这个人》与现代主义进行了联系，并称其为是远承卢梭《忏悔录》叙事且为最富有现代性的灵魂自传中的翘楚。[②]

按照法国自传理论家菲力蒲·勒热讷的自传定义，自传涉及了三个不同方面的因素：1.语言形式：Ａ：叙事；Ｂ：散文体。2.主题旨归：Ａ：个人生活；Ｂ：个性历史。3.作者状况：Ａ：作者、叙述者和人物的同一；Ｂ：叙事的回顾视角。[③] 尼采自传《瞧，这个人》的文类可以说是散文体的，但是却不能说它是叙事的，因为尽管尼采在自传序言中说"我将告诉我自己有关这个生命的故事"。可事实上尼采并没有自述生平。全书除自序外共有十五章，却是以他的个性与著述为叙述中心的：我为什么这样智慧、我为什么这样聪明、我为什么写出了这样的好书、悲剧的诞生、《不合时宜的思想》、《人情的，太人情的》及其两个续篇、《朝霞》——论

---

① 尼采于 1889 年 1 月，在都灵患精神分裂症，从此在生命的黑暗中倍受煎熬直至死亡。

② ［法］弗雷德里克·R·卡尔：《现代与现代主义——艺术家的主权（1885—1925）》，陈永国、傅景川译，中国人民大学出版社，2004 年 8 月版，第 244 页。

③ ［法］菲力浦·勒热讷：《自传契约》，杨国政译，三联书店，2001 年版，第 3 页。

道德即是偏见、《快乐的科学》、《查拉图斯特拉如是说——一本给所有人的书，也是无人能读的书》、《超善恶——未来哲学序曲》、《道德谱系》——一篇论战文章、《偶像的黄昏——怎样用锤子进行哲学阐述》、《瓦格纳事件——一个音乐家的问题》、为什么我是命运。① 在《为什么我这样聪明》中，他说到了自己不胜酒力、爱好音乐、24 岁做了大学教授，但是尼采的自传主题旨归并不在于叙事，事实上在这里所涉及的尼采个人生活的内容没有细节支撑。

　　值得注意的是，在这部自传中尼采对自己独特的定型的个性却不惜笔墨自我夸说。"不久，我必须面对我同类的人，向他们作前所未有的最大要求，因此，我觉得我必须在这里宣布我是谁以及我是什么人。""我一生的幸福及其独特的性格是命中注定的：用奥妙的方式来说，如果像我的父亲，我是早已死了的，如果像我的母亲，我还继续活着而且渐渐老了。从人生阶梯的最高层和最低层去看它的话，这双重根源同时是一种衰落也是一种新生，这一点说明了使我与众不同的那个中间性和免于对一般人生问题的偏狭性。对于上升和下落的最初象征，我是比任何人都敏感的。"正常自传开始的生平介绍，到了尼采笔下，变成了对自我性格的分析与议论。其父亲的早死是因多病，而尼采却从中看到了哲学上的上升与衰落问题。凯斯·安塞尔·皮尔逊说得好："尼采的哲学蕴含着对生命的悲剧理解。确实，在《瞧，这个人》中，尼采用他特有的大胆和夸张，把自己描绘为第一个悲剧哲学家。悲剧哲学家就生命的总体接受生命，对生命的纷繁复杂的本性说'是'，对对立与战争、流逝与毁灭，生成与受苦说'是'。"② 乔治·勃兰兑斯指出："那种充溢全书的得意之情，那种使全书生气盎然而又预示着疯狂即将来临的自我尊崇等，都不能荫蔽住《瞧，这个人》一书的无比伟大的特征。"③ 我们认为，尼采自传的这一特征事实上揭示了西方自传文类现代性的一个独特因素：在叙述自我中突显灵魂自我。

二

　　《尼采自传序》说得好："世间各种伟大的思想家大抵如此，有着同样的根源，区分在表现的强弱而已。大概东方的人生观着重归真返璞，虽然经过精神上绝大

---

　　① ［德］尼采：《瞧，这个人：尼采自传》，黄敬甫、李柳明译，团结出版社，2006 年版。
　　② ［美］凯斯·安塞尔·皮尔逊：《尼采反卢梭——尼采的道德——政治思想研究》，宗成河等译，华夏出版社，2005 年版，第 42 页。
　　③ ［丹麦］乔治·勃兰兑斯：《尼采》，安延明译，中国社会科学出版社，1992 年版，第 177 页。

的苦工，然而寂灭了，犹之浑金璞玉。反之，必将'自我'整个儿发表，更雕琢，更锻炼，是西方人的人生观。"①事实上，无论中西人生观有何差异，说出自己的人生故事是自传叙事的旨归之一。卢梭说："我曾经历过如此众多的事件，产生过如此强烈的感情，见过那么多不同类型的人，在那么多境遇中生活过，所以要是我善于利用这些条件的话，五十年的生涯对我来说就像过了几个世纪似的。因此，就事件数量之多及种类之繁而言，我都有条件使我的叙述饶有兴味。"②司马迁的《太史公自序》本列为书籍之后，结果仍然把自我生平叙述放在重要位置。沈复则以"六记"的方式叙述自己浮生之乐悲。由此可见叙述自我是自传文类的显征之一。但是到了尼采笔下，自传的叙述特征在式微而灵魂自传的因素在加强。凯斯·安塞尔·皮尔逊就把尼采的自传称之为灵魂自传的典范，并指出"随着这种记忆或过去感、或绘画的功能、或乔伊斯的显现时刻的运用，随着对人与自我的这种重新限定，随着对无意识和前意识（甚至在弗洛伊德之前）的这种强调，我们进入了新的叙事领域。实际上，叙事小说成了这一切变化的积淀：不是情节，情节已经荡然无存；不是人物，人物只起到讲述的作用；不是景物，景物已经淹没在叙述之中。灵魂自传不仅改变了我们对人生的看法，也改变了我们表现生活的方式。当叙事体小说登上人类竞技场之时，一位小说家对小说叙述及其形态作何反应，在很大程度上决定着他是否是个现代作家。"③

我们认为，自传的现代性强调的是对自我灵魂的剖析而非一味地叙述故事，现代性的灵魂自我是"认同的自我，不是一种行为方式，而是一种信仰，是自我理解的一个源泉。对'我主义'、本我或弗洛伊德的'我'、自我和个人需要等因素的强调，均显见于这种小说样式的嬗变中。""揭开、伪装或掩饰表面，自我的出现等诸如此类的问题都与现代灵魂自传及其原型即卢梭的《忏悔录》相关。在这里，忏悔是一种形式的灵魂旅行。"④尼采为自己不被他人认可而伤感，为他们对他的冷漠而愤怒，尽管在自传的结尾他嘲讽了所谓荣誉，但是，他毕竟未能于生前从德国获得真正的荣誉。这一事实深深地刺伤了他的心，并强有力地促成了他对其国人的不可遏制的憎恶感。由此，我们可以得出这样的结论：自传的现代性特

---

① 郜元宝编：《尼采在中国》，上海三联出版社，2001 年版，第 223 页。

② 莫洛亚为 1949 年法国勃达斯版的《忏悔录》写的序言，文见卢梭：《忏悔录》（第二部）附录，范希衡译，人民文学出版社，1980 年版，第 826 页。

③ ［美］凯斯·安塞尔·皮尔逊：《尼采反卢梭——尼采的道德——政治思想研究》，宗成河等译，华夏出版社，2005 年版，第 263 页。

④ ［美］凯斯·安塞尔·皮尔逊：《尼采反卢梭——尼采的道德——政治思想研究》，宗成河等译，华夏出版社，2005 年版，第 235 页。

征恰恰是它的反自传性。也就是说，从尼采开始，在叙述自我中突显灵魂自我的现代性自传文类开始确立。尽管我们可以在卢梭的《忏悔录》中发现诸多现代自传特征，但是尼采是有意识的而卢梭则在认识论上与现代自传有着本质区别。卡尔·雅斯贝尔斯说得好："尼采发现：我愈是保持诚实，则可能之物愈是无穷无尽，只要我仅仅在作反思。我借可能之物来澄明自身，但任何现实的自我存在都在纷纷解体，自我存在很快就在我意图借以了解它的形态中消失殆尽：上百面镜子虚假地映射出你……自我认识者！自己的刽子手。""只有借助于从可能性中无可理喻地飞跃入现实，借助于意识到思想起源，借助于——并非对某物的认识，并非对某一内容的最终有效的确定性——对自我的明确性，才会形成自我理解，这种自我理解是有所实现、而非有所分解的哲学思想。这种有所实现的哲学思想，只有当它勇于承受对可能之物的无穷无尽、有所分解的澄明时，才会做到诚实可靠，并使得自我反思充满意义。"尼采在认识论上明显与卢梭有别，他说："我每天都在惊讶：我竟不认识我自己。""人们通常不能再将自己当做外物来感受，这一真正的堡垒是人无法通达的，人是含混不清的。""自我反思作为一种自我认识是危险的。如果自我反思将质疑着的生存阐明那上百面镜子影射出的可能性思想分解着实现出来，将生存阐明颠倒为所谓关于自身的心理式知识，则结果就是'自我认识者——自己的刽子手'。对于真正的哲学认识来说——在这种认识上，尼采常常自称为'心理学家'——僵死的自我观察与自我反思是毁灭性的：我们这些未来的心理学家是认识的工具，想具有某种工具的简单性与精确性，结果是，我们不能认识自己。因而尼采证实道：'我总感觉自己不好，并考虑自己……对于相信自己的某些特点，我总有一种反感……在我看来，一俟人对自身的情况发生兴趣，就对自己关闭了认识的大门。'"①

　　总之，我们必须明晓，尼采的认识论虽不同于卢梭，却恰恰在哲学上为建构中国自传诗学提供了坚实的理论基础。如关于自我的难以穷尽，尼采有一个形象的比喻："然而，我们怎样找回自己呢？人怎样才能认识自己？他是一个幽暗的被遮蔽的东西；如果说兔子有七张皮，那么，人即使脱去了七十七乘七张皮，仍然不能说：'这就是真正的你了，这不再是外壳了。'而且，如此挖掘自己，用最直接的方式强行下到他的本质的矿井里去，这是一种折磨人的危险的做法。"②也就是说，尼采的《瞧，这个人》为自传的现代性提供了一个成功的典范。

---

① 郜元宝编：《尼采在中国》，上海三联出版社，2001年版，第223页。

② 尼采：《疯狂的意义：尼采超人哲学集》，周国平译，陕西师范大学出版社，2002年版，第12页。

第二十六章　韩愈、夏多布里昂、刘心武、高尔基

一、韩愈

韩愈（768—824）的文学身份可谓众矣：文公、唐宋八大家之首、唐代著名文学家、诗人、散文家。但是，需特别注意的是，这些身份既是对韩愈的文学成就的准确盖棺定论，同时也是后代学人的有意叙事。由于时间的错位，后代学人的叙事只看中韩愈的文学身份，仿佛韩愈生来就是一个"专业作家"。其实，我们认为，欣赏古代传记文学的另外一个不容忽略的方法是把被欣赏对象还原到其生存的真实时空去研究分析。因此，了解剖析韩愈的人格，对全面把握韩愈的散传风格颇有裨益。

韩愈的整体人格是典型的儒家政治文化人格："达则兼济天下。"也就是说，韩愈的一生发奋读书也吧，科举习文也吧，甚至是"不平则鸣"而为文的文学写作，都始终没有脱离儒家政治人格的追求：要入仕途，在政治上有所作为。然而，这可是一条布满诱惑和陷阱的不归之路，韩愈不会不明白，连他的祖师爷孔二先生都被碰得头破血流，可是他仍欣然踏上了这条长征之途，至死不悔！韩愈生活的时期，正是安史乱后，国势日衰的中唐。当时，最让韩愈等忠于大唐王室的臣子们忧虑的还是藩镇割据。也正是因为韩愈有着强烈的政治追求，所以，韩愈的文学主张和文学创作就与那些主张"浮艳文风"和"骈四骊六"的文人有了本质区别。陈寅恪在《论韩愈》中敏锐地指出："唐代古文运动一事，实由安史之乱及藩镇割据之局所引起。安、史为西胡杂种，藩镇又是胡族或胡化之汉人，故当时特出之文士自觉或不自觉，其意识中无不具有远则周之四夷交侵，近则晋之五胡乱华之印象，'尊王攘夷'所以为古文运动中心之思想也。在退之稍先之古文家如萧颖士、李华、独孤及、梁肃等，与退之同辈之古文家如柳宗元、刘禹锡、元稹、白居易等，虽同有此种潜意识，然均不免认识未清晰，主张不彻底，是以不敢亦不能因释迦为夷狄之人，佛教为夷狄之法，抉其本根，力排痛斥，若退之之所言所行也。退之所以得为古文运动领袖者，其原因即在于是。"换句话说，韩愈的"文以载道"的文学主张，有着鲜明地"宗经、明道"之政治目的。从这个角度来看韩愈的散文，我们就会发现其散传的第一个特征是："文、道"并重，思想性强。其代表作有：《张中丞传后叙》《柳子厚墓志铭》《圬者王承福传》等，例如，

《圬者王承福传》，其传主为再普通不过的圬者——泥瓦匠。然而韩愈在传记中却用几乎全部篇幅让这个"圬者"宣道讲理：

> 嘻！吾操镘以入富贵之家有年矣。有一至者焉，又往过之，则为墟矣；有再至三至者焉，而往过之，则为墟矣。问之其邻，或曰："噫！刑戮也。"或曰："身既死，而其子孙不能有也。"或曰："死而归之官也。"吾以是观之，非所谓食焉怠其事，而得天殃者邪？非强心以智而不足，不择其才之称否，而冒之者邪？非多行可愧，知其不可，而强为之者邪？将富贵难守，薄功而厚飨之者邪？抑丰悴有时，一去一来，而不可常者邪？吾之心悯焉，是故择其力之可能者行焉。乐富贵而悲贫贱，我岂异於人哉！

这里，当然是泥瓦匠在叙述，可在此叙述者背后，我们分明读出了力倡"文以载道"的"隐含作者"韩愈的思想理念。事实上，韩愈的散文名篇，几乎都具有这一"文、道"并重，思想性强的特征。即使是"游戏为文"的《毛颖传》，叶梦得在《避暑录话》认为也内蕴着"讥切当世封爵之滥"的主旨。难怪胡应麟《诗薮·外编》卷四赞美道："五代刘昫修《唐书》，至以愈文为大纰缪，亦指此类。今遍读唐三百年文集，可追西汉者仅《毛颖》一篇。"

同时，韩愈还具有中国传统文人的文化人格：穷则著书习文。清人赵翼说："国家不幸诗人幸，话到沧桑句便工。"我们要说，诗人不幸文学幸，己身沧桑文泉涌。正是因为某一个体的坎坷遭遇，才最终升华了其人的艺术境界。试想，如果汉武帝不给司马迁同志来上一刀，曹雪芹没有"一把辛酸泪"，我们还能读到"绝唱"的《史记》和伟大的《红楼梦》么？真得感谢唐王朝的皇帝、官员在韩愈求仕的路途上铺设的一个个"磨难"。礼部进士科考：连连落第。终于通过了博学宏词科考，却被黜于中书省的复审。虽然韩愈是一再参加博学宏词科考，结果是屡战屡败！焦急、无奈中的韩愈最终选择了"进献文章并上著述之事"以求仕的路径。韩愈不知，这更是一次令人痛苦非常的感伤之旅。求人难啊，他写信给宰相赵憬、贾耽、卢迈，并附上自己文章，结果是石沉大海、无人理睬。想登门拜访，又被守卫吏卒，拒之门外。"四举于礼部乃一得，三选于吏部卒无成；九品之位其可望，一亩之宫其可怀。遑遑乎四海无所归；恤恤乎饥不择食，寒不得衣；滨于死而益固，得其所争者笑之"。（《三上宰相书》）由此，韩愈的"穷则著书习文"之文人文化人格得以形成。"不平则鸣"与借文章来"舒愤懑"遂成为其散传的第二个特征。《太学生何蕃传》《贞曜先生墓志铭》《殿中少监马君墓志》等是其中的翘楚之作。太学生何蕃，学有所成，仁勇爱国，"葬死者之无归，哀其孤而字焉"

（《太学生何蕃传》），但是却"不遭时者，累善无所容焉。"（《感二鸟赋》），在太学二十余年，无人重视。韩愈为此愤而鸣不平，由于韩愈在叙事中也在自鸣己身之愤懑，故行文"前后顿挫起伏，意悠长而文波澜"。（元·程端礼《昌黎文式》）沉郁唱叹，感人至深。被曾国藩赞誉为"自然沉痛"的《女挐圹铭》的艺术魅力就来自于韩愈抒发自我悲剧的身世之感："愈之为少秋官，言佛夷鬼，其法乱治，梁武事之，卒有候景之败，可一扫刮绝去，不宜使烂漫。天子谓其言不祥，斥之潮州，汉南海揭阳之地。愈既行，有司以罪人家不可留京师，迫遣之。女挐年十二，病在席，既惊痛与其父诀，又舆致走道撼顿，失食饮节，死于商南层峰驿。"读来，泪水沾巾，酸痛惨挚。

　　也正因为韩愈的整体人格是求仕途，为国家出力，而做了官后却因政治的腐败与官场的潜规则而难以把握。韩愈的仕途是忽迁忽贬、荆棘丛生："一封朝奏九重天，夕贬潮州路八千。欲为圣朝除弊事，肯将衰朽惜残年。云横秦岭家何在，雪拥蓝关马不前。知汝远来应有意，好收吾骨瘴江边。"（《左迁至蓝关示侄孙湘》）这又更张扬了韩愈"知其不可为而为之"的文人习性。但是，一边是仕途的渴望；一边是文人自我个性的凸显，在这二者的相克相生的张力中，形成了韩愈性格的两面性或多重性，这是韩愈人格的第三个特征。尽管韩愈作为唐宋八大家之首的文学地位无人可撼，且"文起八代之衰"（［清］刘熙载《艺概·文概》）的文学史地位已成定局。然而，统观韩愈的散文，特别是删汰掉那些正面歌颂封建王朝功德的"卫道"作品，如《原道》《争臣论》《平淮西碑》等，韩愈的散文名篇，特别是散文精品就屈指可数了，尽管其数量甚丰。正是因为韩愈的人格中有着求官献媚与怒发冲冠、患得患失和不平就鸣的两面性的不调和。从而形成了其散文的矛盾性特征：实录与谀墓共存，真情和假意同在。

　　让我们看一个典型例证，在韩愈的生命史中有一件特别让柳宗元"私心甚不喜"（柳宗元《与韩愈论史官书》）和后人不理解的事件。元和八年韩愈得到当朝宰相的同情被任命为比部郎中和史馆修撰。《旧唐书·韩愈传》云："愈自以才高，累被摈黜，作《进学解》以自喻。执政览其文而怜之，以其有史才，改比部郎中、史馆修撰。"不料想，这位"一代文宗"不但不远学司马迁"成一家之言"，反而在《答刘秀才论史书》中公开宣言：作史者不有人祸就有天刑啊："孔子圣人，作《春秋》，辱于鲁、卫、陈、宋、齐、楚，卒不遇而死。齐太史氏兄弟几尽。左丘明纪春秋时事，以失明。司马迁作《史记》，刑诛。班固瘐死。陈寿起又废，卒亦无所至。王隐谤退死家。习凿齿无一足。崔浩、范晔赤诛。魏收天绝。宋孝王诛死。足下所称吴兢，亦不闻身贵而今其后有闻也。夫为史者，不有人祸，则有天刑，岂可不畏惧而轻为之哉！"（《答刘秀才论史书》）所以，我韩愈岂敢和何必求死而为之呢。可事实上，韩愈为了证明他的论点，把历史逻辑整个颠倒了。孔子并非因作《春秋》而受辱，司马迁的"刑诛"是为李陵辩护，而瘐死的班固是受政治株连。为此，柳宗元伤心地说："今学如退之，词如退之，好议论如退之，慷慨自谓正直行行焉如退之，犹所云若是，则唐之史述卒无可托乎？"（《与韩愈论史官书》）其实，柳宗元作为韩愈的朋友，是并没有真正把握住韩愈人格中的两面性特征。在官场跌打滚爬数十年的韩愈知道，作为史官的他无论如何是不宜"秉笔直书"的。若实录事实则得罪当下权贵，可如果一味回护、隐晦，又会被非议于后来者，所以"聪明"的韩愈认为，与其得罪当朝影响仕途，不如不写史书。就是在这种文化人格影响下，其撰写的《顺宗实录》"繁简不当，叙事拙于取舍，颇为当代所非。"（《旧唐书》）由此看来，我们在韩愈的文集中发现"一篇又一篇向有权势的在位者干谒的书信，层出不穷的谀墓文章，以及那些'未能免俗'的为达官贵人代笔和向皇帝歌功颂德的贺表之类"（《韩愈散文选集·吴小如序言》）也就不足为奇了。我们在这里之所以指出了韩愈散文与韩愈人格形成的关系，并非在标新立异，只是想换一个角度，客观地反思"百世师""天下法"（苏轼《潮州韩文公碑》）的韩愈文学写作得失的文化原因。我们坚决反对苛责古人的文学分析方法，但我们更反对一味替古人，特别是替著名且已经成为文学大师的古人隐讳的做法。不得不承认，韩愈既缺少司马迁被"宫刑"以后的勇气，还缺少曹雪芹颠覆封建正统"意识形态"的哲学高度，这主要是韩愈的人格所限，他太看重现实的仕途生活，并没有像吴敬梓、曹雪芹那样把自我生命完全投放到文学创作当中去。因此，我们想，把被欣赏对象还原到其生存的真实时空去研究分析，从韩愈的人格视角来剖析其作品的特征，或许是鉴赏中国古代文学以期促进中国当代传记文学创作的一个可行路径吧？

二、夏多布里昂

那"永远吃，永不腻，把一切吞噬，把一切毁弃，直到最后把世界吃掉"[①]的东西是什么？斯威夫特说，这就是时间。时间像一条无情的河流，永不间断地把现在抛往过去，将未来迎接于当下。人，这个万物之灵长的上帝选民，在获得时间意识而区别于其他动物的同时，顿感生命中时间之剑的锋利无比。司芬克斯女神的追问：早晨四条腿，中午二条腿，下午三条腿。说的其实正是人类的时间意识或时间中的人。"逝者如斯夫，不舍昼夜。"这是中国古代哲人对时间的思考；"一

---

　　① 吴国盛：《时间的观念》，中国社会科学出版社，1996年版，第28页。

切皆变，无物常往。"这是希腊智者对时间的感叹；"那么时间究竟是什么？没有人问我，我倒清楚，有人问我，我想说明，便茫然不解。"①这是中世纪神学家向时间发出的疑问。

夏多布里昂（1768—1848）是法国浪漫主义文学的奠基人，因发表《革命论》《勒内》《基督教真谛》等著作享誉欧洲，但是真正令后世读者叹为观止的却是他的自传回忆录《墓畔回忆录》。夏多布里昂写作《墓畔回忆录》的视角与常见回忆录不同，他不是在临近老年时再回首往事叙述人生而是从40多岁始，就开始了他的为自己建立文学纪念碑的工作。历时40年直至走入墓中前的墓畔时分。是什么因素，真正触动了夏多布里昂之创作冲动？有人说是历史的自负。的确，夏多布里昂的一生是与他生活的时代历史密切关联的：他出身贵族之家，20岁到巴黎出入于路易十五的皇宫；他于1791年入美洲探险，回国后参加武装斗争并负伤；他颇得拿破仑青睐，任法国驻罗马大使；他坚持自己的政见，不得不流亡希腊、西班牙等地；他得到1814年复辟的波旁王朝的重用。有人说是文学的自傲。记得爱德蒙·德·龚古尔说过这样一句话："我愿拿有史以来的诗篇来换取《墓畔回忆录》的头两卷"。夏多布里昂的文学天赋，备受人们称道。他以浪漫主义的精神，对文学进行了革命的转化，提升了文学在生活中的地位。《墓畔回忆录》至今已成为法国散文的典范。有人说是经济的自利。据说，夏多布里昂的这部回忆录，以25万法郎现金和每年2万法郎的养老金高价卖给了一位出版商。我们认为，以上三点仅为创作《墓畔回忆录》次要之方面，而最为重要的因素是那充盈于夏多布里昂心中的时间意识，这才是夏多布里昂创作之始源。也就是《墓中回忆录》乃至所有自传回忆录意义之所在。夏多布里昂说："我挣扎着反抗时间"，那么如何反抗这缄默不语、永不静止的东西呢？如何从这个世纪的吞噬者手中夺回自我呢？这便是自传叙事的强大作用。夏多布里昂发现回忆叙事本身可以通过对时间的重新梳理与定型把时间留住。于是，夏多布里昂产生了一种独特的向死而生的时间观，即在叙事中始终从死的预示角度来推动他的逝去岁月的复得程序。在构建自我人生的追忆中，夏多布里昂比任何时候都更加体验到时间的流逝。但是，当现在眼前的一只斑鸫的啁啾打断他的思绪时，这种神奇的声音立刻让过去、现在、未来的区别消失了。"昨天傍晚，我独自散步；天空宛如秋日，寒冷的风一阵阵吹过。在一片密林的缺口处，我停下观望太阳：它钻进云里，正在阿昌依塔的上方，两百年前，住在塔里的加布里埃尔（法王亨利四世的宠妃，译者注）望着日落。亨利和加布里埃尔如今安在？待到这些"回忆录"公之于世，我亦如是矣。一株桦

① ［古罗马］奥古斯丁：《忏悔录》，周士良译，商务印书馆，1994年版，第242页。

树的最高枝上栖着一只鸫鸟，阵阵啁啾，打断了我的沉思。就在此刻，这种神奇的声音使父亲的领地再现于我的眼前，我忘记了我曾亲眼看见的种种灾难，突然回到了过去，又看见了那一片常常听见鸫鸟鸣啭的田野。那时候，我一听见鸫鸟叫，就和现在一样感到悲哀；然而这种最初的悲哀产生于因为缺少阅历而对幸福怀有的朦胧的渴望；我现在感到的悲哀却产生于对一些评价过、判断过的事物的认识。在贡堡的树林里，鸟鸣告诉我一种我以为已经得到的幸福；而在蒙布瓦西埃的花园里，同样的鸟鸣却让我回想起在追寻这种抓不住的幸福的时候逝去的岁月。我已无可学。我走得比别人快，我游遍了生活，时光飞逝，拖着我往前走；我甚至不能肯定会写完这部《回忆录》。我已经在多少个地方开始写了？而我会在哪个地方结束呢？我还会在树林边漫步多久呢？"[①] 在这里，夏多布里昂把过去、现在、未来融为一体。当下的一声鸫鸟的鸣声，会立刻把过去送到现在，而从未来（墓畔）描写生命的历程，又把未来引到过去。这一切都是对时间的追忆和复得。法国学者敏锐地看到了这一特点，"惊讶的第一刻一过去，自然而然就产生难以解释的快感，这种情感渗入了叙述者全身：由于这只斑鸫，岁月消失了。'我'在整体中重现。一个人的整体不仅涉及过去和现在，而且由于'时间'的模糊作用，灵活地包括永恒。"[②] 是的，正是由于这种独特的时间意识，让我们从消逝的岁月中，复得了自我，也就复得了时间。我们认为，普鲁斯特的《追忆逝水年华》在时间的复得的主题上正是受此回忆录启发并进行了深入的开拓。为了追索那已成过去的时间，普鲁斯特发现了他的"情感记忆"法。他从茶水泡"玛德莱娜小甜饼"的感觉中，发现自己与那些已经逝去的时间再度相遇，自我重又复得而复活。这里是与夏多布里昂的"鸫鸟"之鸣有异曲同工之妙的。

莎士比亚在《约翰王》中说："时间老头啊，你这钟表匠，你这秃顶的掘墓人。你真能随心所欲地摆弄一切吗？"是的，在物理的时间中，任何东西终将会被时间征服，但是，在心理的时间里，随心所欲的不是时间而是记忆。时间是可以通过记忆而复得的，这正是夏多布里昂《墓畔回忆录》自传叙事的价值和意义。

三、刘心武

北京，我是 1994 年在北师大高访时住过一年，说大点，那是 20 世纪的事了。

---

① ［法］夏多布里昂：《墓畔回忆录》，学龄译，上海文化出版社，2000 年版，第 28 页。

② ［法］皮埃尔·布吕奈尔等：《19 世纪法国文学史》，郑克鲁等译，上海人民出版社，1997 年版，第 66 页。

此次北上是为参加"第九届中外传记文学研究会年会"而来。当然，10年光阴，生死存亡，当时身强壮、心迷茫的小讲师，再入学府读博做后，如今俨然成了教授，荣见故旧的潜意识还是有的。说白了，还是冲着主办者北京大学世界文学研究所所长赵白生博士来的。此兄10年前创建了"中外传记文学研究会"，并预言"二十一世纪是传记文学的世纪"。当时《光明日报》进行了报道。至于21世纪是否为"传记文学"的世纪？从全国各大书店的专设"传记柜台"可为见证。这话也从著名东方文学专家仲跻昆口中得到验证。但有一点是令人刮目相看的，中外传记文学研究会，已经主办了九届年会和两次国际研讨会。① 白生兄主办会总是会给与会者带来惊喜。这不，居然请来了大名鼎鼎的刘心武来北大开讲座。时间是11月30日周二下午4点，地点是北大民主楼208会议室。刘心武进来前是他的传主任众先到，会场有骚动但没人知道他是谁？幸亏我同坐的全展主编在《中国当代传记文学概观》一书中专列了刘心武专章，"是任众"他有些激动地说。我却并不激动甚至太平静了些。刘心武我也是第一次面见，但当他进来并入坐主席台时，会场没有掌声，我也只是细看了他一下。和熟悉的照片没有两样。想起来真是20年河东转河西！记得20年前，在那个文学家被奉为"明星"的时代，我与大学同学月夜步行，去10里地外的矿区电影院听王安忆的一个讲座，结果是人太多而未能进入上千人的会场。真是审美疲倦了啥，赴京前也是"伤痕文学"的开山之一的卢新华在南京大学演讲，广告贴出，说卢新华是中国伤痕文学的什么什么，但听者寥寥，关键是共鸣者不多，我当时在听众席上真个是感慨万千：可不能说文学边缘了，所以我卢新华就……想想余秋雨、余光中到南大演讲的日子，那可是人山人海啊。刘心武坐在主席台上，身着商务夹克衫，坦然而自信，他深知自己已经不在文坛中心，边缘化了。但小说名家的自负却在他的头部上空形成一朵云霞，并在他的话语中穿梭。我注意到当主持人赵白生博士说"刘心武是我国著名小说作家，伤痕文学的重镇和传记作家时"刘心武对"传记作家"四字表现出不快的神情。显然，刘心武内心俨然存在"传记作家不如小说家有地位"的"伤痕文学"。这真是给司马迁的后代开了个国际玩笑，一个产生过《项羽本纪》的民族，20世纪还真说不出哪部传记能与鲁迅的小说《阿Q正传》相媲美。我们此次年会的议题是："传记文学的经典化"，今天早上，我宣布了"二十世纪十大传记经典"书单，它们是：20世纪中国10大他传排行榜：（1）梁启超《李鸿章传》。（2）沈从文《记丁玲女士》。（3）朱东润《张居正大传》。（4）吴晗《朱元璋传》。（5）林

---

① 1994年至2016年中外传记文学研究会已经举办了第23次年会。其中，第十七届年会，于2012年5月10—13日在江苏师范大学召开。

语堂《苏东坡传》。（6）江南《蒋经国传》。（7）唐德刚《胡适杂忆》。（8）韩石山《徐志摩传》。（9）桑逢康《感伤的行旅——郁达夫传》。（10）董健《田汉传》。20世纪中国 10 大自传排行榜：（1）胡适《四十自述》。（2）郁达夫《郁达夫自传》。（3）郭沫若《沫若自传》。（4）沈从文《沈从文自传》。（5）瞿秋白《多余的话》。（6）韦君宜《思痛录》。（7）杨绛《干校六记》。（8）吴宓《吴宓日记》。（9）季羡林《留德十年》。（10）李敖《李敖回忆录》。是的，我从坐在下面的钱理群、王得后、韩敬群、傅光明、刘纳、丁宁、季红真等的眼光中读出了狐疑。但我仍然自信地且不无幽默地说：世上本来没有什么经典，说的人多了不也就成了经典？班乃特在《经典如何产生》一文中说得妙：一部作品之所以能成为经典，全是因为最初有三两智勇之士发现了一部杰作，不但看得准，而且说得坚决，一口咬定就是此书；读者将信将疑，疑也没有话语权，加上时光会从旁助阵，终于也就渐成共识了。如今地球人都知道：普鲁斯特的《追忆逝水年华》是经典！可有几位读完过全书？嘿嘿，包括俺们这个徐州人！还是回到刘心武吧："我近几年都没出来了。我拒绝任何邀请和会议。这次破例是因为 1999 年我出版了一本写普通人的书《树与林同在》。①传主就坐在我旁边。但是我刚刚看到你们的会议通讯'传记文学的经典化'，要是早告（诉）我是这个主题，我就不会来了。我为什么选择任众这么一个一点也不出"众"的传主呢？我写作特别重视"空间"对我心灵的触动。你们知道我在北京十三中做过老师，十三中的前身是辅仁附中，其校园在清代曾是贵族邸宅。任众在我 61 年执教前在十三中读书，任众就跟我有了空间感，任众的一生坎坷多难，从反动童子军、胡风分子到右派，最关键的是他和因发表"出身论"而被枪毙的遇罗克住在同院。这样结合我对自己在"文革"中的所作所为的"忏悔"，就组成了这部作品的文字内容，当然，本书配有大量照片。这也是我"私人照相簿"的延续。我在这书中要表达的主旨是：人生如林。树在林中。林在何处？没有一株株具体的树，林便只是一个抽象的概念。假如有人说，他爱森林，那么，检验他是否真爱的唯一标准，便是看他能不能珍爱每一株具体的树。我们常爱吟诵这句古诗：'病树前头万木春'，可是我们过去往往只从一个方面去体味那诗中的哲理，却忽略了生命个体，甚至动辄把活生生的人才打成'牛鬼蛇神'。我们应当醒悟，对病树的无动于衷，乃至幸灾乐祸，弄得人为的病树越来越多，那森林的面貌，也很难保持一派勃勃生机。爱护每一株树吧！给每一株树以尊严，以发展的机会，以鼓励与支持，尽量让每一株树，都能享其天年，尽其才，展其能。这本书，是献给尘世中所有被埋没的有才之士的。倘若他们当中哪怕是只有几个

---

① 刘心武：《树与林同在》，山东画报出版社，1999 年版。

人，从这本书里，多少获得一些启发，一点安慰，那就是我最大的快乐了！"刘心武，果然是人道主义者的刘心武。听到他讲述同事女教师喝敌敌畏自杀的叙述时，我流下了眼泪。回头看看女性主义者荒林女士，她正纸巾拭泪。再看全展、曹莉、李战子、唐岫敏、杨国政、王凡、董炳月、许德金、郭久麟，也是满脸凄然。到底是学者型作家且做过近十年的中学老师，刘心武不仅学养丰富而且口才极好，侃侃而谈。相比之下，让我想起南京的叶兆言，演讲水平直让南大学生大跌眼镜。现如今作家们大多以为大学老师"阔多了"，纷纷扎寨大学文学院当起了教授，王安忆在复旦，马原在上海大学。但窃以为并不是所有作家都可以到中文系讲台去全面展示的，讲课可是一门艺术。听了刘心武的讲座，我认为国内至少有两位作家可以坐在大学讲台上挂头牌。一个是刘心武，一个就是曾与谢冕过了招，目前正与陈漱渝对阵的韩石山。韩石山之口才，皮里阳秋，丝丝扣题，甚是了得。韩作家最近因写《徐志摩传》文誉再起，也来参加了本次年会，他在送笔者的《徐志摩传》扉页上写道："成军先生与我交往多年，其人治学刻苦，卓然有成，特持此书就正。"我在这之所以"意识流"到韩石山写传记，是因为，坐在台下看刘心武在台上口若悬河的宣扬"人者，爱人"（不是仁者）。我突然为听众不用热烈掌声回应刘心武的"我爱每一片绿叶"的信念的现象而吃惊。不对，掌声是有一次。那是刘心武说到他刚在网上看一新闻：几个出外离家打工的民工，因看黄碟而被追捕，其中两人掉粪坑里淹死了。"这真是不把民工当人看，他们也是人，有性饥渴吗。不但不应抓捕他们，政府还应该把他们组织起来看。"这可是大胆之言，掌声暴起。但仅此一次。总起来看，刘心武的呼唤始终没有超越他的小说已经表现过的思想主题。最后，刘心武说他在法国见到了高行建，"高行建送给我的书是《一个人的圣经》，看来高行建对人类是彻底地绝望了，把自己奉为了上帝。我送给他的是《树与林同在》这本书，我始终坚信人间之爱。这种人间之爱。其实也是善，我们自己应当扬升自己内心的善，也企盼世界和人类能不断地增添善！"刘心武演讲结束了，他把话筒推给了任众。望着眉含严肃的刘心武，我突然想起了俄狄浦斯的人生悲剧：不是什么恋母情结，而是人认识自己真是太难了。俄狄浦斯的所有悲剧都源自他不知道自己是谁？却又自以为最了解人类（是他回答了女妖的谜语）。刘心武何尝不是如此？他爱每一片树叶，爱组成森林的每一棵树，甚至他特别反感"病树前头万木春"的诗歌意象。但是，刘心武对高行建的"绝望"判断就不对了。须知一个真正对人类绝望的人，就不会用笔写小说了。而一部伟大的文学作品应对人性进行深入地解剖而不是美化！看来，对刘心武来说，成也是爱绿叶，败也是爱绿叶。没有爱绿叶的真诚，就没有《树与林同在》的叙述激情；有了爱绿叶的固执，也就迎来了对传主的回护。其实，整部《树与林同在》，真正打动我阅读兴趣的，还是披露严寒人生的"遇罗克"的叙述文字及图片，因为这里勿须刘心武犯老毛病发议论，事实就是最好的理论。所以，白听了刘心武讲座的我，想给刘心武开一药方以示回报：不要写小说了，（好像不大写了），因为你太爱绿叶，难免主题先行。从此只写传记文学吧，因为，历史真实会自己说话！历史真实会牵着你的笔，走进人性这一片复杂、可怕、无奈而又欢娱的原始森林！

四、高尔基

住在莫斯科市中心玛拉亚·尼基茨卡亚大街6号豪宅的高尔基遇到了两难问题：一方面，在斯大林的有心关照和人民的自发崇拜下，他得到了几乎俄罗斯有史以来作家所能够得到的荣誉。他从小在那里尝遍人生酸甜苦辣的城市如今改称高尔基市。"今天，我写信封第一次以高尔基取代了下诺戈罗德，这很别扭，也不太舒服。"尽管高尔基很不情愿很不舒服，但是他还是能够排解的。传记作家特罗亚写道："为了消除这些奉承给自己心理造成的不安，高尔基心想，斯大林是想通过他颂扬俄罗斯人民。斯拉夫民族的一个特点就是一向需要崇拜、信仰。个人崇拜是这个直率、宽宏大量的民族的天性。"但是，另一方面的问题却困扰着高尔基：斯大林希望他这位最负盛名的苏联作家写一本《斯大林传》。斯大林心中最明白不过了，如果高尔基能够给自己立传，那对提高我斯大林在国内外的领袖威望，是难以用语言表达的。何况高尔基已经给列宁写出了一部出色的传记。那是1924年2月4日，仅仅离列宁逝世不到一个月，《列宁》回忆录就完稿了。4月《消息报》刊登了回忆录片断。六月中旬定稿。《列宁》一书虽不足4万字，但是高尔基却写出了列宁"一个空前未有的历史人物，一个用大写字母起头的'人'"。于是，斯大林通过国家出版局局长哈拉托夫写信给高尔基，希望高尔基写出一部同样的传记来。当然，高尔基一开始是欣然接受的。是的，从个人私交来看，斯大林比不过列宁。十月革命以前，高尔基与列宁早成知己，而与斯大林没有正式交往。但是高尔基并不反对给斯大林立传。高尔基事实上非常明白，传记是他所擅长的文体之一。他的《母亲》，尤其是正在创作的《克里姆·萨姆金》"则思想偏执，形式呆板。必须看到，他在写作自传时更加游刃有余。他的三部曲《童年》《在人间》《我的大学》以其力量和真诚被公认为一部持久的、甚至可能是不朽的作品。"然而在研究大量传记资料后，高尔基陷入了深深的思考之中。尤其是目睹近年来斯大林的诸多非正义的排除异己的行为，高尔基，这位走遍俄罗斯大地的自由战士。暗暗有了新的想法：那就是以拖延术来达到不给斯大林树碑立传的目的。前契卡人员奥尔洛夫在《斯大林肃反秘史》一书中对此有一段详细的描述：有一天，我正在阿格拉诺夫的办公室里，波格列宾斯基突然闯了进来。他就是那个因创办了两个劳改释放犯就业公社而闻名全国的老契卡，他同高尔基有着特别深厚的友谊。波格列宾斯基告诉我们，他刚从郊外的高尔基别墅回来。"有人把整个事情都弄垮啦，"他抱怨道，"无论我怎样劝高尔基，他总是一味地回避写书的事情。"阿格拉诺夫也同意他的看法，认为肯定有人"把整个事情都弄垮了"。实际上，这只能怪斯大林和内务部的头头们对高尔基太缺乏了解，估计太不足了。高尔基并不像他们所想像的那样天真、幼稚。文学家的犀利的目光，使他逐渐洞察了周围正在发生的一切。他了解俄罗斯人民，可以像看一本翻开的书一样，从人们的脸上看透他们的内心世界，找到那些使他们不安和慌乱的东西。工人们那一张张因吃不饱而削瘦蜡黄的脸庞，铁路上那一列列押送"富农"去西伯利亚的棚车（它们不时出现在高尔基那豪华的包厢的窗户外面），都使高尔基意识到：在斯大林那虚假的社会主义招牌后面，到处是饥饿、奴役和野蛮的专制。最使高尔基痛心疾首的，还是那股越演越烈的围剿老布尔什维克的浪潮。许多被迫害的老党员，早在革命前就同高尔基结下了深情厚谊。1932 年，他因自己素来敬重的加米涅夫被捕而感到极度的不安和不解，并把这一看法告诉了亚果达。斯大林听说后，为了打消这位名作家的疑虑，赶紧下令放人，让加米涅夫回莫斯科。据我所知，由于高尔基的干预，还有几个老布尔什维克也免去了被继续监禁或流放之苦。但作家却并没因此而感到欣慰，他知道，还有许多老党员，过去他受沙皇的折磨，现在又遭到斯大林的迫害，对此，他实在不能容忍。他经常找到亚果达、叶努启则或其他有权有势的人物，发泄自己的指责，表示自己对斯大林越来越感到失望和不满。1933—1934 年间，有大批反对派成员被捕，而官方对此却一字不提。有一天，高尔基外出散步，碰见一位陌生妇女，经过交谈后得知，这妇女的丈夫，是他革命前就认识的一位老布尔什维克。妇女请求高尔基帮帮忙，因为她和患有骨结核的女儿正受到被驱逐出莫斯科的威胁。高尔基追问起驱逐的原因，才知道她丈夫早就被判了 5 年刑，现已在集中营里服刑满 2 年。高尔基立即行动起来。他先给亚果达打电话，后者回答说，没有中央指令，内务部无权放人。高尔基又找到叶努启则，后者便去请示斯大林。这一次，斯大林却不愿再"开恩"了：他早就因高尔基三番四次地替反对派成员求情而憋了一肚子气。他只同意不再驱逐那位妇女及其女儿，坚决拒绝有关提前释放其丈夫的请求。高尔基与斯大林之间，关系日趋紧张，到 1934 年初，大概连斯大林本人都已意识到，他朝思暮想的书是不可能问世了。是的，直至高尔基 1936 年 6 月 18 日逝世，他一直以种种理由来敷衍给斯大林立传之事。其实，晚年的高尔基在表面的辉煌下，内心是极度痛苦的。罗曼·罗兰敏锐看出了高尔基的"孤独"："他十分孤独，我几乎从没看到他一个人独处！我觉得，倘若我们两人单独待在一起（而且没有语言这道障碍），他可能会抱住我，一言不发地哭很久"（《苏联旅行日记》）高尔基，这位曾经在暴风雨中呼唤崇高的"海燕"，用他的反抗与传记文学的正义，给自己的人生画上了一个圆满的符号。人们传说高尔基之死是出于斯大林的谋杀，如果此说成立，那不给斯大林写传记就可能是原因之一了。

附录　韩信传论

一、文化·时势·少年

1. 韩信的生年

韩信生于何年，史无确载，但因其被杀而死，其时间是明确的：汉高帝十一年"斩之长乐钟室。"[1] 由此，我们可以推断出韩信的生年。又因为民间歌谣传言韩信死时 33 岁。所以我们同意著名史记专家张大可教授的假定："韩信被斩在高帝十一年，公元前 196 年，上推三十三年，当生于公元前 228 年。"[2] 也就是说，韩信出生于秦王政十九年，楚哀王元年。当韩信呱呱坠地时，与其生命休憩相关的最直接人物，萧何 21 岁，项羽 5 岁，刘邦 20 岁，吕后 13 岁。人们曾说，现代战争是老一代人用来消灭好惹是生非的年轻一代的手段，那么在韩信的时代，却是像萧何、刘邦这样的"老"年人充分利用了年轻人的冲动、勇猛、智慧迎来了他们人生的辉煌。

2. 秦末起义少年多

秦朝建立后的高压政策以及法制制度把大部分上了岁数的人的血性给冲淡了。但是少年们初生牛犊不怕虎，或者说没有怕虎的经历故无所顾忌，我行我素。彭越在山东巨野湖泊为盗（即后来《水浒》的"梁山泊"），如果没有少年们的热情鼓动，彭越打出畔秦大旗的时间要晚些。"居岁余，泽间少年相聚百余人，往从彭越。越谢曰：'臣不愿与诸君。'少年强请，乃许。"[3] 张良在今徐州睢宁之下邳起义时，年龄已经四十有三了。但是这位"在秦张良椎"的英雄，却聚集起了众多少年反抗暴秦：后十年，陈涉等起兵，良亦聚少年百馀人。[4] 当然，少年不知愁滋味，难免冲动或激情杀人。项羽如此，项伯正因为杀了人而被张良解救，给后来的鸿门宴带来了契机。而韩信却在少年时期做出了连成人甚至是老年智者也难以容忍的"胯下之辱"。

---

① ［汉］司马迁：《史记·淮阴侯列传第三十二》，中华书局，2013 年版。

② 张大可、徐日辉著：《张良萧何韩信评传》，南京大学出版社，2002 年 5 月，第 10 页。

③ ［汉］司马迁：《史记·魏豹彭越列传第三十》，中华书局，2013 年版。

④ ［汉］司马迁：《史记·留侯世家第二十五》，中华书局，2013 年版。

3. 少年老成者成大器

韩信父亲早死，韩信从小没有父亲可反抗，因而性格平缓不躁急，又其母为寡妇，寡妇性格多刚强，韩信母亲亦然。韩信性格中缺少项羽、刘邦等楚国人"霸蛮"文化性格因素，盖源于其父亲的缺失和母亲的影响阴影。家庭的贫困，寄人篱下的遭际，游食的白眼，没有让小韩信气馁却给他平添了一只"冷眼"，并且用这只"冷眼"让韩信去细细品味"世事"与"人情"，尤其是让韩信洞明了一个道理：不会弯曲的东西最后只有被折断，这不能说是韩信读了老子的格言记忆，韩信眼前就遇到了这样一个突发事件："淮阴屠中少年有侮信者，曰：'若虽长大，好带刀剑，中情怯耳。'众辱之曰：'信能死，刺我；不能死，出我袴下。'于是信孰视之，俛出袴下，蒲伏。一市人皆笑信，以为怯。"①此时的韩信，年方二八，正是少年激情澎湃时刻，别说如此大辱在眼前，在这个血管里流淌着"冲动杀人"之血的年龄，哪怕是一句话或大街酒馆里的一个误会的眼神都可能导致血案发生。陪荆轲刺杀秦王的秦舞阳就是这个德性。韩信，真乃成熟"大"丈夫，受胯下之辱而不感情冲动，在严刑酷法的秦天之下，不失为一种自我保护方法。刘邦在泗水当亭长时，与"相爱"好友夏侯婴打戏，伤了夏侯婴，按秦朝法律刘邦"为吏伤人，其罪重也"，②为此，夏侯婴做伪证被关在监狱一年多。可想而知，韩信若激情杀了屠中少年，只能是死路一条，死而有憾了。

二、读书·抉择·革命

1. 韩信原来不读书

唐诗云："竹帛烟消帝业虚，关河空锁祖龙居。坑灰未冷山东乱，刘项原来不读书。"这里诗人感慨和讽喻的是最终让秦始皇万世皇帝梦破灭的刘邦与项羽，根本没有读过多少书。刘邦的政治谋略盖天授，他不需也不屑读书。项羽是读书不成，去学剑，又不成。则学万人敌且"略知其意，又不肯竟学"。③原因还是自恃其天生的干大事的主，书是不太看重读的。韩信则不然，读书几乎成为他的最爱！原因很简单，韩信有着读书的时间与心情。他一不治生商贾，不满脑金银，二无品行被推选为公务员。剩下的只有孤独和愤懑，何以解忧？唯有诗书。不过

---

① ［汉］司马迁：《史记·淮阴侯列传第三十二》，中华书局，2013 年版。
② ［汉］司马迁：《史记·樊郦滕灌列传第三十五》，中华书局，2013 年版。
③ ［汉］司马迁：《史记·项羽本纪第七》，中华书局，2013 年版。

韩信读书的目的是相当明确的：为自己之崛起而读书。所以"关关雎鸠"他是不看的，他知道美人向来爱英雄，不为英雄，辗转反侧何益？《左传》似乎也不爱看，从他与刘邦的对策中判断，韩信没有拿历史说事，也证明他肚子里压根没这么多墨水。那么，韩信到底读了哪些书和爱读哪类书？

我们判断，尽管当时始皇帝焚了书坑了儒，韩信祖上留下的几本兵法之书，韩信还是相当珍爱并用心去读的，就像他身上的剑，这至少象征着他韩郎的过去或说预测着他的未来的可能。在大败陈馀的背水之战后，将领问其来源，他曾回复云：诸将效首虏，毕贺，因问信曰："兵法右倍山陵，前左水泽，今者将军令臣等反背水陈，曰破赵会食，臣等不服。然竟以胜，此何术也？"信曰："此在兵法，顾诸君不察耳。兵法不曰'陷之死地而后生，置之亡地而后存'？且信非得素拊循士大夫也，此所谓'驱市人而战之'，其势非置之死地，使人人自为战；今予之生地，皆走，宁尚可得而用之乎！"①这段话非常有意思，韩信在说明此也是兵法时，论证的重点不仅在说"陷之死地而后生，置之亡地而后存"，恰恰用人性而且是眼前的这诸多韩家杂牌军的"市人"人性为证。由此看来，韩信跟他的"带头大哥"刘邦和项羽也差不了多少：山东乱后用谋略，韩信原来不读书。但问题是，韩信的独特的军事战略家知识，又从何而来？

西方心理学揭示：人生早年的经历，是人格形成的决定性因素。而早年的痛苦与压抑是形成人之性格与人格的重要原因，弗洛伊德精神分析心理学证明了这一点。"有一个词如果能被我们理解，它便能成为开启弗洛伊德思想的关键。这个词就是'压抑'。诚如弗洛伊德所说，整个精神分析的大厦就建立在压抑理论上。"韩信的早年生活是压抑的，尽管没有资料显示韩信确为韩国贵族之后，但韩国的灭亡直接导致了其家族的衰败。韩信压抑着自己"天生我才必有用"的欲望，隐忍于"寄食"等招人白眼的生活中。形成了独特的心理特征和分裂人格。例如，管其饭食达数月的南昌亭长，只因不堪骚扰，"为德不卒"，韩信却怀恨在心。耐人寻味的是，同样给他饭吃，荣归故里的韩信却赏赐漂母千金。更有甚者，当众侮辱他的淮阴屠中少年，不但不复仇于他，居然封其为楚中尉。

这说明，韩信有着明显的"受虐"心理特征。"个人与社会或环境的不能适应，即形成所谓心理社会应激，通俗地称为精神刺激或精神创伤。社会生活人际关系和言语活动是人们精神刺激的主要来源。一般而言，引起人们的损失感、威胁感和不安全感的精神刺激最易致病。"②但值得庆幸的是，自卑感极强的韩信把

---

① ［汉］司马迁：《史记·淮阴侯列传第三十二》，中华书局，2013 年版。

② 夏镇夷主编：《精神医学》，人民卫生出版社，1984 年版，第 7 页。

这种心理升华为了一种自强的人格。并且由此人格出发，韩信养成了遇事善于从战略的角度去考虑问题，不计较小是小非的思维模式。这是他日后之所以攻城略地战无不胜的心理因素。王鸣盛曰："信平日学问，本原寄食受辱时揣摩已久，其连百万之众，战必胜，攻必取，皆本于平日学问，非以危事尝试者。信书虽不传，就本传所载战事考之，可见其纯用权谋，所谓出奇设伏，变诈之兵也。"[①]

2. 饿也好辱也好活着就好

食色，性也，说的再明白不过了，这是人的本能：必须地！然而食在先，那是基础，决定着上层建筑的"色"。韩信近来，尤其是离开南山亭长的家以后，就根本没有吃饱过饭，所以，饭且没有，遑论美色哈？这不，饥饿把韩信逼得来到了河边，他要钓鱼自养。韩信钓鱼完全是为了吃鱼，似乎还来不及有姜太公钓天下之宏大愿望。不知是韩信用心不专还是用心太专于其他，咱们的"韩渔民"似乎赶上了鱼市场的"熊市"？反正鱼没钓上几条，"饿"却写到他那清秀俊美的脸庞上矣！司马迁："信钓于城下，诸母漂，有一母见信饥，饭信，竟漂数十日。"信喜，谓漂母曰：'吾必有以重报母。'母怒曰：'大丈夫不能自食，吾哀王孙而进食，岂望报乎！'"[②]由此看来，韩信钓鱼的这几十天里，是韩信生命链条中最青黄不接的黑暗时期。漂母的饭食，对韩信来说实在是救命饭，否则他不会当时如此不惭大言和做楚王后不吝千金。事实上，南山亭长管韩信吃饭的时间更长。换句话说，失节事小，饿死事大，在韩信的词典里只写着两个字：活着！然而就是这活着二字，谈何容易？为了吃口饭，韩信愿意主动的"求食""借食"，甚至主动选择受胯下之辱。韩信，真乃成熟"大"丈夫，受胯下之辱而不感情冲动，在严刑酷法的秦天之下，不失为一种自我保护方法。

查尔斯·泰勒指出：人是按照某些因素，包括他自己的欲望在内，策略性地指导着自己的行为的，理想的自我应是神志清醒的计算者。[③]韩信这位善于读解他者的智者对自己不但了解而且正如泰勒所说的那样，韩信一直是富有战略性的指导着自己的行动和清醒地计算自己的人生之路的。在项梁武装抗秦之前，韩信给那个叫韩信的人定下的政策是：待机而动，目前是先活着别饿趴下了！所以他可以从人寄食，一连数月到南昌亭长家蹭饭，他之所以对南昌亭长意见颇大，就是因为希望把南昌亭长家作为他韩信等待时机的根据地。别说寄食几个月就是寄食数

---

① 韩兆琦：《史记笺证》，江西人民出版社，2005 年版，第 4862 页。
② ［汉］司马迁：《史记·淮阴侯列传第三十二》，中华书局，2013 年版。
③ 查尔斯·泰勒：《自我的根源：现代认同的形成》，译林出版社，2001 年版，第 33 页。

年，你南昌亭长也要好事做到底啊。更为可喜的是，韩信不但了解自己要干什么：名节不影响吃嗟来之食；名声不惧怕受胯下之辱，而且韩信恰恰是在借力打造"韩信"这个性格品牌。"韩信"二字等于天下最懦弱男人的代名词：韩信韩信，懦弱男人！也就是说韩信是在"阳谋"着一个心愿：告知天下人，尤其是那些未来可能要当将军的人们记住：这个钻过裤裆的男人韩信无须提防，他带兵容易对付。事实上，陈馀的败亡固然原因很多，但把韩信视为弱者也是因素之一。当有人劝龙且采取拖延战术时，龙且同样有着如此的心理定式："吾平生知韩信为人，易与耳。"[1]18 岁的韩信，走在淮阴的街道上，任凭人家指指说说，他知道，胆小者甚至委琐者韩信这个"名声"可具有军事战略意义。待他日，所有与咱对阵厮杀者，都会咽下轻"信"的苦果的！

3. 杖剑从军出门去

历史总是由许多偶然来触发形成。要不是这场下了几十天的大雨阻挡了大泽乡一批北戍队伍的脚步，陈胜等无论如何是不会喊出"死国可乎"的隐含说话者内心极端恐惧的话语的。但是，历史又从来都是在揭示一个千古不破的真理：所有的偶然背后都是一种必然！我们称其为人性的必然。远的不说，眼前秦二世的上台，初看起来好像是由于秦始皇的偶然死亡，胡亥的恰巧随行。其实，假如没有赵高的贪婪私心与李斯的贪恋爵位，甚至扶苏的愚忠和蒙恬的宿命，历史也许会朝另一个方向走一阵。因此我们或许可以这么表述：历史的车轮是由诸多不同的人性所操纵的事件的合力来推动的。

公元前 209 年，韩信 20 岁了。20 岁的韩信天天渴望着天下剧变以改变其人生轨迹。可是，20 岁的韩信却长有 60 岁的人的"心脏"：八月，陈胜称王于陈，号张楚，并遣将四处招兵买马。六国贵族豪杰也纷纷起事，各自拥兵为王。韩信却没有贸然介入，反而仍然在家乡淮阴静观其变，等待机会。他知道自从陈胜点燃了这把释放人性的大火后，这把火还得烧它个三年五载的。机会来了，不知掌握，那是愚蠢的，可是韩信深知：机会也只让那些有准备的头脑来真正的把握。冲动尤其是年轻人的冲动，其结果只能是自取其辱。果不其然？彭越所斩少年即是如此。韩信是不会这么做的，既然决定从军就要知己知将，才能立于不败之地。他之所以没有第一时间主动地奔赴陈胜的军队，是因为他要观察思考。事实证明，陈胜是个不值得投资的垃圾股：小肚鸡肠、任人唯亲、没有政治远见！就是项梁这个项燕的嫡传后人在吴起兵后，韩信还是没有主动参军，他还在观察。观察人，几乎

---

① ［汉］司马迁：《史记·淮阴侯列传第三十二》，中华书局，2013 年版。

成了韩信的强迫症。

公元前208年二月，项梁、项羽叔侄率八千江东子弟渡江北上过淮阴，韩信不再犹豫，而是"及项梁渡淮，信杖剑从之，居戏下"。[①]说起来也是悲哀与无奈，韩信既没有陈婴那样的幸运，也没有彭越为盗的名头，可是韩信可不想成为项家军的一名普通士卒，那哪是从军？简直是送死。所以，韩信要拿着他的剑去面见项将军。项梁不愧为名将之后，尽管韩信立刻把他的兵法说了些出来，但是项梁将军实在是没心思听这个胯下少年谈论什么军法，也就是看见了韩信身上的宝剑，他知道这个韩信不会是无能之人。因为他相信王侯将相，还是有种族遗传的。做了项梁幕僚兼警卫的韩信在月夜下挥舞着宝剑，信心十足，他要凭借项家的平台以完成其鸿鹄之志！

三、跳槽·犯法·粮官

1. 追星青年韩信君

韩信知道，自己此刻来到项梁帐下，是难展其鸿鹄之志的。因为天时未现，项梁正如日中天，所向披靡，何况其身边还有个老者范增在运筹，自己这个胯下青年是不会进入决策圈的。然而自古道：骄兵必败，公元前208年九月，项梁果然在定陶被章邯击杀。韩信以为自己的机会来了："项梁败，又属项羽，羽以为郎中。数以策干项羽。"[②]按理说，这个时候正是项羽倍受楚怀王排挤的低谷期。项羽对自己寂寞的时候说爱他的人，最是感激。当那个破放羊倌剥夺他的军权，封他为鲁公且让宋义为"卿子冠军"自己为次将前后，项羽还真愿意听听韩郎中提出的策略分析。遗憾的是，韩信与项羽一样都是杰出的军事家，而此刻与以后的项羽最缺乏的是政治谋略。韩信尽管提出过不少策略，却都是以军事为目的的。更何况范增亚父的政治谋略远胜于韩信，所以韩信在项羽处没有得到丝毫重视。用韩信的原话就是："臣事项王，官不过郎中，位不过执戟，言不听，画不用。"[③]楚人韩信就这样无奈且怨望地跟随着却步步走向人生辉煌的项羽来到了咸阳。不说项羽如何牛气冲天，任人唯亲，也不说项羽如何政治弱智，大显妇人之仁。冷眼观世界的韩信在鸿门宴上，心却提前热了起来。他正被那个叫刘邦的中年男性所吸引。鸿门宴上演技奇佳的刘邦，活脱脱一个本色的政治领袖，其对项羽演出的

---

①　［汉］司马迁：《史记·淮阴侯列传第三十二》，中华书局，2013年版。

②　［汉］司马迁：《史记·淮阴侯列传第三十二》，中华书局，2013年版。

③　［汉］司马迁：《史记·淮阴侯列传第三十二》，中华书局，2013年版。

过程，不正是兵法上所谓：先计后兵、出神入化。孙子曰：故形兵之极，至于无形。无形则深间不能窥，智者不能谋。因形而措胜于众，众不能知。人皆知我所以胜之形，而莫知吾所以制胜之形。故其战胜不复，而应形于无穷。夫兵形象水，水之行避高而趋下，兵之形避实而击虚；水因地而制流，兵因敌而制胜。故兵无常势，水无常形。能因敌变化而取胜者，谓之神。[①]这个在丰沛出了名的刘大哥正可谓能因敌情或曰项羽的人性变化而取胜的神者也！甚至可以说，在韩信看来，这个汉王之所以值得追随，是因为他的一切都与项羽相反。于是乎，韩信决定"亡楚归汉"，把汉王作为了新的追星对象。遗憾的是，韩信的这个新偶像似乎对他也是不理不睬。这一点陈平与韩信的方法不同，陈平走了刘邦的秘书的后门，一下子就得到了汉王的重用。韩信却不得不独自唱着单身情歌！

2. 救命恩人夏侯婴

　　夏侯婴是沛党中与刘邦关系相当密切的人之一。想当初，在刘亭长落寞的日子里，夏侯婴每每与之谈笑欢娱，"未尝不移日也"，甚至推打游戏而被刘亭长误伤。秦法：伤人者重坐。为此，夏侯婴哥们气冲天，任凭刘亭长的政敌们严刑掠笞，就是打死我也不说！"终以是脱高祖。"[②]后来一直给汉王开马车，天天与最高领导人享受阳光，分担风雨。亲密自在其他人之上。正因为如此，韩信的小命才被夏侯婴保了下来。司马迁：信亡楚归汉，未得知名，为连敖。坐法当斩，其辈十三人皆已斩，次至信，信乃仰视，适见滕公，曰："上不欲就天下乎？何为斩壮士！"滕公奇其言，壮其貌，释而不斩。与语，大说之。言于上，上拜以为治粟都尉，上未之奇也。[③]韩信犯法有人说是其阳谋的表现，韩信要以死惊汉王。我们不同意此说。因为韩信素来以"谨慎"见长，尽管此谋也隐约有大智慧在，但是毕竟是步死棋，不像背水作战能"置之死地而后生"。看来韩信是真的犯法了，要不是夏侯婴"奇其言，壮其貌，释而不斩。"汉家大厦因缺少韩信这根巨柱子而难以成型。但问题是，既然夏侯婴是救命恩人，且其又是可与刘邦交通的人，韩信却并没有因而"德夏侯婴"，从此与夏侯婴交接联络甚至贿赂，可见韩信的"自矜"之至。与韩信相对照的是张仓，张仓也"坐法当斩"，（我们推测韩信也有可能是因连坐待斩）并且脱光了上半身，正巧监斩官是被刘邦称作"大哥"的王陵，王陵见张仓"身长大，肥白如瓠"，于是就"赦勿斩"，因张仓美士也。这足可看出

　　① 陈曦译注：《孙子兵法·虚实篇》，中华书局，2011 年版。

　　② ［汉］司马迁：《史记·樊郦滕灌列传第三十五》，中华书局，2013 年版。

　　③ ［汉］司马迁：《史记·淮阴侯列传第三十二》，中华书局，2013 年版。

刘邦集团骨子里的"侠义之风"。此事韩信肯定听张仓亲口讲过，英雄都有一险啊。张仓曾在韩信打陈豨时，亲斩陈豨。但是，张仓却与韩信相反，从此把王陵视为自己接近高层亲友团成员。"张仓德王陵，王陵者，安国侯也。及仓贵，常父事王陵。陵死后，仓为丞相，洗沐，常先朝陵夫人上食，然后敢归家。"①遗憾的是，韩信贵时没有把握这一重要人脉，何况夏侯婴还与吕后有着非一般的关系："孝惠帝及高后德婴之脱孝惠、鲁元于下邑之间也。"等到韩信自己面临灾难之时，他既无萧何种瓜的朋友召平那样的奉劝在前，也没有夏侯婴这样的重量级人物解救在后。自负，让韩信丧失了感恩的人情来往，也蒙蔽了他料事如神的一双慧眼。

3. 成也萧何

韩信一生成功之阶梯中最为重要的人是萧何，民间谚语所谓成也萧何是也。可以毫不夸张地说，假如没有萧何这个伯乐的力荐，韩信的军事天才有可能会被历史的旋涡吞噬而无用武之地。韩信对此是死到临头都认这个账的。当萧何听从吕后的安排或曰明哲保身的主动去计骗韩信来为刘邦大捷"强入贺"时，韩信并没有发出对萧何卖友的怨言与感慨。韩信心中明白，他这一生的一切辉煌战果都是从萧丞相那发芽的。每当想起汉元年（公元前206年）五月与萧何一起唱给刘邦听的"萧何月下追韩信"的双簧戏，韩信内心对萧何的推荐之恩情是末世不愿意忘掉的。我们推测，这出双簧戏，正是韩信的谋略之牛刀小试。萧何已经多次向刘邦推荐自己了，可是刘邦却无法重用和大用这个钻过裤裆在项羽帐下站岗的年轻人。按理说，刘邦已经是网开一面，从善如流了。一个死刑犯，就因为滕公的说法，便不执行死刑且升官，尽管萧何多次推荐，可是刘邦实在找不出能够大用韩信的理由。于是韩信与萧何合谋，用萧何也"逃走了"的全军震惊的事件来耸动刘邦的视听。这一着果然奏效。汉王刘邦听说丞相跑了后"如失左右手"。我们之所以推论出萧何追韩信是韩信与萧何的"阴谋"，是因为从萧何方来说，萧何一生从不会自己用计谋，若不是鲍生，甚至"个体户"东陵瓜王召平的献言献策，其命危矣！尤其是萧何性格素来谨慎，这样大的事情他完全可以派个秘书去同时禀报汉王的。萧何却偏偏没有去做，这显然是其有意为之。而且这个计划是在韩信的谋划下一步一步走出的。包括后来的拜韩信为大将的种种理由与仪式也都是韩信与萧何的共谋。这里需要说明的是，汉王刘邦真乃"天授"，在与萧何的对话中，他立刻明晓了萧何的良苦用心，并顺水推舟地接受了这个计划。刘邦身上有着"豪杰"的气质，不说目前汉军需要制造出一个大将军以振奋涣散的军心，也

---

① ［汉］司马迁：《史记·张丞相列传第三十六》，中华书局，2013年版。

不说这个将军是否能够胜任其职。仅凭对萧何眼力智慧的认识，他刘邦立刻就答应了萧何的请求。问题是，韩信当时和后来直至死前，他都被萧何的这段恩情的乌云遮蔽着智慧的双眼。其恰恰忽略了萧何之所以成就你韩信拜大将的最直接目的是为汉王谋福利而非你韩信的功名利禄。换句话说，萧何只是把韩信当作刘邦称王的工具而非目的。

事实上，萧何一生都在打刘邦的牌，"高祖为布衣时，何数以吏事护高祖。高祖为亭长，常左右之。高祖以吏繇咸阳，吏皆送奉钱三，何独以五。"[1]萧何的此种做法，颇类吕不韦对秦始皇他爹的风险投资。如今推荐韩信的最直接原因就在于萧何看出了韩信之军事战略天才能够为汉王所用，尤其是在这三军大逃亡的困难时期。历史记载也表明，萧何与韩信二者在情感上也没有多少私人情谊。与之相对照的是张苍与王陵的关系。不过，萧何、滕公与王陵推荐人的目的是有本质区别的，萧何与滕公都在为汉王谋天下，而王陵则是"任侠"性格的展示。"任的本义，是任受、保证，引申为对朋友关系的保证，在《史记》里经常与'侠'字连用，如《孟尝君列传》有'招致天下任侠'，《季布栾布列传》有'为气任侠'，《货殖列传》有'任侠并兼，借交报仇'等。这是从战国后期开始流行的一种风气，是崇尚武力的社会意识在时尚上的反映。但'任'比有力的侠勇更高一等，就是重视友道。"[2]王陵重友道，自然张苍也感恩以友道对之，并且在王陵死后还对王夫人养老送终。韩信对兵性了如指掌，他对萧何与滕公的行为是感恩的，但同时也看出了他们之所以成全自己的目的。再加上韩信的年轻气傲和盛名拖累，他并没有和萧何当朋友相处。

四、登坛·东征·独裁

1. 对策汉中谋天下

拜将礼毕，韩信耳闻目睹的都是狐疑与不相信。这场政治豪赌的主谋刘邦更是要当面请教："萧何这厮一而再再而三的力赞您的才华，将军用啥计谋指教本王哪？"韩信的性格是遇强则愈谦让，刘邦尽管比项羽无礼，但其用人的豁达大度足以让韩信内心折服！于是他也单刀直入地问汉王："今东乡争权天下，岂非项王邪？"韩信的话可谓一针见血："争夺权力"，刘邦更是丝毫不避讳地回答：当然！熟读兵书的韩信知道，要想让刘邦知道咱韩信的计谋之重要，必须把刘邦置之死

---

① ［汉］司马迁：《史记·萧相国世家第二十三》，中华书局，2013年版。

② 完颜绍元著：《细说汉高祖》，上海人民出版社，2005年版，第31页。

地然后再让其生也。于是韩信更进一步追问刘邦："大王自料勇悍仁彊孰与项王？"这可把刘邦逼到了"死地"。憋得刘邦是浮想联翩，这还用问吗？谁能与手刃宋义与破釜沉舟的项羽比勇敢与凶悍？谁能与令诸侯们无不膝行而前，莫敢仰视的项羽较力量？说到仁厚？似乎也不如吧。我是真冷血，但表面给人热情大度的印象，项羽是该热不热，该冷不冷或曰冷热不分的人。这就是刘邦的过人之处，大言尚且不惭，何况勇悍仁强确实不如项羽呢？汉王默然良久，曰："不如也。"韩信果然把刘邦逼入死地。于是他内心窃喜，此刻该把刘邦救活了。信再拜贺曰："惟信亦为大王不如也。然臣尝事之，请言项王之为人也。项王喑哑千人皆废，然不能任属贤将，此特匹夫之勇耳。项王见人恭敬慈爱，言语呕呕，人有疾病，涕泣分食饮，至使人有功当封爵者，印刓敝，忍不能予，此所谓妇人之仁也。项王虽霸天下而臣诸侯，不居关中而都彭城。有背义帝之约，而以亲爱王，诸侯不平。诸侯之见项王迁逐义帝置江南，亦皆归逐其主而自王善地。项王所过无不残灭者，天下多怨，百姓不亲附，特劫於威彊耳。名虽为霸，实失天下心。故曰其彊易弱。今大王诚能反其道：任天下武勇，何所不诛！以天下城邑封功臣，何所不服！以义兵从思东归之士，何所不散！且三秦王为秦将，将秦子弟数岁矣，所杀亡不可胜计，又欺其众降诸侯，至新安，项王诈阬秦降卒二十馀万，唯独邯、欣、翳得脱，秦父兄怨此三人，痛入骨髓。今楚彊以威王此三人，秦民莫爱也。大王之入武关，秋毫无所害，除秦苛法，与秦民约，法三章耳，秦民无不欲得大王王秦者。於诸侯之约，大王当王关中，关中民咸知之。大王失职入汉中，秦民无不恨者。今大王举而东，三秦可传檄而定也。"①

韩信的对策，其实只是一种战略，是从战略上确立了东进与项羽争权的可能性。说项羽的匹夫之勇、妇人之仁和其强易弱，无非是想突出与项羽争权过程中，刘邦所具备的反其道而行之的战略意义。刘邦果然眼前一亮，他不禁为这个20多岁的青年而扼腕，真是天下兴亡，匹夫都想啊。

2. 山东之人讴思归

韩信深知自己尽管给汉王谋划了战略方针，但近期必须打赢第一场东进的战争。所以他对汉王曰："项羽背约而王君王于南郑，是迁也。吏卒毕山东之人，日夜企而望归，及其锋而用之，可以有大功。天下已定，民皆自宁，不可复用。不如决策东向。"② 这里，韩信是从人性的角度来把握兵性并运筹使用之。可谓审时

---

① ［汉］司马迁：《史记·淮阴侯列传第三十二》，中华书局，2013年版。
② ［汉］班固：《汉书高祖本纪》，中华书局，2016年版。

度势，善于用兵也！也就是说，韩信要充分利用山东之人日夜望归故乡的心理与士气。

然而，任何胜利的取得必须辅以细致严格的执行力，否则战略只是战略，甚至战略也就是空想而已。说到眼前的对手，塞王司马欣与翟王董翳无需费心，关键是雍王章邯不可小觑。韩信明白，尽管章邯犯了"欺其众降诸侯"导致三秦子弟被活埋20余万的政治错误。但是章邯这个骨头可是不容易吃掉且消化之的。也就是说，章邯在军事管理方面堪称一代天才。想当年他与项羽作战根本就没有失败。只是因为内忧的缘故被迫与项羽和谈而致秦军毁灭。现在他在自己的国土上打仗，哪有不拼命的理由？

韩信虽技高一筹，明修栈道，暗渡陈仓，不到一个月就迫使塞王与翟王举国投降，可是雍王章邯则在汉二年六月才因等不来援兵，城破自刎。当然，雍王的孤城坚守成功，也与韩信的谋略不无关系。"汉二年（前205年）十月，项羽举大兵东击齐，欲先安定后方，再率兵西向。韩信东出关至陕，则是尽力向中原推进，确保关中，扩大领地。这是一着妙棋，在政治和军事上至少有三方面的收获。第一，阻断章邯与项羽的交通，汉军在关中对章邯形成关门打狗之势，章邯只能坐以待毙。第二，汉王大张声势，与诸侯交通，安抚关外父老。第三，韩信出关，趁新韩王郑昌立脚未稳，夺取韩地。"[1] 这从反面也证明项羽是个没有战略思想的军事家，"此时的项羽，面临着先去山东清除田荣，还是先去陕西援助章邯的战略选择。以范增的政治敏感，当然是大军西征，解决刘邦的问题重于田荣。假如项羽照此方略行事，外有大军扑关压境，内有章邯固守废丘的心腹之患，刘邦很难在内外交困的局势下站稳脚跟。但是，项羽对刘邦的估量，始终同范增的高度重视合不到一块，'沛公'在鸿门宴上的出色表演，更加深了他的错觉。相反，田荣过去不听项梁调遣，现在又到处兴风作浪，倒使他恨不能灭此朝食。从全局上看，正是这一个难以挽回的决策失误，为刘邦在关内的艰苦经营，赢得了宝贵的时间。"[2] 在军事天才韩信的指挥下，汉军皆讴思东归的集体意志果然起了极其重要的作用，汉军豪气冲天一路凯歌地打出关外来了。

3. 我的地盘我做主

汉二年五月，魏豹趁着楚汉成皋对峙，叛汉附楚了。这一个国家不幸事件的发生，让韩信坐在了左丞相且兼北上讨伐大军总指挥的位子上，最让韩信高兴

① 张大可、徐日辉著：《张良萧何韩信评传》，南京大学出版社，2002年版，第102页。
② 完颜绍元著：《细说汉高祖》，上海人民出版社，2005年版，第203页。

的是，刘邦大哥不在旁边，将在外君命有所不受，我的地盘我做主也！当然，韩信也明白，曹参是刘邦派到自己身边的人，但是统帅是咱，何况为汉王打天下就是为自己称王做准备，我韩信与曹将军同功同利哪！所以，韩信把他所有的心思都用在了如何捉拿魏豹打败魏国上来。说起魏豹这厮，也是一方豪杰，刘邦上次"扶关外父老"时，河南王申阳、殷王司马卬都被废了，王号取消，唯独对魏豹怀柔有加，爵禄照旧。之所以如此，或许就是沾了刘邦心底对前魏国信陵君膜拜的潜意识作用吧。谁知魏豹特没有自知之明，一个叫许负的相士说他的妃子薄姬会生个天子，班固：许负相薄姬，当生天子。是时，项羽方与汉王相距荥阳，天下未有所定。豹初与汉击楚，及闻许负言，心喜，因背汉而中立，与楚连和。① 于是乎魏豹的自我期望值陡然高涨，再想想跟在大流氓刘邦的屁股后面讨生存，实在是窝囊，所以他对来劝降的郦食其说："人生一世间，如白驹过隙耳。今汉王慢而侮人，骂詈诸侯群臣如骂奴耳，非有上下礼节也，吾不忍复见也。"② 内心实则是做着他的王梁美梦。也是魏豹时运不佳，偏偏遇到韩信来攻。韩信将兵向来重视情报工作，且知己知彼地谋划作战步骤。魏豹手下有一大将名周叔，富有军事经验，韩信从郦食其那打听到魏豹未用其人。便将计就计地让灌婴在临津渡口调集船只，暗地里却用木料、瓦翁扎成浮水器材，从上游夏阳（今陕西韩城南）偷渡成功，命将军曹参直插魏豹后方东张城，大败魏将孙速。当魏豹从蒲坂撤军时，韩信已经率大军攻破安邑，魏豹不得不败逃至武垣，被曹参生擒之。韩信旗开得胜，大振军心，尤其是让彭城溃败后的刘邦舒展眉心。刘邦审视着被俘的魏豹妻妾，看中了让魏豹做梦的那个薄姬，这个薄姬就是后来汉文帝的母亲，果然生下了个天子。可怜魏豹被俘后，刘邦破口大骂留下他一命，却死在了共守荥阳城池的同僚周苛的刀下。

韩信下一个目标是攻取赵国，可是韩大统帅的精兵却被汉王抽调到了荥阳前线，于是他不得不向汉王请兵："愿益兵三万人，臣请以北举燕、赵，东击齐，南绝楚之粮道，西与大王会于荥阳。汉王与兵三万人，遣张耳与俱，进击赵、代。破代，禽夏说阏与。信之下魏、代，汉辄使人收其精兵，诣荥阳以距楚。"③

韩信在外，刘邦是防之又防，曹参已在韩信身边，如今又把张耳派来，这样还是让他不安，于是最好的办法便是不能让韩信这小子势力太大，所以汉王对付韩信的杀手锏便是"收其精兵，诣荥阳以距楚"，韩信面对此举，一方面觉得合情

① ［汉］班固：《汉书·外戚传第六十七上》，中华书局，2016 年版。
② ［汉］司马迁：《史记·魏豹彭越列传第三十》，中华书局，2016 年版。
③ ［汉］班固：《汉书·韩彭英卢吴传第四》，中华书局，2016 年版。

合理，毕竟都是汉王的军队，人家那里是主战场，怎能不照应？另一方面也是韩信自负，觉得战争胜负在将不在兵，不管怎么说，在韩信大营里，还是我韩信说话算数。韩信还真没工夫思考刘邦防他之心的那些弯弯绕。可证韩信天生的不是个政治家。政治家？害人之心天天有，防人之心不可无也。

五、齐王·三分·邀功

1. 陈馀其人与井陉之战

　　韩信下一个攻取的目标是赵国，赵王歇不足挂齿，其相国陈馀却不可小觑。此人本与张耳为刎颈相信的朋友，一起共患难，却因为在巨鹿保卫战中，陈馀没有相救，或者说没有像张耳所期望的那样拼死相救。结果二人因为爱的深所以恨也深。用陈馀的原话说就是：陈馀怒曰："不意君之望臣深也！"[①] 历史似乎也真由这二人的交恶事件中发生了重大转折，项羽封王本就不公，偏偏让张耳做了常山王，只给陈馀南皮三县封之。嫉妒往往产生在最为亲近的人之间，如同学、姊妹等。陈馀怒火难平。司马迁曰：张耳之国，陈馀愈益怒，曰："张耳与馀功等也，今张耳王，馀独侯，此项羽不平。"及齐王田荣畔楚，陈馀乃使夏说说田荣曰："项羽为天下宰不平，尽王诸将善地，徙故王王恶地，今赵王乃居代！原王假臣兵，请以南皮为扞蔽。"田荣欲树党于赵以反楚，乃遣兵从陈馀。陈馀因悉三县兵袭常山王张耳。张耳败走，念诸侯无可归者，曰："汉王与我有旧故，而项羽又强，立我，我欲之楚。"甘公曰："汉王之入关，五星聚东井。东井者，秦分也。先至必霸。楚虽强，后必属汉。"故耳走汉。汉王亦还定三秦，方围章邯废丘。张耳谒汉王，汉王厚遇之。[②]

　　刘邦东征彭城，要陈馀配合，陈馀答应的条件居然是要刘邦杀掉张耳。可见陈馀其人其性中的"任死理"不知变通的毛病。特别能变通的刘邦找了个长得像张耳的人，把头割下送给了陈馀。这样张耳与陈馀真是成了不共戴天之人。韩信在与张耳的谈话中，对陈馀的性格进行了全面分析，他认定陈馀身上有着爱虚荣不知变通且刚愎自用的"儒者"毛病，如今陈馀兵多地广，别人的建议他是听不进去的。当与韩信不相上下的军事战略家李左车建议他采取深沟高垒的拖延战术和袭击韩信粮草的战略时，陈馀果然犯下了致死的错误，司马迁：成安君，儒者也，常称义兵不用诈谋奇计，曰："吾闻兵法十则围之，倍则战。今韩信兵号数万，其实不过数千。能千里而袭我，亦已罢极。今如此避而不击，后有大者，何

---

① ［汉］司马迁：《史记·张耳陈馀列传第二十九》，中华书局，2013年版。
② ［汉］司马迁：《史记·张耳陈馀列传第二十九》，中华书局，2013年版。

以加之！则诸侯谓吾怯，而轻来伐我。"不听广武君策，广武君策不用。①兵不厌诈，连小孩都懂的道理，在儒者陈馀那里，就成了是否为"义兵"的大是大非问题。可见儒者迂者也！

韩信之所以能够取得"井陉之战"的胜利，以下几个因素是必不可少的，一、敌方总指挥陈馀的迂腐；二、李左车计策的不用；三、号称二十万的赵军的无战斗力；四、张耳的策反作用，可以推测韩信获得的赵军情报，是陈馀手下某一核心人物的告密，这种事情不稀奇，曹无伤和项伯都干过此事。五、韩信的审慎进兵、背水布阵、疑兵示形、拔旗易帜等。甚至有论者说的井陉口的地形狭窄等都是原因。但我们要特别指出的是，决定战争胜负的最后或曰最重要因素是直接拼杀的将士，韩信心里大大的明白，他所指挥的将士们几乎都是"个体户"（为个人而战的人）"信非得素拊循士大夫也，此所谓'驱市人而战之'，其势非置之死地，使人人自为战；今予之生地，皆走，宁尚可得而用之乎！"②

这一点充分证明韩信是能够用兵或曰利用士兵的本我为他打仗，而刘邦则擅长利用将军为他打天下也。孙子曰："兵士甚陷则不惧，无所往则固，深入则拘，不得已则斗。"③韩信把他的大营扎在河边，其士兵与赵军交战失利后，自然地要往水边靠，可是入水死（会水者未必死），反攻也可能死（杀死别人者活）。关键是韩信调度的火候恰到好处，首先韩信军的后退是佯装失败，而赵军的争抢导致其军阵混乱，更为重要的是，此时在岸上还有韩信事先安排好的大军全力投入进攻，背水死战，个个为活下而死拼。同时，那些夺得赵军空寨的汉军又摇旗呐喊，从后背冲击。所以，韩信井陉之战是韩信充分运筹谋略、利用人性的合力结果。

井陉大捷后，韩信并没有丝毫的放松。赵国新定却不安定，他得四处剿灭原政治势力和新兴军事力量的反抗。所以，几乎夜夜都有梦，虽不能说是噩梦，却隐含着其内心的不安与焦虑。就在韩信又一次进入梦中的同时，汉王刘邦正由夏侯婴驾车悄悄向韩信军营修武（今河南获嘉）驶来。刘邦此次是来者不善，善者不来。他要到韩信军营发号施令，带走韩信的兵，压压韩信的心。按理说，韩信自拜将以来，从来没有丝毫的对汉王的离心与忤逆。但是刚刚过去的历史的经验让刘邦不得不抓紧驾驭"老虎"的缰绳。武臣原是陈胜的好友，入赵自立为赵王，韩广是武臣派出的将军，入燕也自立为燕王。何况韩信这小子在"汉中对策"里已经明确说出了他的目标：以天下城邑封功臣，何所不服！如今韩信他拥兵自重，

---

① ［汉］司马迁：《史记·淮阴侯列传第三十二》，中华书局，2013 年版。

② ［汉］司马迁：《史记·淮阴侯列传第三十二》，中华书局，2013 年版。

③ 陈曦译注：《孙子兵法·九地篇》，中华书局，2011 年版。

打下诸多城池，我却并没有给他一寸土地，所以不得不防也。

韩信与张耳还在梦中，刘邦已经派夏侯婴与韩信的大将曹参和灌婴对上了号，并且约好了行动的进程。"楚方急围汉王于荥阳，汉王南出，之宛、叶间，得黥布，走入成皋，楚又复急围之。六月，汉王出成皋，东渡河，独与滕公俱，从张耳军修武。至，宿传舍。晨自称汉使，驰入赵壁。张耳、韩信未起，即其卧内上夺其印符，以麾召诸将，易置之。信、耳起，乃知汉王来，大惊。汉王夺两人军，即令张耳备守赵地。拜韩信为相国，收赵兵未发者击齐。"①这简直是刘邦自编自导自演的一出大戏，当然其中的谋划少不了陈平。政治家都是天生的本色演员，想想后来的刘备说哭就哭，说笑就笑，刘家二皇都可奥斯卡提名也。为了不暴露曹参、灌婴的"奸细"身份，刘邦化妆成汉使，悄悄地入营。等韩信从噩梦中醒来，韩信才真正进入了"噩梦"：大将印"夺了"，将领调换了，军队没了。韩信大惊，不知韩信心里是大惊怕还是大惊讶？或者二者兼而有之？惊怒是没有的，甚至对汉王本身的如此做法也并没有多少怨言。不过，汉王能够如此入营，倒让韩信明白了些许道理：自己虽为大将，部下中却并没有知己兄弟。换句话说，韩信没有觉得自己又入噩梦中，因为眼前他要做一个更大的梦：去齐国当齐王！

2. 假齐王风波

汉四年（前203年），韩信全面占领齐国。进一步从北面与东面对项羽都城彭城形成了战略包围，切断了鲁南和淮河南北地区对项羽的粮草供应。此时刘邦正被项羽围攻于荥阳，岌岌可危。本指望韩信派大军来援，可韩信使者却带来了韩信欲自立为假齐王的请示报告。司马迁曰：汉四年，遂皆降平齐。使人言汉王曰："齐伪诈多变，反覆之国也，南边楚，不为假王以镇之，其势不定。原为假王便。"当是时，楚方急围汉王于荥阳，韩信使者至，发书，汉王大怒，骂曰："吾困於此，旦暮望若来佐我，乃欲自立为王！"张良、陈平蹑汉王足，因附耳语曰："汉方不利，宁能禁信之王乎？不如因而立，善遇之，使自为守。不然，变生。"汉王亦悟，因复骂曰："大丈夫定诸侯，即为真王耳，何以假为！"乃遣张良往立信为齐王，徵其兵击楚。②刘邦的大怒，尽管暂时被张良、陈平劝下，但事实上从没有从刘邦的心中消除。假齐王风波，既是二人关系交恶的明显标志，也是韩信日后被诛杀的导火索。刘邦的恼怒有以下几个心理。一是帝王的猜忌。是帝王必猜忌，这是千古不破的真理。因为帝王要独裁、要家天下，所以凡是有可能阻碍其做帝

---

① ［汉］司马迁：《史记·淮阴侯列传第三十二》，中华书局，2013年版。

② ［汉］司马迁：《史记·淮阴侯列传第三十二》，中华书局，2013年版。

王或功高震主者皆在猜忌之列。武涉说：今汉王复兴兵而东，侵人之分，夺人之地，已破三秦，引兵出关，收诸侯之兵以东击楚，其意非尽吞天下者不休，其不知餍足如是甚也。① 因为要追求唯一所以他人就都是自己的"地狱"。后汉刘备的临终劝诸葛亮自立，哪是什么君臣知音，实乃帝王刘备对诸葛亮的最大猜忌。幸亏诸葛聪明，否则也难有好下场。韩信一生理想"只在封王"，说明韩信的政治意识还停留在秦国之前的分封制。问题是，韩信确确实实想做诸侯王，在他对策汉中时，韩信就明确提出"以天下城邑封功臣，何所不服！"而且建议封张耳为赵王，也是为自己谋划在前。所以，刘邦的猜忌并不是空穴来风，只是阴差阳错。韩信把当王当作应该。而刘邦处于被动无奈也只好将计就计顺从之。水火矛盾存储在刘邦之中，韩信则政治意识落后或曰对刘邦"家天下"之心认识不足。换句话说，韩信的使者也必然被刘邦收买了。否则把刘邦骂人的言语透给韩信，韩信或许会早明白些。何况有陈平参与其中，这个以为自己因阴谋多而会"吾世即废"② 的离间大师不会不作为的。二是确认韩信是以自立来要挟。韩信骨子里从没想过离开汉家搞独立，后来的不愿三分天下可佐证，但问题是韩信事实上确确实实在经营他的独立王国。如今又假惺惺地提出要做假齐王，既想做婊子还要立牌坊，此种聪明让刘邦这位颇多江湖习气的大哥反感：假了。三是妒忌与己并列为王。因为此刻的刘邦尽管有帝王之实却也无帝王之名，韩信当了齐王，无论真假，无疑是与我刘邦同等了，都是王了。这对刘邦脸面是个难堪。由于刘邦的权利欲望相当重，他容不得别人与他同列。尤其是想到韩信的出身生平，不全靠我刘邦的提携吗？听到韩信要当齐王，刘邦内心如打翻的五味瓶，真不知啥滋味。所以无明火陡起，骂起人来。韩信的真假齐王桂冠，真是布满荆棘且代价实在是大了去了。这里，又说到张良的人格问题，他对韩信之才是欣赏的，但他对韩信的欣赏是建立在两个条件之下。一是必须为汉家谋福利；二是要有益于自我保护。可见张良始终是个明哲，保身是其人格的关键词，甚至可以说，在他使刺客椎杀秦始皇时也是如此，否则没有周密的谋划，何以在"大索天下"后，仍然能够闲步于邳州桥上？韩信则天生少此素养。

3. 韩信不愿"三分天下"原因探析

　　韩信这几天都是在半睡眠中度过的，长期读书的习惯让韩信养成了躺在床上思考的惯例。自从做独当一面的大将以来，韩信还真是头一遭失眠。因为这次可

---

① ［汉］司马迁：《史记·淮阴侯列传第三十二》，中华书局，2013 年版。
② ［汉］司马迁：《史记·陈丞相世家第二十六》，中华书局，2013 年版。

是一次生死抉择啊！假齐王要来了，说明咱韩信有功值这个菜价，不给不行！盱眙人武涉作为项羽的说客也来了，他劝韩信重回项羽帐下，三分天下。"楚已亡龙且，项王恐，使武涉往说齐王信曰：'天下共苦秦久矣，相与戮力击秦。秦已破，计功割地，分土而王之，以休士卒。今汉王复兴兵而东，侵人之分，夺人之地，已破三秦，引兵出关，收诸侯之兵以东击楚，其意非尽吞天下者不休，其不知厌足如是甚也。且汉王不可必，身居项王掌握中数矣，项王怜而活之，然得脱，辄倍约，复击项王，其不可亲信如此。今足下虽自以与汉王为厚交，为之尽力用兵，终为之所禽矣。足下所以得须臾至今者，以项王尚存也。当今二王之事，权在足下。足下右投则汉王胜，左投则项王胜。项王今日亡，则次取足下。足下与项王有故，何不反汉与楚连和，参分天下王之？今释此时，而自必于汉以击楚，且为智者固若此乎！'韩信谢曰：'臣事项王，官不过郎中，位不过执戟，言不听，画不用，故倍楚而归汉。汉王授我上将军印，予我数万众，解衣衣我，推食食我，言听计用，故吾得以至于此。夫人深亲信我，我倍之不详，虽死不易。幸为信谢项王！'"[1]

我们认为，韩信此时太感情用事，一厢情愿了。尽管武涉骨子里是为了项家，但却会给韩信真正带来三分天下稳坐齐王宝座的果实。因为诚如武涉所说，刘邦是家天下的人，与秦始皇无差，"其意非尽吞天下者不休，其不知厌足如是甚也。"历史证明，刘邦所封的异姓诸侯王，除了长沙王吴芮，几乎都以谋反罪被诛杀。王安石《读汉功臣表》感慨道："汉家分土建忠良，铁券丹书信誓长。本待山河如带砺，何缘俎醢赐侯王？"项羽则不同，其政治上是以春秋"霸"王为目的的。他允许而且希望各诸侯王各自为政，只要尊奉他为老大即可。这一点足以证明韩信的政治谋略之不足，或者说，韩信太感激刘邦的知遇之恩了。他忽略了人际关系是一种变动中找平衡的关系。武涉已去，给韩信提出以武力攻打齐国的蒯通又来了。韩信洗耳恭听却"犹豫不忍倍汉，又自以为功多，汉终不夺我齐，遂谢蒯通。蒯通说不听，已详狂为巫。"[2]

论者往往从韩信被冤杀的角度说韩信从没有背离刘邦之心，其实不然，韩信自立为王与刘邦同列，在刘邦看来就是叛变，至少是独立王国。事实上，韩信为楚王时，根本没把刘邦看为中央领导，尽管是他与彭越、英布等王首唱奉刘邦为帝王之议："于是诸侯上疏曰：'楚王韩信、韩王信、淮南王英布、梁王彭越、故衡山王吴芮、赵王张敖、燕王臧荼昧死再拜言大王陛下：先时，秦为亡道，天下

① ［汉］司马迁：《史记·淮阴侯列传第三十二》，中华书局，2013 年版。
② ［汉］司马迁：《史记·淮阴侯列传第三十二》，中华书局，2013 年版。

诛之。大王先得秦王，定关中，于天下功最多。存亡定危，救败继绝，以安万民，功盛德厚。又加惠于诸侯王有功者，使得立社稷。地分已定，而位号比拟，亡上下之分，大王功德之著，于后世不宣。昧死再拜上皇帝尊号。'"①

　　韩信之所以犹豫徘徊最终没有背汉，原因约有如下几点：（1）知遇之恩重。韩信起于落难时且坐直升机，一步登天，内心感激刘邦。（2）内部无心腹将佐。跟韩信立功最多的是曹参，打仗最有冲击力的是骑军统帅灌婴，他们都是刘邦心腹。韩信担心自立后，诸多将军或带军逃走，或为内应。换句话说，韩信一直用谋略取得战争胜利，却少用感情来暖人心，他也来不及形成韩家军，因为刘邦多次夺军而去，所以，他担心三家分天下后，自己难以持久。（3）居功自傲，似乎对刘邦看不上眼。不怕刘邦对其军事斗争，从"十万"与"多多益善"的君臣对话可窥奥妙。（4）自以为在汉的人际关系和谐。萧何为知音引路人，陈平为故旧好友，张良深赏自己的才华。可是他人就是自己的地狱。韩信忽略了这么一个事实：没有比曾经是朋友的敌人最可怕的了。最后证明陈平与萧何都是韩信始料不及的冷血杀手。

六、灭羽·楚王·诱捕

1. 韩信与项羽的最后较量

　　一生只在封王的韩信实在是被眼前的胜利成果冲昏了头脑，如今有王有地有军队的他要与自己过去的雇主项羽开始正面决战了。蒯通的话虽早已隐没在九里山下的隆隆战鼓和呐喊声中，但要从军事上完全打败项羽，韩信却丝毫不敢掉以轻心。项羽的军事战略及其战术，是深得韩信佩服的。"项羽军事上之英卓，与拿破仑颇为相类，彼常采内线作战，驱其精锐之楼烦骑兵，进行突击战法，故所挡者无不破灭，经常在战斗上收速战速决之功。至其所追求打击之目标，亦唯指向敌人之重心，故其在荥阳对峙及刘邦行机动作战时，彼即始终采取此种作战思想，以求汉之重心而粉碎之。此种思想在纯军事上，颇有其重要价值。"②也就是说，即便是垓下之战，如果纯粹从军事学的角度来价值判断，项羽也正如他自己说的：非战之罪。项羽并没有打败仗：最后那一刀是咱项羽给项羽的恩赐！但是项羽却不明白："大战争之胜败不可专恃军事上之得计，此外又须配合政治、经济、外交，以

---

① ［汉］班固：《汉书·高祖本纪》，中华书局，2016 年版。
② 韩兆琦著：《史记笺证·项羽本纪集评》，江西人民出版社，2004 年版，第 641—642 页。

发挥总体力量，盖项羽即败于不求配合他事之失也。"① 这一点勿需韩信发愁，人家汉王都替他做好了。在政治上，汉王早已布告天下：项羽是个谋杀义帝的独夫民贼！经济上，项羽已经没有后方的任何援助，连最后的心腹屯兵安徽寿春的周殷也归汉投降。外交上，说客多次在关键时刻破解了项羽的既定方针，前不久的鸿沟合约就是一个典型案例，再加上陈平行使的反间计。可以说，韩信要战胜项羽也就只差军事谋略了。"五年，高祖与诸侯兵共击楚军，与项羽决胜垓下。淮阴侯将三十万自当之，孔将军居左，费将军居右，皇帝在后，绛侯、柴将军在皇帝后。项羽之卒可十万。淮阴先合，不利，却。孔将军、费将军纵，楚兵不利，淮阴侯复乘之，大败垓下。"② 垓下之战是一次大决战，公元前202年一月，韩信率30万大军把项羽围困在今安徽灵璧附近。其兵法足显韩信的大手笔与谨慎。十面埋伏的十是个虚指，表明韩信处处知己知彼地丝毫不敢小觑项羽军队。果然，刚一交手韩信即失利，这里我们不能想当然的说是韩信的有意退兵，因为在局部的战斗中，项羽堪称天下无敌！不过韩信早有谋划，他让孔将军、费将军纵兵掩杀，然后自己才又"复乘之"。此时此刻，项羽后悔药难吃，不得不咽下韩信送给他的兵败苦果。当晚韩信采纳了张良设计的"攻心战术"：用楚歌这一令人思乡的音乐，彻底瓦解了楚军的军心，更迷惑了和瓦解了项羽的斗志。

韩信一生的最大功绩（对刘邦而言）就是在垓下彻底打败了项羽。韩信对自己过去的主子，曾经公开议论过两次。一是对策汉中，二是武涉齐国劝降。项羽在韩信眼中或曰在韩信的叙述中是个被否定的角色，那么，韩信眼中的项羽是否真实呢？这其实是个伪命题，因为所有的他者经过别人的眼睛过滤后，都或多或少的是一次主观行动。但是，我们还是要坚持本真的存在，且看韩信如何评说项羽："然臣尝事之，请言项王之为人也。项王暗恶（噁）叱咤，千人皆废，然不能任属贤将，此特匹夫之勇耳。项王见人恭敬慈爱，言语呕呕，人有疾病，涕泣分食饮，至使人有功当封爵者，印刓敝，忍不能予，此所谓妇人之仁也。项王虽霸天下而臣诸侯，不居关中而都彭城。有背义帝之约，而以亲爱王，诸侯不平。诸侯之见项王迁逐义帝置江南，亦皆归逐其主而自王善地。项王所过无不残灭者，天下多怨，百姓不亲附，特劫于威强耳。名虽为霸，实失天下心。故曰其强易弱。"③

韩信在项羽处，简直是个心比天高，命比纸薄的无用之人，不用就不用，对一般人来说也就是个等待机遇而已，可是韩信偏偏主动向项羽献言献策。然而此

① 韩兆琦著：《史记笺证·项羽本纪集评》，江西人民出版社，2004年版，第641—642页。

② ［汉］司马迁：《史记·高祖本纪第八》，中华书局，2013年版。

③ ［汉］司马迁：《史记·淮阴侯列传第三十二》，中华书局，2013年版。

刻的项羽正为自己的"万人敌"谋略而自视天下第一人，根本也不愿把这个来自
淮阴的胯下青年放在眼里，于是乎，被项羽伤害的隐痛时时刻刻潜藏在韩信的脑
子里。不过，也正因为被项羽冷落，韩信方能够有更多的时间与精力来"冷眼"
剖析项羽，这里与刘邦恰恰相反，韩信的智慧表现在看出了项羽性格中的优点即
缺陷的特征。按理说，项羽喑噁叱咤，千人皆废，在冷兵器时代，绝对是个难得
的优点。可在韩信看来，正因为项羽的喑噁叱咤，所以，他会目中无他人，因而
也就废了千人的同时，也废了像我韩信这样的"无双国士"。正因为项羽恭敬慈
爱，言语呕呕，所以他会不知舍得之理，一边是涕泣分食饮，一边是印刓敝，不
忍予。韩信的剖析可谓深刻而准确，真是抓到了项羽的精髓。陈平后来对项羽的
分析也佐证了项羽的这个德行："项王为人，恭敬爱人，士之廉节好礼者多归之。
至于行功爵邑，重之，士亦以此不附。今大王慢而少礼，士廉节者不来；然大王
能饶人以爵邑，士之顽钝嗜利无耻者亦多归汉。诚各去其两短，袭其两长，天下
指麾则定矣。然大王恣侮人，不能得廉节之士。顾楚有可乱者，彼项王骨鲠之臣
亚父、钟离眜、龙且、周殷之属，不过数人耳。大王诚能出捐数万斤金，行反间，
间其君臣，以疑其心，项王为人意忌信谗，必内相诛。汉因举兵而攻之，破楚必
矣。"汉王以为然，乃出黄金四万斤，与陈平，恣所为，不问其出入。①

　　事实上，若与韩信相比，陈平的论述项羽比韩信还要深刻且缺少主观性。项
羽的恭敬慈爱在陈平看来，那是项羽性格的真相，不过在这个多事之秋，项羽只
能吸引"廉节好礼者"，真正有大本事且"顽钝嗜利无耻者"是不受欢迎的。性格
决定命运。韩信在解说项羽时，是明白这个道理的。遗憾的是他却在解读刘邦时，
被刘邦的性格假象所迷惑。韩信总以为项羽心窄气量小容不得人才，而刘邦则豁
达大度，不拘小节。其不知，刘邦的心窄绝对不亚于项羽，唐顺之曰："汉高之狙
诈猜忌，鲍生知之，召平知之，又一客知之，太史公又从而反复著明之，而读者
不察，犹谓其'豁达大度'，何哉？"②问题是，项羽的窄是性格上的窄，而刘邦的
窄是政治上的窄。前者窄得实实在在，让韩信看不到希望的生活。后者却在生活
中宽可跑马，给韩信以海市蜃楼的假象。换句话说，韩信被自己的性格所拘囿，
走出了一条辉煌而悲惨的人生之路。

2. 楚王归来

　　楚王来了，楚王韩信来也。人们争相传话，奔走相告。胜利归来的韩信被自

---

① ［汉］司马迁：《史记·陈丞相世家第二十六》，中华书局，2013 年版。
② 《精选批点史记》。

己的得意所陶醉，甚至有些得意而忘形。在韩信想来，真得忘记那个饥饿、无助且匍匐胯下的"形"了。韩信不愧为楚人项羽的近邻，他也渴望荣归故里，不愿衣锦夜行。管他齐王楚王，王冠加顶都是王，何况这楚王与齐王不同可是刘邦主动封给咱的。韩信因自己人生的大成功而心满意足，满脸春色。人生得意须尽欢，建功为王正所愿。我，楚王韩信归来了。

韩信定都下邳（今徐州睢宁），为王一方，独掌大权，一切军政要事皆独裁于他，想当年指挥千军万马的韩信治理区区楚国可谓得心应手，于是他决定快意恩仇，没过多久他就派部下去招寻三个人。第一个被请来的是救命恩人漂母。韩信感激她的及时救助，没有漂母的供给，韩信几乎饿死溪旁。于是韩信毫不吝惜地赐千金于漂母。第二个人是韩信的老朋友南昌亭长。南昌亭长听说韩信做了楚王非常欢喜，以为这次可以得到更多的赏赐，因为韩信在他家吃得饭比漂母多了去了。可是韩信居然扔给南昌亭长百钱并鄙夷地说："公，小人也，为德不卒。"第三人来的时候，韩信左右皆替其捏了一把汗，韩信是要报胯下之辱的难堪吧？谁知韩信居然把负责楚国治安的重任交给了该人："召辱己之少年令出胯下者以为楚中尉。告诸将相曰：'此壮士也。方辱我时，我宁不能杀之邪？杀之无名，故忍而就於此。'"① 这真是不可思议，韩信为何如此这般呢？清代诗人沙张白在咏史诗《淮阴市》中说："报辱犹官尉，酬恩忍见疑。区区酬报意，或冀汉王知。"他猜测韩信之所以如此是想向刘邦传达信息，别怀疑我了，我对胯下辱我者都能以德报怨，对有知遇之恩的刘邦您更不会有非分之心的。我认为此说值得商榷。其实韩信一生都犯有一致命性格弱点：善于谋划敌人，而从不怀疑自己营垒中的潜在敌人。也就是说，韩信是个真正的仁者，而非陈平之类的阴谋家。张耳、曹参做内应在前，萧何、陈平陷害其在后，而刘邦无时无刻不在夺军与欺骗他，但是韩信都自我排解开了。所以韩信只是个军事战略家而非政治家，因此"报辱犹官尉"当从韩信的性格悲剧的角度来解释。韩信不是个容易忘记旧恶的人，这里其实是他高级地报复了屠中少年。韩兆琦说："中尉：汉初诸侯国里的武官，相当于郡里的都尉。刘子军曰'高祖与雍齿故怨，尝欲杀之，后诸将欲反，用张良记，乃封雍齿。以高帝宽仁大度，犹未能于此释然，乃知不念旧恶，亦难事也。韩信王楚，招辱己少年令出胯下者以为中尉，曰："此壮士也"，观此，则信岂庸庸武夫耶？'按：韩信非忘旧恶者，视其待下乡厅长的态度可知。此实乃韩信的一种高级报复形式，自非如李广之挟怨以杀霸陵尉者所可比拟。"② 当然，对待三人的不同态度，也表明

---

① ［汉］司马迁：《史记·淮阴侯列传第三十二》，中华书局，2013年版。

② 韩兆琦著：《史记笺证》，江西人民出版社，2004年版，第4862页。

韩信虽无对付刘邦的政治谋略，但也堪称治理一方的能臣。封官给辱己少年（包括收留项羽亡将钟离眜），类似于刘邦之封官雍齿，无非是向人们传达一个信息：我韩信身为楚王，绝对不念旧恶，让我们团结起来，共谋楚国的未来吧。由此观之，韩信的统战头脑还是极为健全的。其之所以不知进退，看来还是自信其治事的能力未能充分发挥吧。看来，韩信显然自我膨胀，要赶超前人范蠡，军事国政通吃拿下。韩信为楚王十一个月。好不得意？！韩信在楚国"行县邑，陈兵出入"①俨然帝王做派。

3. 告楚王韩信造反的人是谁？

韩信前后，凡是举报诸侯谋反的人，都是真名实姓，其实后来韩信被吕后砍杀时也是其舍人乐说的上告。然而，此次的举报者我们却不知其名。有人说这是刘邦一手策划，有可能，但实在是不需要让我们好色及酒的伟大领袖费这个心思，因为芸芸众生中永远会有"人"来琢磨或从事这个"职业"的！从政治上来说，韩信的功高已经盖主，要告韩信有罪，当直接说其欲造反，因为项羽死后，新的政治矛盾自然在汉王帝与楚王弟之间产生。想想越王勾践的"忍字下面一把刀"，为了他的复国大计，文种出奇计且治国有方。也就是"人或谗种且作乱"，于是越王居然不忘旧恩地冷冷地赐文种剑曰："子教寡人伐吴七术，寡人用其三而败吴，其四在子，子为我从先王试之。"②文种于是乎自己了断见勾践的爹的爹去了。由此看来，在君权专制的政治结构中，这个上告某某且作乱的人，仅仅是个导火索。也无须编排的多么真实，有还是没有，帝王们都知道。话又说回来，在这个人欲横流的地球上，万事万物皆出有因，还真是从来没有无缘无故的爱，也从来没有无缘无故的恨。司马迁告诉我们：始皇九年，有告嫪毐实非宦者，常与太后私乱，生子二人，皆匿之。与太后谋曰"王即薨，以子为后"。于是秦王下吏治，具得情实，事连相国吕不韦。九月，夷嫪毐三族，杀太后所生两子，而遂迁太后于雍。诸嫪毐舍人皆没其家而迁之蜀。王欲诛相国，为其奉先王功大，及宾客辩士为游说者众，王不忍致法。③

原来那天嫪毐喝大了且以极尽侮辱之能事的语言，与某一也是权贵的人"争言而斗，嗔目大叱"，④结果，嫪毐结果了自己和吕不韦！韩信在楚国，可谓是一朝

---

① ［汉］司马迁：《史记·淮阴侯列传第三十二》，中华书局，2013 年版。
② ［汉］司马迁：《史记·越王勾践世家第十一》，中华书局，2013 年版。
③ ［汉］司马迁：《史记·吕不韦列传第二十五》，中华书局，2013 年版。
④ ［汉］刘向：《说苑》，中华书局，1987 年版。

权在手，顺我者昌，逆我者亡。旧仇家未去，新仇家又来。别忘了因为韩信，让几多魏赵齐的权贵们及其门客失去了经济营生。所以，要问告韩信造反的人是谁？我们可以肯定地说，是那"人之初，性本恶"的人性也！

七、软禁·愤懑·惨杀

1. 义气都说丰沛人

韩信从心底不喜欢他自己的大老乡项羽们的小家子气，钟离眛临死前的骂语更让他觉得以汉王为首的丰沛人爽快且讲究。曹参就是一个让韩信欢喜不忧愁的丰沛人，从开始合作到自己离开齐国，韩信颇为满意曹参的言语与行动。然而，韩信想不到的是，就是这些义气的丰沛人如今最为积极地跟着汉王来捉拿他来了。无疑，刘邦的连襟樊哙是核心人物，所谓韩信造反，那可是关乎姐夫的国家兴亡的大事。姐夫不存，我将安在？可悲的是，如此忠心和私心耿耿的樊哙，最后差点被自己的姐夫砍了头，也幸亏河南人陈平的政治敏锐与投机，否则，也已呜呼了。夏侯婴不但过去救过韩信的命，如今又救了项羽的猛将季布，可谓是义气冲天之人，韩信内心佩服不已。可是这里的一切，其实都取决于夏侯婴要为刘邦和自己谋福利的私心在。现在汉王云韩信要造反，夏侯婴则唯刘邦马首是瞻。韩信被武士捆绑着，看着无语的夏侯婴，只好对刘邦说些牢骚话：上令武士缚信，载后车。信曰："果若人言，'狡兔死，良狗烹；高鸟尽，良弓藏；敌国破，谋臣亡。'天下已定，我固当亨！"上曰："人告公反。"遂械系信。至洛阳，赦信罪，以为淮阴侯。① 莫忘了刘邦正是个丰生沛养的地道丰沛人，论义气那可是曾经而且永远地留在韩信的脑海里了。说起救过刘邦大命的人，确实不少，将军纪信的模仿秀让刘邦躲过一劫，作为丰沛人的刘邦哪能忘记此信的救命之情，给了纪信后人加官封爵的奖赏。在彭城溃败的时候，有个叫丁固的人，带着一支楚军赶上了刘邦，眼看就要抓着刘邦，刘邦一句话"两贤岂相厄哉！"立刻唤醒了丁固的江湖义气和自负心理，于是刘邦得以逃脱：及项王灭，丁公谒见高祖。高祖以丁公徇军中，曰："丁公为项王臣不忠，使项王失天下者，乃丁公也。"遂斩丁公，曰："使后世为人臣者无效丁公！"。② 由此看来，所谓义气，谈何容易？"有仇怨者赦免做官，有恩德者反而处死，刘邦对丁固、季布舅甥两人不同的处置，在当时往后都引起很多争议。北宋史学家司马光表示赞许：造反起家的刘邦已经在和过去划清界

---

① ［汉］司马迁：《史记·淮阴侯列传第三十二》，中华书局，2013年版。
② ［汉］司马迁：《史记·季布栾布列传第四十》，中华书局，2013年版。

限——如今贵为天子，四海之内全是臣民，自然应该强调忠君大义，哪能再容忍招降纳叛、藏奸任侠这一套呢？清初政论家王夫之的见解，恰好是批驳司马光的所谓'大义'之论，道是刘邦此举，纯以私利为本，是假托'大义'的一种权术；而且效果也不会好——杀了丁公，不正是教人忘恩负义吗？"①

我们说某某地方的人，具有某某性格，那是正确的人文地理之心理特征，问题是，这种共性的特征不但因个体不同存在差异，更会因政治需求的变化而让这某某性格发生变化，甚至是质变。换句话说，韩信到死都没有明白的是，其实项羽的性格反而不无对做了楚王的他更有益处。

2. 我的心思你不懂

关于韩信的婚姻，史缺其载。大将被封之前，韩信是无所知名且还犯法差点被砍了头。女色是与他无缘的。似乎韩信无暇也无心去策划或被别人选中为金龟婿。陈平家贫，无处觅妻，可是他会因女家"富"有而婚之，目的还是要好风凭借力，送他上青天。像张耳一样"女家厚奉给张耳，张耳以故致千里客"。②赵国一战，韩信的名字立刻被天下人所仰慕。而且此时此刻的韩信正值青春年华，风华正茂。考证此地民俗民风，"声色"是被当作产业来运作的：丈夫相聚游戏，悲歌慷慨，起则相随椎剽，休则掘冢作巧奸冶，多美物，为倡优。女子则鼓鸣瑟，跕屣，游媚贵富，入后宫，遍诸侯。③

韩信为将一方，完全掌握着三军大权，可谓英雄气十足，自然需要和少不了"床伴"女性，更何况女子会主动投怀送抱呢。但问题是韩信是否有特别心仪的女性且与之成家生子？刘邦在他的众多女人中最喜欢戚夫人，原因不仅是其比吕雉年轻漂亮而是戚夫人性格柔媚可人，不像吕雉为人坚毅，性格暴烈，处处刁难刘邦。项羽肯定也不会只爱一个人，但是他之所以幸爱虞姬，老乡的因素是不算数的（江苏沭阳颜集镇），据传说项羽常到虞姬家去购买刀具，也说明性格中存有先天弱点的项羽也是喜欢虞姬的顺从个性。韩信从小没有父亲，唯一的女性是其妈妈，又当妈又当爹的母亲会给韩信的性格带来某种中性特征。韩信性缓且多谋略，所以他也更喜欢听众型的女性与伴。因此像项羽一样，韩信生活中的女性，只能给韩信温暖的身子和性爱的欢娱，却不能在政治斗争中给他们些许有益帮助。刘邦则不同，一边享受着戚夫人的温柔，一边默许着吕后的大开杀戒。至少事实证

---

①　完颜绍元著：《细说汉高祖》，上海人民出版社，2005年版，第287页。

②　［汉］司马迁：《史记·张耳陈馀列传第二十九》，中华书局，2013年版。

③　［汉］司马迁：《史记·货殖列传第六十九》，中华书局，2013年版。

明，在韩信丢官被软禁的日子里，韩信的女人丝毫没有起到"相夫"规劝排解丈夫苦闷心理的作用。结果，韩信的妻与子都被韩信的"自伐与自矜"①的不智言行拖进地狱去了。

3. 这个女人有点冷

韩信与吕后接触不多，几乎没有私人感情，即使有感情也无济于事，因为这个女人性格非同一般，司马迁曰："吕后为人刚毅，佐高祖定天下，所诛大臣多吕后力。"②这刚毅二字用在吕后身上实在是太恰当了。当然，身为女性，对于名字为雉的她来说，这种个性，既是父本遗传，也是后天在人生的腥风血雨中炼成的。快小三十了，还被擅长看相的父亲待嫁而贾，在古代女子十五岁即可嫁人的风俗里，吕小姐的心理之复杂与心态之分裂，我等是完全可以换位体验的。谁知由父亲独裁决定，一个丰沛出了名的"好色之徒"成了她的丈夫，这个男人假装未婚，其实早已做了八岁男孩的爹。尽管凭借少妇的才貌优势，她还是把刘亭长的花心打压住了。生下了一女一男。可是，这期间的招数计谋，一定让其消耗过不少脑细胞。最为关键的是，由于天时未到，眼前的这个老公，除了让她操心忧虑就是焦急恐慌，因为他经常犯事。后来刘邦是一路坎坷与项羽争天下，而她则是以被绑票的身份在项羽的牢房里，哭着苦着熬着，思念着自己的一双儿女。尤其是在广武的烹煮锅前，吕后真真体验到了一个真理：在政治面前，一切儿女情长都是不得不舍弃的东西。听听老公刘邦说的话吧："当此时，彭越数反梁地，绝楚粮食，项王患之。为高俎，置太公其上，告汉王曰：'今不急下，吾烹太公。'"汉王曰："吾与项羽俱北面受命怀王，曰'约为兄弟'，吾翁即若翁，必欲烹而翁，则幸分我一杯羹。"项王怒，欲杀之。项伯曰："天下事未可知，且为天下者不顾家，虽杀之无益，只益祸耳。项王从之。"③也许这就是命运的安排，韩信的生命居然与这个刚毅且有着强烈权力欲望的心太狠的女性纠葛在一起了。刘邦在算计完韩信的兵权、行政权之后，仍然把韩信内定为立了大功且被去掉了咬人牙齿的猛犬。可是在一心害怕功臣们反对吕氏政治集团的吕后来看，韩信将军却是她吕后最最害怕的敌人。吕后比韩信大13岁，当韩信被斩杀之时，韩信33岁。面对为汉家天下立下如此奇功的男性，即将英年早逝，难道46岁的女人吕后没有丝毫怜悯？遥想后来吕后对待情敌戚夫人的所有行径："太后遂断戚夫人手足，去眼，辉耳，饮

① 汤漳平，王朝华译注：《老子二十四章》，中华书局，2014年版。
② ［汉］司马迁：《史记·吕太后本纪第九》，中华书局，2013年版。
③ ［汉］司马迁：《史记·项羽本纪第七》，中华书局，2013年版。

瘖药，使居厕中，命曰'人彘'。"[1]韩信在吕后眼里根本就轻如鸿毛。所以，韩信没有像后来的彭越那样自以为与吕后相熟乞怜吕后，而是仰天叹息，自叹决策错误：吕后使武士缚信，斩之长乐钟室。信方斩，曰："吾悔不用蒯通之计，乃为儿女子所诈，岂非天哉！"[2]韩信，这个尊崇母亲，感恩漂妇的热血男儿，最后却惨死在讲政治的心太冷的女主手下。

---

① ［汉］司马迁：《史记·吕太后本纪第九》，中华书局，2013 年版。

② ［汉］司马迁：《史记·淮阴侯列传第三十二》，中华书局，2013 年版。

主要参考文献

中文书目

1. 张寅德编选，《叙述学研究》，中国社会科学出版社，1989 年。

2. ［德］恩思特·卡西尔著，《人论》，上海译文出版社，1985 年。

3. ［英］汤因比著，《历史研究》，上海人民出版社，1988 年。

4. 张京媛主编，《新历史主义与文学批评》，北京大学出版社，1993 年。

5. ［美］丹尼尔·夏克特著，《找寻逝去的自我》，吉林人民出版社，1998 年。

6. ［法］热拉尔·热奈特著，《热奈特论文集》，百花文艺出版社，2001 年。

7. ［日］川合康三著，《中国的自传文学》，中央编译出版社，1999 年。

8. 赵白生著，《传记文学理论》，北京大学出版社，2002 年。

9. 何永康著，《红楼美学》，北岳文艺出版社，1991 年。

10. 赵翼著，《廿二史札记》，中国书店出版社，1987 年。

11. ［古希腊］普鲁塔克著，《希腊罗马名人传》，商务印书馆，1990 年。

12. ［美］保罗·德曼著，李自修等译，《解构之图》，中国社会科学出版社，1998 年。

13. ［法］菲力浦·勒热讷著，杨国政译，《自传契约》，三联书店，2001 年。

14. ［美］雷·韦勒克、奥·沃伦著，刘向愚等译，《文学理论》，三联书店，1984 年。

15. ［美］斯蒂芬·欧文著，郑学勤译，《追忆》，上海古籍出版社，1990 年。

16. ［美］汪荣祖著，《史传通说》，中华书局。1989 年。

17. 刘知几著，《史通》，中华书局，1984 年。

18. 刘勰著，《文心雕龙》，人民文学出版社，1981 年

19. ［美］W·C.布斯著，《小说修辞学》，北京大学出版社，1987 年

20. 周宪著，《20 世纪西方美学》，南京大学出版社，1997 年。

21. 李长之著，《司马迁之人格与风格》，三联书店，1984 年。

22. ［奥地利］斯蒂芬·茨威格著，袁克秀译，《自画像——卡萨诺瓦、司汤达、托尔斯泰》，西苑出版社，1998 年。

23. ［法］萨特著，潘培庆译，《词语》，三联书店，1989 年。

24. 杨正润著，《传记文学史纲》，江苏教育出版社，1994 年。

西文书目

1.Aczel, Richard. 1998. "Hearing voices in narrative texts" in new literary history.

2.Anne, Dipardo.1990. "Narrative knowers, expository knowledge–Discourse as a dialectic" written Communication Vol.7（1）.

3.Bal, mieke.1985.narratology : Introduction to The Theory of narrative.University of Toronto : Toronto press.

4.Bogue, Ronald & Mihai I. Spariosu. (eds.) 1994. The Play of the Self. New York : State University of New York Press.

5.Brooker, Peter & Widdowson, Peter (eds.).1996. A Practical Reader in Contemporary literary theory. London : Prentice Hall.

6.Brown, G.& Yule, G.1983. Discourse Analysis. Cambridge : Cambridge University Press.

7.Carpenter, Ronald H.1995. history as Rhetoric–Style, Narrative, and Persuaion. Columbia : University of South Carolina.

8.Chatman, Seymour . 1980. story and Discourse . Ithaca, New York : Cornell university Press.

9.Eakin, Paul John. 1991. American Autobiography . Wisconsin : The University of Wisconsin Press.

10.Eakin, Paul Jone.1992 .Touch the World .Princeton : Princeton university press.

11.Eakin, Paul Jone 1999 . How Our Live Become Stories–Making selves.Cornell University press.

12.Rabinowitz, Peter J. 1976 . Truth in Fiction : a reexamination of Audiences. Critical Inquiry 4.

13.Rimmon–Kenan, S. 1983.Narrative fiction : Contemporary Poetics. London & New York : Methuen.

14.White, Hayden.1980. The Value of narrativity in the representation of reality. Critical Inquiry 7.

15.K · M · Newton. 1988. Twentieth—Century literary theory–A Reader. New York : st. martin's press.

后记 天下何人不识军

我是 1961 年 5 月 13 日在中国九州之一的徐州出生的，父亲比母亲大十岁，生我的时候，前边已经有了大姐领群、大哥跟群、二哥成群，在那个困难的年代孕育我，真是难为了亲爱的娘。母亲告诉我一个字就是"饿"呀：孩子，娘能吃碗白芋头饭就天大地大了。我的乳名叫戴群，小妹叫长群。这是祖母起的名字，看来，此生未能骑白马，做高官，早有宿命呀！何时起的王成军名字记不清了，好像是我自己坚持要的名字，军字意味着中国人民解放军！那是光荣的象征。家乡的山美，名为"白云"，我的人生梦想由此孕育且成长。祖父王方先虽为大清秀才之一，但他却从没教我"四书五经"中的一个字。记得每当红太阳挂在东方白云山头时，祖父总会坐在家门口的马扎上诵读《毛泽东选集》，莫非在这抑扬顿挫的诵读声中，我得到了些许文字的熏陶？但我觉得，我对文学的喜爱更多来自我的祖母：王郭氏。祖母有着《红高粱》中"我奶奶"般山东姑娘的"敢作敢为"的豪爽性格。她 28 岁才出嫁，在清末民初可谓是老姑娘了；她独自到战场去扒剥冯玉祥战死士兵的服装；她无师自通会针灸正骨治病；她愣是从"铁道游击队"的队伍里，把我 18 岁的父亲喊回家。她给我讲了一箩筐的英雄故事……

然而，我的青少年正好处于"文革"时期，我所阅读的也多是敌我斗争的红色经典，不过我大哥评法批儒材料上的历史典故，却培养了我对传记的爱好。作为校红卫兵团团长和军号队长的我，在打倒"四人帮"的军号声中很快进入了"我的高考"状态，1979 年全校就我一人被大学本科录取，而我的第一志愿是"历史系"。所以尽管在大学学的是中文，而我的阅读兴趣依然集中在中外传记文学上。或者说，正是传记文学满足了我的跨学科情感取向。

工作后，在一地鸡毛的日子里，我坚定了我一生的科研课题主攻方向：研究中外传记文学。1986 年论文"《史记》与舒愤懑"在谢云老师的精心呵护中，发表在《人物》传记论坛栏目；1987 年首篇论述中国当代传记文学现状的理论文章发表在《当代文坛》上。从此王成军的学术自传与传记诗学同行，伴随他走进了北京师范大学，师从著名史记研究专家韩兆琦先生，主攻先秦两汉史传文学；伴随他考取了南京师范大学文艺学博士，拜著名红学家何永康院长为师，提出了"一切叙事皆纪实"的文艺学新观点；伴随他在南京大学博士后流动站，在著名西方美学专家周宪校长助理指导下，探讨西方自传诗学课题……

子曰：三十而立，四十不惑，五十知天命，六十耳顺。我觉得圣人五十所知的天命就是周游列国，去寻觅施展他治国平天下的舞台。而孔子的耳顺是在面对江湖的阴险后不得不而为之的人生无奈。我如今也已近耳顺之年，看到了一个又一个叫"军"的人的飞黄腾达与落拓寂灭。夫复何言，还是坚守"军"的中国传记诗学研究吧。只要在传记诗学领域成一家之言，军临中国传记文学学术界，何愁天下人不识军？

今年五月，2 岁半的美国孙子布莱迪从阿肯色州来徐州与我和夫人杨光萍共享天伦之乐。此书出版，可携专著乘机前往美国并进行中美传记诗学专家之间的学术交流了。美哉！美军！乐哉！学术！

2016 年冬记于江苏师范大学
"比较诗学与比较文化研究中心"